人生总有孤独时

——韩联社散文精选集

韩联社 ◎ 著

河北出版传媒集团
花山文艺出版社
河北·石家庄

图书在版编目（CIP）数据

人生总有孤独时：韩联社散文精选集 / 韩联社著.—石家庄：花山文艺出版社，2020.10

ISBN 978-7-5511-5231-0

Ⅰ.①人… Ⅱ.①韩… Ⅲ.①散文集－中国－当代 Ⅳ.①I267

中国版本图书馆CIP数据核字(2020)第099258号

书　　名	人生总有孤独时
	——韩联社散文精选集
著　　者	韩联社
责任编辑	林艳辉
责任校对	李　伟
装帧设计	陈　淼
美术编辑	胡彤亮
出版发行	花山文艺出版社（邮政编码：050061）
	（河北省石家庄市友谊北大街330号）
销售热线	0311-88643221/29/31/32/26
传　　真	0311-88643225
印　　刷	石家庄继文印刷有限公司
经　　销	新华书店
开　　本	700×1000　1/16
印　　张	21.25
字　　数	300千字
版　　次	2020年10月第1版
	2020年10月第1次印刷
书　　号	ISBN 978-7-5511-5231-0
定　　价	58.00元

（版权所有　翻印必究·印装有误　负责调换）

序 言

率性充盈的心灵史

□ 刘江滨

韩联社兄是省城闻人,自大学毕业,他的第一份工作、最后一份工作都是在新闻界,从没挪过窝,跳过槽。他爱好文学,痴迷读书,诗歌、散文、小说样样弄得,还兼有一个历史的"偏房";捉笔搦管,洋洋洒洒,纸上烟云,笔下丘壑,数种集子问世。他是一个对新生事物充满好奇和热情的人,勇为人先,不甘人后,贵有胡适之先生的"尝试"精神;博客、QQ、微博、微信等新潮流、新技术、新玩法,他甘之如饴,孜孜不倦,而且成为圈主、盟主、大V、领袖,与一干年轻人打得火热,不亦乐乎,粉丝甚夥,拥趸者众,人脉宽广。

我与韩联社结缘,具体时间细节已不记得了。其实我和他交往并不太多,聚会饮酒次数也有限。时间最长的一次是作为"驴友"在日本旅行,同居一室长达一周。韩联社是性情中人,真实、坦诚、不装。明人顾炎武说,一为文人便不足观,酸腐、矫情、装蒜,是文人通常的毛病。韩联社身上没有这些,无论菩萨低眉,还是金刚怒目,全发自内心,任性、可爱、爱谁谁。我十分欣赏谭嗣同那句诗:"我自横刀向天笑,去留肝胆两昆仑。"侠肝义胆,豪气干云,光风霁月,磊落洒脱,做如此文人,不负平生矣。

近期集中阅读韩联社散文的时候,我正在读木心先生的《文学回忆录》,是木心先生二十世纪八九十年代在纽约讲述世界文学史的课堂笔记,由他的学生陈丹青记录整理。这一下,韩联社散文就被放置在

一个宽远深厚的文学背景里。木心先生视野奇大，只眼独具，有文胆，有文识，有文采，纵横捭阖，举重若轻，烹世界文学若烹小鲜。他评价作家的成就用三个指标：心肠、头脑、才能，三者兼具的作家世所罕有。比如托尔斯泰，他对人类具有悲悯之心，文学才能无人置喙，但他对世界的认识却是糊涂的，以至于老迈之年还要离家出走。托翁如此大师级作家尚有欠缺，遑论他人。或许木心先生过于刻薄了些，但不能不承认他的三个指标是有道理的。

在此说木心并非想套用木心先生的指标来评价韩联社散文。我读他的散文的时候，想到了三个词，依次是烟火、烟霞、烟云。这三个词的关系是递进的。烟火，人间烟火，"暧暧远人村，依依墟里烟。狗吠深巷中，鸡鸣桑树颠"（陶渊明）。人间世，身边人，最贴近最实在的生活情态。烟霞，太阳升起或落下时的美丽景色，与大地产生距离，距离产生美，"落霞与孤鹜齐飞，秋水共长天一色"（王勃），是一种氤氲诗意的审美状态。烟云，云是升腾在空中的，"只在此山中，云深不知处"（贾岛），若隐若现，若实若虚，是一种形而上的观照。烟火、烟霞、烟云，三者是由现实到审美再到哲思。一篇好的散文作品应该三者具备，只写实不懂审美，那就是生活的流水账，只有形而下没有形而上，只有实没有虚，作品便没有深度和力量。

韩联社的散文有许多是写人的，父母兄弟，朋友同事，等等。我以为他写得最好的是写父母的，可能感情至深，便有至情之文。在天下所有儿女眼里，父母爹娘是最伟大的人，"哀哀父母，生我劬劳"（《诗经·小雅·蓼莪》）。年轻的时候我最不愿读的就是这类散文，认为家长里短，大同小异；等马齿稍长，尤其父母先后谢世之后，这类文章却最能打动我。韩联社写父母自然是真情流露，锥心刺骨，令人感动，但是我却把审视的目光投入到他文章中的另一个人物——他的继母。我一看到他作品中写到这个人物，我就隐隐地担心。几年前我当一个奖的散文评委，有一个作家便写到了他的继母，他在文中毫无掩饰他对继母的愤恨、怨怼、仇视，他跟继母发生冲突、咒骂，必须说明的是，作家写的是现在时，他的继母是一个七旬老人。由此我看到了这个作

序 言

家的偏狭、小气、猥琐，人格的残缺。韩联社是怎么对待他的继母呢？他承认母亲去世后父亲又娶了一个女人成为自己的继母，心里难以接受，但是，他尊重父亲的选择，尊重继母，因为她是父亲的妻子，他以同样的理由批评了大哥对继母的不敬。看到这里，我松了一口气，韩联社过关了！文学是人学，文品即人品，如果一个人的作品格局不高，暴露出皮袍下藏着的"小"来，那么作家本人如何能赢得读者的尊重？

韩联社收在这部精选集中的散文写作时间跨度有二十多年，从二十世纪九十年代到当下。斗转星移，沧海桑田，时间是历史的书记员。现代作家郁达夫说过，文学作品都是作家的"自叙传"。散文尤如是。这部散文集可以看作韩联社的个人心灵史。既然是心灵史，就存在真实与伪装的问题，有多少作家具有卢梭写《忏悔录》那样直面自己心灵的勇气呢？当下散文，涂脂抹粉，装模作样，无病呻吟，已成通病，连自嘲的勇气都没有，何来直面呢？韩联社散文最可贵的地方，就是他有直面的勇气和批评的精神，当然我不敢说他有多大的"尺度"，是否彻底，在我们的"散文大师"都"抹着口红走天下"的散文时代，韩联社所写每每有令我吃惊错愕之处，已属难得了。痛苦、迷茫、懊悔、愤怒、欢忻、纠结、矛盾，种种情绪和表情都得到畅快地表达，敞开自己，直抒胸臆。我们看他办报、写作、读书、打牌、喝酒、聊天、唱歌，看他攒眉，看他解颐，看他一本正经，看他嬉皮笑脸……一个内心丰盈个性十足的韩联社被他自己一笔一笔勾勒出来。其实，他的情绪也是社会的情绪，他的心灵也是时代的心灵，普遍性寓于个性之中。新闻是明天的历史，散文又何尝不是昨天的新闻呢？

韩联社写诗、写小说，做学术研究，这些方面的修养都构成了他散文的审美元素。诗的才气、感性，小说的烟火气，擅长人物描写、对话，学术的理性思考，或各擅胜场，或熔为一炉，显示了他多方面的才华，也使他的散文元气充沛，如臂使指，风行水上，自然成文。许多人觉得散文是一种雅致的文体，容易"端"，即端起架子，不苟言笑，把文章看成是"经国业""千古事"，而韩联社把传统散文与现代博文结合起来，写得轻松自如，潇洒随意，"行到水穷处，坐看云起时"，

雅时即雅，俗时便俗，一支笔，心随意走，了无挂碍。浅处，如水中藻荇，清澈可见；深处，似白云出岫，偶露峥嵘。

写文章最难的是给人作序，绠短汲深，佛头着粪就不要说了，即使写得鲜花着锦，又有多少人看呢？我看书常常是不看序的，好比新娘子披上了蒙头红，大家着急一睹新娘子的如花美貌，谁有兴趣和耐心欣赏那块红布呢，恨不得一把扯了去。

所以，赶紧打住吧。

2019 年 10 月 8 日于石家庄

（作者为河北省作家协会副主席，学者、散文家，《燕赵都市报》原总编辑）

目　录 CONTENTS

上卷　此情若雪

父亲 ·· 003
父亲，一路平安 ···························· 008
永远的遗恨 ································· 017
哥哥 ·· 022
嫂子 ·· 028
弟弟说他不回家 ···························· 031
兰芝堂姐 ···································· 033
文法堂哥 ···································· 042
勤英表姐 ···································· 050
黄老师 ······································· 054
墓草青未青 ································· 057
往日里的珠泪 ······························· 063
难以承受生命之轻 ························· 068
小城无故事 ································· 070
冬天的告别 ································· 073
人在天涯 ···································· 076
人在灵隐烟雨中 ···························· 079
雨中临济听棒喝 ···························· 082

一个飘着雪花的冬天的夜晚………………………	086
让我敬您一杯酒………………………………………	090
父亲的草原，母亲的河……………………………	093
从前，不只是缥缈如蝶……………………………	098
君自故乡来…………………………………………	106
身上荡漾着玉米粥的清香	
——大学琐记之一…………………………	110
洒下一掬伤心的眼泪	
——大学琐记之二…………………………	115
那间颇具神圣色彩的"422"宿舍	
——大学琐记之三…………………………	120
大街上，感受平常心	
——长江抗洪前线见闻之一………………	126
大堤上，感受生之辉煌	
——长江抗洪前线见闻之二………………	129
大水患，令你痛苦思考	
——长江抗洪前线见闻之三………………	131
心祭	
——痛悼马国胜君…………………………	133
山自青碧水自流	
——沉痛悼念江佑老师……………………	138
滹沱长水已吞声，古郡文脉耸高丘	
——深切怀念董五顺先生…………………	144

下卷　煮字疗饥

东庐謦书记…………………………………………	163
敬园阁里的奥尼尔…………………………………	168
储公，俺来也，请别走!…………………………	172

| 目 录 |

把一根土豆丝吃成一道绚丽彩虹 …… 179
像阳光一样纯真的笑容…… 186
千古悲泣十二郎…… 193
千金纵买相如赋…… 201
天欲雪,人欲眠…… 210
无端想起李元昊…… 217
元稹与薛涛…… 221
"应谥为缪"许敬宗…… 228
有眼不识"帝女花"…… 236
人性的,太人性的…… 242
安得《汉书》能下酒…… 245
哽咽的眼泪浮动了群山
　　——关于女作家梅洁的随想 …… 249
一篇采访记与一本回忆录…… 254
一次非同寻常的灵魂之旅
　　——《孤鹜已远》自序 …… 258
浓妆艳抹数千载,再添一笔又若何?
　　——《我为峰》自序 …… 261
仿佛听闻了史册里传来的殷殷叮咛之声
　　——《历史的忠告·史海殷鉴录》自序 …… 264
人间万事付沉吟
　　——跋《孤鹜秋水辞》 …… 271
我看见了沸腾的生命吱吱发芽
　　——《深渊与彩虹》自序 …… 279
打捞记忆深处的史海英华
　　——《史海撷英录》自序 …… 286
晚霞里逝水一般漂流的惆怅与忧郁
　　——关于中篇小说《都市的忧郁》的闲话 … 292

闲话小北

　　——序夜语风荷《与梦同住》……………… 296

溽沱苍凉育英才

　　——读李英才文集《踪影在线》……………… 301

唯求字字蕴真情

　　——读提恩畅诗集《竹吟集》……………… 307

飒飒清风扑面来

　　——品读《清风絮语》……………… 313

后记：煮字元来不疗饥……………… 321

上卷 此情若雪

此情可待成追忆，
只是当时已惘然。

——（唐）李商隐

上卷 此情若雪

父 亲

一

那是1989年深秋,父亲自故乡来省城见我,是商量他的婚事——如果我们兄妹四个不反对,我们将会有一位继母。我口上唯唯,心里却感到了一份儿苦涩。按理,母亲故去已经两载,父亲也该有个伴侣;但是,我还是感到如吞食一枚硬果,难以下咽。

但我不能反对。

两周之后,我给弟弟妹妹打了电话,约定一起回家,参加父亲的婚礼。弟妹虽也不大想去,但耐不得兄长相催。

那天酒席结束,夜色昏暝,父亲对我们说:"我满意了!"

但我们并不满意。大哥、我,还有弟弟妹妹,喝完喜酒,情绪反倒低落,相聚到大哥家,兀自泪眼汪汪。

月色澄静了,院儿里月迹斑斑。我们怀念母亲,品出酒的苦与辣。一会儿,父亲轻轻进来,似有愧意,低声对我和弟弟妹妹说:"回去睡吧?"

我们都有相依在母亲身旁睡去的经历,此时都无话。望着父亲低头离去,踽踽地走在月光里的低矮的身影,我忆起了母亲临终对我说的一句话:"你爹这人,心比天高,命比纸儿薄,没了我,你们要好好对他……"

这次别后,我心里反倒少了一份儿牵挂。半圆的月亮复圆,自然就没有了凄楚与孤独。有时走在城市的夜里,便想到远方乡下老父亲的坎坷人

生。他生长在乡村，心灵却如夜空中的弯月，透亮而又孤寂。在兄妹七人中，他排行老五，最聪明，也最多思。少年时代，光风霁月，春风秋露，从寥落的家门走入村外寥落的青纱帐，伴着他的，既有梦想，也有书本。虽然只读过九个月的私塾，他却在繁忙之余认了很多字，熟读了《水浒传》《三国演义》《红楼梦》《聊斋志异》等书籍。中国知识分子传统的悲愁情绪，浸染了他一颗庄稼人波澜不起的心——这使他过分体会了人生的几重意趣。

二

在我少年的梦里，总伴着父亲的孤独身影。

那时候，父亲在村供销社当代销员，我跟着他在供销社睡觉。每天晚饭后，我与父亲便走出家门，绕道去到坐落在村中央的供销社去。

小村之夜很落寞，天空很高很远，父亲的身材却有些矮。他给我讲赵南星苦学，给我讲李白海底捞月亮，还讲薛宝钗是个了不起的女子。虽然岁月流逝，家山已远，这些故事却那么清晰地依然活跃在我的心上，使如今的我又甜蜜、又忧郁。

一天晚上，我去看大伯大娘，回家晚了。刚走到院子里那棵高大的钻天杨之下，便听到父亲母亲的声音。

"我不想干了，那太危险。"

"那……那你干什么？"

"回生产队干活儿呗……"

他不愿在供销社当"过路财神"，他惧怕那些花花绿绿的票子。但阖家反对。大伯、二伯、叔叔都不同意，父亲只有再去"赴汤蹈火"。那会儿动辄就斗人，父亲怕得有理。但家境毕竟艰难。老大的裤子破了，老二的书包也该换个像点样子的了，还有一家人的柴米油盐——多少次父亲为这些发愁，甚至怄气。当时我很有点儿不以为然，认为"大丈夫当谋天下众人之利"；但为我谋利的，只有父亲、母亲。

我十三岁了，到了该到生产队下地干活儿的年龄。一个春夜，偶尔听到父亲母亲商量着盖房子的事。母亲坐在院子里的捶布石上，父亲蹲在猪圈窝上。我在屋里写作业。煤油灯下,有颗心儿在燃烧……

"有什么法子呢?……"

听到父亲的叹息,我走出来。

天光如水,院落里很清爽,很温柔。月色涓涓而下,照耀父亲母亲。

"我不上学了,我回生产队里干活儿……"

父亲的脸上,忽然燃烧起愤怒的火焰。

"你……你说什么?你就这样叫老人失望吗?"

我从此再不提此话。但那天晚上,一轮大月亮滚进了我的梦里,至今没有隐去。

三

我的小姨家在南边秦家庄村,姨夫在藁城电业局北汪变电站上班,家境相对富裕些。

那年,父亲给小姨家代买了一台缝纫机。好几百块钱的东西啊!我们要求留用一些日子,但父亲不同意。他说,别人准会以为我挪用了供销社的钱呢,咱别担那个不是。于是,我和哥哥就拉上小拉车,给姨家送去。

上学的路上,有一排排绿树,浓荫一片片,遮住了春天的回忆;还有一个波光潋滟的池塘,荡漾着细细的波纹,水面上飘着一片密密麻麻的水葫芦。在那绿色的岁月,上学真是美事。

忽然有一天,我的铅笔弄丢了。这让我像遭了灾祸一样,眼前发黑。我不敢告诉家里。我害怕父亲无言的责备。

晚上,跟着父亲到了供销社,我依然惶惑不安。正巧有人请父亲去喝酒了,我独自留下。我从住屋悄悄溜到店堂里,蹑手蹑脚走过那一排排货架子,在那两盒蓝绿相间的铅笔前发怔。从小到大,从不敢偷东西,因为父母最恨偷东西的人。还记得一个叫郝小七的外乡人偷了村里秋忙大爷家的一辆自行车,被抓住后游街示众的情景——但我实在没的用啊!

我颤抖着手,拿了一支蓝色带橡皮的铅笔……

半月后父亲盘点货物,终于发现少了点儿什么。问我,我再也不敢承

认了。父亲忙了好几天，到底也没查出少了什么，这让他不安了好长时间。

多少年来，这一支铅笔的阴影，像巨大的柁梁，留在我的心灵深处。此刻，我也并不想说"父亲请原谅我"。这不是个问题呀。我太不理解他了。我说"要"，父亲是会付钱的啊！唉，少年，少年！……

父亲终于决定，两年之后盖房子。我家这时住的三间土坯屋，还是1963年发大水之后，老宅东屋坍塌，一家人无处栖身，仓仓皇皇搬到村东南角盖起来的，低矮而且昏黑，夏天如蒸笼，冬天又如冰窖，实在应该盖新房了。但盖房子谈何容易啊！需要一笔很大的款子，买砖瓦、买木料，做梁栋、做门窗。无数个孤灯长夜，父亲斜靠在被垛上，唉声叹气，思谋对策。莲蓬细雨之下，似有小舟儿驶过——这只不过是早年的幻影罢了。但毕竟夏天来了，父亲的决策也做出来了。他买来几袋水泥，在院子里用土坯做成模子，然后一点点地，一点点地，进行水泥浇筑。这样，一个个水泥浇筑的门窗就做出来了。

父亲的这一"伟大发明"，改变了做门窗必须用木材的历史，既坚固耐用，又美观大方。直到如今，配在我名下的那几间房屋，依然是水泥门窗！

整整一个夏天，斜风细雨，春风杨柳，父亲都在日夜忙碌着。一个个水泥门窗，星罗棋布，摆满院落，远看如几何图形，近看似金雕银刻。雨下大了，哗啦啦，哗啦啦，满院雨水，一片水花映衬下的那些"心血的结晶"，真让人百感奔临。父亲这般蚂蚁啃骨头，绝不是什么伟大事业，而是这么"婆婆妈妈"，这么渺小卑微；但这渺小与卑微之中，闪耀着多么动人的诗情画意啊！

中国的如父亲一样卑微与渺小的老百姓，支撑着共和国的大厦。国家的命运与个人的命运，当然密不可分；但我却是先感觉了家境窘迫，才知道了国运艰难。

四

我们大了，父亲老了；我们成家了，母亲却去世了。父亲成了一只飞翔在低空里的孤雁……

在岁月的波涛之间起伏，沿着日升日落前行，父亲熔铸了他自己的人生——先是从村供销社到了公社供销社，又从公社供销社到了公社棉站，最后，从公社棉站又回到了村里的生产队。这么转了一圈儿，也就失去了转为国家正式职工的机会。如一叶小舟儿飘荡在海上，只是随海涛而动，却没有自己的方向。

父亲喜欢读书，也喜欢谈论人生；只是一谈起来，不免有些凄然。这是我所反对的。人生对每个人而言，机遇与恩宠都是一样的。你没有做出什么成就，只能归咎于你自己努力不够。再说，天底下又有多少人能够功成名就？我们只不过是平常人罢了，没有理由感到什么天意不公，也没有什么理由苛责自己。

我的这种思想，父亲是同意的，但一遇事便爱感叹一番。

母亲故去，他泪洒西风。送母亲归天之后，他等我回家，坐在月色里，想谈谈母亲，想说说淤积心中几十年的感慨。但我不想说。说什么都没有用。有什么话语，能使逝去的亲人死而复生？

我与父亲，就在院子里的月光下，呆坐了很久很久。而西窗下的那株美人蕉，依然厣厣地浴着月光，昏昏似睡……

父亲是一天天老了，瘦弱如一只孤鹤。想到几十年风雨烟尘给他的心灵留下的迷惘，真的令我自己也有些迷惘起来。他如走在月光底下的过客，深深体味了月光的凄美；但对于太阳下光辉灿烂的原野，还缺少应有的陶醉。"请走出那一轮月色吧！那里虽柔美，却不够开阔。"许多次我想这么说，但开不得口。"人的客观存在决定人的主观意识。"我没有资格说这句话。

父亲，正如月光下有你的影子一样，那广袤的田野上，也有你艰苦奋斗的身姿。你无负于列祖列宗的荫庇和嘱托。你是无愧的……

还有，你终于又有了一位伴侣。虽是"夕阳风景"，但毕竟，又开始了一段新的人生！

父亲，请多保重啊！

（1991年夏）

父亲，一路平安

一

记得数年前写过一篇文章，题目叫作《父亲》，发表在一家刊物上。一天午夜十二点，忽然接到一个朋友的电话："你这篇文章是真的吗？"当然是真的。他默默良久，才说："你知道吗？我刚读完，我……"他有些哽咽，就放下了电话。

记得也是十几年前看过一幅油画，题目也是《父亲》，是四川美院一个叫罗中立的学生画的。老父亲那满脸的沟壑流露着虔诚与艰难，老父亲手上那只破旧的饭碗盛满了苍凉与忧郁，一刹那让我热泪盈眶，让我想起了故乡和父亲。唉，我的老父亲，你的一生是多么艰难！

忽然就到了今年，也就是2001年深秋的一个夜晚，我正在与朋友一起吃饭，忽然接到大哥的电话，告诉我父亲病了，正往正定县256医院送。我掷下筷子就走，等赶到医院，老父亲已陷入深度昏迷状态中。父亲从此就再也没有醒过来，再也没有和我说过一句话——他本来是有许多的话要和我说的呀！

坐在老父的病床前，我默默无语，心思缭乱。多少回父亲捎话给我，想让我回家一趟，说有话给我说；可我总是因为忙，或是因为其他的原因，整年整年也回不了几次家。

那年，忽然接到父亲的一封长信。在小学生用的竖格作文纸上，父亲用圆珠笔写了整整四页,大意是述说他的无奈与郁闷,述说他与继母和哥嫂之间的一些陈芝麻烂谷子的往事,以及他对哥嫂一家人生活的忧虑。他说:"你啥时候不忙了,回家一次,咱俩好好说一说,只有你能听明白我的话,只有你能明白我的心事。"

在信上,父亲还提到一件让他特别伤心的事。邻家的一个混账小子因为一件无聊的小事,居然对继母出言不逊,还加以谩骂。大哥知道了,却不愿作声,他认为别人不懂事咱不能不懂事。还是三弟回到家,闻讯大怒,冲着邻家大骂。邻居一家居然大气儿也不敢出!

"继母也是娘,你哥他就不敢站出来为他老子做主。"

对于大哥的懦弱,我是坚决不赞成的;对于小弟的莽撞,我也有所保留——但我还是对小弟说:"奶奶的,就该这样!"因为,我们必须坚决维护亲爱的父亲!

在信上,父亲说:"老二,你回来吧,咱们聊一聊。"

读完信,我对自己说:"一定尽快回去一次,陪父亲好好说说话。"但是,由于时光匆匆吧,由于心中郁闷吧,由于自己懒散吧,由于我的混账吧,一直没有陪父亲畅谈一次。总是说,反正有的是时间,等五一放长假吧,等十一放长假吧,等春节放长假吧。

那次去无极县采访,路过家乡,回家一看,父亲去地里劳动了,哥嫂也去地里劳动了。来到田野上,真让我感慨万端:一家人都在土地上劳碌奔忙着,只有我坐在小轿车上,身穿着名牌衬衫,道貌岸然进行所谓的采访——我的亲人们哪,我的乡亲们哪,我的故乡啊,让我怎能不汗颜!

还有,继母也在田野上。这个与我们没有血缘关系的女人,陪伴了父亲将近十年。她给父亲的晚年带来幸福了吗?——答案应该是肯定的。不然,父亲怎么会对她那么好,怎么会在弥留之际,念念不忘的还是她?

二

继母来到我们家,其实并不容易。

1987年2月,母亲患了癌症,胰腺癌。到了这年的10月,就在极其

痛苦中去世了。漫长的八个月，在我的一生中都是极其阴暗的。吃药、打针、输液……疼痛、疼痛、疼痛……

母亲去世之后，父亲整日以泪洗面。他说母亲一辈子辛苦，跟着他一辈子受累，可他还没有好好对待她，他说好后悔对不起她。他的眼泪，流得让人伤心。人们说：流泪还是男人吗？但我说：伤心时不流泪还是男人吗？

母亲去了，父亲成了长空里的孤雁，凄楚而又无助。他从小就比较善感，上有两个哥哥、两个姐姐，下有一个弟弟、一个妹妹。他读过很多古书，身在田园，心在天边。缭绕的白云曾是他的梦想，曲折的流水曾是他的忧伤。还是很小的时候，有一次我跟他去北苏村大姑家，说起人生的不易，他叫了一声姐姐，眼泪就掉下来了……

唉，我的多愁善感的老父亲啊！生活给了你太多太多的沉重，给了你太多太多的迷惘；这其中，你的不争气的二儿子，又给你增添了多少负担？

当然不该忘记，临近高中毕业，我因为一件莫须有的事件，蒙受了委屈，父亲知道了，连夜赶到学校找领导；八里路的漫漫长夜，辛劳不必说，还有那无法言说的耻辱是怎样折磨着父亲的心！

当然不该忘记，高中毕业之后，我回到家乡，茫茫田野广阔，可却没有我的出路。像蚯蚓一样钻在泥土之中，像父辈一样受苦受难过一生，这非我所愿。父亲早就看出了我的痛苦，他找到支书家，想让我到村里学校去教书，支书笑着说："他干得了吗？"……

日月晨昏，花开花落。我们都在艰难中长大了，有的还读了大学，也都成家立业了，可母亲却去世了，老父亲一人郁郁寡欢。他还不老，人生七十古来稀，父亲才六十刚多一点儿，他需要一个伴侣。

但在中国农村，老人要找老伴，决定权并不在老人手中，而是在儿女口中。只要儿女们不同意，就是天塌下来，也没人敢来提亲。因为儿女反对而不敢再婚的老人，村子里比比皆是。或许有人暗中运作吧，父亲再婚这件事，慢慢地浮出了水面。有人找到大哥，于是大哥给我打来电话，我们都愿意父亲有个伴儿。然而，女方还不放心，于是大哥又亲自赶到女方家，也就是继母的家里，见了她的儿女，替父亲娶回了我的继母。唉，大哥，一腔苦水有谁知！

那次喝了酒，他对我说："你们都在外边，所有的麻烦事都要我来承担，你们不知道我的难啊！"

岂止是难。家中多少事，都是大哥照料。亲朋之间的迎来送往，乡亲之间的礼尚往来，哪件不是哥嫂承担。天下事总有不平时。大哥比我聪明，更比我能干，却流落乡间，与秧苗露珠汗水苦难为伍；而我，却当了一个所谓的人民记者，真是：天若有情天亦老。

继母来了，是非也来了。不知为什么，哥嫂总是与继母不睦，甚至有一次大哥居然开口骂了继母，这是我永远不能同意的。在父亲的病床前，我与大哥还为此发生了一次争执。

那时父亲已经深度昏迷，我们守在病床前，默无一语。不知怎样就谈到了继母，谈到了继母与大哥一家的恩怨。我忽然开口说道："大哥，我有一言也许不当说，但必须要说。无论你们与老太太（我们对继母的称呼）有多少意见，就是一切都是老太太的不对，但你开口骂她就是不对。"

"可你不知道，老太太太欺负人了。"

"她欺负你了？"

"她欺负你嫂子。"

"能欺负到哪里去吗？"

于是大哥给我讲了老太太的狡猾之处，讲了嫂子老实不会说话，更不会骂人的优点，末了说："能让老实人吃亏吗？"我无言以对。也许，大哥自有大哥的道理，但我无论如何不能释怀。我说："老太太是谁？是父亲的老伴儿，咱们开口骂她，无论如何也不能算对吧？"

"你是站着说话不腰疼。事情没在你头上，你当然会这么说。漂亮话谁不会说！"

唉，我也茫然。我实在搞不明白，老太太与哥嫂之间，究竟谁是谁非？

三

在父亲的病床前，继母涕泗交流；父亲去世后，继母更是号啕大哭，她一遍遍诉说着："你怎么走了，你怎么走了，我可咋办啊……"

她是在哭父亲，更是在哭自己。我上前扶起她，大声说："谁说没人管你啊，我们会管到底的。"

父亲的一生，像一幅凄凉的风景画，萧瑟而寒凉。一生辛勤，一生奋斗，一生挣扎。做农民，没有力气；做父亲，又给儿女们一副多愁善感的心性；然而，最失败的，还是做丈夫。

我总是认为，父母的婚姻是很失败的，我甚至认为他们早年该离婚。父亲太多愁了，日日为生活的艰辛叹气；母亲太坚强了，千斤重担挑肩上，再重也不吭一声。父亲把对生活的不满和人生的重负，都转化成了怄气，每天每天，都在和母亲生气，发脾气；但无论如何，母亲就是一声不吭，这让儿女们很恼怒。记得上小学时，因为父亲给母亲气受，我大怒，写了一封很长的信——《致父书》，慷慨激昂地痛斥了他一顿，他不仅不生气，反而认为说得有理。其实如今想来，父母的事，哪里是儿女们能够评判的。

生母走了，继母来了，父亲大概才找到了他的知音。继母为他料理家务，洒扫院落，据说，还为他热洗脚水，总之是对他很好。而父亲对她也很好，这就引起了儿女们的不平。

有一次小妹对我说，她回家时，见到父亲拉着小拉车到地里去，老太太居然大模大样坐在车上，"他什么时候这样拉过咱娘？"小妹颇愤愤。我却笑了："管他呢，只要他高兴拉就行。"

许多年来我在想，父亲肯定有他的痛苦。他读了书，有文化，他需要交流、沟通，可母亲恰恰没读书、没文化，这种差异造成了他们的隔阂，也同时造成了他们婚姻的不幸。一潭死水会让人窒息，没有交流的婚姻同样会令人痛苦的。父亲的痛苦，大概就源于此吧。有时我不免猜测：父亲是否想到过离婚呢？

当然，同样令他痛苦的，还有那极其艰难的生活！

记得从读小学开始，父亲就念念不忘："好好读书吧，咱们没有别的出路，你爹也没有别的本事。"那时，他在村供销社做代销员。多少个夜晚，跟父亲走在村里幽暗的路上，心里想着远方的城市，那彩虹一样的梦想便熠熠放光。乡下人有着乡下人的执着吧，我顽固地认为，这里的生活并不属于我；但哪里属于我呢？——不知道。

只知道春天来了，该下地了。春耕时节，老牛气喘吁吁犁地，我气喘吁吁跟在一旁拉绳，"与牛同乐，其乐无穷"，那是星期天。父亲说："你只要是学习，就不用去地里干活儿了。"

看看夏天来了，小麦该收获了。毒热的太阳下挥起镰刀，一缕一缕割麦，汗水一道一道流下来，犹似今日的桑拿浴。老母亲在割麦，老父亲也在割麦，村里的父老乡亲们都在割麦——他们的汗水泪水浸泡的苦涩，如今依然淅淅沥沥回响在岁月的天空里。

秋天过去，冬天来临。故乡的雪，晶莹剔透，寒凉彻骨。在冬日的阳光下，那雪光倒还温柔些，而到了夜晚，漆黑的夜色里，凌厉的雪光如无数把刀剑，刺得人两眼迷离，涩涩发疼。就在这冷飕飕的乡村夜雪里，乡亲们特别喜欢围坐在一起，听父亲讲述书上的故事。

他讲过《水浒传》《三国演义》，讲过《红楼梦》中的林黛玉、贾宝玉，还讲过《东周列国志》，等等。记得我听过一次，讲的是卖油郎独占花魁，心里特别羡慕那个混账小子卖油郎，直到后来读了大学，才知道这是来自冯梦龙的《三言二拍》，那时却对父亲佩服得很！

那温馨而浪漫的乡村之夜，如今与老父亲一起消失了，留给我们的，只有怀念与伤痛！

四

从入院到弥留之际，父亲就没能说出一句话。只记得第二天下午，他似乎有些清醒，两眼有些微转动，嘴角也抽动起来，跟着发出模模糊糊的声音——但仅此而已。

父亲，我知道，你有许多话要说，你还有许多的事要做，但一切都来不及了。

你说过：此生不幸生为念书人（虽然你并没有真正念过几年书），不会与人争，也没有能力与人争，更没有能力给儿女们创造更好的生活。但是父亲，我要说：你是无愧的，你也是伟大的。你已经用你的一生，铸造

了儿女们的品格与思想，使我们有生之年无怨无悔地生活下去！

永远记得院落里的那一排白杨树，在没有读过茅盾先生《白杨礼赞》的时候，我早就在心里礼赞它们了。那时我家住的三间土坯小房，还是1963年发大水后盖起来的，夏如蒸笼冬如冰窖，一家六口挤在一盘土炕上。父亲说："看门前那六棵白杨树，等它们长大了，咱家就可以盖新房了。"于是我们就盼呀盼。几年之后，父亲开始造屋盖房，这几棵树果然都做了新房的栋梁，"像你们哥儿几个一样。"父亲骄傲地说。

但是要盖新房谈何容易，需要一个农家几年甚至几十年的精心算计。砖要一块一块垒上去，可砖从哪里来？还有水泥、白灰、木料，再加上用人的吃喝，这需要多少钱啊！没有蚂蚁啃骨头的精神，要盖房简直比登天还难。

你看你看，多少农民一生脸朝黄土背朝天，汗珠子掉下来摔八瓣儿，像蜂筑巢，像燕衔泥，劳劳碌碌都是为了盖房啊！

但是千难万难，难不住一颗做父亲的心。那时姨姨家在井陉矿区，可以弄到一些煤炭，拉了回来换砖盖房。然而，我家既没有汽车，也没有马车，只有用人拉车了。为了拉炭换砖，父亲和大哥，还有表哥王江，三个人拉了两辆小拉车，一步一步，从故乡走到井陉矿区姨姨家，装上宝贝似的一车炭，再一步一步走回来，把炭拉到砖窑上。这大体需要一星期。漫漫长路，滴滴汗珠，如今想来令我涕下。不为了生活的艰辛，不为了我们这些儿女，老父亲何至于受此非人的苦难？他在路途上，一定想起了奶奶、爷爷，一定想起了早年的读书，也一定想起了我，他肯定想大声对我说："老二，你在干什么？你是否珍惜今天的生活？你是否在浪掷岁月、浪掷生命？"

父亲，我忘不掉你的责备，也忘不掉我的使命；可令我痛苦的是，我找不到一个生命的支点，找不到与这个世界沟通的渠道与方式。我是个人云亦云的记者，也是个冷静的批评家，更是像您一样，胸中贮满了对世界、对人生的感情，可有谁理解你？

我知道，在当今的时代，寻求理解简直太幼稚了，太可笑了；可是，这并不能全怪我。我从你身上，学会了从乌云中寻找黄鹤，从冬天里寻找太阳，从平淡中寻找放纵，从痛苦中寻找我的所爱——我知道，这没有错；错了的，或许只有这种无聊的生活。

可悲的是，我还离不开这种生活！

五

我长久长久坐在老父亲的病床前，说不出一句话。我知道，今生今世，我们父子就要永诀了。你生我养我一场，上帝让我们团聚了一场，是否如今一切都结束了？

你死不瞑目，因为你有心事，但已无法说出口；我想痛哭，因为你为我受的苦难，因为你的无法言说的心事。

从此后，我们父子天人永隔，再无重逢的希望了，再无交谈心事的可能了。直到现在我才发现，原来我是你今生今世的知己，只有老二才是你今生今世的知己啊！

可是，你等了我那么久那么久，我们父子都没有能畅谈一次啊，这怎么能让我不痛哭流涕？

父亲，再高的青山，也有流水；再远的天边，也有晚霞；再苦的岁月，也有欢乐。可是，今后的日子里，我到哪里去寻找你呀——我的老父亲！

我知道，你没有高高的乌纱帽，可以让我躲避尘世的风雨；你没有花花绿绿的钞票，可以让我买来富贵与荣华；你没有八面玲珑的处世哲学，可以让我少受委屈少走弯路；你也没有一身的骄横，可以让我天不怕地不怕……

难道你什么都没有吗？不！不！——不！你有你的精神，再难的生活也压不垮；你有你的奋斗，蚂蚁能搬掉大土疙瘩；你有你的归宿，如今，你又回到了韩家的祖坟安息。

你走了，却把无边的痛苦留给了我。让我漂泊无依，让我心神不宁，让我凄凉无助。那天和好友在一起，她说你要难受，就唱支歌吧。于是我就唱了——多么熟悉的声音，伴我多少年风和雨。没有天哪有地，没有地哪有家；没有家哪有你，没有你哪有我；是你抚养我长大，你给我一个家……

歌声里，走来了你，父亲。只见你慢慢走出了咱家门洞，慢慢走向外边。你的身影矮小，脚步也凌乱，但你只是走，慢慢走。你看看门口的小树，

看看哥哥放在那里的拖拉机车厢斗,再看看猪圈里嗷嗷叫的小猪,然后抚一抚那座雨水常年冲刷的麦秸垛,这才转过身来——

父亲啊!我这才看清了你!我迎上前去,大声地呼唤你,你却不吱声;我又叫唤了一声,你才侧过身,小声对我说:"我去了,你们好好珍惜吧!别忘了老太太,别忘了你哥哥,别忘了弟弟和妹妹——想着他们点儿!"

说完,你走了,飘然而去,不留痕迹。

父亲,安息吧!请相信我们会珍惜今天的生活,请相信我们不会辜负你的期望。

父亲,祝你一路平安!

(2002年1月25日)

【补　记】

父亲韩银祥,藁城市南孟镇西凝仁村人,生于1928年10月4日(农历八月二十一),属龙,卒于2001年11月12日(农历九月二十七),享年七十三岁。

永远的遗恨

我的家在冀中平原一个古旧的小村里。父亲善感，母亲坚韧。母亲身材很高，脸方口阔，年轻时很有力气，据说一百多斤的粮袋扛上就走，一口气噔噔噔爬着梯子背到房顶上。她兄弟姊妹共有七人，却没有一个人念过书，因此都成了"睁眼瞎子"，连自己的名字都不认得。

小时候在家，依在母亲膝下，只知饥餐渴饮，全没半分的苦痛。虽然农家小院如漏水的小舟在大海上漂流，自有其无言的艰难；但毕竟，世世代代都是正宗老农民，泥里水里，风里雨里，汗里泪里，都已习以为常，都以为是天经地义之事。

第一次让我尝到这种苦痛，是上中学的时候。南孟中学离家八里路，不能天天回去，孤独地住在学校，看夜晚校园上空凄美的月色，生出丝丝的忧郁。

不久，我给母亲写了一封信，说："我很好，别惦记。"

信写完了，我才想到母亲不识字，可怎么能看得懂啊！一股莫名的恼恨，兀然涌上心头。但我还是寄出了这平生第一封家书。

过了几天，母亲派已中学毕业的哥哥来看我。哥哥告诉我，娘听他念了信，说："信上说好好的，一定就有什么难处不肯说。"

我听了这话，一句话也说不出来。我像一只升入天空的风筝，线儿还紧紧捏在母亲的手里。

中学毕业，栉风沐雨之后，高考制度改革，我又幸运地考进了河北大

学中文系。那是"文革"过后第一次高考。这次变革,把我这个年轻的庄稼人变成了七七级大学生。

人生的不可思议处,会显出无穷的趣味来。我离别家园,去到几百里之外的古城保定读书,母亲那时已有白发了,她紧挨着我走向车站,那白发在风里飘摇,她脸上的皱纹,深深地镌刻在我的心上。

父亲流泪了,母亲却只是默默站着,嘱咐哥哥送我到正定去乘火车。离别之动人心弦,古今中外的文人墨客尽有描绘;但身历此情此景,没有人会冷静如常。

来到学校,赶紧写信报平安,但我又明白,母亲依然看不懂我的信呵。看着同学们的母亲有的来校,有的写信来,我内心极为嫉妒:我的母亲为什么就不识字呢?——这时候,我的心头生出了一个小小的、却永远实现不了的心愿:什么时候,母亲能给我写一封亲笔信?

这个心愿以后形成了一种强烈的折磨。每当古城月下,夜深人静,我就会想:假如母亲给我写信,她会说些什么?她会说"二娃子(我的小名儿),你别想我",还是说"吃饱睡好,家里一切都好"?

每当与同学们相聚,逸兴遄飞之时,这念头就会悄悄袭上心头,带来一股寒凉:母亲的信,那是多么圣洁、多么美好啊,但我却永远不能拥有!

临近暑假,因为思家心切,我向辅导员老师请假,辅导员老师居然不答应,我一怒之下,登车返乡了。

那是怎样的一个闷热而悠长的夏天哪!

那会儿,生产队里还没有实行责任制,队里不让出工的,我就伴着母亲,日日走在夏天的光阴里。院儿里有株石榴树,蔫蔫的有些不精神,我和母亲就拉了水来浇灌。那沥沥清水,像梦中的涛声,如今依然滴滴答答地响着;傍晚来临,暑气渐退,我和母亲就走出家门,慢慢地说话。她说她年轻时刚强,从来不叫苦说累;她说人的命天注定,没有什么好抱怨的。她还说:"如今,娘知足了。你们小时候,咱家只有三间小土屋,夏天热得要命,你们热得整夜睡不着觉。如今,娘知足了……"

院落里有一张铁床,铁床上铺着一领草编凉席,凉席上铺着一床粗布床单。每次从外边回来,母亲就坐在铁床上,絮絮地和我说话。晚饭过后,星星在天上闪烁,夜风在街头流动,母子在床边相依。

床边上生着一棵香椿树,香椿的嫩芽高高地开在房顶上,暗香却在我们眼前浮动;西窗下,栽了几棵茄子,猪耳朵似的肥肥的叶子在夜色里轻轻晃动;东墙下,还有一架丝瓜,瓜蔓子盘绕在几根木头柱子上,与绿绿的叶子一起上下翻飞,黄黄的丝瓜花星子一样开着。

唉,我的故园啊,我的母亲啊,何时再回到你的怀抱里?

大学毕业,我到了一家报社当记者。母亲问记者是什么?我说记者就是鹦鹉学舌的。娘笑了。就在那一瞬间,我忽然发现,母亲嘴里的牙已经落了好几颗——母亲是老了!

虽然常常回家,进门先喊娘,然后便坐在娘的身边,但我依然常常梦想着,能够读到母亲的信,能够拥有一封生身之母写给我的文字。这念头让我很痛苦。我知道这不切合实际。但这顽固的念头,折磨了我无数的日夜。人生来应当感激母亲——但也无须感激;一旦我自己老了,苍颜白发,忘记了母亲的音容笑貌,但还有那比肉体更长久的文字的纪念啊!

我需要的,是自己之于母亲的无言的、永恒的感念。但,今生今世已不可能了……

1987年冬天,寒意彻骨。就在这个冬天,母亲病了。我带着母亲,走遍了石家庄的几家医院,大夫都说下腹部有肿块,像是瘤。良性还是恶性?——不知道。一家医院一位姓祖的大夫说,根据种种迹象,我们认为是良性,可以手术。我代表全家在手术通知单上签了字。手术那天,许久许久,祖大夫脸色凝重地把我叫进去,通知我说:是恶性……我一下子蒙了:这怎么可能?

从这年的2月到10月,八个月期间,母亲在病痛中挣扎。当你看着亲娘在死亡的包围中受苦,但你又万般无奈、束手无策时,那种心灵的体验,真是万箭穿心一样。

母亲也渐渐意识到了自己的不支,先是对我说:希望再活五年,看着弟弟成家,妹妹大学毕业;过了几天,又说再活三年也行……

希望的火星渐渐黯淡了。有一次母亲问我:"二娃子,你们什么好吃的都给我买,什么药都买,我到底得了什么病?"

我无言以对,泪流满面。全家人一致决定向她封锁消息的。

最后的一个月,母亲已经很瘦很瘦。疼痛像条毒蛇,一阵一阵在袭击着她。为了止痛,我满世界去找杜冷丁。开始一支可顶一天,到后来,一支杜冷丁只能顶两个小时了……

母亲最后嘱咐我两件事:一是帮着让弟弟完婚,二是把妹妹大学毕业分配的事办好……然后,就去了。

就在弥留之际,小姨才流着眼泪,将病情告诉了她老人家。这使我的心愿成了永远的遗恨。母亲一生操劳,却没有留下一个文字;但她的纪念碑,却永远屹立在我们心中。

这些年来,弟弟成家了,并已生了一个儿子;妹妹大学毕业了,也即将完婚。但对母亲的怀念,却是日深一日。许多次冲动之下,总想提笔写一写母亲,却又无可奈何地放下:有什么语言,能写出一个儿子对母亲的怀念?有什么文字,能了却我心底那永远的遗恨?

我只有低下头来,无奈地摇摇头,无声地唤一声——娘……

附诗一首:

今夜,月亮很圆

母亲,明天
儿就要回去了
他只是
放心不下田里的事情
放心不下您的身体

今夜晚
月亮很圆
风儿也轻柔
母亲,咱们到田野去吧
儿子伴您慢慢走一走

走一走这沉沉的田野

有着您的汗水

有着您的血和泪

看这路旁的树木

挺挺的

显示着咱庄稼人的骨气与伤悲

您说这月亮很好看么

像儿幼时的脸庞

您说这夜色很美妙么

像儿伴着母亲的时光……

（1995年5月24日）

【补 记】

母亲张秋姐,藁城市南孟镇秦家庄村人,生于1925年(具体日期不详),属牛,卒于1987年10月23日(农历九月初一),享年六十三岁。

哥　　哥

一

　　哥哥最近一次来我家，是夏天的时候。那时我正装修房屋，准备搬家。哥哥稍微喝了两杯，便不胜酒力。但他依然过来，给我干活，显示了一位大哥的关心。他说中秋节回去吗？我说回。他说就你一个人回去？我嗯了一声。哥哥便不说话。

　　中秋时节，独自回乡，邂逅中学时的杜荣台老师。她问到哥哥，知道哥哥已注定一辈子埋没乡土之中了，不胜惋惜。她说，就你们哥仨而论，你哥最聪明，上学时是全年级的第一名，只可惜……

　　我诚心诚意地说，哥哥的埋没，是他个人的不幸，也应当算是国家的损失——国家少了一名可能很有创造力的工程师。

　　想当年，我们哥儿仨上学，水葱似的，个个都绿莹莹地伸枝展叶。只是我孤僻，弟弟贪玩，只有哥哥既通达，又认真，数理化在班上全面开花……

　　那是"文革"时代，哥哥便注定了他的悲哀。中学毕业，回到家里，书本融入那万顷禾苗之中了。当我进入我们的母校——南孟中学读书时，老师们人人都来辨认：哪个是增榜（哥哥的大名）的弟弟？一时间我差点儿成了校园里的明星。

　　国运多蹇，学而不成，我便孤独地沉入文字之中，用书本或词句来解脱自己；而哥哥回乡不久，父亲便决定造屋盖房。作为长子，哥哥义不容辞，支撑家业。

盖房没有砖，哥哥便和父亲、表哥一起，徒步拉上小拉车，到相距几百里之外的井陉矿区二姨家拉炭，回来换砖。漫漫长路，身负重荷，走低谷，攀陡坡，那份凄苦与无助，可想而知；如是三四趟，才换了几千块砖，在老宅西侧盖了两间住屋、一个门洞。

每次我从学校回来，都见哥哥呼前喝后，忙东忙西，疲惫不堪。晚上我说："我不想上学了——等盖完房子再去，行不？"

哥哥一听，马上反驳："走你的！家里没你的事。"

"可是……"

哥哥一皱眉，端起粥碗，走出院儿去。

那院儿里一片月光朦胧，如碎花，如残荷，如玉屑，把一家人的脸孔映得真淳和美。唉，我的家园，我的哥哥——那月光朗照下的艰辛岁月，这般忧愁又这般甜蜜！人间骨肉是无言的；唯其无言，才显深厚。

二

忙完了盖房之事，闲下心来，哥哥常发呆。他开始抽烟了，烟圈儿一转一摇，袅袅升入天空。他不是个多愁善感的人，但他也愁闷。他一定对自己的命运感到了茫然——虽然他并没有说。

那年夏天，他上二伯家，拿了一个破旧的收音机，鼓鼓捣捣自己学安装。闷热的夏夜，他彻夜不眠，焊、剪、装，一丝不苟，在灯底下的神情，那么专注、漠然。昏天黑地，一干就是十几天。娘说："驴子（哥哥的小名），你不要命了？"

他淡淡一笑："没事儿。"爹说："你就不干点正事儿？"他的声音高起来："啥是正事儿？"

夏天雨多，新房漏水，需要"砸房子"，就是用碎砖头、炉砟，搅和上白灰，覆在房顶之上，用木棒、四齿镢之类工具击砸，直到汩汩泛水，坚固方止。这是冀中农家普通的加固房顶的措施。但我家炉砟子很少，砖头也没了。爹和哥哥每天出工时，便背上一个柳条编的筐子，收工时不走

大路，满地捡拾砖头。太阳底下，人们面前，一个有文化的年轻人，做这点儿事，是要有些勇气的。

生活是最严厉的老师，它会告诉你应当怎么做——无论你愿意还是不愿意。

不久，喜讯传来，哥哥当了大队秘书，掌握村里的"印把子"。我却认为，哥哥并不是当村干部的材料。他不恶，太善了。这就是麻烦。村里分工让他分管第八生产队。风里雨里，他每天起早贪黑，到队里与社员们一起劳动。

那个秋天，他收秋、看场、播种，一头扎在八队，很久没有回家。秋后的一天，我从学校回来，娘对我说："你哥苦。"我无话；娘又说："你哥扯天蔽日地干，还有人找他的邪茬。——那帮王八羔子们！"

娘骂得有理。哥哥的心血付诸东流。村里领导之间胡折腾，掰腕子，斗来斗去，哥哥扯将进去，成为牺牲品。居然有人说哥哥工作消极，公社的头头儿也信了。哥哥做了半天干部，却一下子被关在了党的大门之外！

三

日子流水也似，哥仨渐次成人。我高中也毕业了，弟弟还在读高中，妹妹读初一。我与哥哥相处多了，却也无话可说。大队干部依然还在当，只是没了往日的积极。

一个月夜，家里只有哥哥与我。兄弟相对无言，唯有亲情流荡。

"我很闷——每天都很闷。"我说。

但哥哥并不言声，他不愿说出他心头郁结的人生。

冬天过了，初春来临。恢复高考的消息传来，父亲也终于决定再次盖房子。这次，我家要在村西盖一溜八间砖房。哥仨一抹齐啦，没房子是招不来媳妇的。生活又一次做出了选择——我去南孟中学参加高考复习，哥哥在家张罗盖房子。

母校依然萧瑟，寒冷。孤灯长夜，大家奋力一搏；哥哥依然忙得要死，累得不知东南西北，硬铮铮挺起了几间砖房。

新屋落成，高考开始。来年初春，我和弟弟一起进入大学，只是把哥哥留在了乡下。他是为了这个家业，尽了一个长子的责任；他是为了小弟小妹，耽搁了自己的前程！

我离家前夕，哥哥更忙。他给弟弟和我，每人买了毛巾、牙刷、肥皂盒，说："出门啦，得讲究点儿。"要走了，他一直送我到正定火车站，一直送我上火车。车要开了，他才急惶惶跳下去，喊："到了学校，早点来信……"我的泪流下来……

我们走了，哥哥依然劳碌。村干部不当了，他要谋一条生路，就托北苏二姑找了个手艺人学修表。他跟着人家，远走他乡，到了山西一带，跟人学艺，工钱是没有的，只管吃饭。

那天下课，我忽然拿到一封来自山西的信。打开一看，霎时泪雨淋淋：哥哥在那山高月小的地方，将息度日，其心之苦，可想而知；可他却对我说，这里很好，你千万努力学习，别让爹娘白疼一场。一连几天，我都像看见了山西的山影，以及走在山路上的哥哥。不因为什么逼迫，他是不会去那里的。

这年暑假回去，哥哥已经自己摆摊修表了。他到各处集市摆摊，挣钱虽不多，却也算一笔收入。每天天不亮即起，天黑透了才回。有一次半夜才回来，娘急得屋里屋外转圈子。

"娘。"

哥哥回来只叫了一声，便不言语。娘急问怎么啦，哥哥只是不说。

后来才知道，他被人赖去了一块表。那家人仗着人多势众，把哥哥扣了好长时间。他只得认倒霉，包赔一只梅花表。

日子像流水……

修表不错，哥哥便找到叔叔的儿子山子，要他来学修表，可是人家倒不愿意。但哥哥执意传艺，给山子做了修表的架子、出摊的牌子。人说你真傻，他说："都是一家子……"

四

等我大学毕业的时候，哥哥修表的生意已很萧条。干这营生的太多，

必须重新选择。哥哥这次做出了一个大胆决策：安装电视机。

那时，村子里电视还不多，庄稼人拿不出多少钱来买商店里的电视，自会买他的个体商品。他来到市里找我，我们托人买了电视机外壳和显像管，然后骑自行车驮回去——事情似乎很顺利……

但过了两年，电视机很快普及了，他的产品卖不出去，又得"调整产业结构"。他咬牙买了一辆小拖拉机，忙时干活，闲时跑运输……

但哥哥为人太实在、太仗义，吃了很多亏。几个人弄了一台嘉陵牌摩托车，谁知是假冒产品，没人肯要，只有哥哥一咬牙：我要吧！与人合在一起做买卖，也被人家坑过好几次。钱是小事，于理不通。哥哥却说："算啦，一个村里住着，抬头不见低头见……"

爹说，你哥是个漏勺。我说，是的。

在生活的道路上，哥哥做过一次次选择，做过一次次努力，但始终没有摆脱故家的清贫。他像故乡土地上的一棵草，没有鲜艳的色彩，只是极平常的一抹淡绿或浅蓝。如今在他的四周，又滋生出三株幽微的小草来，那是他的三个儿女。我本不赞成他违反国家计划生育政策，要那么多孩子。他说："这是命。"

后来，他又买过一台小型收割机，夏收时到各村割麦子。毒热的太阳，翻滚的烟尘，劳碌的人群。汗水和着泥水飞，希望伴着失望洒。但是不久，大型联合收割机开进了夏日的田野，彻底解除了人们收麦子的劳累，小收割机自然被淘汰了。

此后，他找到省外贸的同学，从邢台开回一辆蓝色蓝鸟高级小轿车，在四乡里跑出租，一时之间成为村里一景。

几年后，蓝鸟飞了，他又连借带贷款，买了一辆二手红色桑塔纳，继续出租生涯。蓝色换成红色，蓝鸟变成了桑塔纳——总之，他在不断地追求，不断地拼搏；但日子，却总是那样的苍凉，这让我们弟弟妹妹深感忧郁。

每次回家，与哥哥相对，一腔话语，便无处诉说。

十几载岁月过去，我们都已成家立业。沧桑人生，苦辣酸甜，无可言说，也不能言说。1987年深秋，母亲病故，弟兄们灵前大恸，知道今后势将成为没娘的孩子；十二年之后，老父亲去世，弟兄们更是无语哽咽，知道世界上最疼自己的那两个人都已经走了，并且永远不会再回来了。今生今世，那最伟大的母爱与父爱，已经彻底告别了我们。我们兄妹势将一步步沿着人生，彼此骨肉分离，愈来愈远。那些睡在一间小屋、眼泪交流的日子，那些共对一锅稀粥、共对父母高堂的时刻，那些彼此相携了手、支撑家业的往事——这些都将如夜里的天光，总要淡下来的，总要被自己的奋斗、被自己儿女的烦心之事所淹没的：这便是人生的意味吗？每思及此，便兀地悲痛。虽身居闹市，却不能助哥哥一臂之力，常感惭愧，常感孤独。每次过年过节，我必定想起归家。台湾歌手罗大佑说："台北不是我的家，我的家乡没有霓虹灯。"我的家乡也没有霓虹灯，只有土地深沉、只有骨肉亲情……

假若生活能够重新开头，我还将毫不犹豫选择我的父母，虽然他们贫穷；我还将毫不犹豫选择我的哥哥、弟弟、妹妹……

哥哥，什么时候，兄妹们才能相聚月下灯前，重温往日旧梦？

（1995年10月11日写，2001年春改）

【补　记】

2014年9月1日（农历八月初八）凌晨六时，大哥韩增榜因罹患肝癌，不幸辞世，享年六十岁。从那年7月22日发病住进省中医院，到9月1日在老家旧宅病故，只有短短的四十天。大哥生于1955年2月15日（农历三月十九），属羊，辛苦一生，劳碌一生。他的早逝，引起亲人们的极大悲痛，我曾作组诗《诗祭大哥》，以表达心中的哀思。

（2018年3月16日）

嫂　子

今年夏天，妹住院生小孩，她望着我说："你把嫂子接来吧？"

那时她阵痛正烈。我走出医院，在大太阳的照耀下，马路上白花花一片阳光。自从七年前母亲辞世，嫂子便成了我们兄妹的心灵所系。那年弟妹生小孩，在故园老宅坐月子，是嫂子侍候；如今，又轮到了妹妹！

我们兄妹四个。我和弟弟妹妹都从学校毕业，分配到城市工作，只有哥哥留在乡下，与故乡的黄土和寒风为伍。嫂子进门那年，正是我们小兄弟读书的年月。家境清寒，稍感富足的，只有院里树枝上的春风和夜晚天空中的月色！

嫂子就是披着这月色走进家门的。一进门，就挑起了沉重的家庭重担。

那时候嫂子年轻力壮，是村里出名能干的姑娘，做饭，洗衣，下田收获，无不操心，照料家务，照料父母，一年后又照料孩子。那年我从学校回家，看着忙碌的嫂子，心里十分不安。我说，照料父母本是我们儿女的责任，嫂子你辛苦了。谁料她却瞪了我一眼："你说什么傻话！"

故乡的春风秋雨，城里的日升日落。

我们兄妹相继大学毕业，相继成为国家干部，但哥哥依然在乡间流落，如那村头坡上的苍黄的草棵！父母年纪大了，他自己也已经有了三个孩子。生活的重轭如乡村晚雾那般沉重。他修手表、跑运输，为生计而奔波，日落西山时难免心头凄惶；而嫂子却只是默默地忙碌，扶老携幼，坚强地创造着较为满意的生活。喂猪、喂鸡、喂鸭子、喂孩子，还时常关怀着我们兄妹，给我们预备小米、鸡蛋、玉米面、山药、花生，她说："城里卖的不如咱家里的好。"

几年之后，母亲病了。我们当初都没料到，这场病使我们失去了慈母，成了没娘的孩子。我领着母亲在省城转了好几家医院，都查不出什么毛病，只有怔怔地送母亲回家。

为了治好母亲的病，嫂子曾经请了"封建先生"，并按人家吩咐，夜半到野地里上供烧纸，祈祷平安——但没有效果。她听说一个村子里有位老先生医道高明，就拉来小拉车，铺上棉被，让母亲稳稳坐上，拉着母亲到十几里地之外的村子去看病。那时乡间路还没铺柏油，坑洼颠簸；那一节一节长路，该是怎样一步一步走过？奔波一天，滴水未进，夜色昏黑，她又拉着母亲一步一步走回家来。

几天后我回家，听母亲笑着谈这件事，我却怎么也笑不起来。我的心里，只有感动，却难以言说。几年后，我听李娜唱的那一曲《嫂子颂》，那旋律那苍凉，一下子让我热泪盈眶！

嫂子，嫂子，借你一双小手
捧一把黑土先把敌人埋掉
嫂子，嫂子，借你一对大脚
踩一溜山道再把我们送好
嫂子，嫂子，借你一副身板
挡一挡太阳我们好打胜仗
噢——憨憨的嫂子，亲亲的嫂子，我们用鲜血供奉你
噢——黑黑的嫂子，噢——黑黑的嫂子，黑黑的你

后来在一家医院，我们终于确切知道了母亲的病情：胰腺癌，现代医术已无能为力。从那年二月母亲发病，到十月母亲辞世，其间八个月真是天昏地暗。我隔两天就回家，而嫂子却天天守在母亲身边悉心照料，使病中的母亲得到了极大的安慰；就连母亲病逝准备后事，都是嫂子亲自到城里来置办，她说："你不知道娘喜欢啥样的东西。"

送母亲归去，弟兄们涕泗交流，小妹痛哭不止。嫂子揽着她，告诉她这里还是她的家……

那天晚上，月光凛冽。我们都怔在院子里的月光下，看着不断抽泣的小妹，看着这熟悉的、亲切的一草一木：没了娘，家还是什么？

嫂子过来，呆了半晌，才一一唤着我和弟弟妹妹的名字，说："咱娘没了，可你们还有家，以后要常回来！啊！"

我永远忘不了那天晚上月光的凛冽，每一丝每一缕，都冰一般寒凉。那时我明白了：没了娘，还有嫂子，还有亲人……

以后，为了弟弟妹妹成家立业，哥哥嫂子惦念不已。那一次为给弟弟介绍对象，哥嫂到城里来找我；那一次为了妹妹的不高兴，嫂子让村里人捎话给我，让我去劝劝她……逢年过节，嫂子就准备一些好的吃食，等着我们，盼着我们回家去。

每次我离家，她都嘱咐我照顾同在省城的小妹："她还小，你过两天就去看看她，听见没有？"

缺了母爱的家是不圆满的。我们兄妹庆幸的是，嫂子维系了我们对家的感情和爱。嫂子从小没念过书，因此很遗憾地不认字。但嫂子有一颗善良、高尚的心灵。她像月亮一样，用她的光辉照亮了我们曾经阴暗的心灵！

这次，在嫂子的照料下，小妹顺利地生了她的儿子……刚满月，她就迫不及待地回老家去了。我知道，有嫂子在，小妹哪儿也不会去的。

（1994年秋）

上卷　此情若雪

弟弟说他不回家

那一年（大约是1979年）的年底，我从保定河北大学回家歇年假。拎着书包进村一看，零星残雪还斑斑点点积在南墙根儿下、柴棚子上。娘说，前几天下了一场雪，这两天刚刚化了，不晓得北边下雪没有？

我说今年北边没下雪，天气也暖和些。娘便不语。

其实，中国北方的冬天怎么会不下雪呢？自从弟弟宝华到遥远的吉林市去上学，娘便时时地想着有关北边的事情。北边有狼没有？——听说东北虎挺厉害的，是不？听说东北冷得厉害，能冻掉人的耳朵，是不？面对娘的这些问话，我真是无言以对。

今年一入冬，娘便做了一件新棉袄，让哥哥寄给弟弟，并命令哥哥寄上五十块钱，写上一封信："娘的眼睛不好使，就不给你做棉裤了，你自己买条绒裤吧……"

看看年关近了，村里人忙着杀猪、宰羊、磨豆腐，备置各种年货。我家因为秋天把大猪卖了，如今圈里的猪尚小，就买了叔叔家"一条猪腿"，也就是一只猪的四分之一。拿肉那天，娘又问我："宝华快回来了吧？"我掐着指头一算，说快了。"路上不会出什么事吧？"娘惶惶地又问。我有几分笑，也有几分不耐烦，说："他是大人了，哪会有什么事！"娘便不语。但我明显感到，娘依然惶惶不安。

腊月二十八这天，妹妹宝钗从学校放假回来了，手里捏了一个白信封悄悄进屋，来到娘跟前，突然一亮："娘，你看这是啥？"

· 031 ·

原来是弟弟的信!

娘顾不得别的,连声催我快点儿念。弟弟在信上说:今年冬天北边没下大雪,天气很暖和,娘别担心。因为学习很紧张,今年过年我就不回去了……

"啥?——他过年不回来了?"娘一下子坐在炕沿上,眼睛也就失去了光彩。"他不回来了?这个王八羔子,怎么就不回来了?"

娘坐在那里,喃喃低语,那眼泪跟着就流下来:"一定是他没有路费,快,你去给他寄一百块钱路费。快去啊!"

一家人面面相觑。我说:"现在寄也来不及啊!"

娘气得一下挺起身来:"你不去?——你不去我去!"

我只好走出去……但钱是没有寄。因为这会儿寄去,也真来不及,反倒让弟弟心烦意乱。

整整两天,娘躺在炕上,病了。头疼,牙疼,浑身没劲儿,不思饮食。请来村里的医生经策哥,他看看,说:"没事儿的。"但娘的病情明显沉重,又开始发烧了。

过了腊月二十九,就是腊月三十,除夕。老辈人说:无论走多远,就是到了天涯海角,除夕之夜也该赶回家来的;但弟弟今年不回来了,而且,是他离家后的头一年。

"你们都在这儿看着我干什么?我死不了的!"娘的脾气显然大了。

暮色来临,远远近近响起了鞭炮声……忽然,娘说:"有人来了。"

可我们什么也没听见。

正疑惑间,院子里传来一声呼唤——"娘!"

我们抬眼一看,弟弟宝华背着大提包,一直走进屋里来了。娘早已从炕上挺身坐起来,急速出溜下炕,走向终于回到她身边的三儿子……

那个除夕之夜,北风凄紧,还飘起了细碎的小雪花,寰宇寒彻;但在我们的农家小院里,却是一片柔美温馨流荡。即使是过了许多年,每当想起当时的情景,依然令人心头发热,"欲零还住"。弟兄们如今都已长大,娘也在几年前魂归故土,但留在儿女们心中的温暖、慈爱与怀念,却一生一世,永铭心中!

(1993年1月4日)

兰芝堂姐

一

今年初三回家上坟时,遇见了兰芝堂姐的三个女儿,在为她们的姥姥姥爷烧纸。一向快言快语的大芬连声喊着"舅舅"。我问她,你娘怎么没来呢?她说,娘身体不舒服……

我没再吱声,却感觉心底里一支梅花咔吧一声折断了似的。

兰芝堂姐是福元大伯的女儿。福元大伯是父亲的大哥,与父亲的忧郁性格有着天壤之别。他走路踢哩趿拉,说话嘀里嘟噜,头上箍着一条油乎乎的羊肚子毛巾,旱烟杆抽得云天雾罩,整天在街上乐呵呵地烧包。有一年,他家买了一辆双喜牌自行车,人们褒贬说质量不咋地,他不服气,骑上去蹬得飞快,一下子骑进了二伯家门前的池塘里——幸亏当时没有水。他爬上来拍拍屁股,哈哈一笑,说:"看咱的车子跑得快不?"一街筒子人哄堂大笑。

兰芝堂姐身材不高,脸形圆而垂,一头清汤挂面齐耳短发,走路飞快,在她身后,总要漾起一阵细细的飞尘;说起话来,那声音犹如青砖磨乔木,或是枣枝挂青杏,反正难称清脆悦耳;一旦发起怒来,那嗓音,就像砂石磨耳轮。哦,堂姐,请原谅我这样放肆地描写你呵!

堂姐是我人生的第一个老师。她早年的教诲,一直与我相伴始终。

1966年秋天,我开始到本村小学读书。那时"文革"烈焰初燃,全国

一片红旗飘扬，毛主席的最高指示不断传来，村子里锣鼓喧天，大喇叭上的革命口号震天响。我们一入校门，就是排着队挨家挨户去宣传《毛主席语录》。那时候哪里懂得什么革命不革命啊，只是拿着小红本子，照本宣科去念。

那会儿，兰芝堂姐站在讲台上，手捧"红宝书"，一字一句教我们朗诵。堂姐刚到学校教书，就顺理成章当了我的班主任。我的人生第一课，就是跟着她大声朗诵毛主席语录；虽然，我直到十几年之后，才弄明白了这些奥妙无穷的话的真正含义。

二

我们的小学校，在刘家街中部一条胡同深处。胡同口有一棵拧拧巴巴的老槐树，槐树的歪脖子上，挂着一口黑黝黝的铁钟。生产队命令社员们按时出工的钟声，就从这里敲响。顺着胡同往里走，拐过一道弯儿，再拐过一道弯儿，就到了。这是村里恶霸地主杨凤琳的故居。杨凤琳是个女地主，据说旧社会作恶多端，早被扫地出门了，她家的故居，就做了学校。村里批斗她的场面，几十年之后，依稀在我的梦里闪烁。

教室是三间脸朝东的西屋，中间的界山墙拆除了，立了几根粗大的圆柱子，支撑着颤巍巍的横梁；那条被虫蛀得直掉木末子的横梁上，经常有老鼠吱吱跑过。课桌是一溜尺把高的土台子，我们拿了小板凳，一排排坐在土台子后边，堂姐坐了一只三条腿圆凳，面前有一张三条腿课桌（一条腿断了，绑了一节木棍支着），手里掰着课本，在一块挂在墙上的小黑板上，边写边念——日月水火，山石田土……

这八个字，就是我入学后最初认识并书写的汉字。

下课了，同学们叽叽喳喳跑出屋去，女生跳绳踢毽子，男生一对一玩"杵拐"，双方右脚着地，左腿蜷起成弓形，用双手抱了蜷在身前，使劲儿蹦跳着冲撞对方，谁先松手，或者倒下，就算输了。这种娱乐方式，是野马一样的农家小子们好勇斗狠的竞赛呢。

放学了，兰芝堂姐忽然喊住我，问道："今天的课，你听懂没有？"

"啥?"

我二不愣登一个字,惹得堂姐大怒,她扬起的巴掌,最后却没有落在我的头上,"哎,你这个傻小子呀!"

我最初的读书生涯,充满了坎坷。本来,前一年我该上学了,因为妹妹小,家道艰难,父母急着干活挣工分,只有我来抱妹妹了。我和邻居银须同岁,他来找我,堂姐也来家里催。可是,可是,世风凛冽啊,生活窘迫啊,只有我来做出牺牲吧!我大哭一场,也就乖乖留在家里带妹妹玩了。后来我和妹妹感情特别深,也可能就是从小铸就的吧!

有一天,临近中午了,我抱着熟睡的妹妹,累得狗似的大口喘气,母亲收工回来,顾不得擦一擦满头大汗,急急忙忙过来接,可是,还没等母亲接住,我就松手了,啪唧!妹妹掉地上,瞬间胳膊脱了臼!……

三

少年岁月,碧绿青黄,彩虹闪耀,春水泛滥,真是如诗如画啊!

可是乡下小子的顽皮,也是一件令天上星星恼恨的事情。堂姐在时,大家鸦雀无声,一个个像猫在洞口的耗子,挤眉弄眼,堂姐一走,顿时天下大乱,教室里吵闹喧哗,书本板凳横飞。有一天自习课,一条横飞的板凳,砸了一个女生阿银的胳膊,擦破一层皮,还流了血,她大哭大叫,堂姐严厉地追查肇事者,追来查去,责任却落在了我头上,我杀猪宰羊一般喊冤叫屈,也无济于事。阿银的娘来了,像磨扇压住了猫尾巴,尖着嗓子叫唤。堂姐怒不可遏,涨红了脸,嘴唇翕动着,腮帮子垂下来像要滴水,蹬蹬踢了我两脚……

我知道闯祸了,晚上没敢回去吃饭。堂姐到了家里,向父母控诉我的严重罪行。那天深夜,爹长吁短叹,娘一声不吭,却都没有睡着觉。我窝在炕角落里,大气也不敢吭……

第二天,天还不亮,我就背上书包跑出去了。我要用行动反抗堂姐的"暴虐"!整整一天,谁也找不见我的影子。堂姐急得跳脚,爹娘急得转圈子……

那是个初夏天气。天空中万里无云。几片流霞,霞光万道;几只飞鸟,

飞向天外；田野上的各种春虫，蚂蚱、刀螂、蝈蝈、蛐蛐、麻雀、燕子、蝴蝶、蝼蛄、蜻蜓、黄鼠狼、赤练蛇，等等，各自沿着各自的生活规律，在觅食，在生活，在飞翔……

我就躺在村南第九生产队那片山药地里，用碧绿肥大的叶子，遮盖了全身。春天的山药地，垄沟深陷，垄脊高耸，山药蔓子像情人长长的缠绵，遮盖了世间的一切！——起初，我是要躲起来，藏起来……渐渐地，就蒙眬着睡去了……

哦，我的天！一个乡下少年，躺在初夏的田野里，头枕沃土，身缠绿藤，缥缈缥缈地沉酣在一个巨大的春梦里……那是多么美好的岁月啊！那是多么美妙的童话啊！

可是，堂姐吓坏了。她知道我性子有些"拧巴"，平日里绵羊也似，一旦急了，是敢于做出些惊天动地之事的……她和我的父母一起，走遍了村东、村西、村北、村南，到处寻找、呼喊……他们也走过了我藏身的那片山药地，可愣是没有发现我的一丝踪迹！

直到掌灯时分，一个鬼鬼祟祟的身影，匍匐在山药地里，撩起缠缠绕绕的山药蔓，弓腰曲背挖掘起来。有人偷盗集体财产啦！我刚要像少年英雄刘文学[①]那样呐喊一声，却发现这是队里那个长得很好看的丫头小英子，人们都喊她"萝卜缨"。她恍惚间发现了我，就像半夜撞见了活鬼，吓得扯着嗓子大呼小叫起来……我一骨碌站起身来，揉揉眼，说："嗯，你咋啦？"

整个夏天，就在这样的悲喜剧中溜走了。秋天来了。那是一个丰收的秋天，玉米、棉花、花生、山药、芝麻、土豆、黄豆，以及其他各种菜蔬，各种飞禽，各种花草，以其善良的花瓣、蓬勃的朝气、美丽的生命，装点了这个世运多舛的人间。村南有一条连接南宁仁村和北汪村的道沟，丈余宽，沟底常年流着绿水，岸边到处是野花野草，到了曲拐处，形成了一个

[①] 刘文学，1945年2月出生，今重庆市合川区渠嘉乡双江村人。1959年11月18日晚，他参加生产队劳动回来，发现地主王荣学偷摘集体的海椒，当即大声呐喊，上前阻止。王荣学拿出一块钱想收买他，他高声叫道："谁要你的臭钱！"随即与王荣学展开搏斗，终因年幼力薄，被王荣学用绳子活活勒死，年仅十四岁。2009年，刘文学被评为"100位新中国成立以来感动中国人物"。

大池塘。这是村里孩子们的天堂。因为历年来屡次出现小孩子被淹事件，校长下令，严禁学生到池塘里玩水。可是，一群扑棱扑棱的生命，哪里是一道命令能够禁锢的啊！

那天午后，我和几个同学，偷偷地跑到池塘边玩耍。我是旱鸭子，只在水边扑腾，那些会水的家伙，一会儿就泥鳅似的钻到深处去了。池塘里的水，脏兮兮，浑乎乎，岸边长着一蓬一蓬芦苇；几只鸭子，哗哗戏水，炫耀着游泳技艺；一片片惨绿色水葫芦，在水面上浮荡……

大家玩累了，就躺在岸边的柳树下，东倒西歪睡着了。不知是谁，用墨水给睡梦中的我们，每人画了一副眼镜，两撇小黑胡子。岂料，这成了我们受惩罚的证据。堂姐找到池塘来，把我们吆喝醒来，赶回学校。在随后召开的批判大会上，我们一个个戴着"眼镜"，撇着"胡子"，站在同学们跟前，接受严厉的纪律"洗礼"……呵呵，那个批判大会的壮观情形，如今依然鲜亮如昨啊！

四

但毕竟，那是个革命理想高于天的年代，尽管是天真无邪的一群孩子，也免不了受到政治运动的强烈砥砺。

我跟着堂姐念书，已经进入四年级了。学校也从后街搬到了前街，教室开阔了，讲桌、课桌是水泥做的，光溜溜、冰乎乎，油光可鉴。堂姐是语文老师兼班主任；教政治的张老师身材瘦高，看人看事，低眉顺眼，走路跑步，步履绵软，他还教着一门新课——科学常识……

我们就在疾风骤雨之中，朗诵着高尔基的著名檄文《海燕》，高喊着"让暴风雨来得更猛烈些吧"，告别了小学时代，升入了初中。

那天晚上，月光冷幽幽的，堂姐来到我家里，说，你大了，姐姐教不了你了，以后，你自己管自己吧！我说，姐，我永远听你的话，好好念书。那时候，堂姐已经结婚，丈夫是本村后街的刘戈英。堂姐夫矮墩墩的，人很憨厚，不大的眼睛里，闪动着炽热而狡黠的光芒。第二年，堂姐生了一个女儿，这就是嘴尖舌利的小丫头大芬。

初中时代，增山堂哥接手做了班主任，对我关爱有加，岂料不久后风波乍起，我们经历了一次昙花一现的"教育改革"，西凝仁村与北汪村联办初中，称为"联中"，两个村的学生凑成了两个班。我的班主任，换成了孙更爱老师。孙老师娘家是北堤里村，婆家是北汪村，她长得很漂亮，身材娇柔，眼睛明亮，圆圆的脸颊上，是一抹岁月抹不去的天真与娇羞。她教的是语文，讲课犹如莺啼燕啭，念念不忘的是她从前教过的几个好学生。教化学的李老师来自本村，眼睛明亮，身形清雅，是个典型的乡下秀才，讲课如行云流水，青丝缕缕；教数学的张老师来自北汪村，高个子，大嗓门，头发翻卷如波浪，讲起课来，满口 ABCDEFG，一片张牙舞爪；教物理的杨老师来自南凝仁村，他长着一张麻花脸，两边脸颊不对称，有些歪拧，讲课口齿含混不清，还容易着急，搞得同学们很不喜欢，我的物理课，因此很差；而最精彩的人物，是我们亲爱的黄校长，他来自北堤里村，大背头，金鱼眼，脸上似怒似嗔，一副哭笑不得的模样，走路直撅撅的，如一根平行移动的木棍，每次开会，必定要皱着眉头严肃地讲话——"我们要牢记毛主席的教导，千万不要忘记阶级斗争！阶级斗争要年年讲，月月讲，天天讲。我们与阶级敌人做斗争，一定要坚持稳、准、狠三原则！所谓稳，就是稳妥不出问题；所谓准，就是不打无把握之仗，击中要害；所谓狠，就是要一棒子打翻在地，再踏上一万只脚！……"

黄校长不愧是毛主席的好学生，言必称"阶级斗争"，言必称"稳准狠"三原则。他的讲话，有些像表演数来宝，一字一顿，指指戳戳，令人忍俊不禁；但他对我始终很好，大会小会表扬我。我如此真切地描述已经驾鹤西去的老校长，是否有些不敬呢？在此必须说一声：抱歉！

学校里的怪异风景，当属一个大字不识的"土皇帝"——"小义大伯"。那时候，毛主席一声令下：贫下中农管理学校！这个满头白发、满脸褶皱的老头子，就颤颤巍巍地来到了学校，做了贫管会（贫下中农管理学校委员会）主席，学校的最高领导。他嘴里叼着一柄长烟杆，一边喷云吐雾，一边慢吞吞下着各种"命令"……对于这个被时代风暴弄成"土皇帝"的老爷子，我至今也不知道他的真实姓名，只记得他是本村刘家街上的，在旧社会逃荒要饭，受尽压迫与剥削，学校开大会的时候，校长尊称他为"小义大伯"，我因此记住了这个模模糊糊的称谓。

初中时代的辉煌，是有一次期末数学考试，把两个班八十余名同学都拉到操场上，一人一张凳子，一张考卷。张老师瞪着一双鹰眼，大声宣布：谁也不许偷看，不许抄袭，一旦发现，严惩不贷！——也怪了。这次考试，所有同学都不及格，只有我错了一道填空题，扣了2分，得了98分。在讲评会上，张老师大张旗鼓表扬了我，当然，对别的同学则是一顿臭骂！……这一时期，后来被称为"资产阶级教育路线回潮"，受到了严厉批判。从此，乃至此后的中学时代，我就彻底告别了数理化，这次考试，也就成了我学生时代数理化最后的一抹辉煌。

日子，过了一天又一天，没完没了；生活，赤橙黄绿青蓝紫，多姿多彩多磨难……后来，我从初中升入高中，忽忽两年逝去，我高中毕业了。在这期间，堂姐一直在村里的学校教书，连番输送毛坯子小学生，进入初中、高中。我与我的许多同村小兄弟小姐妹，很多都是堂姐的弟子，无论过了多少年，这些学生见了堂姐，一律的毕恭毕敬，大老远的赶紧下车打招呼。

哦，亲爱的堂姐，是你，领着我们走出了啼啼哭哭的少年时光，教会了我们读书识字，知道了 $1+1=2$，$2+2=4$，学会了汉语拼音 b、p、m、f、d、t、n、l……

五

1977 年底，我参加了全国高校招生制度改革之后的第一届高考，1978 年 3 月，我进入河北大学中文系读书，是如今响彻云霄的所谓"七七级"。

还是高考制度改革之初，堂姐第一个把这个消息告诉了我，并鼓励我去南孟中学复习，准备参加高考。

那些寒风凛冽的日子，白雪飘飞，理想趴窝，一群穿着臃肿的棉袄棉裤的乡下小子，昏天黑地复习功课，在黑暗中做着垂死挣扎，就像一群盗墓贼在挖掘古墓，既绝望得要死，歇斯底里几乎崩溃，又充满了五颜六色乱七八糟的绚烂梦想。几个月后，大学录取通知书到了村里，堂姐第一个兴冲冲拿到我家来，高兴得合不拢嘴。

那一年，我和弟弟宝华同时参加了第一次高考，同时"鱼跃龙门"——他去吉林，我去保定。我俩同时入学的消息，震动了四邻八乡，引得附近一带无数后生专心向学……

临行之际，堂姐给我买了一条新裤子，淡绿色，迪卡布料，这是当时很高级的布料，很时尚的款式。她说，大学生啦，跟牛倌不一样了，穿得要像模像样。——读大学的整整四年，我基本上就是穿着堂姐的这条裤子，蹉跎着如烟岁月。

每年春节回家，我都要到堂姐家做客，她把花生、红枣、瓜子、糖果、年糕，一样一样，摆列开来，然后烧火做饭，烹炸熘煮，吱吱啦啦，熏灌肠、炒腌肉、熘猪肝、炖猪蹄、蒸方肉、炸丸子、烩粉条……但凡她会做的美味，七碟子八碗，热气腾腾，端上桌来，姐夫刘戈英则大模大样盘腿坐在炕上，看着她忙活，末了说，来，咱哥俩喝两盅！——那是一瓶"扳倒井"白酒，一口下去，喉咙咕噜噜，肚里热辣辣……

堂姐的日子，似乎过得还不错。然而，有件大事，却很不如意。她与姐夫一样，重男轻女思想严重，做梦都想生个儿子。于是，他们生了第二胎，又是个女孩，取名"二芬"，一家人摇头叹气，脸孔拉得像一条竖起来的青石板。他们朝着目标，继续努力，两年之后，又生了第三胎——天呀地呀老天爷啊！还是个女孩，万般无奈地取名"多余"，乳名"小多"……唉！到了这一步，两口子也就无计可施，只好认命了；而且，为了这个可怜的"小多"，严重违反计划生育基本国策，堂姐受到了严厉的惩罚——她的民办教师资格，被开除了！

这时候，我已经是一名鹦鹉学舌的记者了。父亲说，看怎么帮帮你姐？我说，国家这个计划生育政策，收得这么紧，怎么帮啊？

堂姐就这样离开了她心爱的学校，回到田野里，与秧苗露珠为伍了。尽管桃李满村，却无法织成云霞，笼罩头顶；也无法化作雨露，滋润艰涩的生活。她是为教书育人而生的女性，板书流丽而豪放，却被一些封建意识牵扯，止息了天鹅之绝唱；她是为追求美好生活而生的女性，为人诚恳古朴、热忱、厚道，却被一些陈旧观念桎梏，停住了飞向文明、飞向新生活的翅膀……

每次回乡，一定想着去看看堂姐，去吃她烙的饼，炒的菜，酾的酒，熬的汤，坐在她的家里，温暖、惬意、放松、无思无念、无欲无求、无怨无悔……

令我内疚与惭愧的是，因为一件事情，我没有做好，留下了一生的遗憾。姐，我真的不是故意的。我只是个人云亦云的记者，在这个苍茫的世界上，人微言轻，既无法撼动山岳，也无法阻止流水，我只能低下头，说："姐，请你原谅我吧！"

哦，堂姐，今年因为来去匆匆，没有见到你的面影——你还好吗？

（2009年1月31日）

文法堂哥

一

书本与现实，总是有很大距离的。

譬如文法堂哥吧。我在中篇小说《残秋》中，写到了堂哥结婚时的情景——

大约从二十世纪六十年代末开始，就有穷乡僻壤的川妹子来到陵水县一带，投亲靠友找婆家。那些饥渴难耐的光棍儿汉们，花上几千块钱就能娶个黄花大闺女。文法堂哥曾经相看过三个女人，不是人家嫌他丑，就是要钱太多，一直没有成功。

今年春天，第一个来到我们西宁村落户的川妹子春宝媳妇兰花从老家领来了姐妹俩，姐姐花枝二十八岁，妹妹花朵二十五岁。这姐妹俩是兰花的远房亲戚，因为家里实在穷，跟她来河北找婆家的。同来的还有姐妹俩的老娘，一个满脸皱巴巴核桃纹儿的小老太太，整日叼着烟袋呼呼吐烟圈儿。

文法堂哥东挪西凑了四千块钱交给老太太，与姐姐花枝订了婚；云贵看上了妹妹花朵，愿意出四千块钱。谁知老太太把头摇得像个拨浪鼓，说，俺这小妮子又嫩又水灵，一万块钱一分也不能少。那云贵把牙龈咬得出血，舍命掏了六千五百块钱，老太太这才勉强点了头。姐妹俩随后陪老娘带着一大笔钱,回了一趟四川老家。为防止娘儿仁肉包子打狗一去不回头,兰花和春宝夫妇一同前往监督。如今,姐妹俩和家人一起回这里成亲来了。

二大伯为文法堂哥成婚摆了五桌酒席。我那花枝堂嫂像个没长熟的倭瓜,大脑袋,细脖子,两只窝扣眼儿,走路右脚跟儿一颠一颠的;文法堂哥四十多岁了还没尝过女人的滋味儿,被一帮街坊小子们逗来弄去的,涂抹得满脸血红;二大伯那张黑枣似的瘦脸上也是红红白白的。几杯老酒下肚,不知怎的,他居然咧着嘴孩子似的哭起来。我的大姑站起来说:"没事儿,老儿子成家啦,他是高兴的,大家喝酒吧!"

当天晚上,西宁村里冒出了两个"听房工作队"半夜出动,一路到云贵家,另一路到文法堂哥家。

所谓"听房",是冀中农村娶媳妇闹新房的延续。夜深了,经过了一阵阵的胡乱折腾,闹新房的人们慢慢散去了。新婚夫妻急不可耐开始干好事。正当两人干得热火朝天时,忽听窗外有人哧哧笑,跟着就怪叫起来。

第二天,夫妻俩的"流氓行为"和"流氓言语"就传遍了全村。这是千年的乡风,人们并不以此为丑,反而津津乐道。在冀中平原每个村子里,都流传着许许多多关于"听房"的荤段子。

那天深夜,两个"听房工作队"收获都很大。云贵的新房是木格窗户,几个人用舌头把窗户纸舔湿、弄破,往里偷窥;而文法堂哥那里更是听出了新花样。

几个坏小子从邻居家房顶上绕到文法堂哥家房顶上,再顺着绳子出溜到院子里,攀着梯子爬到东墙上。花枝堂嫂把门窗关得严严实实,可就是忽略了东墙上方开着一个筛子大小的玻璃窗户,也就忘了挂窗帘。坏小子们轮流爬上去,文法堂哥和花枝堂嫂那点子高高低低的山水,让他们看了个淋漓尽致,屋里屋外都累得像条狗!

二

其实，文法堂哥是没有结过婚的，打了一辈子光棍。

这本小说描写的情景，是我上大学之前的经历。小说里的"陵水县"，就是藁城这方宝地。那些人物，基本都有原型，那些远道而来到河北成婚的川妹子，在我们老家很多；但遗憾的是，堂哥一生，始终没有结婚。在写这本小说的时候，堂哥已经不在人世了，我不忍心让他生前光棍儿一个，去后依然孤零零的……

文法堂哥是二大伯的大儿子。二大伯俗名小房，筋骨瘦弱，脾气暴躁，一旦发火，就像点燃了一个二踢脚，嘭啪一声飞上天，炸了！二大娘俗名小展，胖妞妞的，脸浑圆，眉细溜，只是说话有些磨磨叽叽。他们生了四个儿子。因为家道艰难吧，文法堂哥一辈子没娶上媳妇，文增堂哥倒插门到了小吴村，另外两个兄弟，虽然在本村生根发芽，枝繁叶茂，却为了一块宅基地而纠缠不清。文法堂哥的孤苦伶仃，成了二大伯与二大娘一生一世的伤心事。他们都不识字，因此没有留下记录内心痛苦的文字。记得当年二大伯去世，文法堂哥哇哇大哭，乡亲们泪水涟涟，觉得这个老儿子实在可怜啊！

那时候，村里的光棍汉，每个人都有一杯喝不完的苦酒。吉堂，一个整天愁眉苦脸的汉子，一个地主家的崽子，与病歪歪的老娘相伴了一生，他那眼底的愁苦与愤恨，至今令人垂怜；二娃，一个明事理爱说话的男子，一个富农家的儿子，也许是走路有些踮脚，铸成了他一生的坎坷？傻喜欢，一个蓬首垢面神志不健全的莽汉，与同样神志不健全的弟弟傻喜德一样，成了苍茫世海里的可怜人……

孔夫子曰："食色，性也。"人生世间，饮食男女，大欲存焉。一个男人打一辈子光棍，大概就是人生最重的刑罚了。这些不幸者，一是地主富农的儿子，受尽欺凌，没人肯嫁；二是不傻即疯，何以家为；三是像文法堂哥这样的穷人家的孩子，家里没有梧桐树，怎么招来金凤凰啊？

岁月把人逼急了，就会生出一些匪夷所思的非人性的办法来。村里那些罪大恶极的地主富农分子，为了解决孩子的婚姻问题，上演了一出出叫作"换亲""转亲"的把戏，就是"互通有无"：我家女儿嫁给你家儿子，你家女儿嫁给我家儿子。一些水灵灵的女孩子，因此成了牺牲品。她们看着比自己大许多、又老又丑的男人，死活不同意，可是，再看看可怜巴巴的哥哥弟弟和泪水滔滔的爹娘，也就咬着牙答应了。两家互相通婚的叫"换亲"，假如是三家、四家互相转着通婚，则称为"转亲"。

大一那年春节，我从保定回家过年，春英要出嫁了，长辈们要我去送亲。她是我远房大伯的女儿，生得很漂亮，圆脸庞，圆眼睛，说话如小河流水，一笑露出一颗小虎牙来。她大我一岁，整天像个小姐姐一样关照我。可是，她家是富农，"剥削阶级"，运动一起来，就被革命群众"扫地出门"，从前街宽敞的一溜砖房里挪到了后街两间低矮潮湿的屋子里。我曾经跟着母亲，去到后街那间小黑屋里看望她娘，她娘抽抽搭搭抹眼泪，母亲赶紧好言相劝，劝着劝着，自己也流下了眼泪。她爹作为村里的"阶级敌人"，群众运动中的"活靶子"，整天大会小会被批斗，挨打，斗完了，打趴了，还要爬起来去干活，扫街、淘厕所。她的大哥当然娶不上媳妇，只能打光棍，万般无奈的爹娘，也把她逼上了"换亲"这条苦路。她的婆家是正（定）无（极）公路南边的康村，她的男人憨憨的，名叫雨来。——走在送亲的路上，我只感到了心底的苍凉，总想悄悄问问她：你爱他吗？可是，现实是如此之冷峻：啥爱不爱的，扯淡！

十几年之后的一个春节，大年初三的早晨，韩家祖坟上，朔风凛冽，在按习俗上坟烧纸时，我又意外遇见了春英，她已然是一个发福的乡下妇人了，带着胖乎乎的二儿子，来给爹娘烧纸。我们互相瞅了瞅，竟十分陌生，梦中的那个欢眉大眼的小姐姐，已经永远消失了。可叹也夫！……

"来烧纸啊？"我说。

"嗯，回来了？"她说。

三

可是，"换亲"是需要条件的：你家必须有个适龄女子！

这一关，就卡死了人。二大伯家四个秃小子，根本没有谈论"换亲"的资格。而且，文法堂哥的脸上，还星罗棋布生了一堆麻点，有的人背后撇着嘴叫他"老麻子"。在我的记忆里，他总是干活很勤劳，说话很憨厚，等收了工，就经常到我家来，蹲在屋门口的小板凳上，咕嗦着嘴巴抽烟，有一搭没一搭说话，一旦说到气愤起来，那脸上的麻坑，就一个个浮凸出来，鲜艳地红着，嘴巴也就噘起老高……

他嘴里冒出来的袅袅烟气，一股子辛辣味道，又燎嘴，又呛眼。因为那烟叶成分太复杂了。那是烟叶、芝麻叶、杨树叶、柳树叶之类的混合物。村里的大烟鬼们，个个见了烟就没命，却买不起烟叶。到了初秋，万物丰盈，万象呈瑞，他们就悄悄背了粪筐跑到芝麻地，一把一把捋下芝麻叶，背回去，晾干，然后和柳树叶、杨树叶、烟叶混合起来，咕咕嗦嗦瞎抽。村子里每家都有一个圆形烟筐子，里边放了烟末、纸条，邻居来了，拿起纸条，放上烟末，一捋，一拧，一卷，一只"喇叭筒"旱烟棒就成了——那圆锥形烟卷，还真是艺术品呢！

哦，农家人面对生活的苦难与艰辛，是如此的顽强、如此的富有创造精神啊！

生产队里的劳作，夏天挥汗如雨，冬天脚跟龟裂，但却没啥经济效益。一年的汗水泪水，牛耕田，马拉车，驴转磨，换来的仅是温饱而已，甚至还不足以解决温饱。那时候，每个生产队都有一名记工员，不用下死力干农活，负责每天登记每个社员的工分。一个壮劳力，一天记五个工分，早晨一分，上午、下午各两分。年终结算的时候，按每家每个劳力挣的工分结账，一个工分大约只有几毛钱，甚至几分钱，队里的会计噼里啪啦拨拉算盘，结果公布出来，却很少有人家能"分红"，拿到几文辛苦钱，大部分人家都欠了集体的钱，需要"退赔"，就是想办法还上亏欠集体的钱。这笔糊涂账，我至今也不晓得是如何算法。西头张老虎家因为孩子多，三男二女，两口子一年到头累死累活，每年都倒欠队里一大笔钱，他抡着胳膊喊道："反正咱老虎穷得只剩下几根毛了，要钱没有，要命有一条！"引得满街筒子人哈哈大笑。尽管如此，乡亲们依然万分感谢伟大领袖毛主席，谈论毛主席的话语里，总是流露着虔诚，流露着膜拜与质朴。闲暇时节，有人拾粪，有人拾柴火，有人拔青草，有人偷偷喂养几只小兔子，略补家用。那时候，政府是不许随便饲养牲畜的，更别谈搞投机倒把赶集上庙做买卖了，一旦发现，是要在社员大会上严厉批斗的……

文法堂哥头上裹着油乎乎的羊肚子毛巾，骑了一辆灰溜溜上下吱扭乱响的自行车，车后翼架子旁边，用铁丝拧着一个紫荆槐条子编织的椭圆形粪筐，他哗啷哗啷骑到天南地北，捡拾那一泡泡牛马驴骡粪便，回家倒进猪圈里，积攒那一圈扑哧扑哧的粪肥，亦称"农家肥"，是能够挣来几个微薄工分的。有时候，他捡拾了半天，最后跑到我家来，在猪圈旁边把粪肥倒下。

那天正是掌灯时分，天上星子闪烁，该吃晚饭了。母亲喊他："文法，快洗洗手吃饭！"他含糊地唔一声，在脸盆里稀里哗啦洗手、洗脸，然后，抬腿上了炕，蹲到饭桌前，拿起一个热气腾腾的山药，连皮也不剥，呼噜呼噜就吃起来……

那是个初冬，我家的饭桌摆在炕上。其实，村里人的饭局，冬天大都在炕头进行。爹窝囚着盘腿坐在里边，我们兄妹围坐两厢，娘坐在炕梢，忙着盛饭端菜。那饭菜，就像天上的星星一般简单。蒸饼子、煮山药、炒土豆丝、糟黄菜，还有一盆辣椒糊糊。饼子分为山药面、玉米面，白面馍馍金贵，不过年是很少能吃到的。煮山药是主食。村里每家每户，都有一个很深的山药窖，地面上一个小口，底下却很辽阔，秋天时储存大量山药，到冬天拿出来，洗净了码到锅里，添上半锅水，拉着风箱呼呼地煮……铁锅四周，蒸着一圈儿带着娘手印的玉米饼子，这就是所谓"锅贴饼子"了。糟黄菜的味道，在记忆里是满口酸水。秋天把收下来的胡萝卜缨、白萝卜叶，以及没卷成团的大白菜洗净，放在沸水里焯一下，赶紧捞出来，晒晾后一码一码地摆在瓦瓮里，浇上些热米汤，用石头压起来，发酵，一个月后便能吃了。据说，糟黄菜含有大量氨基酸和维生素，但一个冬天吃下来，不反胃也是很难的。

我最喜欢吃的，是母亲做的辣椒糊糊。其实也很简单。将切碎的辣椒段、葱丝、白菜叶，热油炒一下，再洒上面糊糊，炒熟即可食用了。那种滋滋的香辣酥麻，可不是后来那些浩浩荡荡的饕餮大餐可以比拟的！

四

我第一次离开家出远门,是到藁城县城。那时我中学尚未毕业,语文老师李金耀举荐我到藁城文化馆去学习写作。面对黑幽幽的城市,我满怀惶恐。文法堂哥陪着我,骑着自行车,一路向南。那时还没有柏油马路,乡间土路上,烟尘横飞,我的心底也是细雨飞洒。到了滹沱河畔,那涌流的河水上,是一蓬一蓬白色水沫,和随波翻动的杂物与水草。那是春汛季节,大水浩荡,淹没了河上那条摇摇晃晃的木板浮桥,几只来来往往的木船,负载着南来北往的人们渡河。

文法堂哥把我送上船,花五块钱买了船票塞给我,说:"我回了。"跳下船就走了。望着他的身影消失在烟尘里,我扭转身,向南边的县城瞭望——岁月毕竟要流逝,没有必要沉溺在往昔岁月里啊!

那时的县城,矮楼窄巷,马车自行车乱撞;城里人穿着整洁的衣裳,一副志得意满的模样,满眼不屑地看着乡下人。我一边询问,一边往文化馆走,心说:哼,你城里人有啥了不起!

文法堂哥回到村里,依然苦度时日。夜半时分,万籁俱寂时刻,他心头的寂寞、哀伤,从没见他有所流露。是的,文盲自有文盲的沉静,愚昧自有愚昧的单纯。假如换作一个诗人,或者换作了我,那般哀哀欲泣的岁月,该是怎样的涕泪横流,该是怎样的孤独绝望!

文法堂哥的婚姻,始终是二大伯心头的血痂。临终之际,二大伯死死盯着他,轻叹了一口气,就走了;二大娘常说的一句话,就是——"俺文法命苦啊!"

那一年,有个远方女人来到村里,她四十来岁了,长着一张苦巴巴的脸,眼睛里满是凄迷,有好事者就给堂哥牵线,一家人当然乐观其成,赶紧凑了一笔钱,几天之后,两个人就住在了一起(当然没啥合法手续),可是,好景不长,十几天后,这女人就消失得无影无踪了——这就是文法堂哥一生唯一的罗曼史。

…………

后来，随着国家的不断进步，农村改革的步伐，是愈来愈快了，证据之一，就是捆在老百姓身上的绳索越来越少，他们可以做各种赚钱营生了。各种店铺，小吃部、小卖部、豆腐坊、粉坊、百货店、修理铺、诊所、药店，像星罗棋布的灯笼一样，开始出现在村头，出现在辽阔的华北大平原上。文法堂哥不懂经营，也没有资金，当然无法开店，但他有的是傻力气，还有一辆哗啷啷乱响的自行车，于是，他夏天东来西往，走街串巷到处卖冰棒，三毛钱一支，便宜又水灵。这是村里畅销的那种井水加颜料加糖精的消夏品，孩子们拿在手里，冰水流出嘴巴，化在手掌，那嘴角就红了，手掌也红唧唧。营养价值当然谈不上，但绝对不含有害物质，光那份透心儿凉，也就不算欺骗了。

冬天来了，冷风唰啦啦横扫世界，冰棒自然没了销路，他就去卖豆腐、卖馒头。他自己当然不会做白莹莹的豆腐，也不会蒸白生生、暄腾腾的馒头，他是替人家豆腐和馒头经营专业户跑销售，所谓"二道贩子"也！

1995年11月的一天，文法堂哥忽然昏倒了，家人连忙开着一辆三马子，把他往正定256医院送，到了半路，眼看快不行了，就拐进附近的白皮村医务室急救，一个乡村医生看了看，就说，回去准备后事吧。那一年，他六十三岁。至死，也没有查清病因。

如今，文法堂哥去世，已经十多年了。他的音容笑貌，每每浮现在眼前，令我感慨不已。上帝给了我们灵魂，父母给了我们生命，人是生而平等的啊！可究竟为了什么，在这个万花锦簇的世界上，有的人幸福得流蜜流油，穷奢极欲，欲死欲仙；有的人却浸透了苦水，尝遍千层苦，受尽万般累，劳碌一生，欲罢不能？！

我知道，世界上不是所有的问题，都有答案。在人生的路上，文法堂哥和无数乡下老百姓一样，虽然历经艰难竭蹶，始终没有抛弃、没有放弃，更没有倒下！——正是他们的艰苦卓绝的努力，才铸成了共和国的大厦；当然，他们仅仅是几块不起眼的砖瓦而已；然而，正是这几块不起眼的砖瓦，才是构成共和国脊梁的重要元素！

（2009年2月6日）

勤 英 表 姐

勤英是二姑的女儿。勤英是地主的女儿。

好多年以前的一个雪花飘飘的冬天,她牵着二姑的衣襟,来到我家里。她怯怯地望我,怯怯地叫我弟弟。那年我七岁,她八岁。我们一起,走到田野,来看雪景,来堆雪人。我们天真烂漫。

第二年春天,我到了北苏村二姑家,辄见二姑流泪。姑夫病了,躺在炕上,满脸苍黄;受了几次批斗之后,不久就死去了。那时候正是斗地主的年月。二姑不敢哭。勤英不敢哭。草草掩埋了姑夫,回到家来,二姑冲着窗户纸发呆,勤英却号哭起来。她哭得很凶。我想劝她,但是不敢。

那天晚上,天色很黑。她悄悄拉我一把,来到院里,来到田野,一直来到姑夫的坟上。

"干啥?"我满心恐惧。但她并不回答,却从一个小书包里掏出一沓白纸,在姑夫的坟前点燃,然后跪下去,大叫一声:"爹啊——"

那惨淡的火焰,那凛冽的呼号,多少年了,一直深深印在我的心底。

第二年我开始上学,但勤英却没有——因为她是地主家的孩子。梦里的夏天浪漫而热烈。满天满地的碧绿。但庄稼人在这碧绿之中劳作,却是疲惫万分,沉重不堪。那热、那累——那劳动的摧残,让人刻骨铭心;以至于直到今天,我都不相信人们真像书上、报纸上说的那样:热爱劳动!

就在这热烈而残酷的夏天,勤英表姐来到了我家。她看着我那个布满斑斑点点墨渍的粗布小书包,满脸迷惘,满眼痛苦。

"你读什么书？"

"语文，算术。"

"你都认得书上这些字？"

"是。"

"你教我好吗？"

我们手拉手走出来。村外有一水塘，水光粼粼，闪烁着细波。塘边有棵大柳树，碧叶依依，随风曳动，似乎簌簌的一直在说话。树下有荫，凉凉的富有一片诗意。

我们来到树荫里。我们走进诗意里。

忽然树上一声鸟鸣。她仰头望一阵，目光空寂而邈远。忽然这目光从空中滑落，掉在我的脸上。

"你说，什么是地主？"

"坏人是地主。"

她忽地站起来，满脸涨红，喊了一声："放屁！"就掉头而去。

天旋地转，岁月如流。我读书，虽然我也孤独；她下田，自兹少来我家。有时月下独想，寂寞的我会踽踽地走出村来。月色漠然地闪，田野默然地睡，我沉沉地走，走在故乡的土地上，走在一片深长的梦里。这时我就想起了二姑和勤英表姐。

她渐渐大了。

我也渐渐大了。

那年秋后，她和她哥哥小山子受二姑的指派，来看大舅、二舅、三舅、四舅。每家每户，她们都送上一包点心，说上几句暖心的话，喜得四个老弟兄合不拢嘴。

最后她来到我家。因为活计太忙，小山子回去了。那时我坐在院落里的条凳上，读一本破书。书的封皮如波涛般翻卷起来。那是一本神奇的书——《雾·雨·电》。直到几年之后，我入大学，方才知道，这是巴金先生有名的"爱情三部曲"。

勤英也坐下来，坐在我对面的板凳上。

她拿过这本书，小心翼翼翻动几下，问："你读这么厚的书？"

"嗯。"

我的眼前，忽地闪出水塘畔的大柳树以及大柳树下欢乐的声音。

"二姑呢？"

"……"

"二姑怎么没来？"

她默默地哭了。泪无声地流下去。我知道，二姑又挨批斗了。

"弟弟，你原谅俺娘。"

"怎么？"

"听说你中学没考上，只为俺娘，只为有一门地主的亲戚。"

"没有的事……"

吃过饭，她要回。村外一片苍茫。刚收过秋，空落落的田野，也使人的心头空落落的。天上有大块的云在飞。我们一路沉默。在苍苍天幕之下，在辽阔的原野之上，我们都不知说些什么。我们从田野上横过去。路过一片坟地，我们停下脚步。这就是韩家坟，埋着先人的地方。几株老树在风中呜呜，响着一片悲声。

老树老树，你们因何而悲？

"弟弟，你回吧。"

"嗯。"

她走了。我坐在一道土坎上，看那横生的、凋零的杂草。世事不亦如这草么，让人有种荒凉感，且不说还有一二只老鸦在叫了。

这以后，她来得少了。我也终于读了中学。待我中学毕业那年，她订婚了。

第二年春天，她出嫁，她哥哥小山子同年底结婚——换亲，就是勤英嫁给哥哥的小舅子、嫂子嫁给哥哥。那年月，"地富反坏右"的儿子们是很难娶上媳妇的，他们的父母只有用自己的女儿做筹码，去给儿子换一个媳妇来。勤英同样逃脱不了这个命运。据说，她闹过、哭过，但看着孤零零的哥哥——她咬着牙答应了。

二姑为此号啕大哭了一场。

勤英出嫁时，父亲要我去送亲，但我不去。我不愿意让她见了我而悲伤，我也不愿意让自己去悲伤。一切既然不可改变，又何必去说几句无用的废话？

我们，我们都有自己的命运之环，转来绕去，总是摆不脱的。以后，她生了儿子，我上了大学。等她生下第二个女儿后，我已经大学毕业做了记者。——但过了几年，我的母亲便去世了。

送母亲归天，二姑来了，勤英表姐带着她的儿子也来了。在母亲墓前，二姑大放悲声。那沉重的哀痛的声音，环绕我的耳边。几十年岁月流逝，谁知二姑心中淤积的悲哀有多少？

父亲希望二姑住两天再走，我希望勤英表姐住两天再走。她只是一个劲儿地念叨家里的猪、鸡，还有小兔和小狗——这是她的一儿一女的小名儿。

"叫舅舅。"她告诉儿子。但那孩子看着我，许久不肯开口。

"姐夫好吗？"

"他？……"

这天傍黑，姐夫来接她们母子。这憨憨的男人对我憨憨地笑笑，一家人便走进了村外的夜色里。

"勤英表姐——祝你一路平安！"

（1989年10月5日）

黄 老 师

不见黄老师已有十五六年了。许多往事如珠如玉，在记忆之弦上闪闪发亮，常常使我感到一种人生的美丽与忧郁。在一个秋雨绵绵的日子里，我终于怀着惴惴的心绪，默默地走向母校，走向忆念中的黄老师。

秋天的雨，淅淅沥沥，漫天飘洒；我的心情亦如这秋雨洗浴下的风景，朦胧，怅惘。而那些早年旧事，却历历如画，新鲜如昨……

那一年，我离家到南孟中学读书，第一次发现了异乡月色的寒凉。

那时学校的条件还很差，我们住的都是用干草铺就的"黄金软卧"。到校第一天的夜晚，躺在那"黄金软卧"上，望着窗外夜空里那轮凄清如许的月亮，心头不禁有些黯然。正在这时，门声一响，黄老师走了进来。他是我们的班主任。他沿着"床铺"走过来，一一问候大家，叮嘱着一些事情。他说："你们都是中学生了，别哭，别想家噢……"

宿舍里响起轻轻的笑声……末了，黄老师坐在我的"床头"，问我的姓名、年龄。他告诉我，他是我哥的老师，与我父亲也很熟悉。

"他们都好吧？"

"好。"

我这才看清楚了，他的身材不高，那张知识分子型的脸上，不知为何有许多经受磨难的痕迹。一说话，两眉间的皱纹便很深。那时是"文革"年代，我们一入校便开始"反击右倾翻案风"，大力提倡开门办学。黄老师便整天领着我们"走南闯北"，去各村给老乡干活儿，或捉虫、或喷药、或拉车……

每次走在"开门办学"的路上,黄老师就特别精神,干活儿也特别卖力。但我却是无精打采,提不起神儿来。我们本来都是庄稼人的后代,干农活谁个不会?我上学是来念书的,哪是来东跑西颠弄这个的?——我就是怀着这种"反动思想",因此便常常地苦闷忧郁。那一次,我终于忍不住把这些话说了出来,却惹来了一顿批评。黄老师将我叫出教室,就站在教室外那棵枝叶婆娑的梧桐树下,很恼火地望着我。

"你瞎说什么了?"

"我……"

"你简直是……你也太不懂事了!"黄老师忽然叹了口气,仰头看那肥大的树叶子,"你年龄小,不懂事,不知道有些话是不能乱讲的。——以后不许胡说了,记住没有?"

我没有吱声,却永远记住了老师的话。

学校要进行"开门办学"总结表彰活动了,有不少同学写诗、写日记,表达自己的革命感情与巨大收获。学校临时决定举办一次"开门办学日记展览"。因为我平日喜欢舞文弄墨,老师便提醒我把日记整理一番,以参加展览,"争取进步"。但我根本就没有什么日记,何谈整理?与其去编一些假积极的话,还不如玩上一会儿呢!我知道这种态度很使黄老师失望,但"本性难移",我难以从命。日记展览那天,我看着一本本抄写得工工整整的"日记",心头充满了疑惑:他(她)们写的,都是自己的心里话么?

回到课堂上,那日记依然在闪光。此时黄老师已站在黑板前给我们上课。他讲的是化学课。他的板书极工整、清秀、严谨,他的表情凝重、苦涩。每次看着他背诵一连串的化学字母与化学公式,每次看着他在黑板上演示着一种种化学变化,我心里便有一种受难感。当他艰难地站在讲台上,讲着那些领导不大提倡、学生不大爱听的所谓"知识"时,其感受该是怎样的呢?不讲吧,有违良心,讲吧,又不合潮流,其间的尴尬与痛苦,有谁能知呢?

那天晚上,黄老师找我谈话。他说我看见你上课看闲书了,我说看的是《红楼梦》。其时天上月亮正圆,屋外那片竹子,已在肃杀的秋意里日渐萧瑟,但依然骨格清朗,在秋风吹击下发出一片飒然之声!

黄老师又问到了我的哥哥、父亲，说他有一回见了我的父亲便很难受，说父亲那么辛苦让我上学读书万分不容易……

我垂着头不敢吱声，如面对一座肃穆的高山，如面对一条苍茫的大河——我知道，我面对着的，是一颗充满良知的心！

"好好学习吧！你记住——知识总会有用的。"

闻听此言，我悚然一惊。一抬头，又望见了天空中的那轮月亮，以及月光下发出一片萧然之声的竹子！

此后不久，黄老师就到杜家庄村参加劳动锻炼去了。从此他再也不能为我们上课了。——直到这时，我才明白：黄老师是六十年代初的大学毕业生，却因为出身于"剥削阶级家庭"，屡经磨难，动辄得咎；直到这时，我才明白了自己的愚顽。对着他离去的背影，我真想大叫一声：老师，请您原谅我……

我就在淅沥秋雨里回到了母校，见到了思念的黄老师。我很想向他表达当年的愧疚；但岁月流逝，已非当年景象了。黄老师老了，但景遇很好。他入了党，被聘为高级教师，还获得了省里颁发的园丁奖……

我只有端起酒杯，向敬爱的老师深深鞠了一躬：老师，祝您晚年幸福，健康长寿！

【补 记】

这是一篇旧作，写于1995年秋。那年秋季，秋雨淅沥，我和我的同事王海滨一起，来到了我的母校南孟中学采访，见到了黄老师，此后不久，写下了这篇文章，发表在当时的《建设日报》上。如今，不见黄老师，又已经十几年了。记得今年春节前去看望住在省城的郑荣哲老师，年事已高的他呵呵笑着，满脸开花。他说，偶尔一个人溜到家门口的小饭店，要一碟凉菜，饮几杯老酒，赛过活神仙哪！他说他一生最自豪的，就是教过我们这几个"有出息"的学生。他告诉我，黄老师住在藁城县城女儿家里，身体还不错，精神也不错。祝他晚年幸福吧！

（2007年6月3日）

墓草青未青

我本非思古伤怀之人，但近来却常常怀念从前的旧事和师友。忆起十年前读向秀的《思旧赋》，那份儿感伤与无奈，萦萦盘郁胸间；复忆读韩愈的《祭十二郎文》，那份儿哀切失助、愁肠百转，至今令我为之怔忡不已。唉，人间世上，悲欢离合，其心怀情绪，为何能长流千年而不稍衰？

今天中午，浅饮两杯，郁郁独坐。我忽然忆起于路奇老师来。他逝去大约已十年有余了。灵魂入九霄，墓草青未青？——至今，我并未到老师墓前临风一洒泪。几次想写一篇纪念文章，但因为偶一思之，便心情缭乱，万语千言，却不知怎样诉说。几年前曾写过一篇小说，曰《第一次进县城》，记述那段烟尘岁月；可恨岁月匆匆，如今已无处寻觅了。

1975年夏天，我正在老家——藁城县南孟中学读高中二年级。那时我们的校园里，"开门办学"的东风吹得正急，学制已经缩短，教育已经革命，许多时候，学生们列队走出校门，到附近村里去参加劳动。朗朗天空下，荡荡岁月中，走在熟悉的乡间土路上，我心里恓惶得紧：此生究竟应当怎样度过？

苦闷彷徨于校园，漂泊流落于乡野，总感到一身如风中柳，空空无依。课堂上看老师皱着眉讲课，回家来看乡亲们面容忧戚，不知怎的，胸中便有潮水汹涌——但又能向谁诉说？

于是我就握笔作诗。诗真是一种苦闷孤独的产物，是一株从心田里生出的涩涩春草！为什么写诗？因为不写诗就胸闷得难以忍受。那些诗当然

不能算诗，但却引起了我的语文老师李金耀的注意。那一年的深秋，他介绍我到县文化馆去找于路奇老师。这便是我走出故乡的第一步。

永远记得一个乡下孩子那初次的远行。我家离县城三十多里路，那时尚未铺柏油路。漫漫长路，尘土飞扬。我骑着我家那辆东方红牌自行车，带着简单的行李，在文法堂哥的陪伴下，奔县城而去。秋天的土地上，庄稼收过了，便显寥廓；田野上有三三两两的农人，在捡拾柴火或拔猪草。天上的云也有些雨意，那么沉沉欲落似的。在辽远的天空之下，在广袤的大地之上，显出了我和我的自行车的剪影。

这是我第一次进县城，心里不免紧张。

从小，城市就如一团黑云压在头顶，不知道那里边有多美丽多神秘。藁城县本来是南北一条线，一条滹沱河拦腰穿过，把县境分为河南河北。河南人与河北人不光口音各异，就连风俗人情也很不一样，在两边都流传着关于对方的一些笑话。这些那时我当然都不知道，但那汹涌而来的混浊的河水，还是拦住了我的去路。

那年月，滹沱河水还是很丰裕的，一片黄乎乎的水从上游流下来，漫过了那座摇摇欲坠的木桥。于是，人们往来就只有靠那几只在水上来来往往的木船了。当我和我的自行车登船向南岸缓缓划去时，我开始注意到，那混浊的水在船边打着漩儿，上面漂浮着柴草、牲口粪之类；在不远处的水面上，居然还有一支不知名的小黄花在浮沉！

哦，那在水面上浮沉的小黄花，此刻又鲜明地闪耀在我的眼前。

当我终于来到县文化馆的门前，心情儿地下沉，一种朝圣的感觉愀然来临：哦，这里会是我的栖息之地吗？

"你是联社……？"

"是。"

"你坐，来，喝口水。哦，壶里没水，我给你提水去。"

于路奇老师生得很黑，一点儿也不像文化人，一副老农民形象。头发短短的，时常飞着土星星；衣着跟乡下村头的农民伯伯没什么两样，说起话来，那嗓音则犹如鸭鸣（老师，请原谅我如此不恭、如此真实地描述你）。

从这天开始，我就跟着于老师学习。每天早晨，我们拿着饭碗到很远的一个大院里去吃早饭，常常是米粥就榨菜，白天我就闷在小屋子里看书、翻杂志、写文章，晚上，则和于老师一起出去遛大街。

说是学写文章，但我始终认为，写文章哪里是学来的啊。那是天赋！一种灵感飞腾起来，才能文思泉涌，妙意绵远。我天生的固执，总以为凡是为文，必然是写出自己心中的所感才行。可惜那时我心中虽有浪涛汹涌，可就是不知道怎样去表达。

记得读一篇于老师写根治海河的小说，真是妙语如珠。工地上，红旗招展，小车如飞，铁锹飞舞，人们只争朝夕、热火朝天地大干社会主义。那可真是好文章，但自今视之，显然苍白虚假；记得读李金耀老师的诗，其中两句是"阶级斗争一杆枪，风口浪尖一闯将"，颇觉悚然、淡然；记得学校里开门办学，其实就是大家一窝蜂出动，到附近村子里参加农业劳动，说是"脸晒黑了，心变红了"，此后举办开门办学日记展览，许多同学都写了不少充满革命激情和豪言壮语的日记，我一一观览，满心疑惑：他们说的，都是心里话吗？而我的诗中，却有这样两句："学生悲观心屈怨，暴性脾气向谁发？"

过了几天，于老师给我定了任务，让我尽快写一篇"革命小说"，然后拿到地区文联去参加评优，力争结集出版。那时流行的是红卫兵、红小兵与阶级敌人做无情斗争的作品，那时最红火的刊物是上海的《朝霞》，最红火的作家是长篇小说《艳阳天》《金光大道》的作者浩然。记得我的中学校长王志深先生曾给过我一份《光明日报》，那张报纸头版头条登了浩然的一篇文章，谈自己如何在毛主席文艺思想的光辉照耀下，创作出了这些红透天下的作品。校长的寓意是让我铭感于怀，久久不忘的。让我悲哀的是，今生今世，我永远地辜负了校长的厚望。

我的小说也不例外，换句话说，也是时代的产物。我编造说，一个地主分子名叫钱串子，有一天这个狗东西盗窃了队里的一筐柴草，结果被名叫卫东的红小兵发现了蛛丝马迹，经过和老支书、老贫农仔细研究，通过一连串革命行动，卫东同志终于揪出了那个挖社会主义大厦墙脚的阶级敌人钱串子。小说在斗争大会中胜利结束，卫东同志厉声呵斥阶级敌人："你们的出路只有一条——坦白从宽，抗拒从严！"

那小说的题目就是——《出路》。

那时我是怀着一腔虔诚、进行所谓的艺术创作的。一连三天，我怎么也写不下去。一堆柴草价值能有几何？这能叫盗窃吗？阶级敌人就那么蠢蛋一个吗？

"联社，小说写得怎样了？"

那天晚上，于老师带我去逛街。秋天的夜空下，县城的灯火零零落落。幽暗的大街上，人们闲散地荡来荡去。有小青年在起哄，乱喊一通便忽地散开；偶尔有两个人影闪过，便消失在路旁的树荫里。那一定是一男一女。人们说：那是搞对象。

"你为啥那么马马虎虎不用心？你是干吗来了？"

于老师终于忍不住，那公鸭嗓吼了起来。那时我们已走出县城，来到城北的滹沱河大堤上。河水混且浊，悠悠如逝川。

"……看你一天价磨磨蹭蹭，晕晕乎乎的，你能学到什么？你说过，你的父母很不容易，你的心情苦闷惆怅，那为何你不下功夫，改变你自己的命运？"

但我无言，唯有垂下头来。脚下的河水，呜呜咽咽地流着。

"……师傅领进门，修行在个人。你记着：谁也不是谁的上帝。能拯救自己的，只有自己。"

我举目北望，家山已远。亲人们又在忙碌吧？父亲靠在被垛上，在苦思冥想着兴家盖房的大业；母亲蹲在西屋炕沿上，在一片一片，摆放那一大堆晒干了的红薯片儿……每年秋后，红薯收完了，我家西屋土炕上，便会有一垛摆放齐整的红薯片儿——那是一家人半年的吃食哪！生产队里的劳作，日出日落，汗水滚滚，但人们收获的是什么呢？穷日子追在每一个庄稼人身后，使人们顾不得辛酸、顾不得礼仪，甚至顾不得廉耻，去拼命挣扎、奔波。为了会计少给自己记一个工分，二大伯曾气得牙疼；为了一个装化肥的编织袋儿，勤嫂子曾和队长大吵了一场；为了不到一寸的一点花布头儿，春山婶子曾对父亲极为不满……所有这些残酷的真实，就活生生发生在我的眼前；而我写文章，则必须说形势大好不是小好，必须歌颂贫下中农的幸福生活，必须与那个并不存在的阶级敌人做坚决的斗争……

我开始低低地诉说。我感觉到泪水凉凉地流过脸颊。

一个人，不说忠于土地，也应忠于乡亲；不说忠于乡亲，也应忠于父母啊！

不知道我是否说清楚了我的想法，只记得此后长时间地沉默，只有滹沱河水在脚下哗啦哗啦作响。俄而，一只水鸟飞起来，鸣嗥一声向西飞去。

"孩子，你太忧郁……"于老师拍拍我的肩，"其实，其实……"其实什么，他没有说。

其实我也知道，于老师也是乡下人，家境也很贫寒。在县城里虽然号称著名作家，但至今还是农村户口。每天每天，他大口大口抽劣质烟，大把大把喝柴草一样的茶，苦思冥想，绞尽脑汁搞创作，写小说，但成就甚微。如今看来，于老师天赋平常，但那份儿刻苦，那苦写苦吟的凄楚形象，依然盘踞在我的心头。也许，他是一身奉献为文学，立志高远；也许，他是将文学视为一种谋生的手段，苦苦追求——但无论如何，他一定是那个年代里的文学的殉道者！

几天后，我的《出路》终于写完了，于老师指导我改了三遍，搞得我心灰意冷，灵感全飞没了，他还不满意，又亲自动手删削润色了一遍。

"哦，我看行了。"

他终于笑了。但等到他从地区文联回来，那本来就黑的脸更黑了。

"娘的，没评上。"他冷冷地说了一句，便无话。后来他告诉我，最后评选只剩下了我和平山县一个姓焦的中学生。最后，焦同学入选，我被淘汰了。

这对于老师是个打击，对我自己当然也是个打击。

"不过，通过这次创作活动，你是大见进步了。"

转眼间冬天到了，我要回家。

离家回家，是再自然再简单不过的事了；但对我而言，却完成了一次心理的转换。离家之前，我只是个没出过远门的乡下小子，井底之蛙，难见天地，草芥一棵而已矣；而回家之前，我已经在县城闯荡了近一个月，见了城市、见了城里人、见了于老师，更重要的是，看见了我自己的人生之路的曙光。

人生总有孤独时

那天晚上,我们喝酒。是我用仅剩的几块钱买的菜,于老师拿出他那瓶本县出产的浓香酒来。他平时嗜酒,每饭必饮两杯,但大多数是廉价的散装白酒;而我一直不愿复述我自己生活的艰苦,日子的窘迫。因为,那没有多少意义。

那次喝酒醉了没有呢?——记不清了。只记得恍惚间酒气横吹,话语乱飞;只记得心儿沉沉,身子轻轻,仿佛翱翔入九霄……

登上木船,告别县城,我告诉自己:"你小子记住,谁也不是谁的上帝。能拯救自己的,只有你自己!"

几年之后,我入大学,依然想着返乡时去看望于老师。但岁月匆匆,心事缭乱,便渐渐将他淡忘了。人,有时候是很容易忘记别人对自己的恩泽的;而同时,又很难忘记自己对别人的哪怕一顶点的好处。唉,人啊,人!

大学毕业,我做了记者。一次,偶尔见着了卢彬老师。他也是在县文化馆时教导过我的人,我在中篇小说《苦夏》中写到了他的光辉形象。他后来调到了省艺术研究所任所长。他告诉我,于老师已于两年前去世了。我很遗憾、很沉重、很惆怅,但奇怪的是,没有多少自责。这是不是一种不良心性的表征呢?我真的应当自责的。大学四年,回乡机会不少,也去过县城数次,怎么就没想到去看望老师呢?做记者之后,回乡采访,公私兼顾,那更是无数次,怎么就没有想到去拜望老师呢?——直到如今,十年逝去,我都没有去为老师祭扫过一次。我真的应当自责的。

然而,老师,在我心里,却永远有您的位置。在我人生的关键时刻,您校正了我生命的航向。柳青说过,人生关键处只有几步;而我幸而遇见您,才没有堕入深渊。往事已矣,无须追悔。今后,无论何时何地,我都会坚定地、毫不犹豫地成为自己的上帝!

又是秋天了。魏文帝曹丕诗云:秋风萧瑟天气凉,草木摇落露为霜。老师,您的墓上,衰草碧连天,黄叶在飘零。那天地间氤氲的是一片悲郁、苍凉,而又生机勃勃。碧草寓示悲哀,黄叶流露无奈;而在我心间,则是一股怦然而起的傲然之气!

(1995 年 10 月 27 日)

上卷 此情若雪

往日里的珠泪

一

偶尔翻出了一本中学时代的笔记。这是那种硬皮笔记本。可惜,外面的硬皮已经不翼而飞,只留了里边的瓤。封面(当初是扉页)上,是两个钢笔字:"创作",下边是括弧"日记",底下的日期是:"1975.7.8"。封底上,是毛笔书写的毛泽东的诗句——"独有英雄驱虎豹,更无豪杰怕熊罴。"很显然,那时候,一个稚嫩的乡下小子,还是有一些英雄情结的。

那一年,我十七岁,正在南孟中学读书。真正的英俊少年。虽然,从小到大,我从来也没有英俊过。

翻开第一篇,题目是"创作总结"。写于当年7月8日。我不明白,当时为什么大言不惭地自称"创作"。也许是因为当时语文课已经改成了创作课了吧?

开篇几句话是——

学校成立创作组将近半年了。
我们临近毕业也只有半年了。
半年,多么短暂的半年啊!
时间,你对我多么宝贵啊!

在这篇日记里，隐约浮现着两件具体事：一件是，班主任黄清琪老师有一次不知为什么批评了我，我就在笔记本上写了《自剖》《态度论》两首诗。其中的四句是——

　　阵阵冷风扑面来，瓢泼大雨淋头下。
　　学生悲观心屈冤，暴性脾气向谁发？

现在已经弄不明白，这几句诗究竟题目是哪个了。

还有一次，数学老师杜荣台因为我上课看小说训了我一顿，我满腔愤怒写了一首歪诗。杜老师发现了，就报告给黄老师，我又挨了一顿批评。这事我隐隐约约记得，数学课上，我似乎看的是《红楼梦》第三册。可惜笔记本上没有记下这首歪诗的内容。

杜老师是杜家庄村人，圆圆的脸，圆圆的眼睛，温柔、含蓄、知性。这么多年来，她一直很完美地保留在我的记忆里。有一年，曾经在石家庄长途汽车站邂逅了她，彼此都要返回老家。她温柔地向我回忆了我的哥哥和弟弟，并且称赞有加。当时她似乎已经到了市里。遗憾的是，我没有记住她的单位与地址，因此也就失去了联系。

杜老师，真是不好意思，当年我是对您太孟浪了！

二

在这本笔记中，有一篇写于1975年9月24日中午的日记，题目是"两件事"，照录如下——

　　黎明，满天星斗眨着眼笑，金色月光映树梢。灰蒙蒙的天幕上，
　　略称（呈）灰白色。
　　一阵急促的钟声把人们催出家门，到得地里。我队社员们，
　　手挥四齿，刨山药。
　　秋天的黎明，寒意还很浓，穿着一个布衫，冻得人直发抖。

我想：太阳呀！你快点出来吧！

微风阵阵，红霞满天，一轮红日喷薄而出，燃尽了满天黑暗，映得宇宙一片殷红。新的一天，开始啦！

在这阳光照射下，发生了两件令人气愤的事情：

第一件：早上分山药蔓，每头猪一堆。可有一家人，大小人都动手，把两堆并为一堆，多吃多占，侵害集体（财产），致使社员们有意见。

这是什么原因造成的呢？资产阶级法权——私有制。所以，要想提高人民的觉悟，就必须消灭私有制，而消灭又必须逐步地加以限制，一下子就取消是不行的。

第二件：上午削棒子秸，一个妇人令其小孩偷拿棒子（玉米），另一个人说了说，这人便破口大骂，而且很凶，跳脚抡锤的，"凶似虎矣！"

所有这一切，都无可辩驳地说明了小生产者的弱点：自私自利，爱沾（占）小便宜。

现正在中午，屋内静悄悄无声响，只有笔头在笔记本上划出的"唰唰"声；屋外，飞机在空中盘旋，马达"轰隆隆"送入耳膜，人声、鞭声、鸡叫声同时闯入耳朵，给我这屋子增添了活跃的气氛。

这篇日记里，有些细节，写的是当时的农活，譬如，"手挥四齿，刨山药"，"四齿"是一种简陋的铁制农具，镢头的一种，一根短而粗的铁棍上，焊着四支齐崭崭的尖利铁齿，铁棍中间部位凸出一个深长的圆箍，箍里插着一根圆木柄。这是农家人刨山药的利器。三个齿的叫"三齿镢"，四个齿的叫"四齿镢"。刨山药的时候，人们把手里的三齿镢或四齿镢高高举起来，对准一窝山药狠狠刨下去，一刨，一掀，一提，一窝山药嘀里嘟噜就被兜底弄出来了，呵呵！——真是堪称稳准狠啊！

那时候，生产队里刨山药，完全是大呼隆式的，社员们一字排开站在地头上，生产队长一声令下，然后一起稀里哗啦开刨，那些干活好手三下五除二就到了那一头，拧脖子一看，那些磨磨蹭蹭耗洋功的主儿，还在半

路上磨叽呢！

山药刨出来了，一堆一堆，横陈在无边无际的田野之上，蓝天之下，队里按照一人一堆的方式分给大家，一堆一般是100斤，或者50斤。社员们并不往家里弄，而是就地擦成山药片，晒干，再捡回家，就成了半年的口粮。那时候，刨山药、分山药、擦山药片，是冀中平原上秋收时节的一大风景呢！

山药分完了，山药片也捡回家去了，地里那一片片一溜溜排山倒海的山药蔓，就成了大家盯着的目标。那时因为粮食匮乏，人还吃不饱肚子，猪圈里那头哼哼叫的猪，就只能吃草了，这也是那时候每家的大人孩子每天都要拼死累活拔猪草的原因。山药蔓是上好的猪饲料，大家当然要盯着啊！于是队长一声令下，把山药蔓拿铡刀一堆堆铡开，然后按照每家养猪多少，一头猪一堆分下去。

文中写到的另一个农活，就是——削棒子秸。秋收时节，玉米棒子噼里啪啦掰下来，拉到队里的场里去了，跟着就是削棒子秸，社员们照例一字排开站在地头上，一人一把锋利的镰刀，等着队长发令，然后把棒子秸拦腰削断，剩下了高高的棒子茬儿。因为煤炭严重匮乏，棒子茬是当时农家最好的燃料之一。队里把一片一片刀剑似的棒子茬儿按人口分给社员们，人们便拿来三齿镢、四齿镢，刨了棒子茬，背回家，靠墙码起来，留着做饭烧火用。

三

除了关于农活的记述，这篇笔记，至少有以下特点。

第一，鲜活生动的时代性。那时，媒体一再鼓吹限制资产阶级法权，我也就照葫芦画瓢写了。至于这个"资产阶级法权"究竟是啥东西，真是天晓得，直到现在，我依然不太明白呢。

第二，自命不凡的傲慢性。文中把乡亲们称为"小生产者"，似乎自己就是天地之间的啥圣物似的。太过也！那时，报纸上、广播喇叭里的"小生产者"几个字，基本上就是在批评老百姓，体力劳动者，劳苦大众。

第三，鹦鹉学舌的模仿性。譬如，"微风阵阵，红霞满天"，我怀疑是从哪本刊物上抄来的；譬如，关于资产阶级法权的谬论，关于小生产者的无知议论，等等，估计都是从当时的报纸杂志上抄的。

第四，记述事实的真实性。文中记的两件事，绝对真实。分山药蔓，有人多吃多占，那是常事；教小孩子偷拿队里的棒子，也肯定不虚。那时候，人们太穷了，对一堆山药蔓，一个玉米棒子，是如此的在乎啊。唉，一个贫困的时代，造成了一批可怜的老百姓。

（2009年7月28日）

难以承受生命之轻

　　还是母亲故去的那一刻，我忽然感到身子一飘，感到与生俱来的那份儿沉重与忧郁，忽然间都随着母亲那永远合上的一双眼睛而消逝了。我体验到了生命的澄澈，体验到了一种禅意般的生命之轻。

　　我觉得自己犹如一片羽毛，美丽空灵孤寂，在世间飘飘荡荡；又如一朵野花，灿烂无言地开在世间，随着风儿轻轻摇曳——炮声响着，喇叭吹着，人们围观着：我们兄弟涕泗交流，举着灵幡走出村庄来，送母亲走向另一个世界去。

　　绿油油的麦田里，一方不大的土坑，掩埋着那神秘的另一个世界。我站在土坑边上，看那一方木制的骨灰盒静静搁在土坑里，怎么也难以相信，在那里长眠的，便是自己的生身母亲。我真想轻轻揭开土地的一角，看一眼那边的神秘世界，看母亲的萧然白发，是否还如从前一样在风中飘？

　　生命是多么脆弱啊！鸟儿在风中疾飞，身姿何其轻灵，然而一阵骤雨，可打折它的翅子，一粒弹丸，可打灭它的灵魂；鱼儿在水中畅游，神态何其悠然，然而一只钓钩，可撕碎它的自由，一张网儿，可掠去它的生命。生命何等美丽，又何等的不堪一击。人与动物与植物，无不若此。当那一个个活鲜鲜跳动、飞动的生灵忽然止息下来它的运动，你是否感觉了天地间刹那间出现的凝固与静止？天空默默地望着，河水静静地流着。世间的生命，生生灭灭，不息地奔腾。生死交替着，生是死的前提，死是生的开始。所谓"三十年后又是一条好汉"，此之谓乎？

或曰：鸟与鱼，皆为生物中之"弱势群体"，而弱肉强食，乃自然之规律。它们遭难，便是自然的逻辑。然而林中之虎可谓强矣，其奔腾跳跃于山冈丛林，目若雷电，声如惊涛，山中万物，见之无不惊惧。其强如此，却在武二郎一阵拳脚之下，便呜呼哀哉了，令人好不心伤；或遇上猎者，一颗铅弹，便可送此君入冥府——世界各地野生老虎数目锐减的现状，清楚地论证了这位强者的软弱。

或曰：虎虽勇猛，毕竟是兽，是没有多少智慧的"憨大"。"勇而无谋"，必受其害，应是自然。从小听先生说，人乃万物之灵长，只有人才是世间最富有智慧的高级动物。无论是空中飞的，地上跑的，海里游的，都是人们的盘中餐。若说天地万物皆备于人，怕也不谓不对。但人的生命，也何其不能"万寿无疆""永远健康"耶？各种灾祸、疾病，如群狼，蚕食着世间愈来愈庞大的人群。"生死寻常事，何必泪沾巾。"这是谁的诗？——从前我自己也每天默诵之，满怀壮烈，因为人总是要死的，"或轻于鸿毛，或重于泰山"；与其做一根"鸿毛"，何如做一座"泰山"？我常常感到了自身的价值与生命的沉重。但是，当我面对着母亲的墓穴，看四方青草连天，想远古哲人隽语，一时间便失去了自我：我这才看见了生命的花朵，这才感到了生命之轻！

生命之轻犹如空虚，但绝不是空虚。空虚的表象是无聊，"轻"的表象是努力。我努力地工作，写文章，采访，开会，出差，一切如常。但那种犹似走在云中的轻，让你心灵寒彻！人生在世，衣食男女，大欲存焉。难免要追名逐利，难免要钩心斗角，更难免要走向生命的终点站，"追"来"逐"去，你却带不走一片云彩！

一个夜晚，我站在故乡的旷野上。土地沉默无言，路旁的树影，荫荫的也无语颤动，似有生命在那阴影里流动。我并不害怕。我但愿那葱郁的影子里有母亲的英灵，那她老人家一定会呵护我，指点我的。我感到了温暖与安慰——而这时，我才忽然领悟了生活的美好，生命的可贵。天空中的星星，闪闪地发光；地上的稼禾，滋滋地生长。而我的心里，却有一句话在轻轻回荡：谢谢你啊，土地！谢谢您啊，母亲……

（1988 年 11 月 18 日）

小城无故事

  大约是 1982 年深秋，我刚上班的第一年，便去到省城西部的某县做驻县记者，就住在县政府招待所里。
  秋风渐凉，天气渐冷，我的心情也有些萧瑟。
  那时我大学刚毕业分配到这家报社，前路茫茫，心旌摇摇，朦朦胧胧便下来了，未知水深水浅；那时我家的经济状况堪虞，父亲常常叹息，母亲常常生病，我一介书生，一时很难从根本上扭转乾坤。闲暇寂寞难耐之时，我便走出招待所，走上城南太平河上的那座小木桥，独自徘徊无语。有时秋雨飞洒，有时夕阳欲落，有时月儿东升。桥上人来人往，工农商学兵，都围绕自己的人生而忙碌，那氤氲的一团生活气息，更印证着我的孤独。

    想那田中的苗木
    屋中的老父
    是否亦知我的无助

  进入冬季，雪花飘飞，空寂依然。出去采访，看那一个个凡人凡物，我必须挖空心思、呕心沥血，赋之以神采，抒之以情愫，塑造一个个光辉形象，真是难矣哉，没意思也哉！
  忽然有一天，招待所来了许多人。上级要在这里举办一个农村政策培训班。那时的中国正忙于拨乱反正，新政迭出，一切都忙忙乱乱，了无头绪。招待所一时没那么多服务人员，只好临时雇了一批没职业的姑娘小伙，来为这群吃饱饭后便摇头晃脑讨论学习的人们服务。作为记者，我这次也享受到了"特殊服务"。

一天下午，我正在房间里绞尽脑汁写文章，一位服务员小姐推门进来，她怯生生地望我一眼，慌忙把头一低："请问，你，你要开水吗？"

我在这里住了很长时间了，服务员大都认识，但今天这位却眼生得很。她细挑身材，椭圆形脸蛋，一双眼睛很清纯，脸上的神色不知为何却有点凄楚。

"我怎么从前没见过你？"

"我是刚招来的，"她给我往暖瓶里灌满开水，又轻轻擦拭桌椅，动作轻柔凄切，犹如一片羽毛悄然落在房间。

"我们是来为学习班服务的，学习班结束，就回家的。"

她告诉我，她叫素月，在山西长治市长大，父母退休之后落叶归根回到老家，她便如影随形跟了来。只是高中毕业，没有工作，憋在家里很苦闷。

"听说您是记者，能不能……"

尽管她没说完，但我已经明白了她的意思；但我无能为力。尽管小城里的三教九流，各色人物，对我都笑脸相迎，热情非常，恭敬有加；但人家那只是为了宣传自己，一旦你真有什么事求上门去，那笑脸便会消逝的。这点人情冷暖、世态炎凉，我怎好向她述说？

那天下午，我采访归来，刚走到房间门口，就听见里边传出轻柔的歌声。这是一支很忧伤很美丽的歌曲。小城西侧山色碧碧，小城南边水脉东流，小城上空白云凝滞，还有一个凄清少女的凄清的梦，梦中响着水流的清音……

忽然，门开了，素月从房间里走出来。她一看我的神色，立即红着脸低下头。

"我……我给您打扫卫生……"

"多谢了。你的歌唱得真好。"

"一点儿也不好……"

从这天开始，她有时来找我借书，有时来打水扫地，人是渐渐熟了，

话也渐渐多了。我断定她肯定会做诗，而且一定偷偷写了不少。她急忙红着脸分辩，说自己根本不会作诗，连懂也不懂什么是诗呢！见我一再固持己见，她忽然赌咒道："小狗子才写诗呢！"

说着，倒看了我两眼。我这才一惊。原来这两天因为想念故乡思念家人，我写了两首不讲究平仄的"七律"——《寄父》《寄母》。因为是随手写在稿纸上，随手丢在桌上，一定给这鬼丫头见到了。

过了两天，我回报社参加驻县记者会议，并且受到了不点名批评，说有的同志一直住在招待所而不肯住到县委大院去，"招待所里能出新闻吗？"说有的同志驻县几个月了，没写出几篇有震动、有巨大影响力的文章来，"记者不写文章还算什么记者？"

我郁悒地离开报社，离开省城，我决定立即搬家，无论如何要县委办公室给我腾出一间屋子，再也不能拖了……

等我刚在房间坐下，素月急匆匆推门进来。

"素月，我要搬走了，"我头也没抬，"住到县委大院去。"

但她没有反应。我抬起头，这才发现她眼睛湿漉漉地看着我，"学习班……昨天结束了，我今天下午回家……"

我一下子没词了。对不起，姑娘，我没能帮助你。

她匆匆走过来，将一样东西放在桌上，又匆匆走了。我一看，是个红色塑料皮笔记本。

我无言地坐了半天，这才拉开抽屉，抽出一本书：《丁香花下》，黄秋耘著。这是我准备送她的礼物。但等我出来，她已经没影了。她显然早就做好了回家的准备，只是为了送我这个笔记本，才等了半天。

那本《丁香花下》，如今已经找不见了。十多年烟尘岁月，模糊了许多人与事，但那座小城及小城里的凄清的少女，却常常浮上心头。人间的美丽仿佛路边的野草，处处可以闻见，其馨香虽不浓烈，却淡远、清雅、忧郁，让你久久不忘、久久不忘……

（1992年春）

上卷　此情若雪

冬天的告别

一个飘着细雪的白天,我去山里看一个朋友。他到那里已经很久很久了。

那是一座无名小山。山峰突兀但不狰狞。

他说,山上有草、有花,还有溪水与禽鸟,空气和畅清新,白云流动荡漾……

其实我们并不相识。只是几年来时常通信,交流感悟,探讨人生。他就生于山里,长于山里。字迹朴拙如枝头上的红枣,文字清新如刚出浴的小妞——"萧兄,你何时到这里看一看?整日囚于钢筋水泥的结构里,整日奔走于人流车流的喧嚣里,整日厮混于你好我好他也好的人海里,你不烦吗?"

细雪缥缥缈缈,我的心绪亦如这雪,布满天地间,细寻起来却并无头绪。我打开他给我画的草草的旅行图,先乘长途汽车到某村,再换乘老乡的手扶拖拉机到山根下。

长途汽车很破旧,油漆剥落,斑斑驳驳。车上人很少,有谁在这飘着细雪的冬天,离开城市,去到萧瑟荒凉的山里?

汽车在雪地上行驶,天地间影影绰绰一片白。一个庄稼后生哈着腰坐着,提着一个编织袋,里边鼓鼓囊囊的装满着什么;一个抹着红嘴唇儿的小姑娘叽叽喳喳向她娘说着什么,但她娘却一脸的疲惫,默无一语。我漠然看着这些,觉得有一种滋滋的声响,自心间弥漫出来,哦,纯真的世界,

纯真的人!

摇一摇头,似乎咽下了一缕烦忧。

车子咣当咣当行驶着,临近一个村庄时,嘶啦嘶啦叫唤两声,便停在了村头。

"娘的!倒霉!"

司机叫骂一声,拿着扳手下车当当敲打起来。车子抛锚了。车上的人都惶恐起来。还有二十多里路,才能到达终点站呢。

我走下车来,细雪依然在飘。暗蓝的天光已有些淡。看看表,已是下午五时整。

前边的村庄白雪笼罩着,如童话故事里的城堡。

"你怎么刚回来啊?"

循声一看,一个白发老母亲站在路旁光秃秃的树下。她一定在等从城里还家的儿子吧。她那萧然白发与白雪相混淆,莹洁闪亮。她也一定把我当作她的儿子了。

"……你已经多半年不回来了,真个是娶了媳妇忘了娘……"

老母亲一边喃喃,一边走近我。我也不由自主向老人家走过去。此刻,我有些鼻酸。有一个老母亲在村边等你,那是多大的福气!

等汽车终于上路时,天已暗下来了。好不容易摇摇晃晃来到目的地,下了车,却找不见接我的拖拉机。汽车站是个破败的大院子,平日一定很荒凉,只为今天有雪,才显得这般干净了。

……我在山上教书,也读书。读里尔克,觉得他像秋天一样尖锐,洞悉你的内心;读叔本华,觉得他真像个智者,只是充满痛苦。最近我在读卡夫卡的《城堡》,那位K先生想进到城堡里去,却漠然不知去路,他总是走在看不见、却时时能感觉得到的一张无形的网里,这真是人生的大困惑……

坐在震耳欲聋的手扶拖拉机的厢斗里,我读他的信。

……近来我一直在读两本书，一本是法国伟大作家让·雅克·卢梭的《一个孤独散步者的遐想》，一本是早逝的才子王小波的《我的精神家园》。我喜欢这两本书的书名。我惊异于这两本书概括了人类的一个求索过程。人孤独苦闷时喜欢散步，散步自然要遐想，但遐想的目的是什么呢？——还不是为了寻找自己的精神家园吗？如你，如我，如芸芸众生，谁不是在寻找自己的精神家园呢？不是不少人出入有家室，灵魂却漂泊吗？法国哲学家帕斯卡尔说："人只不过是一根苇草，是自然界最脆弱的东西；但他是一根能思想的苇草……纵使宇宙毁灭了他，人却仍然要比置他于死命的东西高贵得多……"

在山脚下走下拖拉机，天已黑了。我掏出一张50元人民币，递给开车的汉子，被他当头痛斥："你们城里人就这么虚伪！我大雪天送你，是为了挣你的钱吗？——我只不过受朋友所托，两肋插刀一回。记着走时请我喝酒就行了。"

我往山上攀去。

一条细溜溜的石径，从山上垂挂下来，四周一片白，不辨东南西北。

正惶惑间，却从旁边走出一个穿一袭红衣，小脸红红、鼻头也红红的小姑娘来。她问了我的姓名，说老师让她等我。她已在这里等了好长时间了。

"你们的学校在哪里？"

"看——"

小姑娘顺手一指。

只见远处山梁上，有几间蘑菇似的小屋。小屋顶上，居然还飘着一面旗子，像一根"能思想的芦苇"……

（1998年冬）

人在天涯

那年因为心神动荡吧，我独自远走他乡，到一个僻静的古镇去看一位朋友。火车咣当咣当，让我惚惚恍恍；汽车嘶嘶曳曳，让我想起那轮天边之月。下了汽车，尚有十里崎岖山路。低下头看脚印，仰起脸看太阳，侧转身看白石。一道小溪自山谷挤出，淅沥淅沥，如婴儿娇语；枝上的小鸟也啾啾哀吟，像似往年旧事。

"你来吧，萧。这里有山有水，有草有树有花朵，独独没有一个人。看枝上的叶子颤动露珠儿，听山里的小鸟吟出诗句，有谁知人心底的凄切？……还记得李清照的词吗？——常记溪亭日暮，沉醉不知归路，兴尽晚回舟，误入藕花深处，争渡，争渡，惊起一滩鸥鹭……"

来了一看，这里美且美矣，只是一股哀戚袭然涌上心头。清水出芙蓉也罢，清水煮白石也罢，只是诗；但现实却冷酷。遍地黄土偎山石，满目怆然伴凉风。这是初春，乍暖还寒时节，最难将息。

未见到人，便独自安妥自己。住在一农家，石头垒成的小屋，石头垒成的院墙。院子里几株不知名的山花泛出嫩芽。凉风一吹，满院饭香。玉米粥，老芋头，锅贴饼子。房东夫妻是新婚不久的年轻人，羞羞涩涩，甜甜蜜蜜。夜晚万籁俱寂，孤独如一只猛虎，让我颓然而卧石屋中，不知今夕何夕了。他乡！他乡！人在他乡，人生如寄。假如我今夜逝去，谁也不知道我在哪里了。

第二天清晨，天刚蒙蒙发亮，就见门外有红光一闪，一个小女孩儿穿了一件红色羽绒服，飘然走进院来。她的神态那么渺然，她的气色那么娇美。她说，老师今天上课，我带你去看看山景。我立刻感到天涯并不遥远了。仿佛时光倒转，又回到了从前……

的确，天涯并不遥远。即使你来到世界的尽头，只要追随一股心灵之风，就会感到贴近着海，贴近着土地，贴近着朋友。我们不是在许多时候，只身走天下，将自己抛进自然，让自己流浪山川，依然感到慰藉，感到安然欣然的么！读《徐霞客游记》，看山脉在字里行间巍然耸立，听流水在书纸页上喷珠溅玉，真佩服徐老先生之以山川为友、以自然为友的萧然气度；读《本草纲目》，看到百千种植物在书里争奇斗艳，想到李时珍老前辈阅尽千山尝百草，餐风露宿著华章，不禁为他的献身精神纳头便拜……

徐霞客、李时珍，皆一代大贤，让人顶礼膜拜千载而无愧也。他们可谓只身走天涯的楷模，其辛苦危险可以想见，其孤独寂寞可以想见。他们人在天涯，心怀天下，心灵坦然、安然、释然。他们肯定在大自然里找到了知音。人拥有知音，无疑是一种幸福；如果你的知音是非人类的，是山川湖海，花草乔木，飞禽走兽，那该是多么大的幸福！

胡适先生写过一本《丁文江传》，其中说："徐霞客在三百年前，为探奇而远游，为求知而远游，其精神却是中国近世上最难得，最可佩的……在君（丁文江字在君）在三百年后，独自在云南、川南探奇历险，做地理地质的调查旅行，他的心目中当然常有徐霞客万里遐征的伟大榜样在鼓舞着他……"

丁文江是我国现代著名地质学家，学业宏富，他步徐霞客之后尘，万里遐征，实现了为国家创立地质学的梦想。他说："华北是我们的乌克兰，湖南、江西、四川是我们的乌拉尔，云贵是我们的堪察加……"他在孤独的遐征过程中，体验到了一种"活泼泼地生活的乐趣"，没有丝毫人在天涯的落寞。

人在天涯而不寂寞，或身边有挚友，或心中有自然山水之恋，或有浩浩荡荡之开阔胸襟。清风皓月足慰心灵，佳人芳草亦足令人忘忧。

然而，自从那天告别朋友，从偏僻古镇回到省城之后，发现这个世界依然如故，处处人群如蚁，处处眼睛如灯。有人看着你的逍遥，有人盯着

人生总有孤独时

你的失误，有人笑着你的郁闷——那一群群人，那一双双眼，那一张张嘴，脚步杂沓围着你、鬼眼闪闪瞪着你、唾沫飞溅议论着你。那日酒醉，放言论人生，第二天一条消息传遍天下：萧又喝醉了。那天不经意说了一句话，第三天某先生便来祝贺：你说得真好啊！那回见了一个女孩子，人便问：那是你的哪个？似乎来到了大草原，荆棘密布，乱草丛生；就连此文写下来，恐又招来闲言碎语。唉唉我的天！怎么在人海里，我倒有了人在天涯之感？

萧，自你离开，山便空了；自你离开，花也纷纷谢了……风满山冈，吹拂古镇，吹拂我们那简陋的校园……校园里的钟声，悠悠荡荡，校园里的芜草，丛丛簇簇……

城市，那是我生长之地，也是伤心之地，流浪之地……远离了那里，我才在这山冈、在这古镇，安妥了我的灵魂。还记得英国作家托马斯·哈代的小说吗？《远离尘嚣》……对，我们就该远离尘嚣，你为何却放不开呢？

陶潜先生门前，生长着五株柳树，衬托着五柳先生那疏疏落落的篱笆墙。先生官为彭泽县令，心灵却在田园。他辞官归家，诗酒自适，真令迷恋官位迷恋金钱迷恋繁华的今人汗颜，我尤其爱煞了他的那篇《归去来兮辞》——归去来兮，田园将芜胡不归？既自以心为形役，奚惆怅而独悲？悟已往之不谏，知来者之可追……

一粒芝麻落在地上，便有一群人去争去抢；一颗西瓜落在田间，便有无数人去夺去抱——最后芝麻烂了，西瓜烂了，大家谁也得不到，一律的两手空空。争官位、争荣誉、争金钱、争红颜……其实世上之争，不就是芝麻之争、西瓜之争吗？

回首望前尘，心事似云烟。难道你能说明白，你真的需要什么吗？

人在天涯！人在天涯！

天涯来信，纸页欷歔。何时再去看她——自己也去天涯？

（1996年6月16日）

上卷　此情若雪

人在灵隐烟雨中

在那个寒冷彻骨的冬天，我来到笼罩在西湖灵光中的灵隐寺，一眼看见深红色照壁上的四个大字：咫尺西天，兀地呆了。我感到了一身佛光霏霏的照耀。人人都向往西天极乐世界，为此在尘世千辛万苦，可原来，西天离我们是如此之近啊，仿佛就在枕畔，仿佛就在梦海边，仿佛就是灵魂皈依的家园。

据记载，灵隐一带史称武林山，东晋咸和元年（326），印度高僧慧理法师行访到此，但见怪石林立，峰棱如削，寿藤攀缘，不禁浩叹："这不就是我们天竺灵鹫山吗？为何飞到这里来了？佛祖在时，那里多有仙灵所隐。"法师的"仙灵所隐"，成为灵隐称谓之源，法师所指的那座山，从此得名飞来峰。慧理法师开创灵隐寺，圆寂后瘗骨之处建成了理公塔，成为后人朝拜的圣景。灵隐寺作为江南著名的古刹禅院，至今已有一千六百多年历史，以其香火繁盛和风物奇秀著称于世。南宋宁宗嘉定年间，曾品第江南各佛寺，共品出禅院五山十刹和教院五山十刹，杭州灵隐寺名列禅院五山第二。

我来灵隐，脚下缭绕着今世烟雨。无论烦恼也罢，追求也罢，都在烟雨中漫漫消融。看见天王殿匾额上"云林禅寺"四字，人说乃康熙皇帝所赐，灵隐寺也因此一度改名云林禅寺。遥想一代明君康熙挥毫泼墨时，胸中翻滚的，除了官场纷争与众生喧嚣，就是那一片片在空中龙腾虎跃纠结虬绕的大块云翳了。原来云林之间，停泊着皇上灵魂片刻的困惑与安宁啊！

顺着飞来峰下潺潺的溪涧，脚步彳亍，来到冷泉亭。穹顶如锥，飞檐引梦，数根红色立柱，四周古木修竹，两侧是明代礼部尚书董其昌题写的对联："泉自几时冷起，峰从何处飞来。"

冷泉亭是唐代杭州刺史元藇兴建，此后，白居易出任杭州刺史，写下了有名的《冷泉亭记》，记述自己登临此亭的冷然与惆怅。宋代文豪苏轼曾两任杭城父母官，一次在神宗熙宁四年（1071）任杭州通判，一次在哲宗元祐四年（1089）任杭州知事。他当年临时办公的地点，就是冷泉亭。只见一行人来到亭下，苏大人令吏牍摆上桌椅笔墨，摊开卷宗，开始剖决公案。公务结束，撤下案卷，排上酒菜，与属下共饮，直到暮色降临，方才打道回府。

这一天，爱国词人辛弃疾来到灵隐，此时，他抗金意愿难遂，心中块垒难消，冷泉亭下，联想起江北沦陷的河山，不胜悲慨，吟成了著名的《满江红·题冷泉亭》，发出了千古感叹："醉舞且摇鸾凤影，浩歌莫遣鱼龙泣，恨此中、风物本吾家，今为客！"

白居易、苏东坡、辛弃疾诸前辈是幸运的，无论欢乐与烦恼，都可以矗立冷泉亭下，对着壁立的飞来峰与悲咽的溪涧诉说。而今我来这里，但见人影幢幢，人声鼎沸，何处寻觅当年的冷寂与安宁？时代的变迁，埋葬了许多美好，增添了许多喧闹。人类文明的发展与进步，总是与某种浮躁喧嚣挣扎相伴始终。

但我们无须遗憾。留下的是应该留下的，来临的是应该来临的，消亡的是应该消亡的。这也许就是事物发展的某种规律。我们欢呼新生命的诞生，对同时降临的荫翳也要包容，就像飞来峰临溪一侧石壁上那座袒胸露腹的大肚弥勒佛雕像——布袋和尚，整天开着笑口，迎接天下芸芸众生，无论是高官显宦，还是街头弃儿，右手搭着的地方，则是一只大大的布袋。

布袋和尚号长汀子，是五代朱梁时期的人物，他不像一般寺僧那样整天闭门修行，经常用木杖叉着个大布袋扛在肩上，腆着大肚子云游四方。他深通佛义，无拘无束，自由不羁，走到哪里，哪里就是停泊之地。下雨天，他穿上草鞋疾走；艳阳天，他拖着木屐晒太阳，迷迷糊糊打瞌睡。处处无家处处家，你不能不叹服精神力量的伟大。许多年来，现代人在寻找心灵的家园。物质的繁荣与富足，信仰的消失与沦丧，令很多人如今找不着北了。

比布袋和尚名头更响亮的，是大名鼎鼎的济公。济公本名李心远，浙江台州人。他剃度出家的地方，就是灵隐寺。他一生飘逸，喜好云游，足迹遍及浙、皖、蜀，衣衫不整，寝食无定，貌似落拓疯痴，心底无比高贵，为百姓排忧解难，往往灵验无比。人们形容他："非俗非僧，非凡非仙，眉毛厮结，鼻孔朝天，气吞九州，囊无一钱。"

传说济公不守寺规，饮酒食肉，举止疯癫，与一般僧人格格不入，监寺不能相容，给住持瞎堂慧远禅师打报告，要将其逐出。慧远禅师说道："法门广大，岂不容一癫僧？"大家这才不再议论。不过，慧远禅师圆寂后不久，济公就离开灵隐寺，流落到了静慈寺，是否为灵隐僧众排挤，就不得而知了。

佛学中的弥勒，梵文意为"慈氏"，是大乘菩萨之一。佛经说他住在兜率天，下生此世界，在龙华树下继承释迦牟尼而成佛。弥勒佛大度雅量，救苦救难，普度众生，成为历代老百姓的精神寄托。数千年来，世人皆知苦海无边，佛法弥天；佛法的灵妙之舟，负载着人们走出宿命的苦海，去追求美好生活，至于能否到达理想的彼岸，就要看你的造化了。

然而，精神的力量再伟大，也有其局限性，这或许就是药师殿前人头涌动、香火繁盛的原因。药师殿又称后大殿，毁于二十世纪五十年代，近年重建。人们聚在殿前，向药师他老人家祈祷一生平安。朋友说，驱病消灾，逢凶化吉，此处最灵。闻着沁肺香火，看着袅袅烟缕，不由嗒然。这飘摇的火焰、抟转的烟霞，该系挂着多少鲜活的灵魂？

驻足灵隐，四顾茫然。我怜山水，山水照我。春淙亭、翠微亭，亭亭玉立；王安石、岳武穆，文脉涌流。无数神妙传说，在这里回转；几多人生感慨，在心底环绕。明霞与暗夜交辉，快意与黯然相融。谁能说明白，一座灵隐寺，到底隐埋了多少人世烟雨？——这，正应了弘一大师李叔同临终前手书的四个字：悲欣交集。

（2007年6月12日）

雨中临济听棒喝

一

临济秋雨,茫茫如烟复如雾……

在我的意象里,正定古城,是华北平原上最神奇绮丽的地方。那里的古刹,凝聚着中华灿烂的文明与沉重;那里的文脉,荡漾着平畴千里的浪漫与忧伤。——正定古文化的主要承载者,则是驰名天下的隆兴寺与临济寺。在人们心里,隆兴寺贴近着平原,贴近着灵魂,似乎与你声气相接,而临济寺却有些莫名的遥远、渺茫,像似梦海深处时断时续的长笛之声。

我在很小的时候,就听母亲讲过关于隆兴寺大佛的神话,说是大佛的宝座之下,是一眼直通地心的深井,大佛一旦倾覆,就会天塌地陷,大水冲天而起,淹没整个冀中平原,淹没整个中国;而关于临济寺,我的记忆却很少,直到读了大学,才恍恍惚惚,略知一二。

古人说,临济如灯,闪耀在天下禅林。

其实,自古以来,世人皈依佛门,悟心参禅,则犹如点亮了一盏照耀寰宇驱逐暗夜之"灯"。当年孔夫子周游天下,鼓吹仁义礼智信,在混沌的尘世间似乎点燃了如豆之"灯"——"天不生仲尼,万古如长夜";而佛祖西来,大意弥漫,禅宗弟子以禅为"灯",千百年来,"禅灯"照耀天之涯地之角,《传灯录》由此成了记述禅林故事之典籍。

二

捧读《传灯录》，心头起烟雾……

据记载，从佛祖释迦牟尼开始，"禅灯"便成了高悬尘世晴空里的孤寒之"月"。北魏时期，"禅灯"从渺渺漠漠的西域，经印度高僧菩提达摩传来中国，中土禅师，一得佛祖之真意，便群起而膜拜，俯仰而舞蹈，渐渐地薪火炽燃，菩提达摩虽然被奉为中土禅宗初祖，其实际创立者则是被奉为四祖、五祖的道信和弘忍。弘忍圆寂之后，他的门下形成了以神秀及其弟子普寂为代表的北宗，以慧能及其弟子神会、行思、怀让为代表的南宗。在唐代危害甚烈的"安史之乱"爆发后，北宗逐渐衰微以至于湮灭，南宗则迅速传遍了大江南北，日益繁荣昌盛起来，到了唐末五代时期，相继形成了沩仰宗、临济宗、曹洞宗、云门宗、法眼宗五大宗派——正如菩提达摩所预言："一花开五叶，结果自然成。"自唐末五代以降，历经几度风云，几度变幻，临济宗逐渐成了禅宗主流，在中国各大丛林禅院，十有八九属于临济宗，世间有了"临济儿孙遍天下"之美谈。12世纪末，临济宗传入日本，后来成了日本佛教界的最大派系。

而临济宗的发祥之地，就是正定临济寺。唐武宗会昌五年（845），三十八世临济义玄禅师来到了临济寺，弘法讲学。义玄禅风峻烈，金声玉振，以棒喝著称，麾下学侣云集，门业繁荣，逐步成了天下禅林之宗主。他的禅学，有三条著称于世：一是要求弟子必须拥有真知灼见，相信心既是佛，悟既是道；二是要将自我之心、之精神、之灵魂，与佛性融合，达到"无为真人""无依道人"之化境；三是要扬弃说教和程式化的修行方法，打破常规，一默如雷，一吼通天，一击贯顶，顿悟人世沧桑与万古洪荒……

义玄禅师（？—867），曹州南华县（今山东定陶）人，亦称曹南（意为曹州南部）人，俗姓邢，《临济录·行录》说他"幼而颖异，长以孝闻，及落发受具，居于讲肆，讲究毗尼，博赜经论"。他自己曾概述自己的经历说，"只如山僧，往日曾向毗尼中留心，亦曾于经论寻讨，后方知是济世药、表之说，遂乃一时抛却，即访道参禅……"

义玄出家之前，以孝闻名乡里，出家后先习佛教戒律与经论，后来认为这些如同只能治表的医药，不可能从根本上解除世人的烦恼，便改而游方参禅，逐渐悟出了解脱人生苦难的佛理大道，成为一代禅宗之大德……唐咸通八年（867），义玄禅师圆寂后，他的弟子收其衣钵、舍利，建塔以葬，取名澄灵塔。此塔形貌青幽，俗称青塔，实心密檐八角九级，石砌塔基上为先石后砖合砌的须弥座，上部刻三周仰莲，塔身立于仰莲之内，塔上各角悬风铃，四面有铜镜，清澄灵秀，华丽凄迷，成为后人顶礼膜拜的标志性建筑。

烟雨中遥望孤兀的澄灵塔，但见灵光隐隐，霞辉敛迹，孤鹤入云，四周雨雾缭绕，只是不见了义玄禅师之魅影……喔，果然是岁月如舟，载走了动乱，载走了离愁，也载走了壶中日月与前辈先贤的缥缈大德与飘逸情怀？

"下雨了，先生您带把伞吧，很便宜的……"

路边商贩，瞅准了绵绵秋雨带来的无限商机，拿了几把花雨伞，纷纷向朝圣者兜售，我正疑惑呢，朋友早递了一把伞过来。

喔，尘世落雨，尚有雨伞遮挡，假如心灵落雨，我们用什么遮挡，又到哪里去躲避呢？

三

三十八世临济义玄禅师之法脉，横绝古今禅林者，为"临济喝"，他以一声暴喝，撕锦裂帛，声似霹雳，来度人于无忧之境，真可谓"一喝千古"。临济家风，概而言之，就是单刀直入，机锋凌厉、峻烈、抖彻，如铁锤击顽石，泰山压累卵，令世人于火光闪闪之中，悟透江山与枯骨、美人与红泪、荣华富贵与颠沛流离、忠贞不渝与朝三暮四……

一本《临济宗禅》的书上，把所谓"临济喝"描摹得惟妙惟肖。临济义玄禅师落发为僧三年后，首座问他可曾问过什么问题么？他说没有，于是让他去找住持和尚黄檗希运，老黄檗正垂眼打坐，他的问题还没说，岂料老黄檗一声大喝，劈手便打——如此一连被打了三次，似乎打出了义玄的悟性与佛性，后来黄檗和他说话，他也如法炮制，一声大喝，举手便打，临济宗风，由此形成，他的度人之舟，就是声若霹雳一声断喝……

有一天，义玄禅师对一个僧人谈论"临济喝"——"有时一喝如金刚王的宝剑，有时一喝如踞地雄狮，有时一喝如探竿影草，有时一喝不当一喝用。你怎么理解这四喝呢？"僧人一时间不知如何回答，禅师便朝着他大喝一声，声震屋瓦。

"喂，你发什么呆呢？"

忽闻耳畔一声大喝。抬眼望去，喔，几个朋友已经到了大雄宝殿之前，在雨雾中合掌礼佛，刹那之间，雨雾和着心海波澜，一起飞旋。

……不知道为了什么，我们，在茫茫秋雨里，来到了这座蜚声中外的临济寺，听闻了高僧大德义玄禅师千古回荡的一声暴喝；我们这些人，可谓一个个踌躇满志，在尘世间人五人六；然而，缭绕诸位心底的，那些颤动的飘摇的缠绕的曲线，究竟都指向了什么方向呢？嗯嗯。人啊，生在世间，作为一个生命个体，你究竟是为了活些什么呢？

——你即使不为金钱名利，不为东西南北，总要为自己吧？你总要让自己尽量活得精彩一些、高尚一些、纯粹一些、清白一些、干净一些吧？

——你即使不能够移山，不能够填海，总还可以做一些力所能及的好事与善事吧？所谓"积土成山，积水成渊，积善成德"。

——你即使没有能力做好事，没有心思做善事，总还可以闲暇时节垂首默祷，祈祷天下风平浪静，人们安居乐业吧，所谓"力所不及，心向往之"。

——你即使没有心智为天下人默祷安康，没有念想成为君子，总可以不做小人，不做坏事，让自己远离低级趣味、远离恶浊与丑陋吧，所谓"诸恶莫做，众善奉行"……

四

雨，不知不觉，暂时停住了。

我们依依惜别义玄禅师，迤逦前往隆兴寺……

（2007年10月6日）

一个飘着雪花的冬天的夜晚

夜晚的故事总是从白天开始的。

那天中午时分，我接到了一个电话。

"萧，对不起……我昨晚不是故意的……"

"我知道。"

"昨晚和两个朋友喝酒，然后去唱歌，没有听到你的电话……"

喔！昨晚是个黑色的日子……似乎泰山崩于眼前，蛟龙腾于身后，一只黑色的硕大如垂天之云的蝙蝠，在我的眼前狂乱地耀武扬威地舞蹈……我遭遇了一个重大的挫折。于是，我打了两个电话。一个朋友转眼之间就打的赶过来了；另一个朋友却如泥牛入海，杳无音信……

"我真的不是故意的……"

"我的天！你有完没有？"

她还在万分歉疚地表达着自己的万分不安，并且为了弥补自己的"滔天罪行"，无论如何要下午请我去世贸大酒店喝茶。

那是一间考究的茶室。茶桌从地板凹下去，两人俯身于茶桌两旁，对坐两厢。小小的茶室里，清音缭绕，茶香四溢。

望着眼前满面真诚的她，我自己没来由生出了一腔歉疚。我说其实真的没有什么，人吧总有脆弱的时候，如一团转瞬即逝的乌云，如此而已，你不必在意的。她说我们虽然同在一座城市这么多年，彼此互相帮扶度过的黑色时刻其实并不多，而我昨天恰恰错过了这一重要时刻……

普洱茶的香气，氤氲着凛冽，清苦、旷逸，啜饮一杯，再啜饮一杯，只觉得余香绕梁复盈怀。人间的情谊，有时候亦如这杯普洱，看似平淡，却浓香涨满了宇宙。——是的，我们不过是朋友，彼此间没有所谓的亲昵，也没有所谓的桃色，然而，那些许年月里却似乎有一根丝线，牵扯了彼此心中最柔软的地方。

"其实，生活不过如此，你不必介意你无法把握的那些事情……"

她仿佛在劝我，又仿佛在自语。在生活中，我们彼此都有着某些莫名其妙的不如意——譬如她因为不可抗拒的力量，离开了热爱的工作岗位，并且劳燕分飞；譬如我因为自己的所谓豪放洒脱，成了那些好事之徒的靶子，成了所谓的"有争议者"……

"是的，那些你无法把握的事情，真的不必介意。"

我鹦鹉学舌一般，随声附和。可是，假如一百件事你都可以不在意，可以哈哈哈哈，一笑了之，上帝他老人家偏偏给你弄出来个一百〇一件，偏偏这件事还像西班牙古代骑士堂吉诃德先生的长矛一样，戳穿了你的自尊，洞穿了你的肺腑，颠倒了你的人生——你还能哈哈哈哈，一笑了之吗？

然而，你不能哈哈哈哈，一笑了之，还想怎样？——古来胸怀大志者，车载斗量，项羽号称霸王，却最后含泪别姬，自刎乌江；韩信天生统帅，挥手倾动百万兵，早年受胯下之辱，最后命断妇人之手；"戊戌六君子"，时代弄潮儿，才华动天地，不免喋血刑场；"狼牙山五壮士"，临危不惧，舍身跳崖，谱写了一曲生命壮歌……吾辈欣逢盛世，既不可能成为秦末汉初叱咤风云的项羽与韩信，也不可能回到乱云飞渡的戊戌年间，去比肩"横刀向天笑"的先哲谭嗣同，更没有机会像狼牙山五壮士那样，为了伟大的共产主义事业而英勇献身——历史留给我们的，就是老老实实、扎扎实实做个好人。然而，何谓好人？唯唯诺诺、奴颜婢膝、苟且偷安、得过且过？……

你问我爱你有多深，
我爱你有几分？
我的情也真，

我的爱也深，
　　月亮代表我的心……

　　此刻，邓丽君的歌声，轻柔地掠过耳畔。我说，这么些年喝过了许多名茶，只有今天的普洱，最是动人。她笑了。她的笑，似溪水，如流云，牵扯了太多的内心波澜，轻柔处如小桥流水，开心时如荷绽池塘……
　　一个美丽的冬天的下午，随着邓丽君的歌声，慢慢地消逝了；傍晚的暮色，看看落在了窗外。仿佛是一首美妙的诗，到了该画句号的时候了。可是，她一定要请我吃晚饭。我哪里好意思啊！然而，违背一份美好的心愿，总是一件太过残忍的事情——你怎么能拂逆一份真纯的友谊呢？
　　她隆重地点了一桌子菜。瞅着这色香味俱全的一桌美食，我简直有点儿傻眼。怎么如此隆重？似乎要庆祝什么？转念一想，也许她饿了，也许她想好好喝几杯了，也许……也许……算了！世界上哪有那么多的也许！既然已经摆上来了，那就义无反顾地大快朵颐吧！——屋外夜色空溟，冬天的风吹过天空，像利刃一般吹过行人的脸；而富丽堂皇的殿堂之内，却温暖如春，食客们逸兴遄飞，个个做饕餮之徒状……
　　突然，我的手机爆响起来了！我的一个好朋友，近郊某县的领导来了，就在国际大厦等我。我说，老兄我实在过不去，回头我请你吃饭吧。他说，你敢不过来，我就不认你这个兄弟！我说不认拉倒，哼，谁还缺了你就不活了？他说你小子跟哥哥耍牛是吧？反了你了！好了兄弟，算哥哥求你一回真的有事找你……
　　"真的不好意思……"
　　我的一句道歉的话还没说完，她就连声说你去吧去吧，人家肯定是有事找你，人家肯定是有急事找你，你赶快过去吧，不要伤了兄弟情谊。
　　我瞅瞅一桌子菜肴，难过得直吸溜嘴，她说："你不用担心，我一定吃完，吃不完，我不会打包吗？"
　　我说："我哪里是担心你，我是为告别这些美味佳肴而痛心疾首！"
　　她笑了："真有你的……"
　　我起身告辞，嘴里嘟哝着"万般无奈"，她依然笑着，那笑脸万分的灿烂!

走下楼来,走上大街,雪花伴着寒风,呼一下子吹来。哦,下雪了!这是今年的第一场雪。缥缥缈缈的雪花,在路灯下飞舞,精灵一般;马路上的行人车辆,都迷蒙了一层迷人的衣衫。啊,雪花!来得正是时候。这个飘着雪花的冬天的夜晚,此刻显得是如此美妙、如此销魂……

第二天,我还沉浸在昨夜的美妙旋流里,忽然接到了一个怒气冲天的电话。

"萧,你真浑蛋!"

"怎么了?"

"你知道昨天是什么日子吗?"

"昨天是……是个飘雪的日子啊!……"

"告诉你吧,昨天是她的生日,你这个混蛋,居然把她一人甩下跑了!"

我的天哪!——我真是浑蛋!可是,你啊你啊,你为什么不告诉我呢?就是天塌地陷,我也不会离开你,去赴那个什么领导的宴会!你为什么不告诉我啊?……

……那个飘着雪花的冬天的夜晚,虽然是几年前的故事,却依然时时温暖着我。每当失望悲伤的时候,每当迷离彷徨的时候,我就告诉自己:你不能对自己失望,你不能对人生失望,你不能对人性失望,你不能对世界失望——那个飘雪的冬天的夜晚,闪耀着多么美好真挚的人性之光啊!她的灿烂的笑脸,如黄金铸就一般,至今在我的心里闪烁,在我的梦里闪烁,在我的人生之路上闪烁……

(2007年5月31日)

让我敬您一杯酒

　　昨天傍晚,为了洽谈一项合作事宜,约了某网络媒体的婉沨女士一起吃晚饭。因为彼此是老朋友了,也没啥三碟四碗的讲究,她说,咱们吃烧烤吧?我说"耶斯"。于是选定了附近的一家烧烤城。虽曰"城",店面却不大,洁净、清寂,无喧腾之烦恼,无斤斤之计较,往来者,几乎都是白丁也。

　　为了表明自己是绅士,我急忙提前赶到,要了一碟毛豆花生拼盘,两瓶冰镇啤酒,自斟自饮起来。旁边,一对大学生情侣在磨磨唧唧;那边,一个的哥很凶猛地在吞吃羊肉串;生了一张月亮小脸的女老板,鼻梁上架了一副时尚金丝眼镜,在吧台里翻着一本书在看着。

　　独自饮酒,酿造的是清幽、是快乐,是独对风雨世界的清醒。在这个世界上,谁也不比谁伟大多少,哪怕他是名声响彻寰宇的伟人,也不过是"吃饱了就不饿了"哲学的忠实信徒。虽然,他们永远不肯承认;他们也许会说,天上的云霞可以美餐,地上的美色可以养眼,国库里的黄金跟被窝里的老婆没啥两样呢……

　　我正兀自胡思乱想,只见婉沨女士款款地进来了,她袅袅婷婷的身后,居然跟着一个农民工模样的汉子!

　　"这位是……"

　　见我愣怔地看着他俩,婉沨女士开口介绍那汉子,可一时又不知如何说明白,于是,她转过身,对他说:"你先坐下吧,想吃点什么?"

　　"吃什么都行……"汉子低声回答。她喊来服务员,要了一大份炒饼,再来一杯开水,"快点儿上来啊!"

我为她斟一杯啤酒,她并不喝,转头问那汉子,你喝啤酒吗?

汉子摇摇头,并很快地看我一眼,又急忙收回了怯生生的目光。——他是个乡下人,四十来岁的样子,一脸疲惫,一脸酸涩,一脸惶恐,那迅速掠过的目光,说明他并非老实如黄土,窝囊如死水,他无疑经过些风雨,见过些世面,而头顶上有些散乱的头发,则流露着倔强与奋争……

炒饼上来了,山似的一大盘,那汉子大口猛吞起来。她这才告诉我,这是一个街头乞食者。就在刚才,她走到附近一个路口,汉子拦住了她,哀求说,大姐,我饿坏了,一天没吃东西了。

她警觉地看看他,觉得他还不像坏人。他可能真的快饿死了。他可能长时间站在这里,可能哀求了很多人,如今人们对此不屑一顾,已是司空见惯,似乎也无可指责。

说吧,怎么回事?

他说,他是河南商丘人,几年前曾在这里的一个建筑工地打工,这次他又来了,那工地却找不见了,只好流落街头,一整天没吃一口饭了……

于是她上下打量他一番,问道,是给你点钱呢,还是请你吃点东西?他说,我想吃饭。于是,她就把他带到了我眼前。

我端起酒杯,郑重地对她说,来,请让我敬你一杯酒吧!

她笑了,为什么?

我说,我代表我们这些乡下的兄弟敬你啊!

我望着眼前狼吞虎咽的汉子,兀自感到了悲伤。作为一个从农村流浪到城市的人,作为一个对乡村城市两重天地体会尤深的人,我理解此刻这个乡下汉子心头的无奈、惶惑与悲哀!——农村生活的落后,物质贫瘠只是一个方面,而那种沉重的压抑造成的心理自卑意识,才是对人的心灵的巨大摧残。记得很小的时候在老家,乡亲们谈论过一种叫作"吃撒桌"的求生方式:一个乡下人来到城市,饥肠辘辘,却没钱买饭充饥,只好来到路边的饭店,瞅准人家吃饱了站起身来的空当,不顾周围食客的鄙视,也不顾店家的吆喝,抢吃人家的残羹剩饭——这种卑贱的"生存方式",当时强烈地刺激了我,令我日后对那些看不起乡下人的家伙们,横眉冷对,嗤之以鼻!

此刻，这个也许被强烈的自尊心折磨的汉子，连头也不抬，只把眼睛深深埋在那盘炒饼里——此时此刻，这份炒饼，是他的生命所寄，这也是他起死回生的至关重要的一张"饼"！有了这张"饼"，这座冷漠的城市，对他就多了几许亮色，几许温暖……

转眼之间，汉子眼前的炒饼就消失了，烤肉串上来了，她拿了几串给他，说，吃吧，不够再要，他却不抬头，只管往嘴里塞。

她开始说话。此刻，我们早忘了要洽谈的事情，开始述说人间的善与恶。她说，从小母亲就告诉我，你如果什么事都做不成，就做善事吧，我们不图善有善报，至少问心无愧呀！

她说，也是在昨天傍晚，在家门口遇见了一个拄着拐杖的残疾人，他拦住我说，大姐，我的鞋子破了，你帮帮我，送我一只鞋吧，要右脚！一只？为什么是一只？他说两只我没用。我低头一瞅，这才发现他是只有一条右腿的残疾人，那脚上的鞋子，破败不堪，脚指头磨得血红了。我急忙回到家，找了老爸一双旧皮鞋，把右脚那只递给他，他的眼圈当时就红了……我说再给他点钱，他说什么也不要，大姐我已经穿了你的鞋，不能再要你的钱了。当时我的心里很难过，鼻子发酸，觉得他是天底下最可怜的人，硬是塞给了他一点儿小钱……

她说，一只旧鞋，对我们来说，什么也不算，举手之劳啊，他却感恩戴德，说不定还会一生铭记……

我只有静听了。对某种神圣的东西，似乎说什么都是多余。此刻，那汉子吃完了，他站起身来，犹豫了一下，走过来致谢，却依旧不抬眼看我们。她站起身来，塞给他一点儿零钱，告诉他劳务市场的大体方位，"别担心，你一定能找到一份工作的。"她叮嘱道。

汉子推让一番，还是接受了这份馈赠，转身出去了，就在一转身的一刹那，我看到他的眼睛已经红了……

我说，来，让我再敬你一杯！

等我们离开的时候，满脸放光的女老板脸孔笑成一朵花，其热情，其敬重，真的令人心旷神怡……

（2007年8月29日）

父亲的草原，母亲的河

一

汽车开出了喧闹的市区，开上通往龙泉寺的马路。车载 CD 机里，大声地飘荡着一个粗犷豪放忧伤的男人的歌声——

  父亲曾经形容草原的清香
  让他在天涯海角也不能相忘
  母亲总爱描摹那大河浩荡
  奔流在蒙古高原我遥远的家乡……

我问司机，这是什么歌曲？她眼望前方，淡淡地说：《父亲的草原母亲的河》，布仁巴雅尔的歌。

我顿了一下，顺手把音响开到最大。哦，一刹那间，忧伤粗犷的歌声，满世界回荡，嘶吼……似乎故乡的影子，田野与树木，乡亲与耕牛，从我眼前闪过，哦，父亲的草原，母亲的河……

二

这已经是第几次来这里了？

龙泉寺是省城西郊鹿泉市境内一座古老的寺庙，也是流荡着祝福流荡着忧伤的丘陵之地。每当天涯起风的时节，每当人世仓皇的时刻，每当心旌摇荡的瞬间，每当无助无力无思无念无欲之时，行路没有节拍，唱歌没有韵调，说话没有伦次，看人没有男女……喔，反正是这个世界发生了某种莫名其妙的震荡，神秘如暮霭撕裂，战栗如苍山夜鸣，我的心底，便会回旋着一种强烈的呼啸：逃离！逃离！……逃离城市，逃离喧嚣，逃离人群，逃离贪官污吏红尘男女乌七八糟……

远远地，我奔向了魂梦依依的龙泉山麓。

越过一条开阔的南北公路，转上一条狭窄的东西路，就踏上了通往龙泉寺的旅程。

两旁的村落，炊烟袅袅，人声喧嚷，鸡跳，鸭鸣；田野里，麦苗已经返青，辛勤的庄稼人，男人，女人，在田里忙碌着，浇水，施肥……

哦，这不就是我家乡的景象吗？已经有多长时间，自己沉溺在物欲横流的城市里，没有见到家乡的风景了？——疏忽了不该疏忽的，忘记了不该忘记的，这是怎样的令人惆怅！

  如今终于见到这辽阔大地
  站在芬芳的草原上我泪落如雨
  河水在传唱着祖先的祝福
  保佑漂泊的孩子找到回家的路……

刹那之间，我忽然感到思潮汹涌，热泪盈眶……哦，自从上大学之后，离开家乡，屈指算来，已经三十余年了，离家时爹娘身体还很硬朗，如今二老已经魂归天堂；许多年来，世海漂泊，人世沧桑，红尘滚滚，尔虞我诈……有多少心事，多少幻想，多少委屈？——有多少难言的无奈的被迫的不得不如此的人生感慨，又能够向哪里向何处向哪个诉说呢？王维《叹白发》诗云：宿昔朱颜成暮齿，须臾白发变垂髫。一生几许伤心事，不向空门何处销？

三

据《鹿泉市志》记载，龙泉寺位于鹿泉市韩庄村的龙泉山上，始建于金朝正隆二年（1157），距今已有八百多年历史，据寺内碑文记载，古寺"东接翠屏，西连五寨，南披封龙，北带滹沱，其间基址规模气象，称石邑首胜之区"。金、元、明、清，历代都曾修葺续建，形成了寺、殿、庙、亭遥相呼应，井、泉、池、碑完整奇特的古建筑群。历代文人骚客，讽咏不断，金人元好问诗云："登高都说龙山好，以此龙泉是胜游。"

远望龙泉山脉，但见峰岭跃动，丘壑纵横，草木葱茏，莺啼燕斜。龙泉寺分为上下两院，上院由大雄宝殿、龙王堂、石壁龙头组成，大雄宝殿巍峨肃耸，梵呗铮鸣；龙王堂五龙争霸，龙池翻波；石壁龙头之细流，涓滴成霞，乃远近闻名之圣水，可以解渴，亦可医病；下殿又称接引殿，由祖师殿、药师殿、彩壁组成……依依步入寺内，在大雄宝殿垂首默祷，在龙王堂虔诚祈愿，霏霏心潮，始安波息澜。饮一口龙泉灵水，天灵接地灵，倏忽间，对世事洞若观火；掬一捧龙泉佛光，佛光映天光，蔼然里，对人情浅尝辄止……一位慈祥的老者，赐我一册薄书，翻开一看，是一篇《学说话》——

少说抱怨的话，抱怨带来记恨。
多说宽容的话，宽容乃是智者。
少说讽刺的话，讽刺显得轻视。
多说尊重的话，尊重增加了解。
少说拒绝的话，拒绝形成对立。
多说关怀的话，关怀获得友谊。
少说命令的话，命令只是接受。
多说商量的话，商量总是领导。
少说批评的话，批评产生阻力。
多说鼓励的话，鼓励发挥力量。
少说粗秽的话，粗秽使人堕落。

多说高尚的话，高尚即是天堂。
少说分裂的话，分裂即堕地狱。
多说和合的话，和合即是西方。

四

彳亍独行，到了法物流通处，请来高僧大德之的几部著作：《药师琉璃光如来本愿功德经》，虚云印经功德藏出版；《雪峰录——雪峰义存禅师语录》，南洋永龙集团捐印；《印光大师文钞》，三宝弟子敬印。

《药师琉璃光如来本愿功德经》的理想世界是琉璃净土，其主旨是社会净化，政治清明，身心康乐，其《开经偈》云：

无上甚深微妙法，百千万劫难遭遇。
我今见闻得受持，愿解如来真实义。

《雪峰录》乃雪峰义存禅师语录。雪峰义存禅师是唐代高僧，俗姓曾，泉州人氏，生于唐长庆二年（822），一落地，闻听钟磬之声，便脸色生动，九岁即想出家，十七岁落发为僧，成为一代禅林之祖师。

世界能将古镜齐，言中辨的却成迷。
白云起处青山秀，天晓依前月落西。

十方世界一面镜，镜里看行未足真。
摸着鼻头渠是我，那时方见本来人。

《印光大师文钞》乃印光大师的文集。大师是陕西人氏，为净土宗第十三代祖师。大师曰："菩提心者，自利利他之心也。此心一发，如器受电，如药加硫，其力甚大，而且迅速。其消业障，增福慧，非平常福德善根之所能比喻也。"

五

擎着几卷宝书，迤逦走出古刹，踏上了返城的路。世外虽好，千年一梦，毕竟还要醒来。吾辈俗人，灵魂沸沸，向往皈依，欸乃浩叹，到头来，却也离不开红尘男女。说是六根清净，端的万分惭愧。面对高僧大德，岂敢妄称修为何如！国事、家事、工作事、情绪事，芝麻绿豆，麻烦如线如团，搅得天涯起云烟……

吾辈向往世外，终究要回落红尘；吾辈依恋故乡与父母，终究要离开家乡与父母。在家乡的臂弯里，在父母的怀抱里，我们曾经怎样的快乐幸福啊！然而，这一切，转眼之间，就成了往事，成了灵魂深处永远也走不出的翁郁群山……

啊！父亲的草原
啊！母亲的河
虽然已经不能用母语来诉说
请接纳我的悲伤我的欢乐
我也是高原的孩子啊
心里也有一首歌
歌中有我父亲的草原母亲的河……

在苍凉忧伤的歌声里，我们由世外寂寥回归纷乱红尘，但见心底万斛波涌，万点扰攘……忽然，司机大叫起来："看！杏花！"

在路旁，是一片郁郁杏林，一片绚烂的白色花海！我大叫停车，冲进杏林。看朵朵杏花，如美人回眸，如杜鹃啼血，似笑似泣，开在梦海深处。阳光直射，蜂蝶飞舞，春虫嘤鸣。留影两张，端的如采花之君子也！杏林尽头，有两头老牛，在光阴里呜呜瞌睡，一头花斑，一头白色……

喔，走吧！生活，还是要继续……

（2008年3月28日）

从前，不只是缥缈如蝶

一

　　昨天晚上，朋友马君与他的妻子墨言女士，相约一起吃饭。同席者，还有另一位诸葛竹纹小妹妹。

　　于是，我们相约来到一家郊外梨园酒家。那里是一个清气缭绕、乾坤颠倒的美妙世界。木制桌椅，吱呀作响；木制围栏，犹如篱笆；甬路如蛇，蜿蜒在梨树之间也。抬眼望世间，一片大绿弥漫。一排一排梨树，吐纳着绿莹莹的气息。如今是盛夏季节，白日里天高云淡，空中犹有万丈波澜；夕阳西下之后，更是雾岚氤氲，沸腾如潮，令人心荡神飞。

　　四个人坐定了，马君说，今天是个特殊的日子，我们四个小聚一下，以为纪念吧。

　　马君是我的同事，虎背熊腰，方脸阔耳，讷于言，敏于行，话语沉雄，情意深重。此刻，他继续说，今天是我与小姚结婚一周年。

　　他的妻子墨言，姓姚，俗称小姚。

　　哦？——我记起来了。是去年的今日吧，也是个晚上，他俩在先天下光明渔港请客。到场者，只有我，还有诸葛竹纹。也是我们四个。就在那个场合，他宣布了他与墨言女士的婚讯，"我们领证了"，他说。在中国，两个男女之间，领证了，就成合法夫妻了。

　　感慨于这些年他们走过的不容易，我说，祝贺啊！

虽然只是一句话，却是发自内心。知道这些年来，他们经历了很多坎坷，很多挫折。他们都曾经拥有过自己的安乐窝。可是，曾几何时，秋风秋雨愁煞人。于是，他们离开原来的地方，又开始了漫漫人生路上的追寻，直到彼此邂逅……

二

那天晚上，当听到这个喜讯的时候，诸葛竹纹一片欢呼。

她是个小鸟依人的娇弱女子。玲珑如秋燕，神飞绕乾坤，既可以做店堂里的端水丫鬟，那碗水，却端得款款有致；也可以做跨国公司里的高级白领，指挥着手下的一群小喽啰。她是墨言的小姐妹。

此刻，不晓得她从哪里弄来了一大捧鲜花，笑着塞到马君手里，然后，又把沉浸在幸福里的墨言女士拉起来，站定了。于是，一场现场求婚仪式，正式拉开了帷幕——只见马君手捧鲜花，来到墨言女士面前，忽然单膝跪下，恭恭敬敬献上鲜花："老婆大人，请，请……嫁给我吧！"

他有些口吃起来。此刻，墨言美丽的眼睛里，忽然噙满了泪水。

她是个心地善良、才华纷飞的女子，平面视觉设计专家。我的中篇小说集《清明前后》、历史文化散文集《孤鹜已远》，都是由她装帧设计的。一直喜欢《清明前后》封面上的那片大水之上的虬枝丛林，以及林梢飘动的那片红色纱绸；那一抹在风里飘飞的红色，代表了我自己这些年来飘荡在梦魂深处的旖旎之梦想吧。一直喜欢《孤鹜已远》封面上那片恋恋山水，以及四处飞溅的诗情画意，还有那一支从远古飘来的独木画舟，画舟上，是两个仙袂飘飘的古典诗人，在水上悠然地划桨……这是多么美好的诗意呀！这是多么美好的画面呀！

这些年来，一直没有向墨言女士说过一声谢谢。因为，谢谢二字，太轻飘了。轻飘的没意思。因此就沉默吧。但是今天，她与马君，正式结婚了！——可喜可贺！可喜可贺！

那天晚上，大家喝了很多酒，然后去一家歌厅唱歌。大醉滔滔，心潮澎湃，万千好事，一起涌来，谢谢天，谢谢地，谢谢她，谢谢你！

马君唱了一支歌——《找一个字代替》。这是他的保留曲目。

> 我想做一个梦给你
> 填满你心中所有空隙
> 让流过泪后的苦涩转成甜蜜
> 我想摘两颗星给你
> 放在你眺望我的眼里
> 于是黑夜里你可以整夜看我
> 如何的想你
> 我想留一张纸给你
> 告诉你我一生的际遇
> 让受过伤后的刺痛随风而去
> 我想沏一壶酒给你
> 藏在你思念我的心里
> 日后再相聚你听我醉后言语
> 说的都是你……

马君唱得如此投入、如此动情,似乎他胸中汹涌的海潮一般的情绪,都随着韵律宣泄出来了。我晓得,他是唱给墨言女士的。——那是一个多么美好的夜晚呀!那是一个多么难忘的夜晚呀!

三

与马君和墨言女士的相识与交往,是这些年里的一个平淡无奇的现实版传说。

那一年,我初到《燕赵晚报》,百事杂陈,芝麻绿豆,一起舞蹈。在纷纭万状的现实里,犹如在五光十色的网络里,有些个不辨南北与东西了。——你在风里,你在雨里,不如在一己心灵的绿荫里;你不晓得向东,也不晓得向西,那就干脆站在原地。不动亦是动,无为即有为;天地有正气,世事有起伏……

那时候，晚报每年9月激情上演的"绿色婚典"，已经成了一个名扬全国的品牌，影响巨大，是全国十大婚庆经典盛事之一。一百对有情人，在晴朗的天空之下，在苍茫的大地之上，集体宣誓：相爱一生，不离不弃，忠贞不渝！——恰在那一年，承蒙领导厚爱，指定我主管这一盛事。

马君是绿色婚典的主要策划人之一。

老实说，我对他的第一印象，一点儿也不好。他话语很少，脸上少有笑容，似乎很倨傲。婚典举行那天，新人们盛装来到小壁林场，种植一棵"爱情树"，栽下一片"相思林"。他跳来跳去，指挥着略显手足无措的新人们。现场一片欢声笑语。忽然，他走到我面前，讷讷地说，领、领导，请多多指点。我呵呵笑着，点点头。其实那纯粹是应付。因为，我对一切程序都还不熟悉哪，何谈指点呢？

过了几天，忽然接到了张君的电话，说要给我介绍一个朋友。张君是我的老乡，身材如竹竿，直冲云霄，灵感如瀑布，啪啪闪光。那天傍晚，他来了，他的身后，还有一个熟悉的身影——那就是马君。这就是他要给我介绍的朋友了。

那天晚上，我们一起喝酒，地点就在现今长安广场附近。如今，酒店的名字，我已经忘了，但那天的热烈与真挚，却是亘古流传的。

此后不久，张君与他的夫人鲁女士，马君与他的女友墨言，以及墨言的小姐妹诸葛竹纹，就组成了一个现实中的朋友圈。应当说，他们几位，都是在生活中自带光环，并熠熠闪烁的人。

四

我第一次见到墨言女士，是在省博物馆广场西北角的一家地下歌厅。那里叫作"晶木"。记不得是谁给我打的电话了，请我过去唱歌。我就去了。那似乎也是个夜晚。

那一次，见到了几个朋友，其中一个，就是马君，还有一位漂亮女士，坐在他的身边，那就是墨言。墨言身边，还坐着一位顾盼神飞的美女，那

是诸葛竹纹。

我一进去，他们就哗哗拍巴掌，诸葛竹纹连忙把麦克塞进我手里，欢呼着请我唱歌。我于是高歌了一首《阿莲》。这是我亘古不变的保留曲目。

　　阿莲，你是否能够听见
　　这个寂寞日子
　　我唱不停的思念
　　阿莲，你是否能够感觉
　　这虽然相隔很远
　　却割不断的一份情缘……

这首《阿莲》，与我关系一直密不可分。那一年，报社举行迎新春联欢会，地点就在新闻大厦一楼食堂大厅。报社张秘书长大声吼道："请阿联来一首《阿莲》，好不好？"因为我的名字有个"联"字，他们一直呼我为"阿联"。我呼啸而起，拿过麦克，展开破锣嗓子，怒吼起来。——唉，俱往矣！如今，脸孔黝黑如炭的张秘书长退休了，我也不再呼啸嘚瑟了。属于我们的那个时代，似乎成了过眼烟云。呵呵！人间事，人间情，白云苍狗，总是在不断地诠释着"时易世变"这句俗话啊。

在此后的日子里，我与马君，以及墨言与诸葛竹纹，是经常地见面了。春天百花翔舞，夏天暴雨如注，秋天天高云淡，冬天白雪飘飞……我的新书要出版了，张君鼎力支持，马君联系印刷，墨言装帧设计，诸葛负责校阅文稿。在那些单纯而美好的日子里，似乎月亮每天都是圆润如佛，太阳每天都是清新如画，小草每天都是绿意盎然，人们每天都是笑嘻嘻的赛过神仙……

马君告诉我，为了这两本书的装帧设计，墨言可谓呕心沥血，以至于到了晚上，常常辗转反侧，夜不成寐，有时候半夜里来了灵感，立刻爬起来，抓过画笔，匆匆留下脑海里梦魂里的创意与传奇。

我闻听这些，没有吱声。——主要是不知道说什么。

其实，人间有些事，有些人，是不必说感谢的。譬如，波浪滔天的大河,滋润了山野与天地,人家需要你的廉价感谢吗?当然,此刻我这么说,可能有些"捧杀"之嫌。需要说明的是,我并不是要说哪个就是高山与大河,这只是一个比喻而已。列宁不是说过,比喻总是有缺陷的嘛。

五

细想起来,有些事很细微。然而,唯其细微,更显深厚。

譬如,我的新浪博客,就是由马君注册的。因为,从技术层面讲,我基本上是个"网盲"。

譬如,后来的燕赵时评博客圈,也是马君注册的。那时候,我还根本不懂所谓网络圈子。他说,这个圈子,就是一个网络家园吧。他为我设计的网络家园,叫作"萧含文学艺术",因为我不会操作,也没有多大热情,就一直闲置在网络的海洋里。到了2009年10月,我才懵懵懂懂地,忽然心血来潮,把这个家园改造成了一个网络阵地——燕赵时评博客圈。

这些年来,无论是生活,还是事业,马君都有他自己的不如意。有时候,这也是不可避免的,是没有办法的一件事吧。但是,无论如何,岁月是久远的,真情是醇厚的,正道是永存的。古语云:塞翁失马,安知非福?古语又云:失之清晨,得之桑榆……

嗯,这个"失之清晨",似乎有些别扭?引用错了?嗯嗯。应该是:失之东隅,收之桑榆。比喻在这一方面失去了,在另一方面得到了。嘿嘿!管他!古语与成语,不都是人创造出来的吗?我今天就创造一个新词吧,难道有何不可么?

行文至此,忽然就想到了我写的那些"顺口溜",那些被呼为"章章体"的分行排列之文字,类乎精神病人之呻吟也。从小到大,一直不喜欢被束缚,一直不喜欢格律。所谓格律,平平仄仄平,仄仄平平仄,咿咿呀呀,哼哼嗨嗨,不都是束缚人的心灵翅膀的锁链吗?七律、五律、七绝、五绝、以及满江红、清平乐、水龙吟、菩萨蛮、沁园春、减字木兰花、水调歌头,等等,老祖宗们制定的诗词格律,可谓美轮美奂,端肃庄严,与古代凄迷之风月融为一体了,与古代浩瀚之精神融为一体了,端的令人顶礼膜拜!——可是,

自己弄起格律来呀，忒麻烦了，再加上俺说的一口"藁城普通话"，分不清四声，平仄更是歪歪扭扭，俺的"韩体古风"，其实就是自由体，一律的不接受平仄之束缚，一律的不接受韵脚之桎梏。我口说我话，我笔写我心，如此而已也！

追想这些年读古诗，最喜欢李太白、苏轼与辛弃疾。太白之诗不是雷电，胜似雷电，那风驰电掣一般的回旋豪气，那白雪红花一般的诡异脉流，那危崖饮茶一般的文思浩荡，可谓涵盖古今而无愧也。苏轼的开阔豪放，完全不是古今的庸常诗人所能攀追的。他把刚硬的诗词格律，拿来化为绕指柔，完全彻底地为我服务、为我所用、为我揉捏，不怕捆绑，不怕啰唆，如利刃劈石，干脆利索，百炼成钢，这是何等的天纵之英才？辛弃疾在格律之内，戴着镣铐跳舞，铿锵如霹雳震鸣，跌宕如万丈瀑布，嘶吼如群狼呼号，其行文纵横恣肆，其韵调万山回响，哎哎，在他的笔下，格律如山深，藏龙卧虎，平仄如滚石，震撼天地，哪里是我等庸常之辈能够望其项背的呀？——嗯，话扯远了呢，就此打住。

此刻，当我写这篇文章的时候，忽然就想到了许多的往事，与往事里荡漾的美好。——在过去的日子里，朋友们给了我很多温暖。感谢张君的无私支持，曾经的热烈与情意，如脉脉春水，叮咚有声；感谢马君与墨言女士，以及诸葛竹纹小妹妹，静水流深，不羡仙家，那些彻骨的真挚，那些细微的感动，那些无言的相对，那些疲惫时的安慰、沮丧时的鼓励、欢欣时的笑脸，如圆月，如荷花，如清晨之露珠，如夜晚之晴光，如高山流水之无际无涯，如广陵散曲之动地歌声……

六

今天晚上，在这清凌的月光里，在这个美好的梨园里，我们在一起，庆祝马君与墨言女士结婚一周年。

世事如舟，岁月如梭。这一年呀，就这么像人的脚步一样，匆匆走过了；就这么像深渊里的沸水一样，咕嘟咕嘟蒸发了；就这么像那些缠缠绕绕的烦恼丝一样，飘飘悠悠飞逝了……

让我们举杯吧！——祝你们爱情永久，白头偕老！

让我们举杯吧！——祝我们的友谊地久天长，少无异色！

让我们举杯吧！——祝马君生日快乐！

哦，对了，今天也是马君的生日，双喜临门啊！

（2011年6月18日晨）

君自故乡来

一

一场大雪，飘啊飘啊，铺天盖地，似乎包围了全世界。关于这场大雪的各类文章，也是铺天盖地，席卷了网络与纸媒。各种舆论，风起云涌，甚是热闹。先是称之为"灾"，后来似乎又觉得不妥，于是乎把"灾"字从字缝里删除了。哎，啥灾不灾的呀，毕竟瑞雪兆丰年嘛。石家庄干旱了这么多年，地下水近乎枯竭，早就应该来一场大雪解渴了。只是，这场雪来得凶猛了一些，一下子摧垮了我们脆弱的城市设施与领导者的心理大堤罢了。还有，每年气象专家们都大喊大叫啥啥"暖冬"，也真该来点寒风，吹一吹他们冷热不定的头脑了。

在那些雪花飘飞的日子里，我一直在值夜班。统筹稿子，统揽版面，审稿件，签付印，日复一日。报纸每天都要出版，每天都要重复这些程序。因为差错，受到了一次严厉批评；因为出彩，受到了一次隆重表扬。留下了些许遗憾，留下了几多委屈，留下了皑皑白雪一样的心绪……

二

在大雪来临的第一天上午，我的两个藁城同乡，樊更喜、刘振罗先生，来到了省城见我。更喜先生是著名诗人、民俗研究专家，在县文化局供职，振罗先生善于为文，兼工书法，在县教育局供职。他们为我带来了一部印制精美的《滹南遗老集（家乡版）》。

《滹南遗老集》又名《滹南辨惑》，作者王若虚是金朝末年人，曾任国史编修官，撰《宣宗实录》，入为直学士。直学士是文官，主管图书典籍，官阶不高，一般是八九品小官。若虚先生字从之，号慵夫，河北藁城县人，原籍在滹沱河之南，又因为入元成为金的遗民，所以自称"滹南遗老"。对于他的学识，《四库全书总目提要》说："金元之间，学有根抵者，实无人出若虚右。"吴澄（元朝著名学者）称其"博学卓识，见之所到，不苟同于众，亦可谓不虚美矣"。

《滹南遗老集》的内容，相当广泛，经、史、子、集，无不涉及。全书四十六卷，计有《五经辨惑》二卷，《论语辨惑》五卷，《孟子辨惑》一卷，《史记辨惑》十一卷，《诸史辨惑》二卷，《新唐书辨》三卷，《君事实辨》二卷，《文辨》四卷，《诗话》三卷，《著述辨惑》《议论辨惑》《谬误杂辨》《杂辨》各一卷，以及诗文五卷。

《滹南遗老集》成书于1249年，由藁城县令董文炳收集其家藏遗作，整理编辑为四十五卷，第一次刻版印行。今本第四十六卷的诗文，是学士王复翁从元好问《中州集》转移过来的。元朝灭掉南宋之后，《滹南遗老集》方才在大江南北传播，仅在元代就有过三次刊刻，相继出现十余个版本和无数单行本，并很快流向海外。现今国内《滹南遗老集》四十六卷本和七卷本善本有十种，还有多种抄本。

《滹南遗老集》采用的是所谓"辨惑"体，张中行先生《读〈滹南遗老集〉》一文中指出："所谓辨惑，是认为有些旧传或旧说有问题，不应该随声附和，仍旧信以为是。"历来的传统是，对流传千古的"子曰""诗云"中那些不完善之处，许多注释家往往会做些牵强附会的解说，王若虚却偏要深思细究，加以质疑。比如司马迁的《史记》，被鲁迅先生誉为"史家之绝唱，无韵之离骚"，王若虚著有《史记辨惑》十一卷，分析、臧否太史公之得失，堪称难能可贵。张中行称赏其"清新"，"所谓清新，是能言己之所见，不顺着老路，人云亦云"。

以上资料，来自于振罗先生的长文——《〈滹南遗老集〉，我们的骄傲》。

三

对于王若虚这位故乡先贤,我所知并不多,真是愧煞也!留待日后好好研读这部回荡着滹沱河波涛的文化典籍吧。

据介绍,王若虚出生于一个破落的地主文人家庭,《金史》说他"幼颖悟,若夙昔在文字间者",少年时从学于老舅周德卿,博学强记,能诵古诗万余首。他性情耿直、廉洁,淡漠仕进,不事蝇营狗苟,出仕前及告老回乡后,一直为贫穷困扰,为官三十多年也未曾留下什么积蓄。在《滹南遗老集》手抄本四十一首诗中,除了八首论诗、述志诗外,大多涉及他难以忍受的困顿的家境,如:"甑生尘,瓶乏粟,北风萧萧吹破屋,入门两眼何凄凉,稚子低眉老妻哭"(《贫士叹》);"空囊无一钱,羸躯兼百疾"(《生日自祝》)。然而,他以顽强的意志,发愤攻读,经史百家,莫不娴熟,用艰辛的奋斗走上了金代文坛之巅峰,在中国文学史上也赢得了一席之地。

王若虚二十五岁考中进士,离家前,他写了一首《别家》:"到了身安是本图,何需身外觅浮虚,谁能置我无饥地,却把微官乞与谁。"其淡然之状,与李白"仰天大笑出门去,我辈岂是蓬蒿人"之豪壮,相去甚远。出仕后,他曾任管城(今郑州市)、门山(今山西宜川县)县令,《金史》说他"皆有惠政,秩满,老幼攀送,数日乃得行"。

更喜先生告诉我,这部藁城古代文化典籍,由该市滹沱书院几位老先生共同标点、注释。我在百度搜了一下,可惜没有找到滹沱书院的网址,只搜到了一个"滹沱书院"的博客。希望他日与书院的几位乡贤联系,更多地听闻故乡的气息。

四

这次来,两位乡友还给我带来了董五顺先生的书法集与著作集。

我对董先生不甚了解,与他的接触,也因为一个匪夷所思的原因。在记述堂姐的一篇回忆文章里,我写到了自己的小学时代,并写了那个荒唐年代里发生的一起"反标事件",此文在我的新浪博客贴出后,振罗转帖到了他负责运营的铁钺书社网,引起乡亲误会,大哥雷霆震怒,命令我马上删除。我诚惶诚恐地给董五顺先生打电话,请求删帖。就是这件事,我知道了故乡还有一家铁钺书社网,数次想加入,可惜操作起来太麻烦,也就拖了下来。

捧读五顺先生的《唐诗韵编》,真是洋洋大观,诗海浪涌。他在后记中说,这部书是以每首诗韵脚字的普通话读音大致分开而已,意在给读者提供另外一种检索方法,切莫以严格意义的声韵去衡量。

编著这么一本大部头,肯定需要下很大的功夫,其中的注释与解说,更是需要花力气考证。这可不是一般地投入就能做得来的。令人敬佩呀!——吾乡人才真超迈,翻转唐诗作心裁。一声一韵成大海,夜诵古调月上来!

刘振罗先生赠我一册他的自赏诗集——《树叶集》。其序曰:"甲申初冬某日,予晨起散步,但见日出东方,而月犹悬于南天,突发奇想,乃赋此诗。"由此看来,这厚厚的一摞诗集,乃是一天之所为呀,真乃诗兴大发也!第一首曰:"日出月犹悬中天,二君光华我共沾。若非金乌晨起早,必是嫦娥忘归还。"

(2009年11月17日)

身上荡漾着玉米粥的清香

——大学琐记之一

一

因为进入大学三十年大庆就要到了,不知为什么,心里没有多少喜庆,却有了一些莫名其妙的伤感。回想自己这些年走过的路,真也是一言难尽。

当年参加高考的时候,我还是生产队里无比光荣的人民饲养员。记得那年到岳父家朝拜,岳母大人略有小恙,我自告奋勇到医务室去取药。岳丈大人家住部队干休所,所里的女军医姓毕,是一位部队首长的千金,清秀的脸上,时而飘过彩云,时而开出霜花。她热情地给我拿了药,顺口问道:你上学前是做什么的啊?我说,我在生产队……因为没好意思说出"饲养员"三个字,毕大夫追问道:"你在哪个部队?"从她脸上荡漾的热情推测,说不定我们还有可能是一个连队的战友呢!

我笑了,干脆地回答:"不是部队,是在老家的生产队里当饲养员。"她惊异地看着我,目光犹如彩虹一般掠过,随即也笑了:"哦,原来如此呀。"

我不知道她是否明白,这个"饲养员"究竟是几星将领?反正我那时候是"最高指挥官"——生产队里的所有牛、马、驴、骆驼等等,统统归我指挥!

二

说起大学同学,我首先想到的,是当时名扬四海的诗人——田真、郭沫勤，还有小弟弟赵海顺。

田真兄乃吾本家，本姓韩，邢台人。他的诗作经常见诸各家文学刊物，是省内有名的诗人。他个子不高，步态从容、笃定，清癯的国字脸上，颧骨微凸，下颌骨瘦硬，使脸上那个方方正正的"国"字轮廓，略显变形，勾勒出一副历经沧桑、百折不挠的男子汉形象。

那时候，文学之梦犹如夜空里的月轮，笼罩在大家头顶，我对田真兄可谓崇拜，见了他还显出了一个文学青年邂逅文学大师的扭捏与羞涩，他往往就拍拍我的肩膀，说，嗨，小兄弟，又长高了几寸吧？

他的诗，我似乎读过不少，可惜如今都忘了，只记得仿佛很田园，很清新，很诗意……肯定是那个年代里最具诗情画意的一排排文字组合。在班里的联欢会上，不少同学朗诵他的诗作，同学们一个个激情洋溢，才华纷飞，令大家哗哗拍巴掌，啧啧称奇：呵呵，我们中文七七，真是藏龙卧虎啊！……

田真兄属于班里的"大师级"人物，是七七花丛里的"花心"，浩瀚星空里的月亮，不说万众景仰，也是众望所归也。我那时是土包子一个，来到城市就像红楼梦里的刘姥姥进了大观园，恨不得头顶长出六只眼睛来，把天地之间的高楼绿树美女帅哥看个够，对于陶渊明一样的田真兄，自然仰慕之至。有一天晚上，我拿了一个笔记本，找到他的宿舍，毕恭毕敬请教作诗之道，推门进去，只见几位老兄聚在一处，吆五喝六甩扑克牌，田真兄盘腿坐在高高的上铺，戴了一副眼镜，拿了一本硬皮《普希金文集》，就着昏暗的灯光在诵读……

正是在田真兄那里，我第一次认识了俄罗斯那个放荡不羁的天才纵逸的伟大诗人普希金，知道了他的《致凯恩》《叶普盖尼·奥涅金》《德斯兰与柳德米拉》《假如生活欺骗了你》《致恰达耶夫》……

> 再见吧，自由奔放的大海！
> 这是你最后一次在我眼前，
> 翻滚着蔚蓝色的波涛，
> 和闪耀着娇美的容光。

好像是朋友的忧郁的怒诉，
好像是他在临别时的呼唤，
我最后一次在倾听，
你悲哀的喧响，你召唤的喧响。

你是我心灵的愿望之所在呀！
我时常沿着你的岸旁，
一个人静悄悄地、茫然地徘徊，
还因为那个隐秘的愿望而苦恼忧伤……

这首汪洋着浩渺波涛的《致大海》，许多年里，在我的耳畔，在我的梦魂里，遥远地回荡。

毕业后，田真兄分配到中央人民广播电台，后来当了《中国汽车报》社长，现在应该到了退休的年龄了。只是，后来再也没有读到过他的诗作，想来他老兄早就"金盆洗手"了吧。

三

郭沫勤是邯郸人，在燕赵诗坛与田真齐名，在班里也是"大师级"人物。

第一次见到沫勤兄，就被他浑身涌流的文气、书生气、书卷气慑服了。唉，丛台侧畔，不光有学步桥，还有此等绝妙人物呀！他黑发漫卷，面容白净，一副深色宽边眼镜，似乎凝聚了赵国都城昔日的辉煌与落寞。他说话时身体微微前倾，说话频率也快，看书时低首敛眉，睫毛频繁眨动，走路时两条腿有些发直，却似乎有些不稳，两条胳膊的甩动，也有些不够吻合——总之吧，他是一个纯粹的诗人，纯粹到日常行为举止，都似乎浸透了书香与诗情。这无疑是一种值得歌颂的个人品位与质素。

上课时认真听讲，写诗时不断吟哦，似乎并不能概括沫勤兄的特点，而到食堂里买饭，才能见微知著，窥见诗人之所以成为诗人之一斑。

文科食堂在河大南院北侧，一间辽阔的大厅里，右侧开了一溜方口，这就是卖饭口，大厅里罗列了许多水泥圆桌，圆桌上凌乱地放着一片片碗筷。中文系、哲学系、经济系的学生们，男男女女济济一堂，站在圆桌四周，一起吃饭。

　　我就是在这里邂逅了经济系八〇级的几位小师妹。我们共同进餐的那张圆桌，在饭厅最北头的东北角。开始是我们班里的一群男生，有一天忽然来了几个幼儿园的小女孩，令我们无比惊讶，老何同学笑问："小朋友，你们从哪里来的呀？"一个姓贾的瘦弱的小女孩翻了他一眼，凛然回答："俺们从家里来的呗！"

　　说罢，又剜他一眼，仿佛在说：怎么着？不行吗？想打架呀？……

　　吃饭虽然重要，而买饭的历程却充满艰辛。不知什么原因，卖饭口很少，几百号人一下课，海潮似的汹涌而来，大呼小叫，就把那几个可怜的卖饭口围了个水泄不通，叮呤咣啷、噼里啪啦的各种莫名其妙的声响，一时间声遏行云，响彻寰宇。大学生们一个个奋勇向前，加塞，插队，你拥我挤，一派混乱，全然没有丝毫"天之骄子"的气度。

　　最动人的风景，是买粥时刻。对食堂的玉米粥，同学们无比热爱，每当清香的玉米粥出锅，同学们就格外拥挤，有时候一个宿舍或一个小组的某一个人挤到了卖饭口，后边的纷纷把饭盆隔着人头递进去，这就形成了最为壮观的"买粥接力赛"——里边的人买下一盆盆热粥，然后举过人头往外传，外边的人呼喊着接应，这一环节，往往险象环生，传递过程的任何一环出现了差错，那滚热的玉米粥就会在人们的头顶"自天而降"，淋漓而下——以至于毕业的时候，一个同学给我的毕业留言居然是：我们的身上，荡漾着玉米粥的清香。

　　唉！我的亲爱的校园啊！我的亲爱的同学啊！……

　　每当买饭的时候，沫勤兄就会拿了饭盆，静静地站在外围，等待着买饭的高潮过去，再静悄悄地买，静悄悄地吃，从来也不肯加塞，插队，前边的同学要给他代买，他往往大摇其头："等等嘛，着啥急呢。"

　　毕业之后，他分配到了文化部，后来任《中国文化报》总编辑，现在也已经到了退休年龄了吧？也是从此后再没见到他的诗作了，可惜呀！

四

赵海顺同学年龄比我稍幼，是班里不多的几个我可以称为小弟的人之一。

他海拔比我略高，性格活跃，走路就像那些末流歌星唱歌，老是偏离正常轨道，不是睬一眼路旁的行人，就是踢一脚路旁的石子，或者采一把路旁的野草野花——总之吧，他是个活泼好动的人，也是个聪明善良，对生活、对未来充满了美好幻想的人。总是记着他在宿舍的走廊里大声唱歌，总是记着他在课堂上扭回头来冲我笑，总是记着他在食堂里叮叮敲着饭盆喊着"开饭喽——"，总是记着与他在夜晚东湖散步，他说他想当记者，想当大记者、名记者……

学校里的往事，难免时过境迁，此时此刻，眼睛也难免模糊迷离，而毕业之后他来到石家庄的往事，却历历在目，他毕业分配到了《开滦矿工报》，他告诉我，那里不错，矿工诚实义气，他说他正苦学英语，准备考新华社的研究生，他说他遇到了一个丁香一样的姑娘，他很爱她，她也很爱他……

后来，他果然如愿以偿，考上了新华社的研究生，到了首都北京。我记得他到北京之后，我们通过两封信，后来因为忙吧，就中断了联系，再后来，他就在那个春夏之交的悲哀时刻，无声无息地辞别了人世……

我想说，人生的命运之舟，你永远不知道会飘摇到哪里，会飘摇到什么地方；你也永远不知道，你对一个同学，一个朋友，或一个狭路相逢的人的遥远的怀念，究竟意味着什么。

让我们为逝者祈祷吧！——祝他们在天国里安息！祝他们此生无悔，无憾！尽管，我们这些生者，也有许多无奈，许多彷徨……

（2007年11月8日）

洒下一掬伤心的眼泪

——大学琐记之二

一

不幸早逝的李献文同学,是我经常怀念的人之一。他是北京人,却从山东考入河大。

我们班的同学,来自五湖四海,四面八方,本省人之外,还有北京、天津、内蒙古、山东等地的精英人物。天津的王守义兄和我一个宿舍,毕业后到了天津市公安局政治部。他的特点有两个:一是酷爱书法,他最崇拜黄绮老师,整天用严谨的一丝不苟的毛笔字,为黄老师誊撰古体诗词集《归国谣》;二是每天早晨,在我们还睡意蒙眬的时候,大声地朗诵辛弃疾的《鹧鸪天》——"壮岁旌旗拥万夫,锦襜突骑渡江初……"内蒙古的白贵同学现在是河北大学新闻学院院长,他是回族,总是一脸恭谨,一脸平和,一脸学问,他曾经用平缓昂扬的男中音,教我们学唱苏联歌曲《喀秋莎》——"正当梨花开遍了天涯,河上飘着柔曼的轻纱,喀秋莎站在峻峭的岸上,歌声好像明媚的春光……"内蒙古的李天慈同学戴一副白眼镜,身形犹如一只大虾,走路似乎从没绷直过腿,说话慢条斯理,就是这样一个天慈先生,却把承德的周居霞女士迷倒,毕业时两个人一起回了遥远的青城呼和浩特。记得临行之前,同学们都被居霞女士为了爱情离开家乡远赴边陲的冰雪情怀所感动,称之为"周昭君",纷纷为之填词赋诗,我似乎也为"周昭君"写了一首长诗……

那是一个诗的年代，那是一个感动的年代，那也是一个万物勃发的年代，而李献文同学，则是那个年代里的一个最具代表性的"艺术符号"，不幸的是，他最终以自己宝贵的生命，祭奠了那个灿烂的年代。

他从来不写诗，不是不会，是不屑，他说，中国的诗，有两座高峰，一是《诗经》，二是唐诗，两座诗的高峰矗立在眼前，高不可攀，如今谁还敢号称诗人啊？说着，他摇头晃脑背诵起来——"关关雎鸠，在河之洲。窈窕淑女，君子好逑……"

他从来不唱歌，他把唱歌比喻为"驴鸣"，而且是贵州的毛驴，那时，柳宗元的《黔之驴》似乎很风靡哦，驴之鸣矣，吓死老虎，可是，"技止此耳"，毛驴止于一"鸣"，最终被老虎吞噬了，真是悲剧啊！他郑重地、满脸严肃地指出，驴鸣尚且如此颓败，何况人鸣乎？

他最痴迷的中国传统文化，是书法艺术。他的书法，可谓龙飞凤舞，龙腾虎跃，龙蛇戏珠，仿佛李白笔下的庐山瀑布——"疑是银河落九天"。

可恨我对书法素无研究，不能说出他的书法之源远流长的真谛，只能用一连串形容词来表达我的感受，这么说吧，这么多年来，我见过那么多所谓书法家，观摩过那么多墨渍淋漓的书法精品，然而，除了黄绮老师、熊任望老师的作品堪称大家，第三个，就是献文同学的作品了。黄先生为我们主讲古汉语，俯仰皆学问，言谈成珠玑，他创造的书法"铁戟磨沙体"，在全国书界独树一帜，风靡日本列岛；熊先生为我们主讲《楚辞》，瘦弱的身体如戟如铜，开阔的声音渺渺追云："帝高阳之苗裔兮，朕皇考曰伯庸。摄提贞于孟陬兮，惟庚寅吾以降……"他的书法，字迹如钢似铁，如黄河水奔腾咆哮，刹那间席卷了你的灵魂；而献文同学的书法，峻逸飘洒，无拘无束，像巨人健步如飞，似岁月百感奔临……此刻，熊先生的著作《屈原辞译注》就摆在我的案头。这是我的同学、河北大学新闻学院教授梁志林先生送给我的，同时送来的，还有他的两幅书法真迹。

二

我与献文同学的私交很好。因为他虽然是京城人，却没有丝毫城里人的优越与倨傲。

初入大学的时候，我的学习态度还是极其认真的，后来则有点儿得过且过了。那时候，保定很古老，很陈旧，河大也很沧桑，校园里没有梦里金光灿烂的高楼大厦，南院几栋文科楼墙壁颜色有些凋谢了，北院那些星罗棋布的古树，枝叶遒劲，郁郁苍苍，似乎在述说着岁月的悲欣交集。当然，最吸引我的地方，是坐落在南院东侧操场旁边的图书馆。——那里真是知识的海洋啊，你一走进去，立刻就被人类浩瀚的文化知识淹没了，你就不知道你是哪个了，只知道把脸孔埋进书里，把眼睛奉献给文字……

大学四年，最刻骨铭心的，就是昏天黑地读书。每周，我都要跑到图书馆，像个饕餮之徒来到美食窝，借得一大摞图书，在宿舍里没日没夜地读，有时为了读一本心爱的书，甚至连课都不去上了。第一次读俄罗斯文学泰斗列夫·托尔斯泰的巨著《战争与和平》，浩浩五卷，一连几天，我读得不亦乐乎，最后却没有读懂；直到现在，先后认真读过三遍，似乎依然没有读明白。自己没读明白的大书，还有德国文豪歌德的《浮士德》、意大利文艺复兴经典作家但丁的《神曲》。这两部书，在学校时生吞活剥读了一遍，似乎丈二和尚，没摸到头脑；后来买来重读，依然不甚明了。唉，只能怪自己缺乏慧根了！托翁的《复活》《安娜·卡列尼娜》，在学校时啃过一遍，如坠云雾之中，参加工作后，再读了一遍，才似乎明白了一点：贵族子弟聂赫留朵夫强奸了女仆的女儿玛丝洛娃，将她推入了痛苦的万丈深渊，导致了她的堕落，沦为青楼女子，最后这个恶棍良心发现，陪她流放到寒冷彻骨的西伯利亚；安娜与渥伦斯基的爱情悲剧，如此的震撼人心，以至于今天，这样的悲剧，依然在我们的身边不停地上演……唉，大师的魂魄，真不是吾辈能够攀追的啊！

记忆里读得最畅快淋漓的，是法兰西大作家罗曼·罗兰的巨著《约翰·克利斯朵夫》，傅雷翻译，七大部书里，克利斯朵夫先生起伏跌宕的人生，动人心弦，摄人魂魄，汪洋浩瀚，山崩水立，如珠峰，似长江，似乎无边无涯，无沿无岸——那种阅读的快感与心神的动荡，真不是人类拙劣的文字可以表达的；另一个法国大师级作家维克多·雨果的代表作《悲惨世界》，其磅礴的气势，深邃的哲思，黑海般的悲悯与哀伤，尽管这么多年过去了，

似乎依然在我的心头回荡……珂赛特、冉阿让、芳汀……依然栩栩如生……还有《巴黎圣母院》里的丑八怪卡西莫多与美少女爱丝美拉达的旷世传奇；而司汤达的《红与黑》中乡巴佬的儿子索黑尔·于连为了改变自己的命运，先与市长夫人拍拖，后与显宦之女恋爱……他悄悄地向这个丑恶世界挑战，义无反顾地为了达到自己的终极目的而奋斗，他要征服女人、征服世界，不惜为此而牺牲、而献身，哪怕是心爱的女人，哪怕是美丽的爱情，哪怕是尘间的富贵荣华与艳色如花……

此外，亚里士多德、柏拉图、尼采的哲学，莎士比亚、易卜生、奥尼尔、萧伯纳的剧作，普希金、莱蒙托夫、拜伦、雪莱、海涅的诗歌，福楼拜、莫泊桑、屠格涅夫、乔治·桑、妥思托耶夫斯基的小说，等等等等，都是在那个时期囫囵吞枣一样读的……

如今喋喋不休述说这些，似乎有些炫耀之嫌，但当年却是全力以赴，很投入的，废寝忘食的；很庆幸，在我的一生中，曾经有过那样的年代。

阅读过程中，我做了大量读书笔记，大二的时候，我把这些笔记装订成册，请献文同学挥笔题字："集锦集"。这是三个兼容了魏碑与二王书法精神的字体，遗憾的是，这个笔记本后来不小心弄丢了。

三

我第一次见到献文同学，就被他对世界、对世人、对生活充满的悲悯情怀所吸引了。他瘦弱的身体，似乎正酝酿着奔腾的岩浆；他骨凸的眉棱，似乎是两叶砍向人间不平事的大刀；他紧抿的双唇，似乎要随时倾诉对亲人对朋友的一腔挚爱；他飘忽的眼神，似乎正经历着复杂而动荡的内心波澜……

他并不英俊，也不帅，也不酷，但特点鲜明。他像一座移动的瘦山，山石突兀；他像一条滚动的长河，波浪细密；他像一脉摇曳的霞辉，直冲云霄。平常日子的见面点头，无甚特别；吃饭时的奋勇向前，视死如归；走路时的左顾右盼，百花颔首；说话时的嘀里嘟噜，抑扬顿挫……哦，献文兄，你的形象，此刻如此清晰地鲜明地出现在了我的眼前……

在那个酷热的令人悲伤令人怀念的夏天，阳光凛冽地照耀，鲜花恐怖地艳丽，人们茫然地劳碌，天地无常地晦暝……正是在那个大三的酷热难熬的夏天，你却永远地离开了人间，离开了同学，离开了亲人与朋友。我不想抱怨那辆轰隆隆开过来的列车，因为它没有看到你的摇晃的鬓发与身影；我不想抱怨那个无言的沉重的上午，因为它不知道你的内心深处的无助与绝望；我不想抱怨那个千钧一发的悲情时刻，因为它真的没有发觉沿着两条铁轨犹豫徘徊彷徨的你……

我只是恍然记得，在这个悲伤的日子来临之前的一个夜晚，我们曾经沿着河大东边的那条走了千百遍的小路，来到了碧波荡漾的东湖，在岸边踟蹰流连。虽然那里不过是个辽阔的池塘，却凝聚了我们青春岁月的灿烂辉煌的梦想。那个夏天，天上流火，地上丰收，同学们都在帮助附近的老乡收获小麦……你说，人之聚散，缘分得之于天，得之于仙，得之于上帝，唯物主义者不讲迷信，却讲缘分，我们从天南海北来到古城保定，来到河北大学，来到中文系，为什么啊？……其实不为什么，只是为了一份千百年修炼而成的缘。我们不过是水面上的飘萍，因为爱，因为情，因为许多的不甘心、许多的不如意、许多的不平常，才有了这一生万难忘记的万难舍弃的万难逾越的缘……

哦，献文同学，你走了，但永远不会消失，而是走入了永恒的时空；因为，你永远活在我们心里。在许多的同学聚会的时候，我们大家，都无限伤心、无限怀念、无限惆怅地谈起你，为你的不幸早逝，而唏嘘不已……

哦，我爱你，亲爱的母校！我爱你，亲爱的同学！

此时此刻，当我写这篇文章的时候，你的神采飞扬的脸庞，你的经天纬地的书法，你的珠落玉盘的话语，依然令我心折不已，令我热泪盈眶……

献文同学，在你逝世许多许多年之后，请允许我为你——祭奠一份心香，洒下一掬伤心的眼泪……

（2007年11月11日）

那间颇具神圣色彩的"422"宿舍
——大学琐记之三

一

从家乡通往大学的路，遥远而漫长。我中学毕业了，前路茫茫，在故乡的广阔天地里，整天挥汗如雨挥洒青春热血，像父老乡亲们一样，日出而作，日落而息，脸朝黄土背朝天，蚯蚓一样在土地里泥水里熬日子……四周静悄悄的，一片沉寂，没有诗，也没有歌，没有梦，也没有痛……而忽然，小平同志巨手一挥，国家高考制度改革了，我们这些猝不及防的乡下小子们，一个个仓促上阵，居然鬼使神差，搏来了一张通向未来、通向理想、通向梦想的"船票"……

那是1978年的初春时节，春寒料峭，百卉萌动，大哥送我和弟弟来到省城石家庄。弟弟去吉林，我去保定。弟弟考的是中专，石家庄交通学校和吉林空军技校都录取了，我们不明就里，正犹豫不决呢，空军技校居然派人跑来搞所谓"政审"，一下子忽悠了我们，觉得那里挺神秘，一定不错，于是弟弟就义无反顾地去了冰天雪地的吉林市，想不到毕业之后，却被分配到获鹿21厂当了一名飞机维修工，给他日后的发展造成了很大阻力。

在苍凉的石家庄火车站，挥别哥哥，独自上路，我的心情却飘来了几丝阴霾。火车缓缓地驶出了颓败的车站，月台上哥哥孤零零的身影，却永远留在了岁月的影册里。哥哥当年是我们南孟中学有名的学习精英，数理化全面开花,以至于我到了学校后,也跟着出了名,成了老师同学眼里的所谓"明星"。如今,我乘着改革的东风,幸运地迈进了大学,哥哥却兀自流落田野,成了故乡原野上的一茎苍黄的秋草——我们的人生之路,自此岔开了……

在后来的岁月里,哥哥为了生活,为了三个孩子,不断地奋斗,不断地挣扎——修理手表,安装收音机、电视机,养鸡,跑运输,开收割机,开出租车……如今,他从乡下来到了省城,当了一名"文明使者"——出租车司机,没日没夜地辛苦劳作,收入也还不错。他的两个儿子,先后结了婚,都在省城参加了工作;他的女儿,不久也要结婚了。唉,哥哥,人生的几件大事,你基本完成了!——你可以长叹一声了!……每一次我们坐在一起,千言万语,却不知从何说起,而从小到大的那些往事,却翩然来临……哦,哥哥,此生做兄弟,辛苦你了,但愿来生还做兄弟,让我补偿你吧……

二

火车很慢,气喘吁吁,犹如那个万物刚刚萌醒的时代……

到了保定火车站,我下了火车,按照录取通知书的指点,上了4路公交车,直奔合作路1号——这里就是河北大学当时的地址。

在车站,我邂逅了一位来自灵寿县的同学。他姓刘,像个乡下老哥,说话带有浓重的鼻音,嗡嗡的,似乎周围的空气都在震颤。他拖着一卷行李,噌噌噌的像个盲流,在出站的人流里横冲直撞,我们不小心撞在了一起——这就是我认识的第一位大学同学。刘兄憨厚、戆直,勇于辩论,是俗话所说的"杠子头",毕业后分配到河北省委党校,后来调到了天津。

在河大四年,我们先后搬过两次家。学校的宿舍安排,弥漫着浓烈的"封建意识",男女生分住两个大院,女生住北院,男生住南院。我们最后"定居"的宿舍,是南院男生宿舍楼4楼22号,简称"422"。毕业几年之后,我到保定,曾专门跑到学校,噌噌爬上宿舍楼,瞻仰了这间颇具神圣色彩的"422"——可惜屋门锁着,新住户们都上课去了。

"422"共住了七位同学——王守义，天津人；张月忠，保定曲阳人；刘发海，沧州黄骅人；刘英民，石家庄赵县人；王密东，衡水武强人；林建章，保定博野人；还有我，石家庄藁城人。

刘发海兄是老大，那时已经是三个孩子的父亲。他个子高高，腰身却有些绵软，一双金鱼眼，目光纯净而狡黠。这位昔日的民办教师，说起话来绵里藏针，时不时让你感受一下乡村秀才的犀利劲儿。他写得一手小斜字，学习刻苦，吃饭迅速，不知为何，此刻我的耳畔，似乎回响着他拿筷子叮叮敲击饭盒的乐音……

他的经典言论是："我们那里呢……""我们那会儿啊……"

毕业之后，他回到黄骅，回到了老婆儿女身边，继续教书。那年他为了学校公务，到保定向黄绮先生求字，途经石家庄时，曾专程来看我，他说，你是咱们宿舍的小弟弟呢，不惦着点咋行。因为旅途匆匆，我们也没来得及一起吃顿饭……

张月忠兄是老二，也是三个孩子的父亲。他身材矮小，身体羸弱，浑身似乎没有几斤肉，隆起的颧骨，略微扭歪的下巴，说起话来有些口吃，给人一种神圣的苦难感。其实他是带薪读书，日子蛮不错的。他似乎是个标准的"文学青年"，虽然已过了狂热的年龄，对文学却依旧痴迷，整天在宿舍里为一个姓赵的保定作家誊抄小说。有一次我忍不住狂妄地说，月兄，这个赵什么是谁呀？你肯定比他强八百倍！——他看着我笑笑，依旧埋头抄写……

月忠兄后来到了保定市人大常委会。那年，我带着女儿去河大，他听说了，执意要请我们父女吃饭。昔日的兄长，今日依然为兄长，只是，他的身体依旧羸弱，而所谓文学梦，却已经杳如黄鹤……

王守义兄是老三，一口天津腔，满身书卷气，是"422"著名书法家，他的书法横平竖直，恭敬严谨，一丝不苟。他也是带薪上学，记得有一次他给夫人写信，我悄悄绕到背后偷窥，只看见了抬头一个字——"君……"。

他有两个习惯雷打不动，一是黎明时分在被窝里大声背诵古典诗词，二是提笔研磨练习书法。他是黄绮先生家的常客，为先生做了很多事，当然，也得到了不少黄先生的奖赏。

刘英民兄是老四，这位赵州桥畔的农家子，长相朴实，话语精当，诗歌写得极棒，是很婉约的那种。英民兄毕业后到了省工商局，在邯郸市当过一任工商局长，如今也是全省工商系统的领导了。

王密东兄是老五，这位矮墩墩笑眯眯的武强英华，走路迈着四方步，挺胸凸肚，四顾神飞，大有法兰西皇帝拿破仑一世的气派。他也是"422"著名书法家，在他宿舍上铺的墙壁上，贴着他手书的两个大字——"琴泉"，班里还成立了"琴泉诗社"。他说话声音尖细而韵味绵长，像个拿腔捏调的梅兰芳。他在老家谈了一个对象，经常在宿舍里用他的"梅派"嗓音情意绵绵地呼唤人家的名字，说她如何如何的好……他如今在省高级人民法院任职。

林建章兄长得像长腿鹭鸶，一笑脸就红了，我们俩年龄在伯仲之间，我至今也没搞明白，我和林建章，究竟谁是老六，谁是老七，他自称比我大，我不肯接受，在学校时没论清楚，后来也就成了"千古疑案"……他毕业后到了保定市委党校，不久即升任副校长。等三十年大庆的时候，我一定要跟他论清楚究竟谁是老六，谁是老七。

三

在河大文科大餐厅里，当年流动着一道绝世的"风情画"……

大学的生活，对我们这些来自农村的学生而言，无疑有着天堂的味道。我们那时实行的是助学金制度，同学们按家庭经济条件，分成了三六九等，学校发给不同数额的助学金。我享受的当然是最高级别，每月是 21.50 元。这个数目，现在看不够一包烟钱，在当时却是一笔巨款，除了饭钱、菜钱，每个月还可以省下几块零花钱。因此，在我上大学的四年里，基本上没有花父母的钱，我花的是国家的钱，是国家培养了我，我理所应当为国家做出自己的贡献。我这么说，是真心实意的，绝不是唱高调，没有丝毫的虚情假意。人啊，应当有一颗感恩之心，无论对于亲人、朋友，还是对于国家、人民。

来自保定乡下的老张大哥入学时，已是三个孩子的父亲，享受的当然

是最高级别的助学金。不知为什么，迈入大学的他，依然像电影里的流浪者，衣衫破旧，轻尘飘飞；脸好像很久没洗了，手上也斑斑点点的——他的有些鼓凸有些茫然的眼睛，似乎写满了生活的悲辛。对一个男人来说，贫穷只是你的生活状态，绝对不应该是你的精神状态。在课堂上学习，张兄的表现颇具喜剧色彩，他常常抢了老师的话茬，很大声地发表自己的意见，以至于教外语的张教授一见他就笑，在课堂上幽默地称他为"老张同学"；课余时间，他每每与人争论，无论对与错，都争得脸红脖子粗，太阳穴上的青筋条条暴起……

说起外语学习，真是惭愧！因为没有一点儿基础，我们大学的英语课，居然开始学习的是二十六个英文字母。直到如今，我只会照猫画虎地读出"爷死"（是）、"鹦哥历史"（英语）、"西当霹雳死"（请坐）、"倒戈"（狗）、"皮袍"（人民）……唉，依然是个不可救药的"英语盲"！

我那时想，反正俺一不想出国，二不做翻译，三不泡洋妞，学那个外语干啥呀？还有，更重要的是，外语不能当饭吃啊！于是，往往是，一翻开英语书就头大，干脆一摔而去，干啥呀？——吃饭！

每天，看大学生们吃饭，简直能把你气得七窍生烟。明明是一群穷学生，却馒头饼子剩菜乱丢乱扔，好像他老爹是那个香港大亨李嘉诚先生。这种可憎的大爷富翁派头，是否蕴涵了某些中国文化精英们骨子里的穷奢极欲意识呢？

每当饭后时分，餐厅里一片狼藉，残羹剩饭，残渣余孽，饼子馒头，在述说着中国人固有的可恶的不知天高地厚的铺张浪费。每当这时候，老张大哥就粉墨登场了——他拿了一个编织袋，跑进餐厅，在餐桌上、水槽里、墙旮旯、垃圾桶里，捡拾那些学生们丢弃的馒头、玉米饼子等食物，说是拿回家去喂猪喂鸡。在我的记忆里，大学四年，他似乎每天都在这样捡拾着，一个，两个，一天，两天，一月，两月，一年，两年……

捡啊，拾啊，拾啊，捡啊……

春夏秋冬，风雨寒暑……

我并不为张兄的举动而羞愧，脸红；恰恰相反，我赞赏他的举动。只是，我自己肯定无法做出这样的举动。我，以及许多我们，都可能无法摆脱虚荣、虚伪、打肿脸充胖子的那种可笑可悲的心理。——可是，不知为什么，他留在我心里的形象，似乎有些仓皇，有些无奈，有些刻骨铭心之无助……

（2007年11月13日）

【补 记】

　　河北大学中文系七七级入学三十年大庆，如期举行，有三点补正：其一，422宿舍老大，不是刘发海，而是王守义，刘兄1947年生，王兄1946年生，王守义与河北日报杜英华、保定管振清同岁，成为班里年龄最长得老大哥。其二，本宿舍老六老七之争"尘埃落定"，林建章兄长我一岁，为老六，我成了无可争议的老七。其三，管振清兄因为患病，已经好几年不下楼了。副班长宋建良兄可能患了恶疾白血病，没有来。刘发海兄因为身体不好，没有来。王守义兄从天津来了，明显苍老了。叹叹！

（2007年11月26日）

【又 记】

　　2017年9月23日，河北大学中文系七七级入学四十周年联谊会在保定隆重举行，刘发海、宋建良、管振清三位学兄已经辞世，加上此前离世的李献文、赵海顺、李凤仪、梁一三、闫丽五位，再加上2018年9月8日因肝癌不幸辞世的马少华同学，已有九位同学驾鹤西行了。祝他们在天国安康吧！

（2019年8月17日）

大街上，感受平常心
——长江抗洪前线见闻之一

【前 记】

　　1998年夏秋之交，我作为石家庄日报社特派记者，前往长江抗洪前线采访，到了武汉、洪湖等地，目睹了当地军民抗洪救灾的壮举，写下了一组抗洪见闻录，在报纸上连载，引起读者热烈反响。

　　临来抗洪前线，家人惴惴不安，叮嘱一定要小心谨慎。那天中午，朋友为我饯行时，心情颇黯然，因为前方严峻的形势，使得大家都有一些紧张情绪；我自己也有些惴惴，不知道此行会是怎样的情形。

　　8月20日清晨，抵达武昌车站，走出站来，我们一行四人立刻被"住店吗？""打车吗？"的声音所包围。一位到宜昌去的中巴女车主甚至追了很远，缠着我们去坐她的车。我们决定去长江日报社。一问，长江日报社在汉口，我们应当在那里下车的。无奈之下，决定打的前往。一位"的姐"热情地请我们上车，一路上为我们详细介绍了武汉的情况。她说，今年长江和汉江夹击武汉，水是很厉害的。

　　"那你害怕吗？"

　　"不害怕。武汉是国家要保的地方嘛。"她说得很顺便、随意。她说，她家只有一个人上堤，是轮流值班。她是下岗职工，兄弟五人只有一个有正式工作。

抬眼望大街，车来人往，商场、饭店照常营业，不见一丝慌乱迹象；不时有一阵莫名其妙的音乐传来，也不知来自何方。武汉姑娘的夏装很时髦，着装简约，有的还撑了一柄太阳伞在路旁款款而行。与北方人谈论南方水灾时的忧虑相比，这里给人一种临危不惧、淡然、悠然的感觉。

中午十二时，记者的老朋友，武汉市江岸区委研究室主任任蒙先生请客。他是著名诗人与杂文家，眼里始终燃烧着真诚的火焰。我们第一次见面，是九十年代初，河北《杂文报》在北戴河举行的全国杂文研讨会上。那是一次国内杂文界的盛会，会议开得很热烈，大家也很兴奋，彼此情谊深长。老朋友一别五年，自然开怀畅饮两杯。他刚从江边下来，专来与记者相见的。他说："洪要抗，饭也要吃嘛。"他约记者离汉时一定再相聚。

据记者观察，武汉人的"笃定"心理，一是国家明确要死保武汉安全，二是沿江有百万军民布防，三是如任蒙介绍的，武汉的江堤是坚固的，不会溃口；再有，就是湖北省及武汉市当局抗洪抢险措施是扎实的、到位的。

当日下午二时多，我们一行四人驱车直奔长江大堤最危险的地段洪湖市而来，途中我倚在车上沉沉睡去，醒来却见一阵大雨在落，直如瓢泼一般，约十分钟后便结束。公路两边那真是绿色盎然，间以水田，真个是"锦绣江南"啊！

到了洪湖市，我们与先期来到这里的《燕赵晚报》摄影记者尉占魁取得了联系。他与驻石家庄某集团军俞森海副军长率领的军部住在洪湖宾馆。赶到那家宾馆，入住七楼，拜见俞副军长，真犹如见到亲人一样。俞副军长年逾五十，森严威武，一身凛然之气。他带领着麾下一支抗洪钢铁劲旅，在九江拼死堵住了长江溃口，前两天才转战洪湖的，因为此时这里已成了最危险的地段。他对我们说，自然灾害并不可怕，有人民解放军在，就能保证大家的安全，保证长江流域的安全。

我们急着要见到战士们。他们住在洪湖市八一小学。傍晚，我们赶到那里，只见战士们一个个汗流浃背，正在教室里列队唱歌。那嘹亮的歌声，挟裹着钢铁的声音，传向很远的地方。临行前，我随身携带了报社全体员工向灾区捐献的一万元钱。在这里，我们临时决定，献给新时代最可爱的人三千元。我郑重地把三千元交给了军需官大水，并与他合影留念。（另

人生总有孤独时

外七千元，我们捐献给了簰洲湾灾区的灾民。）

晚上吃过饭，我们决定去护城大堤上看看。洪湖市是个县级市，人口约二十万，大街上白天车少人静，出租车只有陈旧的"面的"。我们问"面的"老板怕不怕？他说，年年都闹水，年年都喊"狼来了"，这一次是不是狼真的来了？

洪湖市护城大堤比城区高出约六至八米，夜色里，不少市民悠然地在堤上散步，观察水情。随意问了一下，有的当地女子，居然是头一回来到堤上呢。看来人们都是心系水情的。江水与大堤一样高了，有的地方还高过大堤，被几层沙袋挡着。大堤上立着三个生死牌，表示了人在堤在的决心。据介绍，此堤是安全的，真正有危险的地方，是距市区七十余公里的燕窝镇等处。

长江在洪湖市有一百五十公里流程，水位普遍高出地面很多。一条滚滚大江悬在头上，那滋味真的很不舒服，尤其是在它发怒的时候。据驻地部队的同志介绍，住在楼房低层的市民有些已搬到高层，市里在高层建筑上安装了探照灯与警报器。看来，人们已做好了最后的准备。

第二天，刚巧我们河北省慰问团来到了洪湖市，我们石家庄市的马玉文副市长随团前来。马副市长见到我们特别高兴，特意给我们留下了一大筐黄瓜。他说，你们辛苦了，一定要保证安全地回到家乡啊。他告诉我们，报社已经为我们投了二十万元的保险。听罢此消息，我们的眼圈湿了。

洪湖市民们很热情，也很放松，他们并不为自己的命运担忧。也许，他们在想，该来的总会来，该去的总会去。人生的命运，并不全取决于我们自己。你在世上走了一遭，见到了该见到的幸福与不幸，也见到了你一生挚爱的那个人。你应该感谢上帝他老人家对你的厚爱了，你应该向上帝他老人家感恩。因为，并不是每个人都能见到他一生最爱的那个人的啊！让我们以一颗平常心，来面对人世间的风雨吧！

面对自然灾害，有一颗平常心，也许是战胜自然灾害不可缺少的心理基础。其实，世上的许多事情，不也是如此吗？

（原载《石家庄日报》1998年8月21日第2版）

大堤上，感受生之辉煌
——长江抗洪前线见闻之二

21日下午三时，忽然传来消息，长江大堤洪湖段乌林镇一带出现约二百米的内滑坡，情况紧急。我和尉战魁、《解放军报》记者王士彬急忙拦下一辆面的向乌林镇奔去。

市区距乌林镇有近二十公里，路边时见村民悠然坐着看风景，间或有一两头水牛闪过车窗，最妙的是一个光脊梁的老汉骑在牛背上慢吞吞走向前的景象。不远处大浪滚滚，这里是老汉骑水牛，真让你感叹，大自然居然把如此不协调的画面构思、涂抹在一幅画里！

距大坝越近，见军车越多，许多穿橘红色救生衣、手握钢锹的战士，纷纷向前列队行进，面的司机却不敢再走了，无奈我们三人催促他大胆向前冲，再走近一些，他还是停住了，无论如何不肯往前走了。咒骂一声胆小鬼，下车步行走向大坝，先看见一片白色编织袋，一堆堆地堆在绿油油的稻田里，跟着看见一排排穿着救生衣的战士和老百姓，肩扛着沉重的编织袋，在泥滑滑的稻田里冲向大堤。人声、机器声汇成一片，倒让你忘了那汹涌的江声。

我走上大堤，看不见江水，却看见了停泊在江边的一排排铁壳驳船，有的上面堆放着沙石，大约是挡水的。大堤边上插了不少红旗。大堤经多日浸泡，略显松软，踩上去如踩在湿润的泥土上。据介绍，正在这里奋战的是空降兵部队某部和济南军区某部，以及当地老百姓，共约五千人。

我是第一次如此近距离地看见长江在汛期发怒。江水混且浊，从天际

鼓涌涌地流来，颤巍巍地拍击着堤岸。——这就是曹操、周瑜、诸葛亮们的长江吗？当年曹操在大江之上横槊赋诗，抒发豪情："大哉长江"；这就是苏东坡先生的长江吗？当年苏学士遥望江水奔流，无限感慨："大江东去"……

然而，此刻我却没有什么感慨，只感到了洪水的可怕。

正是下午四时，太阳毒辣辣的，我浑身流汗。战士们都身穿短裤，腿上、脚上泥乎乎一片。这是大堤上最紧张的时刻，老百姓的手扶拖拉机冒着黑烟拉来泥土加固大堤，许多战士在大堤外侧重新筑一道加固墙，当地人叫作"外绑"。战士们唱着歌，互相比赛快跑，场面煞是壮观。

在堤上一个帐篷下，仰面躺着一个身体略胖的战士，他中暑晕倒了，两个战友在为他进行救治；一个大嫂肩挑扁担，一边挂着一个装满食物的竹篮。她是在为战士们送饭。不时见医护队员在堤上走过；来自全国各地新闻单位的记者，有的肩挎相机，有的手拿采访机，大汗淋漓地在堤上跑来跑去。

我沿着大堤往前走，忽然碰上了原荆州市水利局局长易光曙先生。他是著名水利专家，江泽民同志巡视荆江大堤时，就是由他介绍情况的。前几日，《东方时空》记者曾专访过他，我正是在那个节目中认识他的。我立即走上去采访他。当他知道记者是来自河北时，立刻客气地说你辛苦了，大老远赶来不容易。我请他谈谈当前的水情。他认为，当前长江水域经过第六次洪峰后，情况基本是稳定的。对于未来几天的情况，他出言谨慎："还会有洪峰，目前因为长江上游有的地区又降了大到暴雨，第七次洪峰已经形成，但水量和流速要比第六次洪峰小一些。"

离开大堤返回市区，路两旁躺了不少疲惫不堪的解放军战士，腿脚上到处都是泥，全身上下"泥汗俱下"。为了大堤的安全，我们的军民，在做着怎样的抗争啊！

（原载《石家庄日报》1998 年 8 月 22 日第 2 版）

上卷　此情若雪

大水患，令你痛苦思考
——长江抗洪前线见闻之三

还是在开往武汉的列车上，我望着车窗外疾速掠过的迷离风景，心头忽地闪过一阵烟雾似的迷惑：今年我国南方和北方都爆发了前所未有的大洪水，除了气候异常，"拉尼娜"飓风肆虐之外，是否还有一些非自然的因素呢？人们，尤其是天下的老百姓，实在是有必要问一声：今年洪灾为何如此肆无忌惮逞凶狂呢？

在武汉，老友任蒙连连感慨：这场水患，国家损失何止上百亿？假如前几年拿出一部分钱投入水利建设，肯定会收到极大成效。

在洪湖乌林镇长江大堤下，一位不愿透露姓名的水利工作者谈到这一点时，连连摇头：天灾可怕，人祸难容啊！他有些悲愤地说，这些年我们有些地方的人总是做蠢事，"那真是太愚蠢了。长江上游植被破坏严重，直到如今，还有人在滥伐树木。真是愚蠢透顶，可恨到家。我们为什么总是做蠢事呢？"他的问题，当然没人回答。记者以为，今年的大洪水，应当让我们痛苦地思考再三，甚至再四、再五，因为：太惨痛了！那些失踪的百姓、淹没的工厂、绝收的庄稼……历历就在眼前，压得人喘不过气来。

综合记者所做的采访和掌握的材料，至少可以从三个方面略作分析：

——人为破坏，使河湖淤积，泄洪与蓄洪能力大大减弱。这是长江主干道水位居高不下、上顶下托的主要原因。这些年，因为长江流域的经济发展较快，人口增长率也很高，不少地方大量人为围垦、填湖造田、破坏植被，使河湖淤积，泄洪与蓄洪能力均受到极大削弱。譬如昔日烟波浩渺

的洞庭湖，如今已被围填得圩垸广布，河汊交织，仅存的两千多公里水面，比从前减少了一半。此外，许多地方在河道滩地任意圈地，堤内建房，随意侵占河道，一旦洪水袭来，不仅水流不畅，人类自身也会遭受灭顶之灾。人类毫无节制地与水争夺空间，注定要为此付出沉重代价。

——投入不足，许多水利工程年久失修，是酿成祸患的重要因素。水道行洪不畅，水位居高不下，便要靠堤防，靠水利工程。多年来，我国虽然也对江河进行过大规模治理，并且在抵御水患中也起到了很大作用，但其治理力度与水患规模相比，还是很不够的。许多地方的水利设施是在吃五六十年代的"老本"。由于长期投入不足，很多水利工程因年久失修带病运行，大洪水袭来时，焉能平安无事？

——防洪体制不畅，形成两个"淹不起"，加重了水祸烈度。长江流域有五座百万人口以上的特大城市、十六座二十万人口以上的大中城市，有江汉平原及一些著名粮棉油基地。这些地方当然"淹不起"，必须死保。这就需要启用蓄滞洪区，但各地的蓄滞洪区同样也"淹不起"，原因是安全建设、经济布局、人口控制、补偿救济等项制度还不完善，造成蓄滞洪区被淹后代价惨重。两个"淹不起"，洪水何处去？

也许这几条并不准确，也可能不是最重要的，但这至少是痛苦思考的产物。自古以来，洪水始终是中华民族的心腹大患。往昔之"昔"的甲骨文，即是漫天洪水淹没太阳的象征。据史料记载，从西汉至中华人民共和国成立前的两千多年间，我国共发生较大洪灾1092次。目前，全国仍有三分之二的国土面积常罹水患。大禹治水的千古神话，集中而深刻地表达了人民群众千百年来根除水患的强烈愿望。今年1月，由第八届全国人大常委会第27次会议通过的《中华人民共和国防洪法》，也许可以铸造一柄倚天利剑，斩断洪魔的黑手。

长江干流水位在缓慢回落，沿江百万军民依然严阵以待。但我们有必要想一想：洪灾过后，有哪些教训应当记取呢？我们总不能只说一句"气候异常"就算结束吧？我们总不能让大自然承担它不应也不能承担的历史责任吧？——不过，这样想，的确有点儿痛苦。

（原载《石家庄日报》1998年8月22日第2版）

心　　祭

——痛悼马国胜君

一

1997年12月1日清晨，马国胜君忽然倒下了，再也没有起来。

这一天，正飘落今冬第一场雪。那漫天飞舞的雪花，沉默无言。我来到办公室，便接到一个不祥的电话："听说马国胜出事了，你知道吗？"

因为马国胜是我们石家庄日报社政文部的记者，作为主任，一听之下，我悚然心惊，立刻拨通了他在灵寿县城家里的电话，岂料电话里传来一个巨大的不幸：国胜不在了。

"他人在哪里？"

"已经走了。"

"去了哪里？"

问了一句极其愚蠢的话，我呆住了。我无法接受这残酷的事实：他才只有三十一岁呀，上有七旬老母，下有八岁幼子，大好年华待开展啊，怎么会死了？怎么一个活生生的人说没就没了呢？

一会儿，领导通知我和有关人员，立即出发去灵寿。坐上车，我在想：国胜，我来看你！雪依然满天飘着。路上很滑，我们乘坐的面包车孤独地在雪野上走着，我也感到格外的孤独。此刻我还来不及悲痛，我只是感到了对人生无常的困惑——生与死之间，距离原来这样近！

我与国胜最后一次见面，是两天前。那天我有事出去，我让他中午照

顾一下我的女儿。他乐呵呵地答应了。那天是周末。因为妻儿在灵寿县城，他每个周末都要回家的。他有理由高兴。

我匆匆地出去了，去追寻一个梦想。我记得我们没有说太多的话。他只问你这儿还有方便面吗？我说有，你就拿出来吃吧。他说那我就不去食堂买饭了。大约就是这么简单的两句话吧。我便走了。从此就没有再见到他。下午他大约就回了灵寿，走向了他一生的终点。当时为什么就没多说几句话？——可我哪里能料到，这就是我和他今生今世的永诀呢？

我们第一次见面，大约是在十年前。那时，他还在灵寿县交通局上班，那回交通局来石家庄请客，我是赴宴者之一，地点是燕凤楼。说实话，那时我并没有太在意他。他是那么平常，有着农村孩子的土气与质朴，更有着农村孩子来到城里的那种畏惧感，还有着对我们这些编辑记者的敬慕吧。——不论怎么，那次我是忽略了他的，过后很快也就将他忘了。这也许无意中表明了我自己心理上的一种劣质：假如他是某领导、某大款、某明星或某漂亮小姐，我大约就不会那么轻易忽略他，也不会那么快地将他抛到脑后的吧？

后来，听说他调到了县委宣传部，又听说他很刻苦，写了不少杂文和随笔，以及通讯报道，报纸上也经常出现他的名字。再后来，他到河北日报社学习了一段时间。大约是1991年，他来到石家庄日报社（当时是建设日报社）学习，来到了理论评论部（当时我正在该部供职）。从那时开始，他就开始跟着我了。大约一年之后，他调来报社，正式成为我的部下。

二

汽车艰难地行驶到灵寿县政府招待所。国胜的家人们都在那里。他的妻子呆呆地发木，她已被眼前巨大的不幸震蒙了。他的亲人们忙忙乱乱，都在应付这突如其来的横祸。国胜是早晨六点多出事的。那时，他起床后上厕所，就倒在了那里，没等送到医院，就去世了。

我急切地来到县医院。他的尸体并没有停在太平间，而是停在一辆厢式小客车上，那车孤零零地停在医院的后院里。我轻轻掀开惨白的蒙尸布，定定地望着他。他真的是长睡了。脸形依旧，只是已无血色。我很想喊他一声，很想和他再说几句话，但一时却不知如何表达我的感受。

雪遮盖了医院寥落的建筑，风依然很冷，人们冷瑟瑟地裹紧了大衣。走廊尽头，几个医护人员探头探脑，望着这辆孤零零的车和孤零零的我们。国胜的死，与大自然界一切生物、一切景物似乎都没有太大的关系，此时只有我，感到了内心深处的哀痛。——国胜，你是真的就这样永远走了吗？

记得他来到报社后，我们常常为了写文章而热烈地讨论，为了人生的茫然而深入地交谈。我认为他的文章写得有思想、有角度，是他内心的感受，可就是表达不准确，语言不凝练，文句绕来绕去，关键的话老说不出来，让人有种憋屈感。我说，我总感到这是缺乏灵气的表现。而写文章，最重要的是靠灵气，靠思想，靠你的独特视角。所谓刻苦呀、勤奋呀、努力呀，只是旱地里拔大葱，成不了什么气候的。我知道，这种"理论"是很偏颇的。但国胜接受了。他表示，要努力让自己犀利起来。不过他也说，老兄咱们经历不同，学识有别，做文章自然是有很大差别的。我要保持我自己的特点。

那时候，我正经历着一次思想的震荡，一边读书，一边梳理自己的思绪。很投入地读《史记》，写杂谈《〈史记〉随想录》。总结古人的得与失，观照今人的兴与衰；总结古代兴替，看清天下运行之大势。当然，很重要的是总结自己的失误，以求得一种心理的平衡，进而达到一种人生的平衡。任何时候，任何情况下，这种平衡都是很重要的。没有这种平衡，你的心理就要发生障碍。

有一次，他写了一篇主观色彩很浓的文章，很有感情，却因为种种原因，没有见报。那次出差在外，夜色里谈起这件事，他很感慨。他说，我们做文章是不应该抹杀个人色彩的，文章总应表达一种较深刻的思想与感受，而不是通篇句句正确，却句句人云亦云。

那天晚上，夜色很黑，月亮很圆，田野很沉，四周虫鸣。那是春天呢。大地上总有一种喧哗，那是生之喧哗。庄稼在拔节，露水在凝聚，人们在劳碌，到处都氤氲着一派勃勃生机，但他却有些伤感。他谈到自小失怙，少时艰难，备尝酸辛；他谈到老母体弱，妻儿不易，家事时有纷扰。但他只是淡淡地谈，我并没有深问，他也就没有细述。我总觉得，一个男子汉，就把这些咽进心里，埋在肚里吧，说又有何用？因此，对他从前的艰苦曲

折,直到如今,有些事我都不甚了解。无论是作为他的领导,还是他的兄长,如今我深感内疚与自责:国胜,我对你的关心是太不够、太不够了!

直到今天,我才痛切地感到了这一点。

三

此后,《石家庄日报》与《建设日报》两报合并,成为新的《石家庄日报》。我到了政文部,国胜留在了理论评论部,我们暂时分开了。稍后,报社机构改革,竞争上岗,双向选择,他又来到了政文部,重新回到了我的身边。

在机构改革那段艰难的日子里,尽管波涛汹涌,自有小舟如系。每天的夜晚,我们闲坐无聊,便做长夜之谈。新闻大厦灯火辉煌,政文部里气象万千。谈了一些什么,如今已经忘记。但那份寂寞中的欢欣,孤独无助中的相依,却历历如画,宛然如昨。

几年共事,倏然诀别,难免令人为之恍惚,为之茫然,不知世事果然如舟否?——总是忘不了他没事儿时来到我的办公室,提着水杯上的小铜环,走来走去,有一搭没一搭地说两句话;总是忘不了他一支接一支抽烟,我说把烟掐了,他可怜兮兮地说再抽一口吧,末了居然问我有烟没有,"送我一包吧";总是忘不了他推门进来,说还有事儿没有,咱们上十四楼玩一会儿去(十四楼当时是报社游艺室)?总是忘不了他酒后兴奋,满脸通红满嘴酒气大谈当年的罗曼史,并说要写一本爱情小说……

据我观察,他平生有几大爱好:一是抽烟,二是饮酒,三是打扑克。他桌上的烟缸里,总是烟蒂满满的,桌上经常飞着烟灰,为此有一次我不得不写一张字条放在他的桌上:国胜,请注意环境卫生。他的饮酒,自有山里人的古风,特没主见,禁不住劝,人家一劝就喝,十次准有九次喝多。为此我几次提示他注意起来,不准多喝。可他总是说,人家一番好意,怎么好意思拒绝?他"宣红枪"更是别具特色,窝窝乎乎的却发明了"马氏枪法",拿着红枪打红枪,而且打得特狠,开始蒙住了不少人,时间一长,人们抓住这一点,这反而成了他的弱点,便日见其输。一般他能"一把一瞪眼",输了利利落落掏钱,也就是三元五元的吧;但输多了,他便找借口溜之乎也，人们也就哈哈一乐而已。

还是半年之前，有一次他告诉我要戒烟减肥。我问为何？他说血压不稳，有点儿高，心脏也不太好。我说你能坚持住？他说能。果然就有一段时间，他疏远了烟酒，并且过几天就问我看他瘦了没有？我打量再三不见其瘦，只好说看不出来；但没过多久，烟酒又回到了他身边。就在不久前，市纪委的一位领导请我们吃饭，他就因为中午酒喝多了，晚上不能再赴约。唉，人之嗜之欲，难禁如斯！

这个周末，他回灵寿，第一天中午据说喝了一点儿酒，不多，下午还和县委宣传部的同志们玩儿了一下午，晚上骑自行车回家，没有任何的不适感。可是，第二天，就……

四

12月3日上午十时，我们赶到他的故乡——灵寿县慈峪村，向国胜做最后的诀别。报社领导来了，同事们来了，市纪委、人事局、社区办、团市委的朋友们也来了。大家依依而行，绕着国胜的遗体，向他作最后的诀别，不少人流着伤心的眼泪。

此刻，我没有流泪。我将一包未启封的云烟、一副崭新的扑克牌放在他的灵前，然后走到他的老母亲跟前、走到他的妻子跟前。我说不出话。此刻说什么都是多余的。是啊，有什么话语，能使她们逝去的亲人死而复生？

我最后只想说：国胜，我们同事一场，我们兄弟一场，作为兄长，我没有太多愧对你的地方。我帮助过你，批评过你，爱护过你，终其一生，你该明白我对你的感情，你该明白这份人生的温暖。

我最后还想说：感谢上帝，在你事业最发展、人生最辉煌的时刻，将你带走了。你自幼艰难，但终于成为一名光荣的人民记者，写了许多有影响的文章，你的名字，已被广大的读者朋友所传诵。——他们都为你洒下了真诚的眼泪。

国胜，你安息吧！

（1997年12月5日）

山自青碧水自流

——沉痛悼念江佑老师

【前　记】

　　这篇旧文,写于2007年国庆节。那一年,天依然蓝,水依然清,敬爱的江佑老师,却永远地闭上了疲倦的眼睛。她是很累了。她从此长睡了。愿她高贵的灵魂安息。

　　这些年来,在那些令作者念念不忘的人中,江佑老师无疑是山一样的存在。因了她的智慧,因了她的慈悲,因了她的德播天下,许多犹豫徘徊的人,明确了自己的人生的航向。在这个世界上,拥有智慧者不少,但同时拥有智慧与慈悲的人,尤其令人仰望;拥有智慧与慈悲,再用自己的实际行动,把这份天赐圣物传播天下的人,就足以令人顶礼膜拜了。而江佑老师,就是这样的一个普度众生的天使。

　　直到今天,我依然毫不怀疑自己当初的判断。这篇文章只在网络上发表过,我希望那些认识江老师的人,或者江老师的亲属,能够看到这篇文章,知道一个普通人对江老师怀有的这份沉重的怀念!

一

　　今天是10月1日,国庆长假的第一天。我挈妇将雏去看望岳父岳母,潇潇秋雨里，但见满世界车流滚滚人流滚滚，到处沸腾着节日的喧嚣。

驱车走在省城大街上，忽然没来由的心情沉重起来。我想到了一个人，一个好人，一个乐于助人的人，她已经永远感受不到人间佳节的温馨了——我忆起了不久前飘然远逝的江佑老师。

得到江老师不幸辞世的消息，十分偶然。那天夜晚，我还在值夜班，在晚报出版中心一张电脑桌上，忽然看到一份市教委主办的《心理教育报》，头条位置刊发了《燕赵都市报》记者祁胜勇先生的一篇长文《此情可待成追忆》，一读之下，我呆住了：这是一篇悼念江佑老师的文章！莫非江老师已经驾鹤西行了？我使劲儿揉了揉眼睛，仔细端详报上刊登的那张照片，没错，真的是可亲可敬的江佑老师。文章的内容提要说，2007年4月26日，石家庄市二十八中原校长江佑先生因病去世，她的离去，带给许多同事、学生、家长无尽的哀思。一所学校，一座城市，一项影响无数个孩子心灵和命运的心理健康教育事业，都因为她的不幸去世，而黯然神伤！

江佑先生——特级教师，省优秀教育专家，教育部中小学心理健康咨询委员会委员，省教育督学，主编《心灵对话》《心理健康教育活动课》，市政府决策咨询委员会委员，"中小学心理健康咨询热线"创始人……

二

对于江老师的遽然远行，我将信将疑，于是第二天给祁胜勇先生打了电话，得到了肯定的答复。

其实，无论是文章内容，还是照片影像，都显示了江老师已经离去的无情事实，我只是不肯相信罢了。人生的许多不幸事件，是善良的人们无法相信也不愿意接受的；然而，残酷的现实提醒着我们，人生不如意事常八九——不管你相信不相信，接受不接受……

我与江老师的交往，始于一个冷雨纷飞的冬天。那个冬天，日清月瘦，寒风刺骨，滴水成冰。在一个没有月亮的夜晚，我在刺骨的寒风里，来到了江老师的家里。那时候，弥漫于天地之间的一个大困惑，犹如罗布泊沙漠上常年飞扬的风沙，迷蒙了我的眼睛、我的思想、我的心灵。一个人在

茫茫无际的沙漠上彷徨，看不见星星，也看不见月亮，更看不见鸥鸟飞翔。你不知道往东还是往西，不知道该哭还是该笑，不知道该跑还是该跳——那是怎样的茫然无助啊！那是怎样的本末倒置啊！那是怎样的天昏地暗啊！……

唉，现在想来，那时候的自己，无疑是太惶遽了。面对职场风云变幻，一时间竟然无所措手足。其实，如今想来，那些所谓陷阱也、覆辙也、冷眼也、白眼也，本来就是正常的世相嘛！

江老师的家，简朴，洁净，洋溢着书香；江老师面容清癯，身体羸弱，那脸上热烈真挚的笑容，却像一团熊熊燃烧的火焰。她的夫君王老师憨厚淳朴，一直对着我微笑，说，有啥问题和江老师谈谈，没什么大不了的。江老师慈祥地望着我，顺手递给我一杯热茶——我端起茶杯，心里忽然划过了一道闪电，似乎击碎了那座障碍前进脚步的珠穆朗玛峰……

"哦，夜晚虽黑暗，你看，天上照样有星星。"

我说，是的，江老师，我看到了，星星依然在眨巴眼睛……

三

记得那年去柏林寺，拜谒赵州祖师塔，赵州和尚从谂禅师关于"吃茶去"的一桩公案，流布于四海禅林。有人向老和尚请教佛法，他的回答却只有三个字：吃茶去！他说：一物不将来，便教放下著。不起一念时，向道须弥山。每拈一茎草，而唤作丈六金身；口惟一个齿，而尽知世间滋味……

那天的夜晚，我的心灵之舟，负载着山一样高的负累，海一样深的茫然，天空一样空阔的无助。我说，江老师，人生的事，怕的不是困难，而是你找不到解决困难的途径；难打开的不是什么千寻铁锁，而是人的心灵，你苦苦寻找，却找不到那把对应万物随手即开的钥匙。

她说，你想喝断长江水吗？长江水浩浩荡荡，无非是一杯茶；你想像愚公老人家一样，搬动太行王屋两座大山吗？再高的山，也不过一块顽石。

我说，我不敢喝断长江水，岂敢如此自不量力；我也不敢触动太行王屋，岂敢触动山神老爷；我只是想解开人生的一道难解之谜，挥去职场上一团团湿漉漉的云翳……

端着江老师的这杯香气袅袅的茶,我没来由地想到了赵州和尚的那杯普度众生的茶。是的,在人世间,无论今与古,无论远与近,无论山与水,无论痛与悔,无论荣与枯——在人生的某一个困惑困难徘徊流连的苍茫时刻,你需要的,其实并不是高官厚禄、叱咤风云、金钱美女、甜言蜜语,而是一杯香气缭绕的、沁透肺腑的、安心提神的茶!

敬爱的江老师,这么多年来,您奉献给我自己,奉献给大众的最伟大最珍贵的礼物,不正是这杯令天下人安身立命、醍醐灌顶、幡然悔悟的茶么?

因此,我们敬爱你,我们怀念你!

四

2001年,江老师从二十八中校长位子上退下来之后,来到了精英中学,担任初中部校长。正是在这一年,我与她相识了。她曾经来过我家,我也多次到了精英中学。每次我去了,她总是在忙碌,上课、谈话、主持日常校务……

也是在这一年,她和十几位学养深厚的心理老师、教育专家,组织开展了心理健康教育志愿者行动,她开设了"江校长热线",每周日下午两点到六点,是她接热线的时间,她风雨无阻地为孩子们释疑解惑。须知,她所做的这一切,是没有任何报酬的。

因为一个特殊机缘,我开始研究中学生的心理问题,先后拜访了省会数位顶级心理专家和教育专家,计划写一部关于中学生心理问题的书。我就此专门到精英中学向江老师请教。她的办公室里,到处都是教育方面的报纸书籍,访客不断,学生、家长、同事,络绎不绝,我说江老师您太忙啦。她笑着说,没办法,大家需要我啊。王老师也跟着她来到了精英,鞍前马后地照料着忙碌的老伴。对于我的计划,她非常支持,并为我提供了一些采访线索。

然而,这项计划,不久就夭折了。那些中学生家长们,都因为孩子的问题,经历了巨大的难以描述的痛苦与折磨。他们不愿意再面对一个来访

者，揭开凝结在心灵深处的道道伤痕。对此，我很失望，也很理解。那个夏天，天上流火，地上滚烫，我在彻夜难眠中，写下了几次采访的经历，但有的家长坚决反对公开发表，我只好打印了几份，送给江老师，以为纪念。

精英中学的校园很开阔，校园外的茫茫田野上，碧绿的玉米接天连地，波涛汹涌。我告别江老师，走出校园，听着庄稼地里哗啦啦的巨鸣，望着满天满地蚂蚁般的车辆与人群，心头一片苍茫。玉米在嘎巴嘎巴生长，人们在呼呼啦啦奔逐，汽车在轰轰隆隆行驶——这世界是多么喧腾与繁荣啊，世人是多么势利与竞逐啊，却有一群孩子，长期生活在一片心灵的暗影里，领略不到阳光的灿烂，生命的美好，人生的魅力。每想到这一点，我就兀自伤感，兀自焦虑不安；而江老师，却像一棵参天巨树，给那些孩子们送来了飕飕凉风，令你无法不敬佩，无法不顶礼膜拜。

风雨中，几年流逝了。常年不停息的忘我操劳，极大地损害了她的健康。在她的百花园里，那些或萎靡不振、或虫蛀雨淋的"花骨朵"，一朵朵重新绽放了，一朵朵鲜艳美丽了，看上去五颜六色，姹紫嫣红，而她自己，却耗尽了一腔心血，病倒在床上。开始，她只是感到浑身疲惫乏力，后来就觉得腰疼腿疼，她哪里料到，可怕的癌魔，正张开罪恶的翅膀，悄悄地向她袭击。2006年9月10日，江老师支撑着病体，为一个前来求助的孩子，做了最后一次心理咨询；9月12日，医院的检测报告出来了——癌症，并且已经扩散到了腰部、腿部……

2007年4月26日，敬爱的江佑老师，永远闭上了那双美丽的、智慧的、慈悲的，为许多孩子带来希望、为许多家庭带来幸福的眼睛……

五

敬爱的江老师，当我在2007年国庆节的第一天，为你写下这篇祭文时，心里充满了不安与痛楚，追悔与自责！

在这个世界上，我应当铭记并感谢的那些人，犹如一串熠熠生辉的星辰，闪耀在我的记忆之弦上，这其中，你无疑是最亮的一颗星辰！

——不是说，别人的关爱不重要，而是你完美无瑕的雪中送炭，令我感念尤深；

　　——不是说，别的季节的温暖不开花，而是你无私奉献的伟大品格，的确已经成了这个物欲横流的时代的稀有珍品；

　　——不是说，从别处得到的财富不富饶，而是你为孩子们忘记私利、忘记自我、忘记病痛的高贵灵魂，已经成了许多人取之不尽用之不竭的精神财富。

　　令我追悔与自责的是，后来由于人事忙乱吧，由于岁月蹉跎吧，由于随世风起伏、随情绪飘荡、随人生坎坷吧……总之，由于各种各样冠冕堂皇的理由吧，我疏于和你的联系与交流了，以至于你卧病在床期间，我一点也不知道，当然也就没有前往探视；你病重和逝世的消息，我也一概不知道——以至于直到今天，我才能在这个万众沸腾万籁俱寂的日子里，来为你写下这篇轻飘飘的祭文。

　　此刻，我并没有流泪，只有伤痛与怀念，遗憾与自责！人啊人，为什么在你需要帮助时，你总在惦记着你的恩人，你的朋友；而在时过境迁之后，却把他们抛到了九霄云外呢？……

　　敬爱的江老师，我知道，此刻说什么都没有用，都无法挽回你伟大而高贵的生命。我只有像你那样，全心全意帮助那些需要帮助的人，以无愧于你的帮助、你的嘱托、你的教诲。假如有一天，我计较了自己的所谓得与失，计较了所谓名与利，计较了所谓爱与恨……我将何以面对你的在天之灵呢？

　　敬爱的江老师，您安息吧！

（2007年10月1日）

滹沱长水已吞声，古郡文脉耸高丘
——深切怀念董五顺先生

一

人生有些事，总是难以面对，可是，你必须面对；因为，你无可逃避。譬如，董五顺先生的遽然辞世，至今令我惆怅千里，难以释怀，以至于当藁城滹沱书院青年书法家刘振罗告诉我故乡文友要编撰一部纪念先生的文集，请我为之作序，可是，因为心底纠结，思绪缭乱吧，蹉跎至今，难以成文，实在惭愧也！

其实，在这些日子里，董先生温暖的侧影，一直在我的心底晃动，在我的眼前恍惚，无论是暑气蒸人的炎夏，还是凉风吹拂的金秋。因为，为先生写一篇文章，以表达悼念之情、怀念之意，毋宁说是抒发淤积在自己心头的浓郁情结。

这个时期，从春到夏再到秋，在我的随身背包里，每天都放着一本董先生的书，依次是：《云过心舒》《山上有水》《笃笃敲门声》。每当闲暇，就拿出来翻几页。这是我读书的一个习惯。如今，因为整天忙于红尘琐事，很难安心读书了。对自己喜欢的书，或近期需要深读的书，就要塞在包里，背在肩上，预备随时诵读。其实这样的读书，很有几分装模作样的意思，说来也不免有几分道貌岸然，然而久而久之形成习惯，一旦包里没书压着，反而觉得整个人有些轻飘飘了。

因为与先生相识也晚，知之不深，我对先生的出身、经历，以及宦海浮游、人生际遇，所知甚少，要写文章寄托哀思，就必须通读先生的书，感触先生心灵之韵律。人们说，言为心声；其实，诗书之词，更为心声。先生这三部文集，零星读来，犹如云卷云舒、水波荡漾、韵响笃笃。《云过心舒》是一部诗词集，作者退休之后，自感悠闲自得，仰头看云，忽然发现，"天上的云彩也不是那么悠闲，有时显得匆匆忙忙，仍然像有使命在身的样子。于是我就告诫自己：任凭你来来往往，我反正是任尔卷舒。你曾经在我的心头流过，色虽五彩，亦仅成了我心头记忆"。正所谓偶尔仰首望云彩，一卷书名袭上来。《山上有水》是一部散文集，共收集录作者写于不同时期的九十篇随笔，"随时随地，随高就低，随乡入俗，随心所欲，随手拈来……或用铅笔写入方格里，或用食指敲到键盘上，文字成行排列，自己就认为是文章了"。先生自己总结的这"五随"，可谓心随灵舞，灵随心动，那文章的随意与灵动，鲜艳与圆润，自不待言也。

与以上两部书不同，《笃笃敲门声》可以说是一部博客散文集。先生博名"老树苍然"，只要打开新浪博客，至今仍赫然在焉。他最后一篇博客文章，是2014年2月11日贴上来的老同学曹文森的文章《读〈笃笃敲门声〉（节录）》，先生还为老同学的文章写了一篇情感真挚的小序——

> 还是在去年秋天的时候，老同学曹文森写了一篇长长的回忆文章，忆记我们学生时代的生活，同时，还对我的一篇文章做了评论。诚然，老同学不是评论家，当然不够专业，但却诚心实意，令人感动。于是，就随手写了八句小诗："华章转来字字亲，灯下品读纸尚温。难忘砖窑拉大车，又寻高木入山林。满腹赞语虽夸大，恳切言辞是真心。转眼都逾七十岁，闲闲两个直正人。"写过之后，就放下了。今年春节，电话互相贺岁，才又提及此事，节录转载于此，权作答谢老同学。
>
> （老树苍然2014年2月10日）

在我的办公桌上，还摆放着先生的书法作品集《董五顺书法选》，这是藁城铁钺书社推出来的系列作品之一，由国画大师李苦禅先生的公子李

燕作序。李燕先生说，孔夫子曰人生"六十而耳顺"，这里的"顺"，当然不是无原则的顺从，或"人格变得驯顺了"，所谓"耳顺"，至少包含有见怪不怪，或闻怪不惊的意思吧！他调侃说，董五顺的名字里早就有"五顺"了，可见他活得多么潇洒！李燕坦言，最欣赏五顺先生书录的一首禅偈：春有百花秋有月，夏有凉风冬有雪。若无闲事挂心头，便是人间好季节。"您瞧瞧，他乐有四季之外还多了一种好季节——五季皆乐；乐则耳顺心昌，如此五顺，不正合了董五顺之名吗？这般名实相符，不是人生中很难能可贵的吗？"

翻读五顺先生的书法，似闻滹沱回响，那漫卷的涛声细浪，粗犷如黄钟大吕，柔细如青枝曼舞。老树虬枝，凛然戟张；柳笛如丝，时断时续。虽然我绞尽脑汁转了这么几句文辞来状其书艺，可是，他的一句大白话，就令我哑然失笑：他说自己的书法是拿不出手的"庄稼字"，推出这么一本书法集，就是拿出来"示众"。谦逊如斯，直白如斯，可爱可敬如斯！

五顺先生的诗词巨著《唐诗韵编》上下册，我有两套，家里书房一套，办公室一套，以便随时浏览。这样的书，也许你没有时间细读，或者没有耐心——读完，细嚼慢咽，但偶尔的一次翻阅，就像偶遇了一位银髯飘拂的智者，在喁喁吟哦唐诗，或者悄悄告诉你一些唐代诗人的趣闻逸事，在看似不经意之间，你便感觉了中华文化之博大精深。《唐诗韵编》上册辑录的是五言绝句与七言绝句，下册辑录的是五言律诗与七言律诗，那韵脚的铿锵谐鸣与注释的深入浅出，令这部大著闪耀着浑厚灵动之光彩。可惜的是，这样一部巨著，没有得到公开发行的机会，只是内部印行，使更多的古诗词爱好者失去了一睹芳容的机会，遗憾呀！据藁城友人说，先生还有一部未刊行的诗学专著《宋诗韵读》，是他多年来潜心研读宋诗的一个全景式的艺术总汇，滹沱书院的文友们目前正在精心整理，祈盼早日问世吧！应当说，《唐诗韵编》与《宋诗韵读》，集中反映了先生的诗词造诣与治学水平，像两颗熠熠闪烁的星辰，构成了先生的"唐宋韵律"。

在我的办公桌上，还摆放着由董五顺先生参与主编、滹沱书院刊行的三套关于藁城籍历代名人的大书：一是《滹南遗老集》（四卷），二是《熊峰集注释》（四卷），三是《大元董氏文萃》（三卷）。这三套古色古香的线装书，印制精美，注释翔实，令人爱不释手，偶一翻阅，流光溢彩。

《滹南遗老集》是金代文坛盟主王若虚的唯一一部传世之作，又名《滹南辨惑》。王若虚学问渊博，见识卓绝，在金元之际学术界独步一时，对历代大儒们诠释经典的附会迂谬之处，以及句法修辞的疏误纰漏，予以精深辨析，批评订正，并提出自己的独到见解，自成一家之言，卓然立于儒林。他批阅校正的典籍，涉及经史子集几十种，包括太史公司马迁《史记》等名著在内。如此"反潮流"之举，即使在学风醇正的古代，也属难能可贵。金元之际文学家李治《〈滹南遗老集〉引》指出："夫言生于人心，心既不同，言亦各异。其在彼也一是非，其在此也一是非。左右佩剑，其谁能正之？必有大人者出，独立当世，吐辞立论，扫流俗之所徇，取古今天下共与者与诸人，有以塞其口而厌其心，而后呶呶之说息矣。"今人张中行先生也指出，若虚先生"能言己之所见，不顺着老路，人云亦云"。《熊峰集注释》是明代嘉靖年间吏部尚书、大学士石珤的一部传世之作，全书四十二万字，分为元亨利贞四集。元集为诗，亨集为文，利集又为诗，贞集又为文。石珤字邦彦，别号熊峰，人称熊峰先生，藁城徐村人，官至内阁大学士，为政极其清廉，去职返乡时，只有一辆牛车的家当，当地人尊称为"石阁老"，他的诗文，绝大部分讴歌故乡周围的景观与风物，意味隽永。

与以上两部传世之作不同，《大元董氏文萃》是一部由今人搜集整理的一部古籍文献。所谓大元董氏，亦即藁城董氏，是元代朝堂上下通行的正式名称，指元代有开国功臣之称的上柱国、寿国公董俊，及其文字辈、士字辈、守字辈、金玉字辈的子孙五代人。董五顺作为藁城董氏后裔，率领滹沱书院五位学人组成研究室，历经四载辛勤努力，上下求索，上穷碧落下黄泉，搜集整理出版了这部大书，对于缅怀先贤，勉励后进，弘扬传统，可谓居功至伟。

二

我就这样乘着文字的翅膀，枕着故乡的滔滔文脉，感受着董五顺先生

的宏博思绪与渺然情怀。其实呢，我与先生的交往，实在算不得多么久远。

说起来，我与先生的相识，缘于一桩啼笑皆非的"文章公案"。那是2006年夏天，我写了一篇文章，回忆我小时候跟着兰芝堂姐读书，干了不少混账事，不幸的是，我还顺手写了当年一桩引起轰动的"反标事件"，引起乡亲误会。可是，令我疑惑的是，这篇文章只是贴在我的新浪博客上，并未公开发表，村里人从哪里看到了这篇博文呢？

经过反复追问，我最后总算弄明白了：藁城有一家"铁钺书社网"，在我不知情的情况下转载了这篇文章，村里人从网上看到了，于是麻烦就跟着来了。我诚惶诚恐，立刻给藁城的朋友打电话，请求删除，绕来绕去，最后找到了铁钺书社的最高领导——社长董五顺。待我讲明情况，他哈哈一笑，"沾！我马上叫他们删除。"停顿片刻，他又说，"其实你讲这个事，不过是'文革'期间的笑谈，不算个事嘛，哈哈一笑不就得了？"

这就是我与五顺先生的第一次交往。因为我是个鹦鹉学舌的记者，整天忙忙碌碌，经常到各地总结先进经验，寻找英雄模范，总之就是到处吹喇叭抬轿子。有人就此批判说，这是中国新闻人的悲哀。其实不然。这一切，都是身为新闻人必须无条件去做的。因为你身在体制之内，别无选择。说到底，所谓新闻，不过是三百六十行之中的一行，一个职业，一个饭碗而已。那些新闻人笔下的先进模范，按照唯物辩证法一分为二来分析，也都是具有两面性的。话扯远啦！我要说的是，那个时候，我因为忙碌懒惰，与故乡文化界来往并不多，与五顺先生通过话之后，也就相忘于江湖了。

忽忽几年过去，转眼到了2009年冬天，石家庄下了一场百年不遇的大雪，酿成了巨大雪灾，据说降雪量达到创纪录的75厘米，积雪厚达48厘米。那皑皑白雪似乎塞满了天地之间，占领了世间每一个角落，全市交通瘫痪，人们只能徒步穿越雪海，上班，回家。晚报时评版发表了一篇文章，对雪灾的形成做了深度思考，对政府的应对举措建言献策，可能是因为文中夹杂着负面言辞吧，受到了上级领导的严厉批评。——就在白雪飘飞的第一天，人们还在欢呼瑞雪兆丰年，藁城来了两个朋友，铁钺书社秘书长、青年书法家刘振罗和民俗作家樊更喜，一个是英姿勃发的才俊，一个是老成持重的学者，两人迎着飘飘白雪来到市里，给我带来了一套精美厚重的

《滹南遗老集》，还有五顺先生的著作《云过心舒》《山上有水》。他们说是奉铁钺书社董社长指派前来拜访，邀请我方便时返乡一叙。我恍然间有了一种受宠若惊的感觉。我对董先生的大名，早有耳闻，只是缘悭一面罢。他们告诉我，铁钺书社成立于2004年夏天，铁钺书社网于同年10月上线运行，到了2008年，滹沱书院宣布成立。应当说，这是藁城学界的两件大事。五顺先生被推举为铁钺书社社长、滹沱书院副院长。遗憾的是，随着时间的流逝，运行良好、声誉颇佳的铁钺书社网，后来因为经费不足，渐渐停止了运转。

我第一次见到五顺先生，大约是这年的深秋。我与几个在市里谋生的老乡，河北日报社高志顺、教育报刊社房彦卿、共产党员杂志社李换运，一起应邀回到藁城，受到故乡文友们的热情款待。酒宴的丰盛、热烈，自不在话下。杯觥交错，逸兴遄飞。餐毕，大家来到藁城九中会议室，舞文弄墨，其乐融融。五顺先生那天穿一件土洋结合的深色高领对襟夹袄，贴着头皮上的短发上飞着点点霜雪，个子不高，步履稳健，剑眉如孤鹤之飞，目光似滹沱深远，神情憨厚而温暖，说一口音韵纯粹似乎夹带着滹沱河砂粒的藁城普通话，一招一式之间，文气自然荡漾。哦哦！五顺先生一生叱咤藁城官场，久经风云变幻，见惯世态炎凉，如今在他身上，你却寻不见一丝官气、腐气、牛气，堪称廉州古郡文化之魂也！因为喝了几杯老酒，此刻脸色微微泛红，大家请他第一个上阵，他笑曰："沾！我年纪最老，到哪里都是第一个出场献丑，呵呵！"

只见他挽起袖子，拉开架势，饱蘸墨汁，手里那支毛笔唰啦啦在宣纸上挥舞起来，如骏骧横空，如蛟龙渡河，转眼之间，挥就墨渍淋漓的一联——雨声犹在云，风色已到树。

那时候，正是博客如日中天的一个历史时期。博客之勃兴，如阵雨骤至，哗啦啦淋湿了网络。天下网民纷纷以写博客为荣，激情一如暴涨之河水，催生了博客圈的出现，网民们进入博客圈，犹如零散的星座找到了自己的组织，一片兴高采烈，从线上到线下，形成了一个繁荣喧嚣的博友大合唱。以我为圈主的燕赵时评博客圈，作为省会几大博客圈之一，首开省会博友线下活动之先河，我们组织的燕赵文化大篷车，搭载着激情澎湃的博友，

轰隆隆开进了省城周围的一个个文化古郡，追思先贤，继承传统，引起了广大博友的热烈响应，一时间应者云集，好不热闹。

燕赵时评博客圈打造的燕赵文化大篷车驶出省会的第一站，是古城正定，四十多名各界博友乘兴而来，游古城，赏古寺，品尝著名的正定美食八大碗。第二站是灵寿古中山国遗址。因为古中山国的归属问题，灵寿县与平山县争得不可开交，面红耳赤，其实意义不大。作为文化遗产，两家可以分享嘛！博友们来到灵寿牛城乡故城村，考察中山国遗址，吊古思今，抚今追昔，不胜感慨。第三站，就是我的故乡藁城市。

那是2009年初秋，燕赵文化大篷车搭载着六十多名博友开进了藁城，先参观考察城西台西村商代遗址，包括商代中期的居住遗存和墓葬、水井，接着来到闻名遐迩的天下第一故事村——耿村，听著名农民故事家靳正新、王玉田等人讲故事，最后奔赴县城，聆听五顺先生为大家讲解《三个人三本书与三个朝代》。他讲的三个人，就是藁城古代文化符号王若虚、石珤、董俊三位先贤，三本书是《滹南遗老集》《熊峰集注释》《大元董氏文萃》，三个朝代是金、元、明。老实说，虽然身为藁城人，我对故乡的三位先贤、三本大书，知之甚少，听了他深入浅出的讲述，深感受益匪浅。

说起这次燕赵文化大篷车藁城行的成功，还要感谢时任藁城廉州镇镇长、现任藁城区文广新局局长田江水先生。他曾经在我老家南孟镇当了三年镇长，是真正意义上的父母官。他在从政之余，笔耕不辍，其小说集《躁春》由作家出版社隆重推出，著名学者周国平为之作序，赞誉有加："这部小说为读者展示了中国当代农村现实的一个缩影。这是从一个镇长的视角所看到的现实，而这恰恰是一个最能反映农村复杂现实的视角，其价值不容置疑。江水是一个有心人，他当了这么久镇长，真是文学的幸运。我可以断言，在全国的镇干部中，没有几人能给这个阶段的中国农村留下一份如此真实的记录。"——话又扯远啦！那时候的博友活动，基本上是大呼隆式的，由于博友素质差别较大，鱼龙混杂，良莠不齐，凑热闹博人气者有之，混吃混喝者有之，挑三拣四者有之，组织者绞尽脑汁拉赞助，博友们坐享其成跟着跑，无论到哪里去，交通、吃饭，都是很大的问题。大篷车一出动，粮草必须先行。出发之前，我给田镇长打电话，请他安排大家的午餐。他说：

"沾！木问题！"

此后不久，我和晚报著名记者安文联一起，再次来到藁城，围绕三个人与三本书，对五顺先生做了一次深入采访，晚报就此做了一个整版的专题报道。这次采访，是我与先生深入交往的开始。我向他赠送了拙著《孤鹜已远》《清明前后》，他向我赠送了《唐诗韵编》等著作，以及他的几幅墨宝。

采访结束，午餐小聚，见到了故乡的一干文友，老朋友田江水、刘振罗、樊更喜，书法家路永兵、路西林、李文栓，雕刻家筵金贵，画家张国民，才女染香，等等，正是：滹沱河畔，文星云集；故友宴上，文采翩飞。

很久之后，我在五顺先生的"老树苍然"博客上，读到了他的组诗《琐事杂议》，其中有一篇《读〈孤鹜已远〉》："孤鹜已远实未远，姚黄魏紫风满楼。一朝碰到韩联社，骚人吟咏躲着走。"读罢此诗，汗颜不已！我的那点肤浅的古典文学家底，在先生面前，实在是小巫见大巫，不值一提。不过，先生勉励后学之心，还是青天可鉴的。

三

"从小，城市就如一团黑云压在头顶，不知道那里边有多美丽多神秘。"

这是我在《墓草青未青》一文中写下的一句话。这里说的"城市"，不是北京、上海等大都市，而是藁城县城。这篇文章是怀念当年我在藁城文化馆学习时的指导老师于路奇先生的。那是1975年初秋，我正在南孟中学读高二，因为作文有些文采吧，得到语文老师李金耀赏识，临放秋假的时候，他就推荐我到文化馆去找于老师学习。在这里，我遇到了后来的著名国学家崔福建（崔闽），著名画家郝荣国（汉风）。那是我第一次进县城。

高中毕业后，我应县文化馆卢彬老师之约，到县城为一个全县的展览编写讲解词，我在中篇小说《苦夏》中记述了这段经历——

春天的傍晚，县城的上空明净了许多。正是人们吃晚饭的时

光，大街上人影疏落。不时有乡下人骑了一辆破自行车，惶惶地往城外赶；有几个城市小青年，在街上晃晃地走过，忽儿吹一声刺耳的口哨；几辆到县城来拉煤、拉磷肥的老牛车，咣当咣当慢慢蹭出城去……

我们这些人，本来就是这茫茫县城里的"边缘人"，既没有工作，又没有户口，只是想千方百计钻进来，想摇身一变，当个体面光鲜的城里人。这就注定我们只能是这里的弱势群体。当时，中国社会以吃农业粮（即农业户口）和商品粮（即城市户口）来区别人的身份、地位、待遇。……许多许多的乡下人，做梦都想着跳出农门，进城务工，做一个吃皇粮的衣食无忧者；而农村户口，却像一道关卡，把这些人死死地卡在城外，击碎了许多人的城市梦。吃商品粮，是许多像我这样的乡下人梦寐以求的最高理想。

我喋喋不休述说这些，似乎离题万里，其实不然。因为那个年代，正是五顺先生雄姿英发叱咤风云的岁月。我们在那个过往的时空里，曾经一起在县城交集，只是不曾相识。行文至此，忽发奇想：假如当时我有幸得识先生，是不是就可以在县城谋得一份职业，摇身一变成为城里人呢？人生的悲欢离合，悲欣交集，其实一切皆是缘。在你的一生中，遇到了贵人，那是你的福气；错过了贵人，也不必失望，因为你的修为还差得很远。我当年没有邂逅先生，是因为我们虽然同处一城，但却生活在两个世界，而这两个世界有着天壤之别。过了这么多年之后，机缘终于来临，我们由相识、相交，到成为红尘知音。知音，用这个词，我踌躇再三，这么高攀先生，是不是有攀龙附凤之嫌呢？

在此后的时光里，我多次到藁城去拜见先生，有时与众文友雅集，挥毫泼墨，或即兴赋诗，有时就来到他家里，参观他琳琅满目的书房，和那座青枝绿叶清气荡漾的小院，听他说话，看他写字，与他讨论我们感兴趣的话题。那一切的一切，宛然如昨，历历在目，温馨、自在、淡定、雍容，像春夜喜雨润物无声，像滹沱奔流流连沙岸……唉，滹沱河这个比喻很空洞，因为自从1998年爆发了一次滔天洪水之后，这条横贯华北大平原的母亲河就枯竭了,干涸了,成了尘沙飞扬的一条黄龙!

此刻,当我写这篇文章,追忆与先生的交往,恍然间痛感了时光之易逝,人生之短促,情谊之无价。我的心底隐隐作痛。人生在世,是多么无力,多么脆弱!你不但留不住青春,留不住岁月,也留不住山,留不住水,留不住你的所爱,留不住你所珍惜珍视珍贵珍藏的一切!可是,难道我们什么都留不住吗?——不!能够流传千古的,却是文字!举目四望,环视宇内,骤然发现:汉武帝去矣,司马迁因为《史记》,而永远活着;唐明皇去矣,李白因为那些辉煌璀璨的诗句,而永远活着;徽宗皇帝去矣,施耐庵因为《水浒传》,而永远活着;乾隆皇帝去矣,曹雪芹因为《红楼梦》,而永远活着……其实,我想说的是:董五顺先生虽然驾鹤西行了,但他留下的数百万字著作,依然会流传下去,成为他的家人与朋友们的慰藉,成为藁城古郡一笔不可湮灭的宝贵的文化财富!

翻开他的诗词集《云过心舒》,只见珠玉横陈,姹紫嫣红,精彩诗句哧哧有声迸溅出来——"菊残抱香枝,山枣正红时"(《深秋霜降》),"谁人做筛落纷细,洒向大地这均匀"(《腊月又雪》),"睡迟懒窝鸟,早行看路宽"(《雪日有作》),"披素识新景,眼阔启诗思。你我两不厌,相谐是契机"(《午后又作》),"禾稼经雨梦魂断,西风虽起荡无尘。埂畦久旱积水浅,阡陌方乱泥印深"(《雨后》),"饥禽反变近视眼,常把霜枝作梅花"(《雾日三绝句》),"富人自有富人福,各家要算各家账。平均收入不平均,穷长虱子富长疮"(《秋日杂感》),"经冬耐寒可入药,自视才高多误身,转脸方见自由人"(《浣溪沙之十》),"楼前作院路径窄,应时风雨次第来。虽无曲流飘诗句,也递樽酒邀太白"(《楼前院》),"终日思谋字断句,神专不敢惹片云。歇心去锄花盆土,隔墙书友又敲门"(《某日》)……

捧读这些诗句,犹如年少时节跑到瓜园偷瓜,一个心跳接着一个心跳;又如美少女海滩拾贝,一个惊喜连着一个惊喜。作为蜗居平原县城的一个退休官员,你自然不能把他与李白、杜甫、苏轼、陆游、辛弃疾相提并论,更不能拿他与司马迁、施耐庵、曹雪芹论长道短——他就是他,董五顺,一个用心灵歌吟世界、歌吟自然、歌吟人生的本色诗人!他热爱世界,热

爱人生，热爱家人，热爱故乡，热爱朋友。他笔下的《藁城八景》，将藁城的八个自然景观一一吟诵：高台远眺望故乡，津渠垂钓乐无疆，古刹清虚夏日长，商台走史忆过往，广场适早闲游荡，陵园绕绿浮星光，滹沱踏青心迷茫，麦海摇风丰收忙……老实说，我对故乡这八景，几乎不曾留意，我一直认为，故乡看山无山，嬉水无水，是个缺少自然美景的地方，只有夏秋时节那茫茫无际的小麦、玉米丰收景象，才是老百姓心中最美丽的诗篇。读了先生的诗句，不免心生愧疚了。

请看他的《津渠垂钓》——

一抹残阳铺清晖，夹岸杨柳共丝垂。
远闻泄流活碧水，笠翁投饵添鱼肥。
净处入静犹禅定，闲时修闲无是非。
青鸟不知人心事，空曳娇音向云飞。

在五顺先生的诗句里，残阳，清晖，杨柳，碧水，笠翁，青鸟，一切是那么自然，那么自由，那么舒适；而在他那个犹如世外桃源的小院里，则是花红柳翠，青竹迎人，给人一阵一阵欣悦，《我家种竹》为证——

高节今喜落农家，春来先发旧时芽。
怒笋出土带声响，青竿迎风摇翠华。
拂墙誊写照壁图，映窗月镌剪纸花。
好竹应须当门种，迎来送往都是他。

江山胜景留佳句，心灵翔舞动月华。五顺先生的灵丹妙笔，挥洒出一篇篇宏辞丽句，如今已经化作漫漫天雨，滋润着藁城大地，激励着后之来者。他的文集《山上有水》《笃笃敲门声》，星辰罗列，各呈异彩，小说、散文、杂文、随笔、评论，十八般武艺齐亮相，展示了他的卓越才华。他的某些篇章，如散文，似小说，兼具二者风采，如《又闻梆子响》《买书人的骄傲》《看不清的钥匙》等篇，写的是凡人凡事，从点滴小事中塑造了一个个鲜活灵动的小人物;《我的两位文学乡友》《家乡的乱弹戏》《无人无我,大无大有》等篇,忆友朋,情深意长,望故乡,鹤影徘徊,在故乡的氤氲里回忆余音绕梁的乱弹戏,那情思自然万里长。《无人无我,大无大有》写的是著名书画艺术家翟润书先生,开篇犹如奇峰突起:"老翟少有的这么高兴,这么健谈。还是过去的老习惯,自顾自地一直说下去,古人的,今人的,书法的,绘画的,说得酣畅淋漓,以至于他喜欢吃的小米粥也被他说'凉'了,不得不重新热一热。"寥寥数语,显示了极高的写作技艺,一个性情独特略显乖张的艺术家形象,跃然纸上,此后两人对话的步曲婉转酣畅淋漓,是不难想象的。接下来的人物描写,由表及里,由浅入深,一如顽石雕龙,形神毕现——

  平民的生活,培养出一颗平常的心,那一身灰不灰、蓝不蓝的中式衣裤,似乎冬夏都是它;那稀疏发黄的几缕头发,很难说清是朝哪边倒。一双不大的眼睛闪烁着炯炯神光,似乎能洞察秋毫。这一装束,混杂在山野村民中,也许很难有所区别,但到艺术家的圈子里,尽管总是处在不显眼的地方,还是显得特别突出。那种大朴大拙之气,无论什么富丽堂皇、靓丽娇艳的颜色,是无论如何也掩盖不住的。

  对于老友翟润书的艺术特色与成就,他则运用含烟蕴霞的"点睛术",作了画龙点睛的评述:"有种说法,叫作'化腐朽为神奇',翟润书却可以'将神奇为简约'。他画的鱼,只剩下几根鱼刺,小朋友说是河里的小船;文人们的山水画,多为悬崖峭壁,而翟润书非给他抹平不可。他用出丈宣纸画了一幅太行图景,就是馒头样的几个大土堆,不仅无险峻,也只长了些稀稀疏疏的杂草……"

  《我的两个文学乡友》记述了老作家冉淮舟深入到藁城农村,采访吕正操将军早年的革命事迹——

  淮舟先生在藁城梅花镇一个农户的院子里,和男女老少促膝

谈心，开怀大笑。这是一个典型的农家大院，院里有两棵大槐树，由于天气干旱，树叶并不繁茂，坐在这样的树荫下，还要不断随着树影的移动变换位置。怀里抱着孩子的妇女，捋着胡子的老人，光着膀子不断擦汗的男子，穿着相对讲究一点的民办教师，大家亲密无间地坐在一起，谈庄稼，论买卖，道亲戚，家长里短的争着说个不停。淮舟专注地听着，不时插一句。脸上划着汗道子的孩子跑过来扮鬼脸，大人们随口呵斥"滚一边去"，淮舟却笑笑说："别，别，叫他们玩吧。"……

《请黄绮先生题字》记述了一件特别有趣的事。那年，藁城市信用社主任因仰慕著名书法家黄绮先生的"铁戟磨沙体"，想请黄老题写社名，却苦于不得门径，为此向五顺先生求助，他通过朋友找到黄老，请黄老题写了"河北省藁城信用社"几个字，回来仔细一看，"藁"字多了一笔，下边的"木"写成了"禾"。人们大眼瞪小眼，不知所措，五顺先生只好硬着头皮再次来到黄老家，惴惴不安地说明来意，黄老一听，爽朗地笑起来，开始耐心地解释，说"藁"字有好几种写法，既可以写成蒿草的"蒿"，也可以写成稿纸的"稿"，藁字也不是藁城的专用字，除了中药"藁本"之外，还有一个词叫"藁砧"，代指丈夫。黄先生说着开始吟哦，"藁砧一别如箭弦，去有日，来无年"（李白），"藁砧持玉斧，交结王陵儿"（李益），黄老随口吟诵着，抽出一张宣纸，执笔抿墨，写了一个"藁"字，边写边念叨："从今，从众……"

此文读罢，大书法家黄绮先生的书生本色与艺术形象，呼之欲出，令人捧腹之余，钦敬不已。《梦里寻他千百度》写的却是作者自己的一段"文章公案"。五顺先生早年编写过一本著名的连环画脚本《虎穴买电》，由画家杜双银绘画，河北人民出版社正式出版，印了七十万册，新华书店发行，在全国影响很大。由于名声响亮，索讨者车载斗量，弄到最后，他居然一本也没有留下。这铸成了他三十多年的遗憾。有一天，孙女想瞧瞧爷爷的连环画，他抓耳挠腮，一筹莫展。为了寻找这本阔别三十载的连环画，他绞尽脑汁，上下求索，前后竟然用了二十年时间，等他将这本不起眼的画册递给孙女时,岂料小丫头只是随便翻翻,随手一丢,嘟哝说:"看不懂……"

《熟的写"生",生的写"活"》是一篇诗评,但不是普通诗评,而是五顺先生提携晚辈、奖掖后进之心的真实写照。在他的文集中,为文友作序、与诗友唱和、点评文友诗作,数量很多,篇幅也长。铁钺书社社员刘振罗、刘江勇、筵金贵等人,都有幸得到了先生的专文指点。在这篇论"生"与"活"的文中,先生点评了刘振罗的七律《滹沱春早》与刘江勇的七律《游嶂石岩》。先看刘振罗的诗作:"坡头和风上翠微,唤来紫燕剪云飞。冻鱼初苏徐徐去,苍条复绿缓缓垂。融雪润田肥埂土,垄亩试蹄犁牛归。吾爱万物生发日,一雷惊芽胜芳菲。"先生评论说,刘振罗用"汇聚法",把诸多景物一一搬出来,"你看燕是'紫燕',鱼是'冻鱼';柳树还未长出新枝,即使是去年的'苍条',也不过刚要恢复绿色;残雪刚刚融化,润土尚湿,大地虽然解了冻,耕牛下地还是今年第一次,仅为'试蹄'而已。时令大约为惊蛰,唤醒沉睡的种子,怒芽正要喷薄而出,事事不离一个早字……"。

我们再看一下刘江勇的《游障石岩》:"千年嶂石挽绿绮,万丈峭岩出云低。幽谷岚霭流碧翠,重峦叠嶂入画题。赤壁回音应斯响,淮泉清流自成溪。神游佳境思不返,丹崖送辉示禅机。"五顺先生评论说,尽管这首诗个别词语还不是特别自然和流畅,仍然可圈可点,"我们先看首联:千年嶂石挽绿绮,万丈峭岩出云低,'嶂石'如果没有这个'挽'字,虽历千年,仍然是块顽石,'绿绮'与它就不会那么亲密;同样的,'峭岩'如果没有这个'出'字,也只能是缺心少肺的'僵尸',它这一'出',不但有意识,而且有人情,善解人意(云出的太高,人们不喜欢)。颔联、尾联中的'流碧翠'的'流','入画题'的'入','思不返'的'思','示禅机'的'示',仿照我们上边的分析,也会得出同样的结论"。

读着先生字字珠玑的点评,让人诗思洞开,视野一如江河奔腾,体味到了中国诗词与文字之奥秘;而他对后生晚辈的拳拳之心,也随着这些温暖而老到的文字,像弥漫天地之间的春雨一样,缥缈而下,滋润着人们的心灵!

四

得到董五顺先生遽然辞世的消息之后，我在博客上写了一篇文章，并作了几首哀诗，记述了自己的真切感受。兹录如下——

2月22日上午十时五十二分，藁城市四明楼酒铺老板庞清海兄弟发来微信，只有短短的一句话——"尊敬的董老师今日已作古。"读之大惊，恍然犹在梦中，电话打过去，听到了他悲哀的声音，证实了这个噩耗的真实。

董五顺先生是藁城市文坛泰斗，著名学者、散文家、书法家，也是藁城市政坛元老，曾先后担任藁城市委办公室主任、文化局长、工商局长，著作丰硕，政绩斐然，德高望重。他的著作，视野宽阔，功底深厚，唐诗研究专著《唐诗韵编》，归纳罗列，掘深发微，极富古韵；他的散文集《云过心舒》《山上有水》《笃笃敲门声》，如百泉涌流，心香缥缈；他的书法，更是老树新韵，枯枝横空，如今已成绝响！

我曾经多次回乡，聆听先生教诲，观览先生泼墨挥毫，受益匪浅。2月8日（正月初九），应邀到先生家里做客，泠泠长水自流，湛湛文气飘香，与先生饮美酒，话桑麻，其乐何极也。岂料一别，竟成永诀。悲痛莫名，难赋笔墨。先生安息吧！

2月23日上午，回乡吊唁先生，在灵堂见到了藁城市文广新局局长田江水，与李林、庞清海、路永兵、路西林等一干好友。他们告诉我，董先生是2月20日（正月二十三）正在挥毫写字时，突发心脏病，紧急送往藁城市中医院，因为病势凶猛，又紧急转往省二院，病榻辗转两日，22日上午九时五十分，溘然长逝，终年七十三岁。

我随着吊唁的人群，向先生遗像深深鞠躬，回想与先生经年的交往，几欲潸然泪下。董老夫人颓然斜倚在一张沙发上，喃喃自语，泪不能止。她告诉我，说董老病危之际，还在给她念叨，说还欠着联社的字。闻之,涕下。那是正月初九日,应邀到先生家做客时,我说,董老师您给俺写两幅字吧。他问写什么?我说,我的那些古风诗词,就在博客上,您亲自选两首,如何?他说,行!

令人悲伤的是,我的这一不情之请,竟然铸成了董先生心中最后的遗憾。思之愧悔交加,不能自已。

沉痛悼念董五顺先生
(作于初闻噩耗时)

昨日同登四明楼,无边雾霾罩廉州。
岂料一别成永诀,先生驾鹤作西游。
滹沱长水已吞声,古郡文脉耸高丘。
笔移灵山曾记否?一代英才入青流。

吊董五顺先生
(作于吊唁先生返回途中)

雾霾愈浓日,回乡吊先贤。
隔世通天机,相对已无言。
呜咽滹沱水,魂归离恨天。
经年聆教诲,知音哭断弦。
凭谁说哀痛,悲悼伤鸿篇。
病榻片时醒,临终犹惦念。
相知恨久远,遽逝心茫然。
从此中夜起,诵读先生言。
斯世当铭记,独立大荒寒!

送别董五顺先生
(作于2月24日早晨)

一夜总无语,联想已黯然。
穿越回往事,先生话当年。

翰墨情浓时，挥毫写慨然。
云过心舒久，还需唐韵编。
高山流水意，敲门声自安。
先生且行矣，西行鹤影翩！

怀念董五顺先生
（作于 3 月 20 日）

追忆先生神黯伤，遥怜故土心迷茫。
谁人可诵唐宋韵，挥洒真情著鸿章？
瀚墨波涌溥沱水，豪情漫卷述悲凉。
老树苍然驾鹤去，涕泗如酒祭永殇！

（2014 年 11 月 13 日）

下卷 煮字疗饥

> 耽书自笑已成癖,
> 煮字元来不疗饥。
> ——(元)黄 庚

下卷　煮字疗饥

东庐瞥书记

一

　　首先做一下题解。所谓"瞥书"，并不是妄自尊大，对散发着温馨幽香的书们不屑一顾，而是因为回到了东庐，浑身涌流着懒洋洋之波涛，无思无欲无念，不能够投入地做任何事情，只能乜着被某女士撇着嘴巴嘲讽过的一双"小眯眯眼儿"，有一搭没一搭地瞥一瞥散置在这里的书本了。

　　我是昨天晚上回到东庐的。出租车驶过建华商场，似乎立刻感觉到了空气的稀薄与清新；转过谈固南大街，大街东侧的零食摊点，已经不若夏天的火热，似乎冷清了许多；西侧那一溜溜经营百货的摊子，也已经少了很多。

　　下车，打票，一般都是7元。坐出租下车打票，已经是雷打不动的习惯。因为自己是个马大哈，预备丢了东西好寻找啊。拐进小区里，这里寂静依然。楼下残存的积雪，还在墙角里闪烁。小房顶上，还有漠漠的一层寡白。每家的窗户里，都亮着温暖的灯光……

　　哦，东庐的夜晚，依然如故，静谧，安详，沉寂。入夜，枕着烦恼的波涛入睡，梦见了遥远的国度里，那缕缕红艳艳的晚霞，以及熟悉的两个人。一个是男人，另一个也是男人（此句模仿鲁迅先生笔法：一棵是枣树，另一棵也是枣树），少了一些旖旎风光与罗曼蒂克。哎，可惜呀！

二

其实，昨天是个烦恼缠身的日子。昨天之前的一天，一位博友的老父亲仙逝。他的家，距离我家仅仅三里路。他的老父亲长期住院治病，在最后的日子里，回到了老家。是希望落叶归根的意思吧。几个朋友相约前去慰问，我因为受命参加一个枯涩的座谈会，未能前往。遗憾。

昨天的日子，很漫长。天光淡淡的幽暗，地气飘飘的忧郁。在西郊，几个博友相聚，很抱歉地未能参加。祝大家开心快乐吧！

有时候，独自想想，这人生，也真是怪事。烦恼究竟是什么呢？烦字有个"火"，恼字有个"心"，心火交织，要不烦恼，也难矣哉！——烦恼源于自身的脆弱，源于自身的徘徊犹豫，源于心志的不坚定，源于自身协调功能的严重缺失。然而，什么是和谐呢？天与地和谐，人与自然和谐，人与人和谐，人与自己和谐……

在两千多年前，著名哲学家扬雄先生在他的代表作《太玄》中，就提出了"和谐"的理念——

《太玄》亦称《玄经》《太玄经》，其结构模仿《周易》，分为一玄、三方、九州、二十七部、八十一家、七百二十九赞，其赞辞，相当于《周易》之爻辞。"玄"，意为玄奥，源出《老子》"玄之又玄"。《太玄》以"玄"为核心，糅合儒、道、阴阳三家学说，成为三家哲思流绪之混合体的"世界图式"。扬雄提出的"夫作者贵其有循而体自然也""质干在乎自然，华藻在乎人事"等观点，含有朴素的唯物主义质素，他对祸福、动静、寒暑、因果等对立统一关系及其相互转化，都作了微妙而程式化的阐述。他的所谓"程式化"，以"九"为轴心——世间万事万物，都是按照九个阶段发展，天有"九天"，地有"九地"，人有"九等"，家族有"九属"，云云。

概述《太玄》之真髓，这是一部天、地、人合一的经学巨著，充满了辩证之思，泫然之想。《太玄》中的天、地、人，是各自独立与平等相处的存在，是相互关联、相互依存的宇宙参考系。在扬雄看来，天其高矣，垂天之高，不为至高；地其厚矣，幛地之厚，不为至厚。天与地构成宇宙，而宇宙间万事万物，皆备于人也。人乃世界之根本、宇宙之至尊、天地之精华；其人康乐，其家和睦，国家才能兴盛。人世间一切和且顺，宇宙间才能安且稳。以"人"为纲，"纲举目张"。人之安危，物之兴衰，宇宙奥妙之无穷尽，皆归于"玄"。剖析《太玄》之真谛，追寻宇宙兴衰之规律，乃是由"玄"至"和"，从妙不可言、高不可攀之"玄妙"，到四海归澜、万物皆顺之"和谐"；而"和谐"之精髓，乃是天地合一，物我合一，人人合一，个人合一……咦！扬雄两千年前之"太玄论"，却落脚于今日社会之"和谐论"，令人讶异其理论生命力之久远，如长青之树、长流之水……

以上概述，摘自拙著《孤鹜已远》第一篇《扬马激颓波，开流荡无垠》。

三

因为思路滞涨，试着掉了一段书袋，环顾四周，依然寂静不哗。墙壁白凛凛，阳光暖融融，空气畅丢丢。地板上的瓷砖，一尘不染；空间里的因子，纤尘不飞。沙发，衣柜，电视，书桌……一切的一切，一律沉默无语。

就这样闲看光阴忽忽溜过，心里为一件事情而郁郁不乐。不知道说什么，也不知道写什么。似乎说什么都是多嘴，写什么都是无聊……

无所事事了一上午，困倦袭来，立刻躺倒在床上，长长地睡了一段午觉，起来洗脸，刷牙，吃了半碗炒饼，尽管是剩的，味道却胜过了鲍鱼甲鱼；喝了一杯酽茶，尽管是温的，口感却胜过了灵霄金菊。然后，淡然地端来了几本书，懒懒地"瞥"起来——

《西藏生死书》，索甲仁波切著，内蒙古文化出版社1998年10月出版。著者简介说，索甲仁波切先生出生于西藏，由二十世纪最受尊敬的上

师蒋扬钦哲仁波切养育成人，自幼沉浸在上师智慧、慈悲、恭敬的浓烈氛围里，1971年前往英国，进剑桥大学攻读比较宗教学，1974年开始传法，足迹遍及西欧、东欧、美国、澳洲，以及东方诸国。他把在西方弘法当作毕生的工作，以《西藏生死书》为蓝本，提供训练。这种训练，可以让人们了解、体现并融汇佛法于日常生活，因此可以利益他人与全世界。在西方，他以温馨、幽默和思路清晰著名，能超越宗教、文化和心理障碍，直显佛陀正见的核心；他以日常生活中的鲜明例子，分享他的人生经验，因而能够直接揳入每个学生的体验，激发佛法真理的生动感受和风味……

索甲仁波切，显然属于大圆满传承者，似乎具备了这个传承者的标记：生动活泼、心胸广大、直指本性。著者在自序中述说了自己对上师的忆念，他说，但愿这本书能够将上师的一些伟大智慧和慈悲传达给世界，也希望读者能够透过这本书感受到他的质慧心的现前，而与他建立一个亲近的关系。

这本书的中文译者郑振煌先生说，"法不孤起，必仗缘生"，本书的翻译出版，是诸多因缘和合而成，缘生缘灭正说明了宇宙人生的自然法则。这本书分为四篇，第一篇：生。第二篇：临终。第三篇：死亡与重生。第四篇：结论。第一篇的第一章，是"在死亡的镜子里"，第一句是——"第一次接触死亡的经验，是在我七岁左右……"

这是一部关于生与死的博大精深的神秘著作。因为只是"一瞥"，还没有深入地读，因此很难再赘述其中的奥妙了。

四

《楞严大义今释》，南怀瑾著，远方出版社1998年3月出版。

这是一部关于《楞严经》的开释性读物。据记载，《楞严经》唐朝时传入中国。那时候，印度有个高僧，名曰"般剌蜜帝"，乃智慧崇高、才智超群之意。他在印度国王宫中传法，类似"御用传经师"，由此获得了《楞严经》。当时国王有禁令，此经为国宝，不准走出国门一步。"蜜帝"先生为将此经传入中国，绞尽脑汁，均未成功，最后，他想出了一个血淋淋的办法，就是将自己的臂膀用利刃割开，将经文藏入其内，细密缝合，待伤愈之后，兀自出宫，几经辗转，来到了中国境内，《楞严经》由此传入。他先到了广州，广州太守房融是一位虔诚的三宝弟子，对他的壮举无比膜拜，割膀取经，精心翻译。房太守文采十分了得，《楞严经》译文兼容了简约与华丽，十分耐读。这个关于"割膀传书"的传说，是否真确，并不重要；重要的是，这部《楞严经》来之不易，却是毋庸置疑的。

南怀瑾先生（1918—2012），浙江乐清市人，二十世纪八十年代末，筹资兴建金温铁路（金华—温州），并于1998年建成通车。南先生的著述，多以演讲整理为主，将儒、释、道等思想进行综合分析，他的演讲生动有趣，充满哲思与睿智，其著作《论语别裁》《孟子旁通》《易经杂说》等，曾风行一时。南先生在《楞严大义今释·后记》中指出——

> 芸芸众生，茫茫世界，无论入世或出世的，一切宗教、哲学，乃至科学等，其最高目的，都是为了追求人生和宇宙的真理。但真理必是绝对的，真实不虚的，并且是可以由智慧而寻思求证得到的。因此世人才去探寻宗教的义理，追求哲学的睿思。我也曾经为此努力多年，涉猎得愈多，怀疑也因之愈甚。最后，终于在佛法里，解决了知识欲求的疑惑，才算心安理得。但佛经浩如烟海，初涉佛学，要求得佛法中心要领，实在无从着手。有条理，有系统，而且能够概括佛法精要的，只有《楞严经》，可算是一部综合佛法要领的经典。明儒推崇此经，曾有"自从一读《楞严》后，不看人间糟粕书"的颂词，其伟大价值可以概见。然因译者的文辞古奥，使佛法义理，愈形晦涩，学者往往望而却步。多年以来，我一直期望有人把它译为语体，普利大众。为此每每鼓励朋辈，发愤为之。但以高明者既不屑为，要做的又力有未逮，这个期望遂始终没有实现……

尽管遇到了诸多困难，先生后来还是发愤努力，完成了这部功德无量的著作。

（2009年11月22日）

敬园阁里的奥尼尔

一

再一次来到敬园阁，是星期天的上午。

那是一个春光迷离的时刻。因为一件事，像一枚晶莹的石子，投向了波光潋滟的池塘，发出了轻微的回响，并有涟漪在一圈儿一圈儿荡漾。喔，人之心绪，总是一件很奇妙的，无形却有影的物质，时而像波光，时而如流火，时而似飞絮……那一刻，波光闪烁着莫名其妙，流火扇动着午夜旧梦，飞絮飘洒着无情风雨，于是，我走出来，向着敬园阁彳亍而行。

二

敬园阁是一家饭店。确切地说，是一家路边饭店。要到那里去，必须经过那条喧闹而沉寂的小路——方北路。小路的尽头，就是在省城桥东一带很有名的公园，花卉园。

方北路的入口，被一家医院和一家海鲜城夹在中间。医院飘洒着浓烈的来苏水味儿，海鲜城飞扬着海产品的腥气，两股气味缭绕在一起，就构成了这条小路特有的那种世俗的、慵懒的、热烈的、火辣辣的情调……

沿着方北路走进去，堪称一幅清明上河图一样的民间风俗画。两旁的摊点，一家挤着一家，鳞次栉比，熟食、瓜果、百货、花草、鱼虫，琳琅满目。

喜欢看南侧的那些地方风味小吃摊,河南烙饼,陕西羊肉泡馍,山西刀削面,保定杂鱼,馄饨,蒸饺,羊杂汤,可谓百味罗列横陈;喜欢看北侧推着三轮车、自行车兜揽生意的小商贩,煮花生,炸鲜肉,炒栗子,炸糕,烤白薯……

当然,我最喜欢的,还是路边的旧书摊。每隔几天,我就要到这里浏览一下,看有没有可"淘"之书。往往是,路边摆着一溜,三轮车上堆着一堆,仔细看下来,堪称"仙女下凡""玉体横陈"。"淘"旧书之乐,不在乎你究竟"淘"到了什么,而在乎这个"淘"的过程,让你感到了身心之愉悦。这里的每一本书,大都经历了一个在人间流转的过程,可谓久历风雨,而不改其文如泉涌之神态。拿起一本书,端详,摩挲,把玩,每一处破损,似乎都有一股细风吹过!——唉,所谓尘世风烟,凝结于书页,就是这样子吧?

三

今天也不例外。浏览了两家书摊,"淘"到了如下书本——

其一,《重大事件亲历——一个将军记者眼中的政治风云》,新华出版社1999年版,定价29.80元,10元入袋。著者刘回年先生,新华社著名军事记者,少将军衔。全书从炮击金门、"文革"动乱、"四人帮"上海余党垂死挣扎,到拨乱反正、驻军香港、抗洪救灾,等等,有很强的揭秘性,且文笔老到,颇具可读性。

其二,《文化与社会的进程——影响人类社会的81次文化活动》,中国青年出版社1994年版,定价21.40元。10元入袋。这是该社"人类纵览"丛书之一种,全书极具资料性与文化含量,从埃及人建造金字塔、腓尼基人发明字母文字,到马拉松的起源、苏格拉底之死、马可·波罗游历中国、哥伦布发现新大陆,精彩纷呈。关于中国的文化大事,共39件,孔子办学、秦始皇修长城、唐僧取经、郑和下西洋、京剧产生与发展、五四运动,等等。

其三,《东方文学简史》,北京出版社1985年版,定价2.05元。3元入袋。这是一本高校文科教材,全书分为五编:一、古代文学,二、中古文学,三、近代文学,四、现代文学,五、当代文学。因为对东方文学知之甚少,

这本书可作为补课资料也。有意思的是，这本书的扉页上有一枚印章，印文居然是报社一位老领导的名字，哎，他卖了，俺捡了，双赢也！

其四，《奥尼尔集》（上、下），三联书店 1995 年版，定价 40.00 元。尤金·奥尼尔是美国著名戏剧大师，这部文集包括他在 1932—1943 年间完成的七部剧作，以及一个生前未完成剧本：《啊，荒野！》《无穷的岁月》《诗人的气质》《更庄严的大厦》《送冰的人来了》《长日入夜行》《休吉》《月照不幸人》。尤金·奥尼尔大师的剧作，属于世界顶级水平，按顺序排列，应该在英国的莎士比亚、挪威的易卜生之后，然而，他与英国的萧伯纳先生，似乎难分伯仲呢。读大学时，生吞活剥读了几位戏剧大师的书，精美绝伦，灿若星辰，对于心灵的震撼，永不磨灭。《莎士比亚全集》很早就有了，但易卜生的书始终未见到踪迹，奥尼尔这部文集，因为面相不好，我在这个书摊见过几面了，一直没有入袋，甚为可惜，今天无论如何不能错过了。于是，照付摊主要价，将它收入囊中。

四

拎着两包图书，走进敬园阁，在老位置落座，招呼老板娘：

"一碟拌三丝，两瓶崂山啤酒。"

"好嘞！"

老板娘两只耳朵上的金色大耳环，在阳光照耀之下晃荡着，两腮上的两抹红，更其鲜艳。

饮一杯啤酒，甚感惬意，没来由的一阵轻松，浮上心头。唉，虽然眼前有许多麻烦事，虽然有件大事非常棘手，虽然各种情绪搅扰、困扰、干扰，人生毕竟还有这小憩之片刻！——究竟该感谢上帝呢，还是该感谢书摊老板，还是该感谢这位身材滚圆脸如月轮的敬园阁老板娘？

哎，算了吧！其实，生活就是生活，无所谓感谢不感谢。人当然应该有一颗感恩之心，但也不必转着圈儿作揖。有人说，人生来就是受苦的。对此，我并不太认同。假如是这样，处处痛苦，时时流涕，呜呼哀哉，稀里哗啦，那人生未免也太残酷太残忍了吧？

弘一大师诗曰:"君子之交,其淡如水。执象而求,咫尺千里。问余何适,廓尔亡言。华枝春满,天心月圆。"

春满枝头,月圆天心,这是一幅多么恬淡辽阔沉寂的人生图卷啊!拥有了这样一种情怀,就是拥有了幸福与圆满。在辞别人世的时刻,大师的神采,依然如西天出岫之青云,握笔写下了四字真言——"悲欣交集"。悲与欣,构成了人生的两重色彩,譬如绚烂与沉寂一样,标识着这个世界的本真之意。

五

坐在敬园阁,捧读奥尼尔,《啊,荒野!》第一幕第一句话,《环球晚报》业主纳特·米勒先生的儿子托米,大声地说:"噢,我吃饱了,妈……我现在能走了吧?"

看来,即使是美国佬儿,也是以食为天的。吃饱了,就不饿了,当然就可以走了。

最后一句话,是《月照不幸人》第四幕,乔茜·霍根脸上现出了哀愁、温柔和怜悯相混的神情,轻声地说道:"杰米,但愿你如愿以偿,不久就在睡梦中死去吧。但愿你宽慰而平静地永远安息吧。"说罢,她慢慢转身,走进屋里去了……

奥尼尔先生八部剧作的开头和结尾这两句话,颇令我感到惊异。从吃饭开始,到在睡梦中死去——这一平缓过程,概括了多么苍凉阔大的人生之旅程!人来到世界上,首先要有饭吃,还要吃饱,吃好,但千回百转,依然要回归无穷无涯的远天里。在睡梦中安然回归,这是多少人梦寐以求的消解方式啊!

因此,无须悲伤;因此,无须痛苦……

因为,这就是人生!

(2008年4月1日)

储公，俺来也，请别走！

一

今天下午，燕赵时评博客圈的副秘书长风雨同舟给我发纸条，说储瑞耕老师在河北新闻网实名博客正在发怒，要退出呢。你看到了没有？

我说，没看到。

因为，我一直没顾上在那里开博。至于原因嘛，一是瞎忙。单位的这个日常工作，按下葫芦浮起瓢，麻烦得很。眼下文化宣传部门的体制改革问题，也搞得大家云里雾里的。二是太笨。在这里实名开博，根本不知道如何操作。想当年在新浪博客开博，是我的朋友马君与他的妻子姚女士帮忙弄的，创建燕赵时评博客圈，开始也是这夫妻二人联手操作，只不过后来我进行了一下嫁接而已。

不过，今天同舟君这么一说，还真让我有些好奇了。于是，立刻百度了一下，很简单地就来到了这里。呵呵，看来也没啥神秘的呀！

于是，注册。既然实名制，继续用笔名"萧含"吧。试了两次，居然成功了。

于是，发了第一篇博文——《如梦如幻之凤爪》。其实，这是一篇旧文，谈的是一种不登大雅之堂的美食：凤爪。这篇文章，写于三年之前，一直躺在警民博客圈的深海里。

二

在此，我要替警民博客圈做个广告。警民博客圈隶属于省公安厅政治部，依托河北公安网，圈主是河北省公安厅政治部副主任、宣传处长贾永华。她不但在公安界有名，在河北新闻界也是大名鼎鼎。

我的博客生涯，就从警民博客圈开始。那是 2007 年 5 月初。我应邀来到警博，在那里发表了第一篇博文——《静谧之祈祷》，说自己在这个乱纷纷的节日里，实在找不到一块净土了。当年西晋时代的嵇康、阮籍等竹林七贤，尚有一片啸傲的竹林可以栖身，我们如今到哪里去寻找属于自己灵魂的那片飒飒竹林呀？大概就是这意思吧。

从那时候开始到如今，在那里写了许多许多文字，有的像柴火垛，有的像青草垛，有的像石头垛，当然，也有一些是废水乱流。无论如何吧，在那个遥远的网络的深海里，沉埋着好几年的时光，这为我后来走进广阔的网络世界，建立燕赵时评博客圈，奠定了基础。所以我要说，警民博客圈是我的第一个网络家园。

三

现在说说我与储公的交往。

其实，我和储公，认识时间很短，本不该在这里说三道四。

我之所以称之为"储公"，是缘于不久前的温塘之行。那是 8 月 13 日，报社员工集体到平山县温塘镇培训，我第一次见到了他。我们在西苑度假村里一起喝酒。他穿着大裤衩子，一口南腔北调，豪爽地笑着，谈着他的"做人三不朽"。他的温塘官邸并不奢华。一台电脑，满架图书。他送我的著作，就是那本《杨柳青二十年》。

我称他储兄，他称我韩公。按照他的理论，同龄或者稍小的，应该互相称"公"。我也就从此称之为"公"了。

我们的交往，始于文字。因为主管晚报时评，储公的大作，便通过编辑，

送到了我的眼前。记得有一段时间,晚报连续发了几篇,记得其中一篇是抨击公路"三乱"的。他的文章火力很猛,有时候我们不得不"削足适履",以求平安。有一次,我组织省会评论界、文艺界座谈会,为晚报时评支招,邀请了不少腕级人物,如《杂文报》总编辑赵培玺、《杂文月刊》副总编赵敏,著名诗人大解、刘向东,等等。我也通过编辑向储公发出了邀请(那时我们还不认识),但可能因为忙,或者其他原因吧,他没有参加。

后来,《大众阅读报》副总编刘锋我俩一起吃饭,他顺便送给我一册由他主编的《储瑞耕人生小道理》。我后来在新浪博客里谈到了这本书,顺便评论了一下储公。抱歉的是,我用了一个词:"愤青"。现在想来,这样不大好。其一,在不认识的情况下,如此公开评论一个人,不大礼貌;其二,"愤青"一词,并不准确,或者说很不适宜。总之吧,这件事,一直令我心存内疚。

事情本来很简单。可是,偏偏遇到了一个莫名其妙的"好事之徒",把我这段评论储公的话专门摘出来(这是一篇文章中极少的一部分),用邮件的形式发给了储公,这才引得他龙颜大怒,荷枪舞戟,前来我的博客问罪,质问我是"何方神圣"。我们自然是隔空戗戗了几句的。

也算是不打不相识吧。后来我才开始注意他老兄了。

(以上这段话,是今天临时加上的。因为,说不说这个事情,我有些犹豫。凌晨起来,觉得还是该说出来,也顺便给储公道一声歉吧!)

在他登上燕赵讲坛宣讲"三不朽"那天,8月21日。雨水淋漓,天地之间朦胧而清新。听着他的充满了哲理、充满了正义的宣讲,应该说受益匪浅。他说,我的演讲,打个比方,就是给在座的朋友们一服中药,是滋补性质的,是调养性质的,增强抵抗力的,不是西药,能立刻解决病痛问题。"三不朽"就是立德、立功、立言,这其实是很高的人格追求。立德就是树立高尚的道德,立功就是为国为民建立功绩,立言就是提出具有真知灼见的言论。换言之,"三立"——立德、立功、立言,也就是"三做"——做人、做事、做文章。

储公的"三不朽",与古人的"三不朽",虽略有不同,却是一脉相承。

史载,古代"三不朽"思想,是春秋时期鲁国大夫叔孙豹提出来的,这一千古脉绪，涓滴不绝，历代传扬，堪称不朽也！

叔孙豹（？—前537），姬姓，叔孙氏，名豹，谥曰"穆"，史称叔孙穆子，亦称穆叔、穆子。《左传·襄公二十四年》记载："二十四年春，穆叔如晋。范宣子逆之，问焉，曰：'古人有言曰：死而不朽，何谓也？'穆叔未对。"

这段简短文字，记述的却是一件意寓深远的"高人论剑"。那是襄公二十四年（前549），叔孙豹来到晋国，受到晋国名臣范宣子迎接。范宣子名士匄，祁姓，士氏，按封地称范匄，谥曰宣，史称范宣子。那时候，宣子先生位居晋国上卿，声势煊赫，名震天下，一见叔孙豹，不免喏瑟，请教他何为死而不朽？叔孙豹沉默不语，宣子哈哈一笑，说咱老范家之先祖，在虞舜时代是陶唐氏，在夏朝是御龙氏，在商朝是豕韦氏，在周朝是唐杜氏，在晋国主持中原盟会的时候是范氏，这些，恐怕就是所谓不朽吧？

叔孙豹闻言，呵呵一笑："以豹所闻，此之谓世禄，非不朽也。"他说，以我老豹的孤陋寡闻，你老范家这些只是承蒙祖荫，享受世禄而已，哪里谈得到不朽啊？然而，何为不朽呢？他严肃地说："豹闻之，'太上有立德，其次有立功，其次有立言'，虽久不废，此之谓不朽。"他指出，一个人只有在道德、事功、言论三方面有所建树，传之久远，虽死犹生，才可以称之为不朽。唐代经学家孔颖达在《春秋左传正义》中，对德、功、言三者做了明确界定："立德谓创制垂法，博施济众；立功谓拯厄除难，功济于时；立言谓言得其要，理足可传。"

仰望千古月，熠熠自生辉。我们虽然难以做到"三不朽"，但可以心向往之呀。要追求"三不朽"显然太累，但我们做人做事，至少可以做得大度一点儿，厚道一点儿，高尚一点儿。这"三点"虽然很肤浅，也算是我的"听后感"吧。至于储公所说那个新闻记者应具有的"补天意识"，后来被我拿到晚报时评理论中来运用，我告诫我们的评论员，你要像女娲娘娘那样，有一种"补天意识"，而不是抡着一根大铁棍，非把苍天戳个大窟窿不可。就是说，我们要做建设性的时评；时评的匕首投枪理论，恐怕已经不再适应目前的宣传形势了……

在我的意识里，所谓演讲，不可能全篇精彩，句句是真理。但只要有

一句话能够给你触动,能够给你以启示,就是有所收获了,就是应该感谢的了!

四

现在说说储公的发怒。

在河北新闻网首页,最吸引眼球的"最热日志"栏目,第一篇文章就是——《储老,博友请您回家看看》。点开一看,发现这是一篇储公退出河北新闻网实名博客的几点说明。

退出的基本理由是:

我的年纪大了,思想观念落后了,老年痴呆了,而且已经退休两年。应该自觉地比较彻底地"边缘化"了,不然年轻一代怎么办?如果不着边际地插嘴,那就叫不懂事。所以我不可以不"尽可能少掺和"。如今这个世界,更加是"少了谁地球照样转动"。不要说我退出,就是我死了,作为"媒体"的"河北新闻网实名博客",也一定会继续下去的。

退出的导火索是:

我提前五天在"实名博客"里说:即使是一条狗来讲"三不朽",也不妨去听一听。这样的"预告",实际上已经属于近乎刻毒的自嘲了,然而一点儿作用也没有。实际情况是:"实名博客",没有人去;《河北日报》千余人,没有人去;整个报业集团,十多家报刊,两千余人,只去了两个人,占0.1%!而与此形成尖锐对照的是:讲坛负责人告诉我,全场三百多人冒雨而去。我素不相识的石家庄市委宣传部常务副部长去了,石家庄市社科联主席、副主席去了,《燕赵晚报》总编辑、副总编辑去了,燕赵时评博客圈的圈主和部分博友去了,而且随后有好些热情洋溢的文章、照片在博客上发表出来。这不是莫大的笑话和讽刺吗?

五

储公,看了这些,请允许我一笑!

首先，这是一个自说自话的时代。博客，其实就是一种自说自话的文体。这个跟日记虽然有很大不同，但也有日记的一些特征，譬如私密性、随意性，等等。虽然是实名博客，有了诸多限制，其主要特性，并没有改变。同时，博客也有着休闲性、娱乐性。人们基本上是闲暇时间写写博，娱乐自己，也娱乐别人。应该说，这是一种较为高雅的休闲方式。储公大可不必把这个当作一项神圣的事业来做，那样会很累的。

其次，所谓演讲，既是一个传经布道、授业解惑、传播崇高理想的阵地，也可能是一个自我包装、卖弄伪学问的秀场。这些年，人们见惯了一些所谓专家学者的演讲，那些搔首弄姿，人云亦云，非驴非马，早就叫人们倒了胃口。即使是央视的"百家讲坛"里的那些演讲，有些不也是在作秀吗？所以呀，人们对那些专家的演讲，已经心有腹诽，或者心生厌倦，甚至嗤之以鼻了。

我这么说，绝对没有贬损储公的意思，只是说，那些冒雨去听您演讲的人，包括我自己，不少是因为友情，因为热情，因为渴望学习，前往捧个人场。这个自然很好。那些没去的人，或者没顾上去的人，也不一定不好。他们不一定不欣赏你的"三不朽"，不一定不仰慕你的高名，只是觉得这个道理俺懂了，就不必去啦，甚至还忙别的呢。去与不去，就不必计较啦。更不必以此作为衡量一个单位、一个网站文化氛围的依据。

再次，李白说啦，人生在世须尽欢，莫使金樽空对月。储公虽然因为身体欠佳，不敢畅饮，但喝一瓶啤酒，还是可以的呀！（因为我们在温塘，你就分配给每人一瓶啤酒，包括你自己。我觉得不解渴，才要了第二瓶。）闲下来，多锻炼身体，喝几杯小酒，写几篇博文，做几次"三不朽"演讲，多么惬意！多么潇洒！至于你的文章有没有人看，你的演讲有没有人听，一点儿也不重要啦，所谓只管耕耘，莫问收获。呵呵。对不对呢？

综上所述，储公请留步。更重要的是，俺今天刚来，你储公就走了。这个，这个，多么不够意思啊！

最后，我要郑重声明：这是一篇很随意的文字。肯定有许多不合适的语句，请储公和诸位博友批评指正。

（2010 年 9 月 4 日）

【补 记】

　　这是我发表在河北新闻网实名博客里的一篇文章，是在挽留声明要退出那个圈子的储瑞耕先生。其实，我在那里，也就写了两篇文章，后来就悄然离开了。

（2015 年 8 月 4 日）

【又 记】

　　此文收入本书之前，我将全文发给刘锋，请他代为请示一下储瑞耕先生，是否可以公开发表？若有不当之处，敬请储公示下。未几，收到了储公如下回复："韩公欲出散文集，集啥全凭自己定。八年之前有大作，至今读来仍金音。散文之性重任意，有点儿意思即可行。白纸黑字既然在，姑妄存之任人论。储瑞耕鞠躬。2018 年 3 月 12 日于三亚。"

（2018 年 5 月 7 日）

把一根土豆丝吃成一道绚丽彩虹

一

今天中午,约好友二三,去范西路上的"韩红石板肉"吃饭。

雪花还在零零星星飞扬着。踏着积雪,走在街上,只觉得天高地迥,万里遥深,人间的小烦恼、人世的小纠纷,统统地见鬼去了。人们欣喜地赏雪戏雪,我也像个七龄顽童,故意走在博物馆广场的雪海里,听着脚下咯吱咯吱轻响,而神采陶陶……

不大的店堂里,清寒缭绕。因为做东,我首先到达。女服务员笑脸如花,木制桌椅木香氤氲。先生请点菜。稍等。先生喝点儿什么?你有神马酒呀?女服务员翘着鲜艳的红嘴唇报了一串酒名……先来了一小瓶二锅头,要了一碟南瓜酸菜,兀自慢慢地品起来。

今天的二锅头喝着有些冲,呛辣,微醺。所谓石板肉,不是烤肉,应算煎肉,在一个圆形黑色浅底儿石锅里,倒上油,加热至滋滋响,把牛肉、羊肉、葱头、鱿鱼、蘑菇等吱吱啦啦煎熟,然后蘸着孜然小料,悠悠然咀嚼起来。

品尝石板肉,是一个内心安静而热油沸腾的过程。穿上花罩衣,哪管他油花四溅,哪管他油烟横飞,哪管他尘世风雨。吃罢煎肉,来一碗豆腐豆芽汤,洁白的豆腐条,洁白的豆芽菜,清凛逼人,喝一口,心旷神怡,如闻仙乐,豆腐豆芽白凛凛,仙乐风飘处处闻……

我问服务员,你这里为啥叫个歌星的名字呢?她说,哪里呀,俺们是韩国风味,东北特色,店名取红红火火之意呀!

二

前天中午,彳亍独行,来到与省博物馆相对的广安大街上觅食。

广安大街是石家庄市桥东区最开阔的一条丁字大街,两侧高楼繁华,落霞鎏金;往北行,过谈南路,东侧绿化带内侧,是一溜儿陈旧破败的两层建筑。这里原来是棉纺四厂的单身宿舍,像这家纺织企业一般荒凉了好些年,如今却犹如沙漠飞彩虹,沸反盈天,百鸟争鸣——原来,这两年,这里已经变成了最繁华的小商品一条街。

这里挤了好多家小店,有药店、按摩店、时装店、鲜花店,更多的是小吃店。这里是我经常光顾的地方。有一家"日日新酒家",是夫妻店,丈夫粗壮,妻子文秀,店里清洁干净,夫妻俩笑脸盈盈,凉拌笋丝青枝绿叶,乃我之最爱。吃了几次之后,与老板成了熟人,偶尔街上遇见,总不忘招呼一声。可惜,后来不知什么原因,关门了。还有一家熏肉店,经营各种熏肉,熏猪脸、猪手、猪尾、猪舌,活色生香。另外还有驴肉火烧店、转岗嫂子饺子店、大个小吃店、六子坛肉店,等等。

在街边走过,寻找新的风味,居然看到了一家"沙县小吃",店主是福建沙县人,胖胖的,她说,天下小吃在福建,福建小吃在沙县。我说,怎么没听说过啊?点了一碗灵芝草老鸭汤,半只鹅头,一份清脆馄饨,一瓶崂山啤酒。

汤端上来了,真是南方特色啊,盛汤不用碗,而是"盅",圆筒状,形似茶盅,喝一口汤,淡而涩,温而蕴,有些中药味道,舌根处似乎有几丝袅袅余香。

我问胖老板,你家的汤,可以续添吗?她说,不可以。我问为什么?她说,俺们是中草药熬汤,一份是原味的,不可以续的。我说,我们北方的羊汤,不但是一大碗,还可以不断地续,你们南方人,小气啊!

那清脆馄饨,原以为是油炸呢,端上来却是汤里飘着,模样俊俏,结构精巧，咀嚼之下，确有一种莫名其妙的脆生生的微响……

咀嚼着清脆馄饨，忽然没来由地笑起来。所谓"吃货"，不过如斯也！

一般地说，人类的那些生存活动，譬如吃喝拉撒等等，都是生存之必须；而吃饭，无疑是其中极其重要的一件大事，虽不惊天地泣鬼神，却也是"天高悬日月，地厚载苍生"一般，一日不可或缺也。

其实，吃饭本身，并没有多少意义，而"吃饭"这一过程所折射出来的一些东西，倒是意义非凡呢！

譬如，各式各样之美食，琳琅满目复满口。人类之"吃"，也经历了一个由低到高、由粗而精的"进化"过程，从原始人最初的茹毛饮血、生吞活剥，到孔夫子的食不厌细、脍不厌精，再到如今的挥霍铺张、吃惨万物、吃尽万物，人类可谓与万物为敌矣！——蒸、炸、煮、烩、炒、焖、溜、拌，哪一道工序之下，都是吱吱啦啦，油花四溅，美味乱蹦，自古以来，"美味"的海洋，淹没了多少饕餮之徒啊！

三

在警民博客圈，我因为写了几篇色香味俱全、令人馋涎欲滴的博文，我的同乡"点点"同学，跟帖调侃俺"好吃"。还好，她很客气地省略了两个字："懒做"。在俺们老家，"好吃懒做"，是形容那些懒婆懒汉的标准成语。

其实，在中国，"吃"的文化，亦即"餐饮文化"，是最古老最红火最令人流口水的一道文化风景。对那些饕餮之徒，著名作家陆文夫赐封了一个时尚雅号——"美食家"，并且与科学家、艺术家、发明家、作家等并列，足见其地位尊崇与学养深厚了。他的中篇小说《美食家》，当年十分流行，那个只知道"吃"，只知道品尝美味的苏州才子朱自冶先生，真是叫人羡煞！

陆先生感慨说："好吃还能成家！这是我万万没有想到的。想到的事情往往不来，没有想到的事情却常常就在身边；硬是有那么一个因好吃而成家的人，像怪影似的在我身边晃荡了十四年。我藐视他，憎恨他，反对他，

弄到后来我一无所长，他却因好吃成精而被封为美食家！"

且看，朱自冶先生到苏州城里有名的面店朱鸿兴吃面的情形——

比如说你向朱鸿兴的店堂里一坐，"喂！（那时不叫同志）来一碗××面。"跑堂的稍许一顿，跟着便大声叫喊："来哉，××面一碗。"那跑堂的为什么要稍许一顿呢，他是在等待你吩咐吃法的——硬面，烂面，宽汤，紧汤，拌面；重青（多放蒜叶），免青（不要放蒜叶），重油（多放点儿油），清淡点儿（少放油），重面轻交（面多些，交头少点儿），重交轻面（交头多，面少点儿），过桥——交头不能盖在面碗上，要放在另外的一只盘子里，吃的时候用筷子撩过来，好像是通过一顶石拱桥才跑到你嘴里……如果是朱自冶向朱鸿兴的店堂里一坐，你就会听见那跑堂的喊出一大片："来哉，清炒虾仁一碗，要宽汤、重青，重交要过桥，硬点儿！"一碗面的吃法已经叫人眼花缭乱了，朱自冶却认为这些还不是主要的，最重要的是要吃"头汤面"。千碗面，滑溜，而且有一股面汤气，朱白冶如果吃下一碗有面汤气的面，他会整天精神不振，总觉得有点什么事儿不如意。所以他不能做奥勃洛摩夫那样躺着不起床，必须擦黑起身，匆匆盥洗，赶上朱鸿兴的头汤面。吃的艺术和其他的艺术相同，必须牢牢地把握住时空关系。

陆义夫笔下的这位美食家朱自冶先生，可谓饕餮如海，吃相斑斓，令人膜拜也。而苏州人吃菜的规律，则是细嚼慢咽，"尝尝味道"——"菜可以多，量不能大，每人只能吃一两筷，吃光了以后再上第二只菜。大厨师还要不时地观察'现场'，看见有哪一只菜没有吃光，他便要打招呼：'对不起，我做得不配大家的胃口。'跟着便做一只'配胃口'的菜上来，把那不配胃口的菜撤下去……"

记得当年读陆文夫先生这篇小说，恨不得插翅飞往苏州，与朱自冶先生共进午餐或晚餐，切磋一番"美食经"，感叹一番"人生味"……而我与美食，可谓无缘，证据之一，就是到了那些高级餐厅，总是眼花缭乱吃不饱，眼看着鲍鱼、海参、鱿鱼、螃蟹、大虾在眼前耀武扬威，总是渺然而疏离；眼瞅着那些精致的像苏绣、像美人鼻翼、像凤凰眼睛、像蛟龙鳞翅的一道道大餐端上桌来，却是食欲寡淡，这么说吧，凡是在那些高级酒店就餐，譬如国际大厦、国宾大酒店等等，张牙舞爪吃了半天，总是感觉跟没吃饭差不了多少，真也怪矣哉！

虽然号称"饕餮之徒"，我的口味却很"低端"，我喜欢的，是那些干净整洁的特色小吃店，是那些把麻、辣、咸、淡、香、酥、滑、嫩诸般滋味杂糅在一起，做成了"五线谱"，麻辣成曲，咸淡如歌，香滑如梦想也。一个人，对着一盘凉拌土豆丝，或一盘煮花生，煮毛豆，一瓶啤酒，半杯白酒（玻璃口杯），一支高档香烟，慢慢地品尝孤独的人生况味……

回想平生所餐之美味，山珍海味，山呼海啸，唇齿留香，恍惚迷离，其实呢，许多不过是过眼烟云，吃过之后，也就忘记了。我情有独钟的，却是很多年前娘做的那一餐餐美食，尤其是那盘毫不起眼的土豆丝。那是我今生今世第一次吃到的土豆丝，真是美味啊！……

那是一个饥肠辘辘的年代，村里人的餐桌上，主要以山药（红薯）当家，煮山药，蒸饼子，是那时的餐饮"标配"。先把一大锅滚瓜溜圆的白皮或红皮山药洗干净，一层层垛在锅里，而后往锅里倒水，直到漫过山药堆。这是第一道工序。第二道工序，就是"贴饼子"，拿一个黄土烧制的青灰色瓦盆，倒上半盆山药面，加水和面，然后揪出一块，两手倒来倒去，揉捏成团，拍扁成月亮状，一个挨一个贴在滚烫的锅壁上。这个"贴"的过程，是极讲究技巧的，贴的位置高低，必须恰到好处，与锅底的山药与水保持适当距离，一旦被水"舔到"，那是要"溜"下来，形成垮塌的。其实，我的文字太啰唆，娘做这些是很快的，几乎是转眼之间，一切OK！然后盖锅，烧火，风匣呼嗒呼嗒，一阵猛拉，炉膛里的柴火呼呼燃烧……等到掀开锅盖，山药煮得鲜亮耀眼，饼子蒸得油光可鉴，上面还鲜艳地印着娘的指印！

娘做的这些美食，那煮山药，皮儿近乎脱落，翻卷，软、酥、甜、腻，至今令人猛吞口水；那蒸饼子，就不甚美妙了，山药面饼子，黑、黏、酸、涩，长年累月吃下来，胃里直泛酸水……

然而，那是多么美好的岁月啊！那时候，我往往就蹲在灶台边，或坐在一只小板凳上，呼嗒呼嗒拉风箱，烧火。风箱，我老家称为风匣。若是烧煤，比较简单，右手拽着风匣把手，左手拿一把小铁铲，将煤粉一铲铲送进炉膛里去。不过那时煤炭属于紧缺物资，且价格昂贵，烧不起啊，经常是烧柴火，劈柴最好，可惜很少，烧柴以庄稼秸秆为主，棒子秸、高粱秸、棉花秸、花生壳、棒子茬儿、谷茬儿，晒干的瓜秧、山药蔓，以及树枝、树叶，等等，但凡能够燃烧的东西，一律属于"柴火"范畴。有时我急着跑出去玩，就将这些东西唔噜唔噜一股脑儿塞进炉膛，一下子将火焰"压"灭了，炉膛里冒出一股股青烟，熏得娘咳嗽起来，直流眼泪，可是她老人家舍不得责骂我，只是喊一声："你急着干吗呀？"

哎哎！娘呀！此刻，你的咳嗽、你的眼泪，依然在岁月里流淌着，可是，今生今世，我再到哪里去寻找你啊？

四

忽然有一天，娘不知从哪里弄回来几个滚圆的土豆，拿擦床嚓嚓嚓擦成丝，在铁锅里倒了一汪棉花籽油，滋滋啦啦丢进几粒花椒，再放几支扯碎的辣椒，等花椒辣椒发糊，泛黑，冒出烟气，再倒进一些冲鼻子老醋，趁着锅里噼噼啪啪，油烟缭绕，把透亮的土豆丝哗啦倾倒进去，拿竹筷快速翻搅，随着滋滋一阵青烟，一锅喷香的麻辣土豆丝出锅了！——那真是世间少有的美味啊，至今回忆起来，那香、麻、烫、辣，依然令人滋滋哈哈，馋涎欲滴！

土豆，各地叫法不同，东北称土豆，华北称山药蛋，西北、两湖地区称洋芋，江浙一带称洋山芋，广东称薯仔，闽东地区称番仔薯。名称五花八门，历史也很悠久。据说，土豆原产于南美洲安第斯山地区，安第斯山脉峰岭起伏，加勒比海烟波浩渺，孕育了这种形如大号鹅卵石一般的美妙生物。中医学认为，土豆性平和，有和胃、调中、健脾、益气之功效。土豆丝是一道花样迭出的百姓菜肴，醋熘、清炒、凉拌、开胃小菜、佐酒大餐，做法各异，精彩纷呈。

娘做的那一盘麻辣土豆丝，应该是我们这里种植土豆的开始。此后，餐桌上就经常有此君的身影了。土豆丝，土豆片，土豆条，爆炒，醋熘，凉拌，看上去花样翻新，其实是单调乏味，因为，没有其他菜可吃啊。印象最深的，是煮土豆，其情形与煮山药一样，一大锅煮土豆，配着一锅山药面饼子，一家人围坐在一起，呼呼吃起来，酸甜苦辣咸，百味横生啊！当然，最受欢迎的，还是那盘麻辣土豆丝……

在后来的岁月里，我曾经品尝了许多美味土豆丝，蒸的，煮的，炒的，炸的，粗的，细的，咸的，淡的，然而，无论是五星级饭店的天价烹制，还是街边小摊的廉价小炒，都不如当年娘做的那盘麻辣土豆丝美味可口，那一盘土豆丝的袅袅香气，仿佛我人生岁月里的一缕佛光，至今充溢天地之间啊！

人生世间，大脚走天下，大嘴吃四方，满足口腹之欲的同时，也留下了许多美妙瞬间与美好传说。随着尘世沧桑，岁月流逝，娘做的那盘麻辣土豆丝，已经成为我心灵深处的一帘幽梦、一阵清风、一叶菩提，那一缕关于土豆丝的缠绵回忆，会愈来愈深长，愈来愈邈远，就像故乡雨过天晴之际，空中的那一道绚丽彩虹，照耀着漫长而起伏的人生之路。

（2008年1月19日）

人生总有孤独时
RENSHENGZONGYOUGUDUSHI

像阳光一样纯真的笑容

一

上午九时,来到河北教育出版社出版大厦,见到了大学同学孟哥。他是这家出版社的副总编辑。很久不见了,他依然那么率真、爽快,说起话来,依然像笑星冯巩一样,语速快捷而幽默;只是,他的头上,也望见了零星飘雪。

教育社出版大厦坐落在省城西北部水上公园北侧,推窗远眺,遥望南天,白云卷巨澜,俯首眼前,水波翻细浪。孟哥的办公室,开阔、整洁,荡漾着书卷气。他说,兄弟你坐下,哥给你泡茶。

茶几上,放着一套茶具,茶海、茶壶、茶杯,旁边是一个热水器,咖啡壶形。他一板一眼地煮水,斟茶。茶叶很好,秀气、洁白,毛茸茸的。我不认识那是什么茶。品一口,滋滋响,余香袅袅,满室缭绕,沁人肺腑。

他说,兄弟,我们许久不见了。说这话时,他的脸上,洋溢着温馨的笑,这笑容像阳光一样纯真、干净。我坐在沙发上,看着他为我忙碌,居然如此心安理得,如此享受啊!大学时代的友情,犹如人生取之不尽的矿藏,你稍微一伸手,就能摘下一串串甜美的葡萄与玫瑰。

我说,我来有两件事,一、把我的书送你雅正。因为觉得肤浅,一直不敢把一抔土放在泰山脚下。二、有一件重要的个人私事,需要老兄指点。

他翻开《孤鹜已远》,连声表扬,像兄长鼓励小弟。至于那件重要的私事,也制订了一个简易可行的操作方案。他说,中午别走了,我请你吃饭。

我说免了,还有一件事,非办不可,以后再聚吧。他说,也好。

于是,告辞。他说,书柜里的书,都是教育社出版的,你自己选吧。我也就不客气地开始选了。

《漫话河北》,范捷著,定价 48.00 元。

《西厢记》,王实甫著,王季思校注,定价 36.50 元。

《西藏原始艺术》,李永宪著,定价 22.40 元。

《安东尼奥·马查多诗选》,赵振江译,定价 53.20 元。

《希梅内斯诗选》,赵振江译,定价 23.00 元。

《加西亚·洛尔卡戏剧选》,赵振江译,定价 39.10 元。

《冰心全传》(上、下卷),卓如著,定价 60.00 元。

二

上午十一时,从教育社出来,赶往省四院。我的高中同学李记全兄在那里住院,食道癌。

还是春节之前,我请几位高中同学来省城聚会,他兴高采烈地来了。今年农历二月二,龙抬头,同学们聚到他家,畅饮了一场。谁知二十多天之后,我却在医院里见到了他。

他一见我,哧哧笑,我也笑,说,人生真有意思,什么事都要经一经啊。他说,真是呢。

他没穿病号服,脸上也没有几丝病容,依旧的邋遢随意,依旧的睡意蒙眬。他说,我没事,只是化疗,过两天,就办出院手续。我说,既来之,则安之,难得有这么安静的休息环境,回了家,整天瞎喝酒,有什么好处?

我塞给他一千元钱,他连连推辞,我说,帮不了你什么,尽一份心意吧,怎么,中午我请你喝酒?桂花嫂子连声说,还喝酒?不要命啦?

病床上,放着一本没有封面的《圣经》。桂花嫂子说,我闲下来就读这本书。真是安身立命的书啊!你读吗?

我说,零星看过。

她说,你一定要认真读读,你的心灵会完善,净化,升华。

告辞出来，他们送我到电梯口。望着患难中的夫妻俩，心底兀自发热。古语云，人有旦夕祸福。他们，正在经历着一生中最艰难的考验。但愿他们平安闯过这一关……

三

从医院出来，给闻名省城学界的"润之先生"打电话。润之先生姓赵，以扮演毛泽东著称。他供职的工作单位，就在附近。我说，主席先生，如果有时间，我想请你喝杯啤酒。刚巧，他在单位，中午也没饭局。

在楼下等他，眼前正是车流人流高峰，汽车喇叭声响成一片。一家鲜花店门前，几个农民工模样的人正在打麻将，放一炮五毛，赌注极小，娱乐而已，哥儿四个玩得热火朝天。

"润之先生"走出来了，依然大背头，一身浅灰色中山装，手里是一只绛红色手包，式样显然有些落伍。他的发式、言行、举止、着装，处处模仿伟大领袖毛泽东，人称"润之先生"，他也为此甚感得意快慰呢。

除此之外，他还有两大特征，其一，只穿中山装与唐装，从来不穿西装，"不为什么，因为毛主席从来不穿西装"，他说；其二，只抽烟斗，从来不吸烟卷，那把弯弯的烟斗，烟缕袅袅，犹如赵飞燕在掌上舞蹈那般……

四

我与"润之先生"的交往，始于晚报时评专版创刊。在创刊研讨会上，我特意邀请他前来指导，他激情四溢的发言，令人难忘。拙著《孤鹜已远》出版后，我请他无论如何，斧正一番。他随后写来了一篇长文《萧条异代心同构》。不得不说，在评论这本书的许多篇章中，这是最深刻、最令我感动的一篇。他说——

与古代文人的心灵结构相仿时，呵一口气，都会带出几分悲凉。我相信，萧含一定积累了太多的无奈和块垒，而于浮躁、扰攘、麻木、游戏的现代社会空间里又无以言说,所以,他内心深处结出一层霜花,宛如月光泻地,澄明而清冽,让陶渊明、阮籍、王维、柳宗元、苏轼等斯文的长衫魅影,寻着这一抹诱人的冷光,列队从历史深处的幽篁里走出,赶赴这个超越时空的聚会,这就有了《孤鹜已远——与古典诗人的灵魂对话》。

同类题材的文章,往往把古人从线装坟典里挖出来,当作一具木乃伊切片扫描抛光;萧含则不同,他不经意的一句话,会让某个古人忽然拍案而起,在惊喜中狐疑满腹:千百年后竟有如此知我者!接下来,一同举大白,醉千觞,击空明,溯流光,酒精和月光穿孔于隔世,古人不觉今,今人不觉古,同气相求又同病相怜,萧条异代又悲欢同时。只不过,萧含和这些古人的对话,却没有将古今多少事都付笑谈中的轻松倜傥,他们的酒盏是沉重的,心情是抑郁的,音调是悲怆的,眼睛里甚至布满了血丝。他们的对话飘过苍苍蒹葭与幽幽竹林时,禁不住风声鹤唳,孤鹜哀鸣……

从书中诗人们的头顶望上去,是连绵起伏的群山,那是中国历史代代相因的社会律动。萧含不惜笔墨,在每个诗人出场之际,总要先拉开这样一幅苍茫的背景,在读者进入布景的时候,诗人也沿着历史的回廊到场了,于是你会明白诗人的一滴眼泪流出的那个年代的辛酸,而当你也感动得热泪欲零时,才知道那个时候诗人的美丽怎样在民众心里发芽开花。正始年间的风吹着,贞观年间的雨飞着,开元年间的云飘着,元祐年间的雪下着,诗人们或御风而来或冒雨而至,或登云以降或挟雪以临,在萧含心际的霜花月辉里会合。细细观察时,这些诗人往往双双而至,司马迁和班固、嵇康和阮籍、潘岳和陆机、司空图和李煜……他们或是文学史上的双子星,或是政坛上的盟友或宿敌,好在都是知音,都是传统文人精神的孑遗。

有人说,中国现代只有两个人有资格写文学史,一是鲁迅,二是闻一多。言下之意,没有文人的禀赋,心构不与古人相仿,是无法写好文学史的。所以,治文学史的人,不妨看看萧含这部书,

诗人们的欢笑与太息，以及眼泪，从书页里渗出来，随便汲取一点儿，都会使干燥的文学史著作润泽一些。诚然，鲁迅等现代知识分子已经有了独立的批判能力，萧含作为当代报人，和当今的知识分子一样，其悲剧性的心构已经变异，但依然是从传统的文人心构里挣脱逃逸出来的一群，抚今追昔，往事并不如烟。

这个时代的扰攘，不宜远古的诗人久留。他们是要回去的，回到苍茫的云水之间，回到我们的声音和视线难以企及的地方。

挥手之间，只剩下了萧含一个人。他独立在自己心灵的旷野上，一定感到无限的惆怅。

还好，他的身边，一个，又一个影子出现了。那是他的读者。包括我。

五

读着他的这些话，真的很感动。那时我就想，如此看来，"吾道不孤矣"！

此刻，"润之先生"领我来到一家"老柴刀削面"。这里十分洁净，了无纤尘，餐桌油光可鉴。他说，这里的卤肉、卤蛋、卤豆腐，口味极佳，刀削面也很地道。我说，我就喜欢这样的场所。

坐在南窗之下，一片阳光洒进来，他说，一米阳光，多好。

油炸花生米，凉拌海带丝，两瓶嘉禾啤酒。一颗花生米入口，咔吧一响，我说，为了你的文章，来！敬你一杯！一段海带丝入口，海潮绵绵，他说，读你的书，我也长了学问，谢谢你！来，敬你一杯！

两杯啤酒落肚，我笑了，我们这是互相捧臭脚啊！

卤肉、卤蛋、卤豆腐上来了，我急不可耐品尝起来。卤肉味道有种熏木头的清香，肥而不腻，回味绵软；卤蛋口味飘逸，咀嚼之下，滑而不糊；卤豆腐呈方形，泅泅泛潮，深色欲滴，望上一眼，胃口大开。

哦，啖美味，饮美酒，论辽阔，如此三美俱全，在这样的日子，夫复何求呢？

（2008年4月2日）

【补 记】

　　2008年8月13日(农历七月十三)，李记全同学因患食道癌，不幸病逝，享年五十二岁。恍然记得，这年二月二龙抬头之日，同学们到张家庄村他家小聚，受到他和桂花嫂子的热情款待，只记得他嗓子有些嘶哑，说话唔噜唔噜的，嗓子眼儿里像塞进了一个木塞子，对大家的关切，他嬉笑着说没事没事，就是有点儿炎症。岂料四个月后，就传来了他辞世的消息。同学们纷纷赶回老家，洒泪为他送行。

　　对记全同学去世的具体日期，我一直比较模糊，只记得仿佛冷风呼啸，冷雨飘飞，昨天辗转联系上了桂花嫂子，才得知了他驾鹤西行的日子。转眼之间，已经十载矣。怅然忆往事，心头尚凛然，赋诗一首，以为悼念——

　　　　青葱岁月逝水流，乡下小子不知愁。
　　　　课堂读书叹白卷①，开门办学②做笨牛。
　　　　龙抬头日尚欢聚，秋风吹时已仙游。
　　　　感君情义满天下，忆君往事空凝眸。

（2018年5月28日）

【注 释】

　　①"白卷英雄"：我读中学时，正是"白卷英雄"张铁生如日中天的时候。张铁生，辽宁兴城人，1950年生，1968年中学毕业后下乡插队，曾任辽宁省兴城县白塔公社枣山大队第四生产队队长。1973年，正在兴城县白塔公社枣山大队插队的张铁生被推荐参加大学考试。这是"文革"十年中唯一的一次高考。6月30日，在最后一场理化考试中，张铁生只会做三道小题，其余一片空白，他在试卷背面写了"给尊敬的领导的一封信"，发泄不满情绪。同年7月19日，《辽宁日报》以"一份发人深省的答卷"为题，刊登了张铁生的信。8月20日，《人民日报》转载此信，并加编者按称："这封信提出了教育战线上两条路线、两种思想斗争的一个重要问题，确实发人深思。"随后，全国各地报刊纷纷转载，张铁生一夜之间成了名

噪全国的"白卷英雄"。

②开门办学：国务院科教文组与国家财政部于1974年9月29日联合发出通知，认为"开门办学"是教育革命的新生事物，要以工农兵为师。一时间，全国各中小学兴起了"开门办学"热潮，学生们纷纷走出学校，学工、学农、学军，"开门办学"成了那个年代中国教育的独有特色。李记全是我们班的劳动委员，在"开门办学"中大显身手，整天组织大家走出校门，到附近各村子里参加农业生产劳动。

下卷 煮字疗饥

千古悲泣十二郎

一

被誉为"文起八代之衰"的韩愈先生，一生写过许多有名的诗文，他的《师说》《进学解》《祭鳄鱼文》等，皆是恒久流传的珠玑之作；他的"业精于勤荒于嬉，行成于思毁于随"之说，堪称警世明言；他的"千里马常有，而伯乐不常有"之叹，更是令人千载之下为之长太息；他的"燕赵自古多感慨悲歌之士"之慨，使他成了恒定不移的燕赵知音。然而，最动人心弦的，却是那篇语不惊人感情真挚的《祭十二郎文》。

第一次读这位唐朝本家的诗，是上初中的时候。我从东邻家借来一本破旧的《唐诗三百首》，暇时玩儿命抄起来。读了他的《石鼓歌》《八月十五夜赠张功曹》等诗作，总觉得有点儿佶屈聱牙，语句生涩。也许韩老先生的学问太大啦，汹涌着堵在笔尖儿，争先恐后喷出来，难免有点疙疙瘩瘩。等到后来读他的《祭十二郎文》，想不到一下子令我热泪盈眶！这才是天下至性至情之至文哪！

韩愈（768—824），字退之，祖籍昌黎，人称"韩昌黎"，后迁居宣城，三岁而孤，由嫂子郑氏抚养成人，与小他几岁的侄儿韩老成一起长大。韩老成在同辈兄弟中排行第十二，故称十二郎。他本是韩愈二哥韩介之子，后过继给大哥韩会。韩愈十九岁离家，二十五岁中进士，二十九岁登仕途。贞元十九年（803）五月，十二郎忽然因病撒手尘寰，留下一个十岁的儿

子韩湘。作为叔父的韩愈闻讯，悲从中来，写下了这篇泪水涟涟的祭文。他一声声呼唤着十二郎的名字，向他倾诉自己无可言说的身世之感与悲伤之情。

他说，我从小就失去了父母，无依无靠，全赖大哥大嫂的抚养。大哥正当中年时，在南方去世。我和你都还小，跟着大嫂回老家安葬了大哥，又一起回到江南，伶仃孤苦，没有一天分开过。我上面有三个哥哥，都不幸早死，接续祖宗香火的，孙一辈只有你，儿一辈只有我。大嫂曾经抚着你的背指着我说：韩氏两代，只有这两个了！你那时很小，一定不记得了，我当时虽然能记住，也不甚了解这话里的悲痛啊！

二

在中唐时代，韩愈堪称一代文宗，其仕途却嶙峋蹭蹬，饱经摧折。贞元二年（786），十九岁的韩愈离开宣城，赴长安参加进士考试，不料名落孙山。落第之后，他流落长安，成为那个时代的"京漂"，既不能得到家人接济，自己也没有收入，走投无路，饥寒交迫，只好到处求爷爷告奶奶，"仆在京城八九年，无所取资，日求于人，以度时月"（《与李翱书》）。

一天，他在路上遇见了北平王马燧的车驾。北平王当年是韩愈堂兄韩弇的上司，总算扯得上一点儿关系，韩愈也是被贫穷逼急了，顾不得礼节，上前拦住北平王的高头大马，自报家门与姓名，"以故人稚弟，拜北平王于马前"（《殿中少监马君墓志》），北平王还算念旧，问明缘由，把他带回王府，热情款待，吃饱喝足，临行还送了他几件御寒衣物。随后，韩愈又登门拜谒了韩弇的另一个从前的上司浑瑊，此人是唐朝名将，英勇善战，地位尊崇，曾任大都护、咸宁郡王、河中节度使等要职，老将军也对饥寒交迫的韩愈，尽了一些绵薄之力。

就这样，韩愈从一扇朱门出来，进入另一扇朱门，乞讨度日。悲酸、屈辱与无奈，像无数只小虫子，啃噬着他敏感的心灵。朱门之内，雕梁画栋，烈火烹油，锦衣玉食；朱门之外，饥寒凋敝，饿殍遍地，荒漠凄凉。韩愈默诵着前辈诗人杜甫的警句"朱门酒肉臭，路有冻死骨"，暗暗发誓：

吃得苦中苦,方为人上人,我老韩要不惜一切代价,住进这堂皇的大朱门!

对帮助过自己的马燧与浑瑊两位前辈,韩愈终生不忘,后来写下了《猫相乳》《河中府连理木颂》两篇文章,予以热情歌颂。《猫相乳》说北平王马燧"牧人以康,罚罪以平,理阴阳以得其宜""功德如是,祥祉如是",善莫大焉;《河中府连理木颂》说河中府出现连理木,乃河中节度使浑瑊五德所致,其颂曰:"维吾王之德,交畅者有五,是其应乎:训戎奋威,荡戮凶回;举政宣和,人则嘉宁;入践台阶,庶尹克司;来帅熊罴,四方作仪;闵人鳏寡,不宁燕息……"

有人批评说,这两篇文章,满纸谀辞媚语,乃拍马屁之作也。然而,一个人落难之时,落魄潦倒,冻饿饥馁,对此时的滴水之恩,报之以涌泉,不是顺理成章的吗?所谓"拍马屁"云云,实在是饱汉不知饿汉饥!与其说是拍马屁,毋宁说是一个有良心的人的真情表露,更为确切。

接下来的几年,韩愈屡败屡战,三考三落。恼过了,哭过了,骂过了,心情反倒平静下来。他明白了,在人世间,一个贫穷人家的苦孩子,就像荒野里的一棵野草,一朵野花,不会有人理睬你。世人只知道锦上添花,谁肯雪中送炭?你只有咬紧牙关,自强不息,将来才可能有出头之日。那时候,他一定有许多感触,如沸油煎心,如骨鲠在喉,所以才文思泉涌,下笔千言,写了许多文章,在客观上参加并推动了当时著名的"古文运动"。

后来,几经努力,上下求索,韩愈终于科举登第,踏入仕途,先后做了汴州观察推官、四门博士、监察御史等官。任四门博士时,因为关中旱饥,上书请免徭役赋税,指斥朝政,被贬为阳山令。

那是贞元十九年(803),天下大旱,京师粮荒,民不聊生,饿殍遍地,骨瘦如柴的饥民成千上万,百姓被迫卖儿卖女。当时的京兆尹(长安市长)李实不顾百姓死活,挖空心思割剥搜刮,据《顺宗实录》记载,李实"方务聚敛征求,以给进奉。每奏对,辄曰:'今年虽旱,而谷甚好。'由是租税皆不免,人穷,至坏屋卖瓦木、贷麦苗以应官"。天下大旱,庄稼绝收,而租税不减,百姓被逼得走投无路,卖儿卖女。对李实的恶行,天下人恨之入骨,咬牙切齿,韩愈看在眼里,痛在心头,恨不得抽他两个大嘴巴!

可是不久,韩愈的国子监四门博士之职莫名其妙被拿下,他急得像热

锅上的蚂蚁，为了求官，居然把京兆尹李实当作救命稻草，跑到李府朝拜，吹捧说："未见有赤心事上，忧国如家如阁下者……得不候于左右以求效其恳恳！"其肉麻如斯，令人羞赧。

也不知是不是李实的举荐，过了不久，韩愈阴差阳错得到了监察御史的职位。按理，他应该对李实感恩戴德吧？——恰恰相反，韩愈刚一上任，就奋笔疾书了一份奏章，言辞激烈地抨击李实盘剥百姓、残害生灵的罪行，要求皇帝勒令李实改弦更张，给挣扎在死亡线上的百姓留一条活路。奏章虽然没有点李实的名，但地球人都知道，韩愈骂的是哪个家伙。那个勇敢倔强、为民请命的韩愈，再一次浮现在历史的时空里。也正是这篇充满凛然正气的奏章，将韩愈送进了宦海生涯的第一个低谷：他被贬为连州阳山（今广东清远）县令。

那是个隆冬季节，雪花飘飞，滴水成冰。韩愈辞别妻子，来不及见躺在病床上的妹妹一面，就翻山越岭，昏昏沉沉跋涉四千余里，第二年春天才赶到了阳山县任职。

三

元和十二年（817），韩愈因为跟随宰相裴度平息藩镇叛乱有功，升任刑部侍郎。后二年，即元和十四年（819），又因谏迎佛骨，触怒宪宗，险些被杀。

那一年，主持京城佛寺供奉的功德使上奏宪宗，说凤翔法门寺有一座护国真身宝塔，塔内供奉佛祖释迦牟尼指骨一节，佛光霍霍，灵验无比，三十年取出来展览一回，可保国泰民安，江山永固。宪宗闻言大悦，立即指派僧人赴法门寺迎奉佛骨，为表示隆重，又派宦官杜英琦率领三十名如花似玉的宫女，手捧鲜花，前往迎护。一路上，杜英琦乘机向沿途州县大肆敲诈勒索，并勒令老百姓倾城而出，顶礼膜拜，把沿途各地搞得乌烟瘴气，许多愚昧之人，纷纷燎发焚指自残，以祈祷佛祖显圣……

佛骨到达京师，宪宗留于宫中三日，"开法场于秘殿。为人请福，亲奉香灯"（柳公权：《玄秘塔碑》），随后，将佛骨轮流送到京师各佛寺，供僧俗众人供养礼拜,"王公士庶,奔走舍施,惟恐在后,百姓有废业破产、烧顶灼臂而求供养者"(《旧唐书·韩愈传》)。一时间,京师内外,方圆数百里之内,青烟袅袅,诵声呢喃。在举国上下一派狂热的礼佛声中,不法之徒乘人多众杂,大肆盗窃,致使佛骨所到之处,盗贼横行,令人吃惊的是,有些被抓住的盗贼,居然就有一些"烧顶灼臂"的所谓信徒。

这次礼佛活动,前后持续了五个月之久。

此时的韩愈,因为襄助宰相裴度平定叛乱有功,跃升刑部侍郎,成了真正的朝廷大员,他眼见举国上下一片混乱,忍无可忍,慨然上了一道振聋发聩的《谏迎佛骨表》。他煞有介事地指出,佛教传入之前,四海晏然,国君多高寿;佛教传入之后,四野哗然,君王多短命。汉明帝一心拜佛,福祚短暂,其后祸乱频仍;南朝宋、齐、梁、陈以来,几个小朝廷摇摇欲坠,君王们礼佛更加虔诚,在位时间却更加短暂,天下更加混乱不堪。他由此得出一个惊世骇俗的结论:越是礼佛的君王,越是短命。

他接着批评说,"佛本夷狄","口不言先王之法言,身不服先王之法服,不知君臣之义,父子之情",即使佛今日在世,到京师来朝,也不过是礼节性地召见,然后护卫其出境,不令其迷惑民众,更何况佛身死已久,枯朽之骨,怎么适合进入皇宫之内呢?他提出:"以此佛骨付之有司,投诸水火,永绝根本,断天下之疑,绝后代之惑……佛如有灵,能做祸祟,凡有殃咎,宜加臣身。"他指天戳地发誓说,无论遭遇多么大的灾祸,自己都甘愿抛头颅、洒热血,独自承当!

表疏奏上,宪宗震怒,下令将韩愈处死。宰相裴度和同僚们慌作一团,纷纷上书论救,请求皇上从轻发落。宪宗盛怒难息,恨恨不已,勉强赦其死罪,一纸诏书将韩愈贬到了七千六百里之外的潮州(今广东潮阳市)。

潮州位于岭南东部,东临南海,户口不到两千,是偏远的瘴疠之地。朝廷大员贬谪到此,是除死刑之外最严厉的惩罚。这年的正月十四,元宵节前夕,京城长安还沉浸在欢度春节的喜庆气氛里,人们喜笑颜开,韩愈却迎着刺骨的寒风,凄惶出京了。

当时制度规定,官员一旦接到被贬诏书,必须立即离京,一般不得超过第二天,而且,一人犯法,株连九族,家属也必须随后离京。韩愈后来

在泣血之作《女挐圹铭》一文中回忆说:"愈既行,有司以罪人家不可留京师,迫遣之。女挐年十二,病在席。"他十二岁的四女儿韩挐,当时正在病中,也在父亲离开后的第二天,随着家人被驱赶上路,因惊恐入心,加之山路崎岖,备受折磨,病情急转直下,悲惨地死于放逐途中的陕西商南县之层峰驿。女儿的惨死,深深地刺痛了韩愈的心,《女挐圹铭》就是他和着血泪,写给女儿的祭文,倾诉了一个父亲灵魂深处的内疚与自责,痛悔与悲哀!

韩愈迈着沉重的脚步,走向了遥远的荒僻之地。那时,他大约还不知道女儿的死讯,然而,在一个荒冷的夜晚,他却梦见了自己可爱的女儿,女儿对着他咯咯娇笑,搂着他的脖子耍赖撒娇,梦醒之后,他怔忪良久,不知所措⋯⋯

在前往潮州途中,他的侄孙韩湘赶来,陪伴着孤独落寞的他走向贬所,他想起唯一的侄儿十二郎,写下了《左迁至蓝关示侄孙湘》一诗——

  一封朝奏九重天,夕贬潮州路八千。
  欲为圣明除弊事,肯将衰朽惜残年。
  云横秦岭家何在?雪拥蓝关马不前。
  知汝远来应有意,好收吾骨瘴江边。

即使在流落天涯的凄凉时刻,他的诗中,依然充满了永不言悔、必死潮州的悲壮情怀。然而,来到潮州不久,这首悲壮慷慨的诗还在到处传诵,韩愈就后悔得连肠子都青了。他意识到,要想生还,就必须彻底改变自己的态度,以求得皇帝的宽恕与垂怜。一到潮州,他就连夜写了一篇《谢上表》,承认自己"狂妄憨愚,不识礼度",皇上对他的处分,仁慈万分,英明无比,他是罪有应得,罪该万死。他肉麻地推崇皇帝的"巍巍治功",建议朝廷尽快定乐章、告神明,"东巡泰山,奏功皇天",举行封禅大典。他叹息以自己的冲天才华,却不能参加"千载一时不可逢之佳会",不能以此为皇上歌功颂德,真是惜哉痛哉!

"臣受性愚陋,人事多所不通,惟酷好学问文章⋯⋯而臣负罪婴衅,自拘海岛，戚戚嗟嗟，日与死迫……"

《谏迎佛骨表》与《谢上表》，一前一后，天地迥异：一个是大无畏英雄的宣言书，一个是软骨动物的自画像。如此强烈的对比，令北宋文学家欧阳修感叹不已。欧阳修自幼崇拜韩愈，可谓真正的"韩迷"，他无可奈何地说："每见前世有名人，当论事时，感激不避诛死，真若知义者。及至贬所，则戚戚怨嗟，有不堪之穷愁形于文字，其心欢戚，无异庸人。虽韩文公不免此累。"（《与尹师鲁第一书》）可是，在《新唐书·韩愈传》中，欧阳修又发表了一番言不由衷的评论："愈性明锐，不诡随。与人交，始终不少变。"——显然是为尊者讳，谬于"实事求是"的史学法则。

至此，一代文豪韩愈的两副面孔，清晰地呈现在我们眼前：低贱时，为追求高官厚禄，他不惜卑躬屈膝，摇尾乞怜，一副庸俗不堪的脸孔；一旦登上高位，他即以天下为己任，慷慨任事，为民请命，不惜忤逆权贵，赴汤蹈火，凛凛然一副英雄形象。伟大与渺小，如此和谐完美地浓缩在韩愈身上，真令人一咏而三叹息也！

一个"戚戚嗟嗟"、自怨自艾的可怜虫，以弱示人，却收到了奇效。唐宪宗看完《谢上表》，龙颜大悦，决定赦免他，并准备加以重用，由于朝中有人作梗，韩愈没能直接回到长安，不久就内调为袁州（今江苏宜春市）刺史。

由潮州迁谪袁州途中，行至商南层峰驿，韩愈不禁浮想联翩，想到了不幸早逝的爱女，泪如雨下，他带着女儿爱吃的果品，带着一个父亲的愧悔，前来祭拜亡女之墓。望着一丘孤坟，零落青草，他悲恸难禁，伤心欲绝，"绕坟不暇号三匝，设祭惟闻饭一盘。致汝无辜由我罪，百年惨痛泪阑干！"（《层峰驿过亡女墓》）

四

世事如舟类转蓬，悲欢离合总无情。笔者写这篇文章，并不是想揭先贤之短，只是想说，人性是复杂的，任何非白即黑、非此即彼、非对即错的思维，都难以抵达人性之深处。人的灵魂，如风、如火、如雷、如电，

具备着自然界所有的色彩。任何以单色眼镜凝视，得到的，都可能是错位。譬如韩愈老先生吧，他是唐宋八大家之一，却有着这么复杂的人性表征，何况凡夫俗子的吾辈呢？所以，无论任何时候，我们都需要淡定、低调，静观尘世风雨，冷对人世风波。

　　话题扯远了，让我们回到韩愈当年的悲情时刻吧。——那时，他还没来得及擦干悼念爱女的眼泪，就接到了侄子韩老成辞世的噩耗。白发人送黑发人，其锥心之痛，可想而知也。

　　在泪水淋淋的《祭十二郎文》中，韩愈一一细数着与十二郎一生中的几次遇合——我到京城四年，才回家去看你。又过了四年，我去河阳探望祖先坟墓，遇着你送我大嫂的丧回家安葬。又过了两年，我在汴州协助董丞相，你来探望我，只一年，你要求回家去迎接妻子。第二年，董丞相逝世，我离开汴州，你没有来得成。这一年，我在徐州节度使手下协助军务，派去迎接你的人才动身，我又辞职离开，你又没有来得成。我想你跟我到东边来，在东边也是暂时居住，不能停留多久；从长远打算，不如回到西边，把家安置好再把你接来……

　　历数着这些，老先生已是泪如雨下。跟着他复述了叔侄俩两封短信的内容。在请孟东野捎给十二郎的信中，他感叹说："吾年未四十，而视茫茫，而发苍苍，而齿牙动摇。念诸父与诸兄，皆康强而早世。如吾之衰者，岂能久存乎！吾不可去，汝不肯来，恐旦暮死，而汝抱无涯之戚也。"而去年十二郎给叔父的信中，也在诉说自己得了软脚病，时常发作很厉害。韩愈说，这个病，江南人经常有，就没有替你担忧。唉！难道竟是因为这个病，夺去了你的生命？

　　行文至此，韩愈已经悲伤难禁，啼泣有声："汝病吾不知时，汝殁吾不知日；生不能相养以共居，殁不能抚汝以尽哀，敛不凭其棺，窆不临其穴。吾行负神明，而使汝夭，不孝不慈，而不得与汝相养以生，相守以死……"

　　读至此，笔者已经喘不过气儿来了。难怪《古文观止》的编选者，清初康熙年间的吴楚材、吴调侯叔侄评论说，此文通篇"字字是血，字字是泪"。确是切评。

（2003年6月8日）

千金纵买相如赋

一

在中国两汉时代，一种介乎诗歌与散文之间的文体风靡一时，那就是汉赋。汉赋既有诗的韵脚，也有骈文的铺排雕琢。那时的文坛大腕们，如司马相如、扬雄、贾谊、枚乘、东方朔，等等，一个个挥江洒海，写就一篇篇铺张扬厉的赋作，一时间蔚为壮观，使之成为与唐诗、宋词、元曲一样的"一代文学"。司马相如的《子虚赋》《上林赋》，扬雄的《甘泉赋》《长杨赋》，贾谊的《吊屈原赋》《鵩鸟赋》、枚乘的《七发》、班固的《两都赋》等作品，都是汉赋中的名篇。

然而，这种很快就走向了式微的文体，却因为一篇传说中的《长门赋》，将汉赋第一人司马相如，与曾为汉武帝宠后的古代艳女陈阿娇相牵连，增加了几许旖旎动人的传奇色彩，谱写了一个红颜王后从绚烂到凋零的凄美艳绝的哀歌。

据《汉武故事》记载，汉武帝刘彻四五岁的时候，已被老爹汉景帝刘启册封为胶东王。一天，他的姑母、也就是景帝的同胞姐姐馆陶长公主刘嫖，带着女儿阿娇来看胶东王，演绎了一出"金屋藏娇"故事。后来，刘彻取代兄长刘荣，当上了皇太子；老爹景帝死后，他又登基当了皇帝，是为汉武帝，陈阿娇也顺理成章做了太子妃和皇后，着实体会了几年丈夫的宠爱。

《汉武故事》，又名《汉武帝故事》，是一部志怪小说，大约成书于

魏晋年间，记载汉武帝从出生到死葬茂陵的传闻逸事，"多与《史记》《汉书》相出入，而杂以妖妄之语"（《四库全书总目提要》）。由此可见，此书之记载，并不太靠谱，不可以信史视之。

其实，在"金屋藏娇"的浪漫传说背后，却闪烁着宫廷斗争的刀光剑影。

那是汉景帝四年（前153），景帝册立长子刘荣为皇太子，刘荣之母栗姬笑颜如花，冠绝后宫。长公主刘嫖见风使舵，前来拜见栗姬，想把自己的女儿阿娇嫁于太子为妃，却碰了个大钉子。原来，栗姬虽然美艳诱人，却善妒如江，对环绕在景帝身边颇为得宠的那些嫔妃美人一直炉火中烧，对在景帝面前回护这些狐狸精的长公主一直心怀怨恨，待到长公主亲自上门开口提亲时，她不假思索，就一口拒绝了。这个栗姬，徒有一具艳丽躯壳，只晓得在皇帝跟前撒娇弄痴，搬弄醋缸醋海，却没有起码的政治头脑，她做梦也没想到，此番意气用事，拒绝与长公主结亲，却为自己和儿子刘荣，挖下了一个倾覆一生的万丈深渊！

遭到拒绝的长公主刘嫖并不气馁，她鄙夷地望一眼栗姬，便将目光投向了四岁即封王的景帝第十子——王娡所生的胶东王刘彻。王娡何等机灵精明之女子呀，一见长公主进门，大姐长大姐短喊个不停，对结亲之事满口答应。

长公主的这次和亲之举，其实是一举两得：王娡与刘嫖，同时为子女定下了两桩亲事，一是刘彻和刘嫖之女陈阿娇，二是刘嫖次子陈蟜和王娡三女儿隆虑公主。这两桩亲事，既表明了两个母亲对儿女婚姻大事的操心，也表明了两个女人鲜明的政治企图。

至此，景帝后宫里结成了两条看不见的"战线"：一是两对儿女，胶东王刘彻与阿娇，隆虑公主与陈蟜，自此结为鸳鸯，了却了君王家两桩大事；二是长公主与王娡自此结盟，刘荣太子之位不保，栗姬皇后美梦成空！

二

此后，景帝的后宫里，开始上演波谲云诡之连续剧，其总导演，正是不甘寂寞的景帝亲姐姐——长公主刘嫖。

在长公主看来，她亲自上门提亲，是给了栗姬天大的面子，却被一口拒绝，她心底的窝火，肯定是翻江倒海。作为当朝皇帝唯一的同胞姐姐，天下人在她眼里，不过是俺老刘家的家奴而已，试问哪个敢不俯首听命？栗姬一介女流，竟敢如此不知天高地厚，不买老娘的账，是可忍，孰不可忍？

于是，长公主就不断在景帝面前数落栗姬之过，风骚风流不正经啦，高傲傲慢不懂事啦，盛气凌人不守规矩啦，如此等等。史载，汉景帝刘启是个比较温厚的皇帝，对那个跋扈奢靡胆大妄为的弟弟、梁孝王刘武，尚且百般呵护，对唯一的亲姐姐刘嫖，当然也是感情深厚，对她的那些说辞，不会句句听从，也不可能毫不在乎。这天，刘嫖告诉景帝，说栗姬与各位夫人、宠姬聚会时，偷偷让侍从在她们背后吐唾液诅咒，施用妖邪惑人的巫术。在汉代，使用巫术诅咒是天大的罪名，景帝一听，脸色一变，他联想到栗姬老想独享专宠，不肯善待其他嫔妃与皇子，渐渐地心生闷气，开始对栗姬不理不睬。

与此同时，长公主每日在景帝面前夸赞王娡的优点，说她貌美如霞，心善如水，知书达理，德才兼备，将来定能母仪天下。景帝一听，恍然记起一件旧事：当初王娡怀孕时，梦到天上彤云密布，红日冉冉入怀，炫光满室缭绕，此必为天降吉兆也。——而王娡怀上的麟儿，正是胶东王刘彻！从此，更换太子的念头，开始在景帝的脑海里闪烁。

到了这时候，栗姬是连哭都找不着调调了。属于她的那些霭霭霞光，早已照临了王娡的轩窗。这个艳若桃李的王娡，堪称是个后宫狠辣老手，她用两桩自天而降的婚姻长绳，拴牢了长公主之心，进而把皇帝拉进了自己的被窝里，她还要乘势追击，让儿子刘彻取代刘荣，当上皇太子。这时候，皇帝还没有下决心更换太子，她必须凌厉出手，一击致命！

景帝六年（前151）九月，景帝的第一任皇后薄皇后被废黜，后宫主位空虚。这位薄皇后，当年由其祖母、汉文帝刘恒之母薄太后所指定，出自薄氏家族，是薄太后娘家的远房孙女，虽然端庄贤惠，却始终没有赢得皇帝宠爱，再加上凤体有恙，未曾生育，皇后之位岌岌可危。此次废后事件，令一直潜伏静观后宫局势变幻的王娡看到了千载良机，她决定采取果断措施。于是，她暗中派出贴身侍者，找到性情耿介的大行令，请他出面奏请

立栗姬为皇后。

欲灭之，先举之。王娡的政治手腕，堪称诡诈奸险。这些日子，景帝经常夜晚把她揽在怀里，一边咿呀恩爱，一边诉说对栗姬的强烈不满。此时提议让栗姬上位当皇后，其后果如何，只有天晓得。王娡如此危崖弄险，端的是其心可诛啊！

这天朝会结束，大行令忽然朗声上奏："自古以来，子以母贵，母以子贵，今太子母无号，宜立为皇后。"景帝闻言，勃然震怒，厉声怒叱："这是你该讲的话吗？"悍然下令处死大行令。大行令乃古代官职，《周礼》记周朝有大行人、小行人之职，为掌四方朝聘宾客及使命往来之官。秦朝称为典客，掌管少数民族事务。西汉初年，百废待兴，高祖刘邦沿袭此职，景帝中元六年（前144），改典客为大行令，麾下所属有行人、译官、别火三令等。大行令可谓官高位显，只因多说了一句话，便导致身首异处，岂不悲乎？

这次"大行令被诛"事件，成了压垮骆驼的最后一根稻草。景帝认定栗姬背后捣鬼，觊觎皇后之位，因此龙颜大怒，采取果断处置措施。景帝七年（前150），太子刘荣被废，改封临江王。此后，王娡被立为皇后，其子刘彻被立为太子。景帝再也不想见到可恶的栗姬了。这个可怜的红颜女子，最后郁郁而终。

三

对于景帝后宫发生的这一连串神秘诡异的重大事件，作为皇帝枕边人的王娡早有预料。这位在人生路上跋涉已久的红颜皇后，绝非等闲之辈。

王皇后是景帝的第二任皇后，关中槐里（今陕西兴平）人，若说其父王仲乃凡夫俗子一枚，其母臧儿却大有来历，她是西汉初年有名的异姓王——燕王臧荼的嫡亲孙女。正是在母亲臧儿的主持下，王娡在鲜花盛开的年纪，先嫁给了当地一个普通农民金王孙，生下一个女儿金俗，后来又跳出农门，钻进太子刘启的东宫，当上了太子妃。其跨越程度之大，直令人目瞪口呆也！

据说，兴平县有个相士名曰姚翁，算无遗策，百发百中，有一天臧儿把姚翁请来为女儿相面，老姚说："此女乃是大富贵之人，可生天子。"臧儿一听，心花怒放，重赏老姚，随后把女儿从金家强行接走。金王孙怒不可遏，哪肯轻易把自家床上如花似玉的老婆放走？臧儿哪管金家如何，自顾上天入地四处钻营，千方百计，绞尽脑汁，直到把女儿送到太子刘启东宫的卧榻之上，这才算告一段落。

臧儿如此强悍，盖因血管里奔流着其祖父臧荼的滔滔血脉。

追根溯源，臧荼原是燕国旧将，秦末陈胜、吴广大起义，天下大乱，汉王刘邦与楚霸王项羽争夺天下，项羽分天下为十八路诸侯，臧荼乃项羽麾下骁将之一，被立为燕王。后来随着时局之变幻，臧荼归顺韩信，由此进入刘邦阵营。汉王五年（前202），刘邦击败项羽，项羽在垓下演绎了一出霸王别姬之悲剧，刘邦则在长安导演了一出土包子登上龙位之活剧。燕王臧荼与楚王韩信、韩王信、淮南王英布、梁王彭越、长沙王吴芮、赵王张耳一起，共同拥戴刘邦登上皇帝之位，史称汉高祖。然而，即使晋位皇帝，刘邦的流氓习气依旧，他开始大肆捕杀项羽旧部，臧荼作为项羽御封的十八路诸侯之一，料定难逃罗网，被迫宣布反汉，以做垂死挣扎，刘邦亲率大军征伐，臧荼被杀，刘邦的发小卢绾被封为燕王。令人怅惘的是，这位新任燕王卢绾，最后也背叛刘邦，带领家人投奔了匈奴，被封为东胡庐王，死于该地。

臧荼育有一子，名曰臧衍，正是臧儿的老爹。这位大汉"红二代"，虽然在历史上并未留下什么可圈可点的业绩，但他的女儿臧儿，却为汉王朝生下了一个非凡女子王娡；他的外孙女王娡，又为汉王朝生下了一个横绝时代的统治者——汉武帝刘彻！

然而，绚烂归之于平淡，甚至转换成惨淡，那也是转瞬之间呀！时光之巨轮，呼隆隆转动，磨平了丘陵，磨灭了幻想，也磨碎了许多人的脊梁骨，磨出了许多匪夷所思的人生变故。证之于大长公主刘嫖，以及其女、武帝皇后陈阿娇悲欣交集的人生之路，可谓意味深长矣！

追想当年，刘嫖与王娡联手，一举扳倒栗姬与太子刘荣，王娡跃登皇后之位，刘彻晋位太子，并最后继位当了皇帝；长公主刘嫖跃升为大长公主，

尊称为窦太主；陈阿娇先当太子妃，随后顺理成章荣升为皇后。一切，似乎都在按照她们的设计在运转；地球，似乎也在围绕着她们的计谋在转动。

然而，中国有句古话：人算不如天算。此后的世事抟转，似乎是在证明这句话的无比正确。

因为在拥立武帝为储君这件事上的"巨大贡献"，大长公主恃功而骄，无休止地索取回报，不择手段地攫取钱财，惹得武帝心生厌恶；陈皇后生性骄横善妒，颐指气使，虽然独霸皇帝之龙体，夜夜春宵，肚皮却很不争气，始终没能生出一男半女，花了九千万钱治疗不孕症，却始终不见成效，皇帝对她的宠爱，也在随着时间慢慢衰退。

建元二年（前139），武帝姐姐平阳公主给弟弟进献了一名千娇百媚风情万种的歌女卫子夫，武帝初尝之下，惊为天人，从此夜夜颠鸾倒凤。陈皇后闻讯，妒火中烧，大吵大闹，寻死觅活，惹得皇帝龙颜溅朱，拍案大怒。第二年，卫子夫怀了武帝龙种，日益娇宠，娇喘吁吁，弥漫后宫，陈皇后气得眼泪直流，却又无可奈何，大长公主刘嫖心疼女儿，于是策划抓捕卫子夫亲爱的弟弟卫青，要置之于死地，以解心头之恨，幸得公孙敖拼死相救，卫青这才保住了一条性命。

元光五年（前130），万般无奈的陈皇后，为了挽回皇帝之心，竟然找来楚服等巫者，施以巫蛊之邪术，祝祷鬼神，祈求皇帝回心转意。不幸的是，此事被武帝察觉，下令穷究此案。在当时，巫蛊属于大逆之罪。酷吏张汤严加拷问，最后诛杀三百余人。武帝从此对皇后恩断义绝，赐书痛斥："皇后不守礼法，祈祷鬼神，降祸于他人，无法承受天命。应当交回皇后玺绶，离开皇后之位，退居长门宫。"

至此，居皇后之位十一年的陈皇后，被宣布废黜，随后遣送到都城郊外的长门宫，将息度日。到了这一步，陈皇后之母大长公主深感惶遽，向武帝叩头请罪，可是，晚了！尽管武帝好言相劝，终究不过是安慰一下从前的丈母娘而已。元光六年（前129），陈皇后之父堂邑侯陈午去世，元鼎元年（前116），大长公主去世。几年之后，满怀凄楚的陈皇后阿娇，就在孤独寂寞中熄灭了生命之灯，在长门宫黯然辞世。只消几年光景，曾经绚烂如霞、万人仰慕的陈皇后，就彻底结束了她的尘世之旅，离开了这个充满了爱恨情仇、是非恩怨、诛戮杀伐的世界,在霸陵郎官亭东侧永远长眠了。

四

或问:长门宫究竟在哪里呢?

长门宫乃汉代宫名,在都城长安城南。原为馆陶公主园林,后来献给了武帝,作为文帝庙的离宫,因园内存有长门故亭而得名。这里原来属于阿娇的老娘大长公主刘嫖,阿娇从小生活玩乐的地方,想不到苍天弄人,她被废黜后,居然被关到了这里!霞辉夕照,照不尽暗夜悲伤;古桥流水,流不尽美人幽怨;鸟鸣幽幽,鸣不尽人间不平。

每日每夜,阿娇踟蹰在长门宫里,回想当初的绚烂与热烈,睹物思人,悲伤难禁。苦闷愁思中,她听说司马相如下笔鬼泣神惊,文采灿烂天下第一,就悄悄派仆人带着一百斤黄金跑到成都,送给生活困顿的司马相如、卓文君夫妇,请才子命笔作文,表达她对皇上的思念之情,以挽回皇上的顾念之心。

那时,浪漫堪称天下第一的司马相如与卓文君夫妇,因为私奔事件而弄得身败名裂,被人们的唾沫星子淹得喘不过气儿来,正开了家小酒店,靠卖烧酒得过且过混日子。卓文君当垆卖酒,春光与笑脸一起飞扬,苦涩与甜蜜共酿醇醪;司马相如变身店小二,为客人端菜倒酒,忙得不亦乐乎。苦中作乐的两口子见了一大堆黄澄澄的金子,自是喜出望外,兴奋得几乎晕菜,听了陈皇后的凄惨故事,更是感动得啼泣不已。于是,一篇流传千古的《长门赋》诞生了!

《长门赋》以第一人称,表达一个女性曾经承恩备位,而又不幸被废黜屏居的内心孤苦。回忆两人如胶似漆的甜蜜岁月,"桂树交而相纷兮,芳酷烈之闿闿;孔雀集而相存兮,玄猿啸而长吟;翡翠胁翼而来萃兮,鸾凤翔而北南"。述说自己的悲郁之情,"心凭噫而不舒兮,邪气壮而攻中;下兰台而周览兮,步从容于深宫……问徙倚于东厢兮,观夫靡靡而无穷"。表达自己深渊一般的绝望,"白鹤嗷以哀号兮,孤雌跱于枯杨;日黄昏而绝望兮,怅独托于空堂;悬明月以自照兮,徂清月于洞房;援雅琴以变调兮,

人生总有孤独时

奏愁思之不可长……"

赋作中的女子，如泣如诉，如怨如慕，俯仰矛盾，前瞻后顾，一花一叶一滴泪，一星一月一声哀。她自责，内疚，期待，渴盼，辗转，徘徊，一生无悔的，却是对皇上的情与爱！夜长如岁，发长似泪。她援琴奏雅，却是悲凉之调；她中庭踟蹰，也是形单影只；她举头望月不见月，望见的，却是皇帝飞霞流金的宫殿！唉，天下女子，总是多情又被无情摧！

据说，汉武帝刘彻读了《长门赋》之后，深受感动，幡然悔悟，陈皇后复见亲幸，两人重燃爱火，如胶似漆——但愿如此！然而，史实与此恰恰相反。陈皇后的命运，一如深秋之枯井，永无可能回到春情荡漾的早年时光了！

行文至此，本该结束了。然而，后世围绕《长门赋》产生的历史波澜，却是一件颇有意思的文化现象，值得思索与探讨。

《长门赋》最早见于南朝梁昭明太子萧统编纂的《昭明文选》，其序云：

孝武皇帝陈皇后，时得幸，颇妒。别在长门宫，愁闷悲思。闻蜀郡成都司马相如天下工为文，奉黄金百斤为相如、文君取酒，因于解悲愁之辞。而相如为文以悟上，陈皇后复得亲幸。

从文学史的角度来考察，正是《长门赋》这篇赋体佳构，开了赋体宫怨题材之先河。然而，时至今日，学界对此赋作者究竟是谁，多有争论。有学者认为，《长门赋》不可能是司马相如所作，其依据是：其一，司马相如卒于公元前118年，刘彻卒于公元前87年，司马相如先于刘彻三十一年辞世，如何为陈皇后向武帝陈情呢？其二，《长门赋序》说陈皇后因此赋而"复得亲幸"，明显与史实不符；其三，序中出现了汉武帝的谥号"孝武皇帝"，不符合当时行文常规，有后人伪作之嫌；其四，此赋在艺术风格上与司马相如的《子虚赋》《上林赋》相距甚远，不大可能出自同一人之手。

然而，无论如何，随着《长门赋》的风行天下，长门故事也广泛流播，此后的吟咏者很多，像"雨滴长门秋夜长，愁心和雨到昭阳"（刘皂）；像"夜悬明镜秋天上,独照长门宫里人"(李白),都是应和之作。南宋著名豪放词人辛弃疾,也将这则凄恻的长门故事引入词作中。公元1179年暮春,辛弃疾从荆湖北路转运副使任上,调任荆湖南路转运副使。转运副使亦称漕司,是主要掌管一路财赋的官职。他意识到,这是朝廷不让抗战派抬头的表现,内心非常失望,深感万念俱灰。他的报国之志,从此无由实现了。郁闷之余,他填了一首词《摸鱼儿》,其中两句是——

"千金纵买相如赋,脉脉此情谁诉?"

(2018年9月9日)

人生总有孤独时
RENSHENGZONGYOUGUDUSHI

天欲雪，人欲眠……

天欲雪，人欲眠，使我想起汉武帝

"巫蛊之祸"是汉武帝刘彻晚年昏聩酿成的惨祸。

武帝一生，"外攘四夷，内改法度，民用凋敝，奸轨不禁"（《汉书·循吏传》），社会出现了严重的经济危机，加之武帝迷信鬼神，不惜任何代价寻求长生不死之药，导致天下方士横行，妖怪丛生。方士栾大忽悠武帝说，自己来自海上，邂逅神仙，还会冶炼神丹，治理黄河，武帝先后封他为五利将军、天士将军、地士将军、大通将军、乐通侯，赐黄金万斤，令其入海求仙，自然是竹篮子打水一场空。武帝腰斩栾大，对神仙却痴迷依旧。

一天深夜，武帝辗转反侧，难以入眠，尽管有美人侍寝，温香软玉抱满怀，依然如卧针毡。后半夜，迷迷糊糊地睡去了，却噩梦不断……他恍惚间梦见被数千桐木人追打，随后就病倒了，怀疑是臣民诅咒所致，便任命其宠臣、水衡都尉江充为司隶校尉，率领一干兵马，大张旗鼓地"治巫蛊"，史称"巫蛊之祸"。据《汉书·江充传》记载，江充指挥一帮兵卒和巫婆神汉，在京师进行大搜捕，掘地三尺寻找桐木人，"捕蛊及夜祠，视鬼，染污令有处，辄收捕验治，烧铁钳灼，强服之"，酷刑之下，肢残骨折，数万人死于非命，包括丞相公孙贺、武帝亲女诸邑公主、阳石公主等。

江充与皇太子刘据夙有矛盾，便乘机落井下石，陷害太子，他声称"宫中有蛊气"，于是，"先治后宫，希幸夫人，以次及皇后，遂掘蛊于太子宫,得桐木人"。武帝闻听在太子宫中掘得桐木人,勃然震怒,下令严惩。太子有口难辩,孤注一掷起兵谋反,诛杀了恶贯满盈的江充,最后却被丞相刘屈氂率军击败,太子集团几乎被一网打尽,只留下了一个孙子刘病已,九死一生长大成人,这就是后来的汉宣帝刘询。

严重的政治经济危机,使武帝有所醒悟。征和四年(前89),年届六十七岁的汉武帝最后一次出巡,銮驾浩浩荡荡,前往山东蓬莱,虔诚地寻找神仙。但见海浪横空,无际无涯,鸥鸟翩飞,嘎嘎哀鸣,渔舟一叶一叶,犹如动荡缥缈之仙踪。武帝在岸边颤巍巍轰然跪拜,祈求神仙乘风降临。可是,痴痴地等待了十几天,神仙依然渺无踪迹,海浪依旧淘洗着流沙。绝望之下,只好踏上了归程。此时,海上朔风怒号,犹如天兵天将捉对厮杀;地上郁郁葱葱,佳禾千里,五谷展叶。武帝遥望蓝天,俯视大地,神情迷离,百感丛生。回想铁血人生,犹如落日辉煌。也曾英雄盖世,伟岸无匹敌者;也曾万箭齐发,剿灭反叛分子;也曾血洗京都,天下为之震恐;也曾蹂躏美女,餐尽尘间美色……可是,这一切一切,究竟是为了什么呢?——难道就是为了那个遥不可及、高不可攀的所谓神仙吗?

这是雄才大略的汉武帝一生中,少有的惶恐时刻。他仿佛感到,天空里的万道流火,在烧灼着他的心灵;田野里的万顷禾苗,在晃摇着他的人生信念。他开始怀疑,自己是否像群臣三叩九拜所歌颂的那样,犹如天上万众敬仰的太阳,光芒四射、万寿无疆?

这一天,皇帝的銮驾来到钜定县(今山东广饶县)境内,只见平畴千里,艳阳高照,地气蒸腾,人声喧嚷,牛哀鸣,马扬鬣,百姓们正在驱牛扶犁忙春耕。沟渠里,流水潺湲,田埂上,黄花轻吟,大树下,娃娃流涕……汉武帝被这幅田间春耕图卷感染了,下令停车,他兴致勃勃地走出黄銮盖,来到田野上,亲手驾起耒耜,挥起牛鞭,耕田犁地,一时间,垄亩间山呼海啸,百姓们叩首舞蹈……

随后,皇帝的銮驾迤逦前行,来到位于泰山脚下岱顶东北的周代明堂遗址。这里是古代帝王巡狩祭祀之圣地。《史记·封禅书》载:"泰山东北址有古明堂处,齐有泰山之明堂也。"相传,公元前500年,鲁定公与齐景公在这里的夹谷会面,轰动一时,史称"夹谷会盟",孔子以相礼身

份随同鲁定公与会，他慷慨陈词，摆事实，讲道理，迫使齐景公向鲁定公谢过，因此，明堂又称"谢过城"。武帝进入明堂，祭拜之际，不由得想起了"谢过城"之往事，无限感慨，他对着天地神灵和大臣们说道："朕自即位以来，所为狂悖，使天下愁苦，不可追悔。从今以后，事有伤百姓，糜费天下者，悉罢之！"不久，大鸿胪田千秋上疏，强烈要求斥退方士，扫除天下之妖氛，武帝允准，并说："向时愚惑，为方士所欺，悉罢之！"——这两声"悉罢之"，虽然来的晚了些，但毕竟开始醒悟了。

这年六月，搜粟都尉桑弘羊上书武帝，请求朝廷派遣兵卒到天山南麓的轮台（今属新疆巴音郭楞蒙古自治州），修筑堡垒，镇守边疆。大商人出身的桑弘羊先生，是西汉大名鼎鼎的政治改革家，历任大司农、御史大夫等要职，在他的参与主持下，朝廷先后实行了盐、铁、酒专卖，推行了一系列经济新政，有效地缓解了经济危机，他也因此极受武帝的赏识与倚重。他关于组织兵卒戍边、防御匈奴侵扰的奏折，触发了武帝之"心疾"，成为武帝后期重大的历史事件。

武帝揽奏，夜不能寐，想到自己这些年来一系列的失误，不禁内心如焚，于是，他慨然下了一道诏书，这就是有名的"轮台罪己诏"，反思自己的过错，宣布"当今务在禁苛暴，止擅赋，力本农"，与民休息。诏书下达，武帝的悔过之心，昭告天下，史称"轮台悔过"。应当说，能够知错必改，是汉武帝雄才大略的一个重要特征。

天欲雪，人欲眠，使我想起柳宗元

唐元和十年（815），中唐诗人柳宗元因为参与"永贞革新"失败被贬为柳州刺史。作为当地的最高长官，柳宗元魂系百姓，心忧黎元，他采取措施，解放奴婢，发展生产，数年之间，使当地百姓"宅有新屋，步有新船，池园洁修，猪牛鸭鸡，肥大蕃息"（韩愈：《柳州罗池庙碑》）。然而，政事之余，他的心是悲苦的，灵魂是孤独的。他明白，自己性不谐俗，徒有文名，却不为世用，只能埋首山川纸页之间。空抱明月望江华，腹藏昆仑临溪流，他常思考一个怪问题：我拥有的一腔才华，是否乃毫无用处的"屠龙之技"呢？世人大都拥有"屠猪之术"，可以杀猪宰羊谋生活；可是，人一旦拥有了"屠龙之技"，就会以天下国家为己任，浩渺无穷尽，你到哪里去施展呢？谁又会让你去施展呢？——那条你要屠的所谓"龙"，究竟在哪里翱翔呢？李太白放言说：天生我材必有用，千金散尽还复来。他对此有些怀疑。

柳州百姓的生活虽然悲苦，有时柳宗元来到乡下，却经常可以见到那些衣衫褴褛、满脸菜色，却自得其乐、快活自在的庄稼人，他们在悲惨中仿佛享受着珠玉之美，在贫瘠中仿佛体会着豪阔之乐——这样的享受与体会，令他很羡慕，却永远无法做到。才华带给人的，是灵魂的飞翔，理想的远大，志向的恢宏，却也带给人无际无涯之痛苦，无声无色之焦躁，无始无终之烦恼……

长期的贬谪生涯与身心抑郁，消磨了柳宗元的昂扬斗志，损害了他的身心健康。刚过不惑之年的他，白发苍苍，齿牙摇动，俨然一慵迈老者了。对自己的身体，他向来信心不足，三十七岁那年，他写信给一位朋友说："人生少得六七十者，今已三十七矣。长来觉日月益促，岁岁更甚，大都不过数十寒暑，则无此身矣。"他对生命的设想，充满凄凉；而实际上，他的生命，比自己预期的短促了许多。

身心的长期压抑，逼使他的意念离开尘世，转向佛禅义理。他与僧、道、隐士交游，心游万里，寄寓无极。他说："佛之道，大而多容，凡有志于物外而耻制于世者，则思入焉。"(《送玄举归幽泉寺序》)"既委废于世，恒得与是山水为伍。"(《陪永州崔使君游宴南池序》)看来，柳宗元在贬谪的岁月里，找到了入禅入佛之路径，悠游山林，驰目骋怀。他毫不讳言自己是满怀牢骚来游山玩水的，游玩之余，却尘心飘漾，他的许多山水诗，充满了尘世悲愁——

　　夙抱丘壑尚，率性恣游遨。
　　　　　　——《游南亭夜还叙志七十韵》
　　隐忧倦永夜，凌雾临江津。
　　　　　　——《登蒲州石矶望衡江口潭岛深迥斜对香零山》

苦热中夜起，登楼独褰衣。
————《夏夜苦热登西楼》

窜身楚南极，山水穷险艰。
————《构法华寺西亭》

拘情病幽郁，旷志寄高爽。
————《法华寺石门精室三十韵》

....

天欲雪，人欲眠，使我想起孟东野

溧阳县位于江苏、安徽、浙江三省交界处，丘陵与平原各占一半，是长江三角洲地区一颗耀眼的明珠，东临太湖，西倚茅山。太湖秀甲天下，周围群星捧月一般分布着淀泖湖群、阳澄湖群、洮滆湖群等。茅山乃道教圣地，山上宫、观、殿、宇等各种道教建筑三百余座，号称"养真之福境，成神之灵墟"。古旧飞尘的溧阳县城里，建有学堂、酒楼、集市，还有一座颇具规模的唐兴寺。城东有波澜不兴的长荡湖，城南有浩渺连天的天目湖，远水流波，翠嶂环绕；城西有闻名遐迩的北湖亭，亭盖如伞，鸣禽含悲；城西北有瓦屋山，山形如屋，笼盖四野。伫立北湖亭飞檐之下，极目远眺，四面的湖光山色，尽收眼底。望着这如画山水，如酒美景，孟郊愤愤不平的心绪，开始慢慢平静下来。

孟郊的怨愤，自有他的理由。贞元十二年（796），四十六岁的大才子孟郊第三次前往长安应考，终于高中进士，挥笔写下"春风得意马蹄疾，一日看尽长安花"，可是苦等四年之后，年届五旬的诗人才得到了一个九品溧阳县尉，相当于今天的公安局长，他的心底端的是万般委屈呀！

唐代的县衙，设置县尉一至二人，职在县令、县丞、主簿之下，是级别最低的九品文官，分管功、仓、户、兵、法、士六曹，直接与百姓打交道，官职不高，实权不小，是个逢迎上司、欺压百姓的角色。唐代诗人大都讨厌这个职位，不愿欺压百姓，干那些昧良心的事。杜甫明确表示："不作河西尉，凄凉为折腰。"（《官定后戏赠》）高适说得更直白："拜迎长官心欲碎,鞭挞黎庶令人悲。"(《封丘作》)白居易当年阴差阳错做了陕西周至县尉,一天他到京城长安公干,看见王府荷池里莲花盛开,便借题发挥,大发感慨:"今来不得地,憔悴府门前。"(《京兆府新栽莲》)不久就挂冠而去,后来他对此一直耿耿于怀,自嘲曾为"风尘吏"。

然而,无论如何,孟郊毕竟也是朝廷命官,有了职位,有了俸禄,也有了报效慈母养育之恩的资本。他上任后的第一件事,就是把在浙江湖州德清县老家将息度日的老母亲接来,精心侍奉。人到五十,两鬓斑斑,才有了报恩老母的机会,未免令人心酸。他一直想为母亲作一首诗,却苦于自己身为白丁,日子过得穷窘蹙迫,艴然无法命笔。寂静的夜晚,他照料母亲睡下,听着母亲发出轻微的鼾声,一时之间,五内鼎沸,心潮难平,那篇千古传诵的《游子吟》,从胸口潺潺流出——

> 慈母手中线,游子身上衣。
> 临行密密缝,意恐迟迟归。
> 谁言寸草心,报得三春晖。

《游子吟》堪称唐诗中的天籁之音,自然温馨的语句,朴素真挚的感情,千百年来,万口传诵。

孟郊是个性情率真的诗人,周身诗情洋溢。他到任不久,县令调离,他与同僚们在唐兴寺内设宴送行。那时节,唐兴寺里的蔷薇花开得正艳,香火缭绕,钟鼓轻敲,孟郊见此情景,写下了《和蔷薇花歌》:"仙机札札织凤凰,花开七十有二行。天霞落地攒红光,风枝袅袅时一飏,飞散葩馥绕空王……"这首诗传诵一时,成为唐代蔷薇诗中的名篇。有时,他到辖区乡村去"调研",回来后的"调研报告",却是一沓沓散乱的诗稿。

县城西北十里处,是晋朝平陵县城旧址。平陵古城呈正方形,周围长约1000米,四周有2米多宽的城濠,城墙用土夯筑,高3米,宽5米,设有南北二城门,城门前是木板吊桥,城内设县衙,也驻守备兵营。南北朝时,南朝宋文帝刘义隆元嘉九年(432),废平陵县,县城随之被废弃。如今这里人迹罕至,断檐残壁,栎树蔽日,鸟雀成群,深潭里鱼鳖沉浮,

人生总有孤独时

水岸间野鸭栖息，寂寥中弥漫着某种莫名的幽邃与恐怖。孟郊经常骑着一头毛驴，带着一名小吏，悄然来到此处，苦吟到夕阳落山。后来，他干脆在这里造了一座简陋的射鸭堂，堂前的湖荡里，常有野鸭飞落。他经常在这里饮酒觅诗，咿呀高歌，射鸭取乐，流连忘返，"射鸭复射鸭，鸭惊菰蒲头。鸳鸯亦零落，彩色难相求……一步一步乞，半片半片衣。倚诗为活计，从古多无肥。"（《送淡公》）其雅兴之高涨，已经到了荒废公务的程度。

孟郊的言行举止，作为一个诗人，似乎无可厚非；但作为一个政府官员，未免有些荒唐不着调。天下哪有做和尚却不撞钟的道理呢？新任县令对此大为恼火。可是，孟郊乃大唐进士，著名诗人，你能奈他何？县令思谋再三，请来一个帮工协助孟郊，把他的俸禄分一半给人家。这样的处置，似乎还有些合理之处，却强烈地刺激了孟郊敏感而脆弱的神经，他彻夜难眠，思绪翻滚：如此奇耻大辱，令诗神流涕，祖宗蒙羞，俺老孟哪能忍受？——他一怒之下，挂冠而去，挈妇将雏回了德清老家，没了职位，没了俸禄，仅靠妻子卖针线活儿维持生计。

有时候，你要维护尊严，必须付出代价。人生自古皆如此。孟郊这"一怒"的代价，委实高昂。他和一家人的生活，由此陷入了饥寒交迫之窘境，衣食不继。面对人生困顿，孟郊尽管才华纵横，却一筹莫展，只有满怀哀愁，炼词琢句，聊作《苦寒吟》：

> 天寒色青苍，北风叫枯桑。
> 厚冰无裂文，短日有冷光。
> 敲石不得火，壮阴夺正阳。
> 调苦竟何言，冻吟成此章。

（2008年12月12日）

无端想起李元昊

一

李元昊是谁？

他是宋代人，但不是宋朝人。

李元昊（1003—1048），号嵬理，名曩霄，西夏开国皇帝，谥号武烈皇帝，庙号景宗。其父乃西夏王李德明。

怎么忽然想到了这么一个历史人物呢？

说来话长。在拙著《孤鹜已远》中，有一篇《忧以天下，乐以天下》，讲的是北宋两大名臣欧阳修与范仲淹的故事。两人都是中国历史上可歌可泣的大家。范仲淹之慷慨悲郁，心忧天下，欧阳修之刚正不阿，疾恶如仇，自是有口皆碑，他们参与并主导的"庆历新政"，吹响了北宋王朝第一次改革的号角。尽管在保守势力的强力阻击之下，改革只持续了一年，便偃旗息鼓了，但对有宋一代，甚至是中国历史上的历次改革运动产生的影响，却是极其深远的。

"庆历新政"发生在庆历三年（1043）。在此之前，欧阳修与范仲淹身在朝堂，因为正直敢言，饱受摧折，几度漂泊江湖。欧阳修被贬往夷陵（今湖北宜昌市），范仲淹几经蹉跎，出任西北军副统帅。

正是在西北军副统帅任上，范仲淹与大夏国皇帝李元昊进行了一场残酷的军事较量。

二

关于范仲淹与李元昊的较量，且看拙著《孤鹜已远》之叙说——

　　这年冬天，西北边境风云突变。原来居住在甘肃的甘州和凉州（今张掖、武威）一带的党项族人，本来世代臣属于宋朝，到了宝元元年（1038）十月，党项族首领李元昊一跃而起，宣布建立西夏国，国号大夏，三十四岁的李元昊登上帝位。据史书记载，元昊智勇双全，精于法律、兵法、佛法、汉文等，二十岁便领军作战，机智勇敢。此后不久，他调集十万军马，深入宋境，侵袭延州（今陕西延安市）等地。面对惊天遽变，朝廷惊慌失措，主战派与主守派吵成一团，莫衷一是。手足无措的宋仁宗忽然想起了漂泊江湖的范仲淹，立刻宣之入朝，恢复天章阁待制之职，令他出任陕西经略安抚招讨副使，即副统帅，与统帅夏竦、副统帅韩琦一起，全面统筹西北边防大事。

　　那时候，宋朝军队腐败透顶，战斗力极差，大夏军队兵强马壮，宋军根本不是对手。范仲淹到任，力主坚壁清野，修固边城，以不动制动，迫使西夏退兵。他的主张被斥为怯懦惧敌。另一个副统帅韩琦主张坚决进攻。

　　这边厢范仲淹稳如磐石，那边厢韩琦却急了，他铁青了脸，暴躁地命令副将任福克日进攻，任福一声呐喊，部下将士列队前进，招募来的一千八百名壮士带头冲锋，兵锋直逼六盘山敌军阵地。然而，草率出击，祸患无穷，在六盘山南麓的好水川，宋军陷入了西夏军队的包围圈。好水川在今宁夏隆德县城北十五里，两边山谷环抱，只有一径可通，正是兵家设伏之处。当西夏兵辛螞蟥一样汹涌杀来时，惊慌失措的宋军四散奔逃。此役，宋军死伤万余人，任福以下诸将皆战死，为保卫祖国流尽了最后一滴血。然而，志士的鲜血，并没有惊醒主帅夏竦的"战场骚动症"，他孤注一掷，命令驻渭州（今甘肃平凉市）的宋军进行破釜沉舟式的全面进攻，岂料又中了元昊的圈套，被西夏军围困在定川砦（今宁夏固原市西北），最终导致全军覆没。

三

宋军接连溃败，西北边境局势岌岌可危，这个残局，当然需要范仲淹最后来收拾。宋军的惨败，印证了范仲淹此前决策的正确。此后的事情，就好办了。在范仲淹的主导之下，宋军固守待变，大夏军队不战自乱。此后，范仲淹被宋仁宗提拔重用，调回朝堂任参知政事，与欧阳修等志士仁人一起主持了"庆历新政"。

在对这一段历史的回眸中，忽然发现，在自己的笔下，李元昊不过是个符号而已。这恐怕是个缺失。因为，一个少数民族的一个三十四岁青年，若没有非常智慧，非凡勇气，怎么可以称霸大西北，与堂堂的大宋王朝对垒呢？

据《宋史·李元昊传》记载，少年时代的李元昊，身穿白色长衫，头戴黑冠，身佩弓矢，每出行，自乘骏马，左右簇拥，煞是耀武扬威。他幼读诗书，对兵书手不释卷，勤学多思，见解独到。宋朝边将曹玮见其图画状貌，不由惊叹："真英勇也！"李元昊成人后，对于先辈称臣于宋，十分不满。父亲李德明对他说："吾久用兵，疲矣，吾族三十年衣锦绮，此宋恩也，不可负！"李元昊反驳道："衣皮毛，事畜牧，蕃性所便。英雄之生，当王霸耳，何锦绮为？"

明道元年（1032），李德明辞世，李元昊继位，积极准备建国称帝。为了强化民族意识，他首先抛弃了唐、宋王朝赐封给其祖宗的李姓、赵姓，改姓嵬名，称"吾祖"。"吾祖"为党项语，意为"青天子"。李元昊自认祖宗为鲜卑拓跋氏，为了怀念祖先，保持旧俗，他率先自秃其发，剃光头，戴耳环，以示区别，同时强令党项部族人一律"秃发"，且限期三日，有不服从者，一律处死。一时间，党项民众争相秃发。1034年，李元昊改年号为广运，同年五月，又升首都兴州为兴庆府（今宁夏银川），在城内

大兴土木，扩建宫城，广营殿宇。兴庆府的布局，仿照唐都长安、宋都汴梁。

　　李元昊不仅是一个十分有头脑的政治家，还是一个卓越的军事家，为了争取战争的胜利，他不惜采用种种手段，调动各种力量，屡屡以谋略胜出，每战或诱降，或诈降，或行间，或偷袭，或设伏，可谓百变统帅也。

　　历史地看，李元昊之所以能够建国称帝，一个重要的原因，是以西夏经济的不断发展为基础的。那时候，李元昊致力于加强同中原地区的经济联系，吸收中原先进的经济体制，改变西夏原有的社会经济结构，使西夏经济得到了迅速发展，在短时间里完成了向封建制的转化。当然，西夏丰富的自然资源，也是经济得以发展的基础。西夏国的中心地带，处于黄河上游两岸富庶的银川平原，"天下黄河富宁夏"——这是历史上对这个地区的概括。

　　李元昊建国后，形成了宋、辽、夏三国鼎立的局面，出现了三国角逐的形势。他的对外政策，就是典型的实用主义，既不是一味地联辽抗宋，也不是一味地与宋、辽和平相处，而是根据实际利益，随机应变，联合强者，围猎弱者，从中渔利。这是十分灵活的外交政策。他继位之初，与辽联姻，受辽封号，一旦两国因边境骚动发生纠纷，并引起战争，他在给对方以重创之后，立即以胜求和，恢复两国友好。为了对付宋朝，他与辽国结盟，有恃无恐，悍然发动侵宋战争。当他看到辽国以出卖夏国利益从中渔利之后，便立即决定同宋媾和，不惜在一向坚持的名分问题上向宋做出了让步，不仅摆脱了由于长期战乱造成的困境，而且避免了可能遭到宋、辽夹击，两面受敌的危险。对宋妥协，两国议和，还可以从宋得到可观的经济实惠，可谓一举三得也。

　　遗憾的是，李元昊和历史上的许多统治者一样，前期英明，后期昏庸，他纵情声色，不理朝政，致使朝纲崩摧，儿子宁令哥的妃子貌美如花，李元昊垂涎三尺，夺为己有，并立为"新皇后"。如此寡廉鲜耻，肯定万夫所指，宁令哥难以忍受夺妻之恨，持戈进宫行刺，李元昊被削去鼻子，受了惊吓，暴躁焦虑，鼻创发作，于1048年正月初二死去。

　　夏国的开国皇帝，党项族的一代英主，就这样呜呼哀哉了。

（2010年8月13日）

元稹与薛涛

一

唐代著名诗人元稹,在历史上是个颇有争议的人物。他最有名的作品,不是《乐府古题》之类,而是他的情爱悼亡诗,其《遣悲怀》三首,更是文学史上的名篇,清人赵翼在《瓯北诗话》中评论说:"古今悼亡诗充栋,无能出此三首范围者。"

其 一

谢公最小偏怜女,自嫁黔娄百事乖。
顾我无衣搜荩箧,泥他沽酒拔金钗。
野蔬充膳甘长藿,落叶添薪仰古槐。
今日俸钱过十万,与君营奠复营斋。

其 二

昔日戏言身后事,今朝都到眼前来。
衣裳已施行看尽,针线犹存未忍开。
尚想旧情怜婢仆,也曾因梦送钱财。
诚知此恨人人有,贫贱夫妻百事哀。

其 三

闲坐悲君亦自悲,百年都是几多时。
邓攸无子寻知命,潘岳悼亡犹费词。
同穴窅冥何所望,他生缘会更难期。
惟将终夜长开眼,报答平生未展眉。

《遣悲怀》是元稹写给亡妻韦丛的。韦丛乃豪门之女,二十岁时嫁给二十四岁的元稹,七年后亡故。韦氏生过五个孩子,仅一女长大成人。元稹给韦氏写过很多诗篇,感人至深,天下传诵。可惜,诗里诗外的元稹,距离实在太过遥远了。

二十一岁那年,元稹在河中府(治所在浦州,今山西永济县)任职。就在那里,发生了他在《会真记》中描述的故事。那年驻军骚动,浦州大乱,元稹请人保护了旅居此地的一门远亲,因此结识了十七岁的远房表妹双文。正值豆蔻年华的双文,"垂鬟接黛,双脸断红,颜色艳异,光辉动人",元稹热烈地爱上了她,双文也被他的才华打动,两人迅速坠入情网,私定终身。那天夜晚,月光迷离,两人在空蒙的月光底下偷偷幽会,双文"娇羞融冶,力不能运肢体"……

这一时期的元稹,对双文还是怀有一腔柔情蜜意的。《赠双文》一如带露荷花,"艳极翻含怨,怜多转自娇。有时还暂笑,闲坐爱无憀。晓月行看堕,春酥见欲消。何因肯垂手,不敢望回腰"。这个情窦大开的多情才子,脸上带了几分羞涩,在远远地偷窥美女,并不时地搔首踟蹰;《杂忆五首》一咏三叹,"花笼微月竹笼烟""轻寒夜浅绕回廊""春冰消尽碧波荡"——在意醉神迷的背景里,一位薄衫飘逸的曼妙女子,柔不胜衣,沾烟带霞,飘然而来……在元稹的心目中,双文表妹曾经怎样的美妙无双啊!

此后不久,元稹带着双文的吻痕和共结连理的誓言,进京应试。桃花初开,科举运来,荣登书判拔萃,一举当上了校书郎。然而,鸿鹄于飞,踪迹难追,京城的宫阙楼阁,洞开了他的眼睛,豪门的灯红酒绿,迷醉了他的心神。他恍然之间觉得,京城里的豪宅,应该有一所属于自己;京城里的美女，每一个都应该抱在自己怀里。他脸色一变，抛弃双文，另攀豪门之女，还在《会真记》里巧舌如簧，为自己的始乱终弃之秽行百般辩护，诬蔑双文是"妖孽"，说什么"大凡天之所命尤物也，不妖其身，必妖于人"，声称自己决然离开她是"善补过"云云，脸皮实在有些太厚了。他的生花妙笔，丽辞美语，读来却一阵阵的令人恶心，难怪鲁迅先生要叱责他"遂堕恶趣"了！

二

元稹另攀的豪门之女，就是韦府女公子韦丛。韦丛之父韦夏卿时任太子少保、京兆尹，乃京城最高长官，是元稹之流寒门子弟不敢仰视的人物。娶了韦丛，他便跟在泰山尚书及韦氏子弟后边纵马驰骋——"紫垣驺骑入华居，公子文衣护锦舆。眠阁书生复何事，也骑赢马从尚书。"（《陪韦尚书丈归履信宅，因赠韦氏兄弟》）

这位韦夏卿先生，"有风韵，善谈宴，与人同处，终年而喜愠不形于色"（《旧唐书·韦夏卿传》），不但官高位显，而且颇有文采，其《别张贾》云："切切别思缠，萧萧征骑烦。临归无限意，相视却忘言。"或许正是因为这一点，他才肯把爱女韦丛嫁给元才子的吧！

可贵的是，韦丛以千金小姐之身嫁给穷诗人元稹，过着"贫贱夫妻百事哀"的日子，却无怨无悔，一片痴情对青天。如此不凡之奇女子，实在值得珍惜。元稹也真心地爱着她，为她写下了那么多令人落泪的诗篇——"曾经沧海难为水，除却巫山不是云。取次花丛懒回顾，半缘修道半缘君。"

然而，诗里诗外，天地迥异。有人批改元稹的诗句，是——"曾经沧海难为水，除却巫山还是云。"第一片飘来的"彩云"，便是唐代著名的"扫眉才子"薛涛。

薛涛生于成都一个小官宦之家，很早就展现了天赋诗才。八岁那年夏天，她与父亲闲坐庭中，父亲伸手一指庭院里的梧桐树，随口吟道："庭除一古桐，耸干入云中。"小薛涛眨眨眼睛，脱口而出："枝迎南北鸟，叶送往来风。"薛涛十四岁那年，父亲遽然辞世，留下孤儿寡母，生计艰难，

小薛涛不得不挑起了命运的重担，加入乐籍，成为官妓。唐代各地官府及军镇均设有乐府，官妓居于其中，专门为官府服务，献艺佐酒，甚至私侍寝席，乃咽泪装欢的可怜一族。薛涛凭借天生丽质与绚烂才情，博弈在欢乐场上，侍酒赋诗，弹琴娱客，受到成都最高长官、剑南节度使韦皋赏识。韦皋作为朝廷经略西南的封疆大吏，能诗善文，以儒雅享誉士林，他闻听薛涛乃蜀地"超女"（"超级才女"），便令其前来帅府侍宴。为试其才情，韦皋请薛涛当场赋诗，薛涛莞尔一笑，伸出纤纤玉手，接过侍女奉上的纸笔，一挥而就，一首《谒巫山庙》转瞬即成，"山色未能忘宋玉，水声犹是哭襄王"，"惆怅庙前多少柳，春来空斗画眉长"，清丽凄婉而又深沉的诗句，令韦皋击节叹赏。此后，韦府每有盛宴，薛涛必定到场献艺，她成了韦府常客，其芳名才名，渐渐远播。从此之后，历任成都长官，包括大名鼎鼎的李德裕，以及有名的腐败分子严砺，都对她青眼有加，许多文人骚客，经常与她诗酒唱和——究竟是爱慕，还是暧昧，谁能说清楚？

薛涛的笑颜，为所有这些来往嘉宾而绽放，而灿烂，而妩媚，其诗篇《迎李员外》，正是这种生活的真实写照——

  今日喜时闻喜鹊，昨宵灯下拜灯花。
  焚香出入迎潘岳，不羡牵牛织女家。

三

唐元和四年（809），三十一岁的元稹以监察御史身份来四川公干，驾临梓州（今四川三台县）。梓州乃川北重镇，剑南东川节度使的治所，就在这里。"无数涪江筏，鸣桡总发时"；"夜深露气清，江月满江城"——诗圣杜甫的诗句，为梓州披上了一层朦胧的彩衣。元稹此来，其主要任务，就是要彻查剑南东川节度使严砺伙同其部下违法乱纪之"窝案"。那时严砺已死，当地官员听闻风声，个个心惊肉跳，经过一番密谋，他们决定施以"美人计"，请求蜀地"公关明星"薛涛小姐出马，意欲用美色与才华，将元大才子一举"拿下"。

在当地官员举行的豪华接风宴会上,元稹第一次见到了魅力四射的薛涛,顿时双眼发直,骨酥肉软,随即展开了热烈追求,"锦江滑腻蛾眉秀,幻出文君与薛涛;言语巧偷鹦鹉舌,文章分得凤凰毛"(《寄赠薛涛》)。而薛涛,也像遇见了美貌如花的潘岳先生一样,一头栽进了温柔乡里。两个人犹如干柴烈火,当天晚上就男欢女爱做了交颈鸳鸯。第二天清晨,薛涛刚离开元才子温暖的怀抱,就迫不及待写了一首《池上双鸟》——

双栖绿池上,朝暮共飞还;
更忆将雏日,同心莲叶间。

唉,可怜薛涛一腔蚀骨柔情,化作了万斛脉脉春水,萦绕着这位京城贵客。策划实施"美人计"的当地大员们赔了夫人又折兵,七个涉案官员最终受到了惩处;而元稹,既成了著名的"反腐英雄",又抱得了美妙佳人,真可谓一爽彻骨也!

薛涛比元稹大十一岁,两人随后展开的一段"姐弟恋"轰动一时。薛涛感情细腻,身世飘零,每日里送往迎来,巧笑浅唱,繁华过后,却是孤独苍白,寂寞难耐。她渴望属于自己的那份感情,幻想拥有一个牵肠挂肚的情郎。这个情郎,她终于遇到了,时年四十二岁。

薛涛爱得深沉,爱得痴迷。为了心爱的人,她创造了两项"薛氏发明"。

一是开水白菜。一盆清水,几片菜叶,一清二白,简约之至。在满桌佳肴中,你可能根本不注意它呢,可是,不经意品尝了一口,却是意外惊喜:其鲜美可口,难以言状。相传这是薛涛为款待元稹所创造。所谓"开水",是用老母鸡、老母鸭、云南宣威火腿上的蹄子、猪棒子骨,以及"红茸"(净瘦猪肉调制)、"白茸"(净鸡脯肉调制),经过煮、扫、吊等数道程序,精制而成。每道程序都要精心,即使最后倒入汤盆,也要小心翼翼,稍有不慎,就会前功尽弃。

二是薛涛笺,亦称幻花笺。薛涛在娴雅之余,把乐山特产的胭脂木浸泡捣拌成浆,加上云母粉,从玉津井里汲取清水浸泡,制成粉红色的特殊纸张,纸面上呈现出不规则的松花纹理,清雅别致,人称"薛涛笺"或"幻

花笺"。薛涛寄给元稹的诗句,大都写在这种精美的纸笺上,其情思之细密、用情之专注,由此可见也。对于这个传说,宋人景焕在《牧竖闲谈》中的记载是:"洎稹登翰林,涛归浣花,造小幅松花笺百余幅题诗献稹。"

然而,美梦到头来总会化作天空里的月亮,高寒凛冽,冰凌彻骨。两人在蜀地只共度了一年美好时光,最终还是泪水涟涟地分开了。元稹公务在身,必须离开,他誓言一定要迎娶心上人。薛涛则以元夫人自居,闭门谢客,朝思暮想,期盼情郎早日归来。

那时候,薛涛其实一点儿也不寂寞,许多帅哥才子,环绕在她的石榴裙边,白居易、牛僧儒、令狐楚、张籍、杜牧、刘禹锡、张祜,等等,一个个高才大名,情深意长,薛涛与他们诗文酬唱,只不过是水泅地皮湿,一闪而过,牵动她内心深处绵绵情丝的,唯有元稹而已。她早看朝露,暮望归鸦,苦苦地痴情等待着心上人——"花开不同赏,花落不同悲;欲问相思处,花开花落时。"(《锦江春望》)

而元稹的情状,则大相径庭。他前往扬州之后,尚有信来,此后就好像泥牛入海,没了音讯。这一时期,恰恰成了元稹"桃花盛开"的烂漫岁月,他到处留情采花,先遇见了浙东名妓刘采春,她的容华绝世,光彩照人,令元稹一见倾心,立刻醉倒在樱唇里、红裙下,早把薛涛抛到了九霄云外。两年之后,元稹再一次"梅开二度",纳妾安氏,安氏的明眸皓齿,一时间拴住了元稹那颗骚动的心。

然而,情场得意,官场失意,美姬如云的元稹正应了这句古训,他后来政坛覆舟,被贬为通州司马。唐代的通州就是现在的四川达州市,与成都近在咫尺,元稹在这里蹉跎三载,却一次也没有去看望痴痴等待他的薛涛,反而跑到涪陵(今重庆市涪陵区),迎娶了另一个美艳的大家闺秀裴淑。他与裴淑颠鸾倒凤之时刻,可怜的薛涛正在孤独地斜倚楼头,举目望远,天涯断肠,品味着自酿的一杯一生也喝不完的苦酒!

晚年的薛涛,情丝断尽,心如冷灰,她在成都远郊筑起了一所风雨飘摇的"吟诗楼",自己穿上一袭女道士服饰,悄然隐居。暮鸦寒声远,锦江涛声咽,楼头诗思飞……唐文宗大和五年(831),六十五岁的薛涛,永远地闭上了美丽寂寞的眼睛。她真情一生,追求一生,孤独一生,如今终于安然长眠了!……

当时和后世,很多人指责元稹薄情寡义,是个言行不一的小人和伪君子,他写给亡妻韦丛的诗,也是谎话连篇。其实,元稹乃天生情种,"生命不息,风流不止",他爱双文、韦丛,也爱薛涛、采春、裴淑。此爱与彼爱,并非虚情假意。哪一个爱的片断,都是绝对真实;然而,终究是片断而已。至于将婚姻当作飞黄腾达之捷径,攀龙附凤者,古今中外,何独元稹?——无论如何,元稹对韦丛的爱是真的,写给她的诗也是真情流露;至于元稹的人格缺陷、道德缺失,那也是毋庸置疑的。

元稹的道德缺失,还表现在对诗人李贺的报复。李贺少年得志,一首《雁门太守行》响彻云霄,其"黑云压城城欲摧,甲光向日金鳞开"之句,受到文坛巨擘韩愈激赏。李贺一举成名后,登门拜访者络绎不绝,元稹也慕名去拜访,遭到冷遇,视之为奇耻大辱。几年后,元稹当了进士科考试主考官,在考生花名册上偶然发现了李贺的名字,便千方百计将他拿下。李贺父亲名李晋肃,居然成了元稹背后施放冷箭的借口。他上书皇帝说,"晋"与"进士"之"进"同音,应当避讳,必须将李贺除名,才合乎朝廷礼法。此事传出,一片哗然。韩愈闻讯,写了著名的《讳辩录》,严词驳斥元稹:"今贺父名晋肃,贺举进士,为犯二名律乎?为犯嫌名律乎?父名晋肃,子不得举进士,若父名仁,子不得为人乎?"老韩说,父名晋肃,儿子不可以考进士,如果父亲名仁,难道就不能做人了吗?尽管他"质之于律""稽之于典",极力为李贺辩护,然而,老韩此时已经退居二线,说话不灵了。李贺因此没能登第,终生穷困潦倒。虽经韩愈等人多方推荐,谋了个"奉礼郎"九品芝麻官,对天才诗人李贺来说,显然充满了无奈与痛苦,二十七岁就郁郁而终了。或许李贺有其摆不脱的命运之环,但无疑,元稹是把他往死亡线上推了一把的。

近代国学大师陈寅恪先生,论及元稹时很不客气:"综其一生行迹,巧宦固不待言,巧婚尤可恶也。岂其多情哉?实多诈而已矣。"(《元白诗笺证稿》)

陈先生的论断,似乎过于峻厉了。

(2010 年 12 月 15 日)

"应谥为缪"许敬宗

一

许敬宗（592—672），字延族，浙江杭州人，其父许善心是隋朝高官，可以说是隋炀帝的亲信，官名曰给事中。据《新唐书》记载，敬宗"幼善属文"，隋朝大业年间登第，举秀才，授淮阳郡（今河南淮阳县）司法书佐，不久入谒者台，来到皇帝身边，主管诏命及呈奏章案等事。在隋炀帝麾下，他可谓少年得志，顺风顺水，平步青云，说他出类拔萃，大概不算溢美之词吧？

然而，客观地说，许敬宗的少年得志，肯定离不开他的高官老爹之庇荫。其父许善心官居"给事中"。这个官职，设置于秦朝，是秦始皇在官场政治的一大发明。两汉时代因袭下来，并提高了地位，位置仅次于皇帝身边的随从中常侍。中常侍是干啥的呢？顾名思义，就是随侍在皇帝身边，以备顾问应对，是皇帝最信任、最贴心的那几个人。到了东汉后期，朝政极度腐败，宦官一手遮天，这一要职基本上就被大太监们把持了。《三国演义》中描写的东汉末年汉献帝身边无恶不作的"十常侍"，张让、赵忠、夏恽、郭胜、孙璋、毕岚、栗嵩、段珪、高望、张恭、韩悝、宋典等十二个宦官，都官拜中常侍，威震朝堂，把献帝玩弄于股掌之上，操弄皇权，残害忠良，祸乱天下，把摇摇欲坠的东汉王朝推入了万劫不复的万丈深渊。

在隋朝，许善心肯定属于官场弄潮儿，他是炀帝的随从，常侍奉左右，一言之毁誉,既可把人捧上天堂,也可把人打入地狱,满朝文武,哪个敢不恭谨有加?——明乎这些,许敬宗在裙带风盛行的官场之迅速蹿升,也就一点儿也不奇怪了。

二

在中国历史上,隋朝是一个短命王朝。文帝杨坚积累下的那些宝贵财富,炀帝短短几年就消耗殆尽,起义不断,叛乱频仍,天下分崩离析之乱局,不可救矣。到了大业十四年(618)三月,隋炀帝的末期来临了,宇文化及发动兵变,隋炀帝被勒死,终年五十岁。

宇文化及先祖是匈奴人,姓破野头,代郡武川(今内蒙古武川)人,家世官宦,皇帝姻亲。其父宇文述,北周时袭父爵为上柱国,隋初为右卫大将军,当年为晋王杨广继位立下汗马功劳,深得恩宠,拜为左翊卫大将军,封许国公,势倾朝野,炀帝还将大女儿南阳公主许配给宇文述第三子宇文士及。

宇文化及是宇文述的长子,《隋书》本传记载:"宇文化及,左翊卫大将军述之子也。性凶险,不循法度,好乘肥挟弹,驰骛道中,由是长安谓之轻薄公子。"炀帝为太子时,宇文化及为太子千牛,执掌千牛刀宿卫,每见美女或狗马珍玩,便肆意抢夺,占为己有。又常和长安市井无赖、屠鸡宰狗之流鬼混,啸聚丛林,整夜不归,胡作非为。论及这位"轻薄公子"之恶行,《隋书》著者悲恨弥天:"化及庸懦下才,负恩累叶。"这个家伙无恶不作,"或躬为戎首,或亲行鸩毒,衅深指鹿,事切食蹯,天地所不容,人神所同愤"。行文至此,史家愤恨难抑,连声大呼:"呜呼,为人臣者可不殷鉴哉!可不殷鉴哉!"

其实,这场导致炀帝毙命、隋朝崩溃的兵变,真正的主谋并非宇文化及,而是统率隋朝骁果军的虎贲中郎将司马德戡,与宇文化及的二弟宇文智及。毋宁说,宇文化及是被这两个家伙架上"兵变领袖"之高位的。

关于司马德戡其人,《隋书》说他自幼孤苦,靠帮人屠猪宰狗谋生,"有桑门释粲,通德戡母和氏,遂抚教之,因解书计"。这位释粲虽然是

个花和尚，人还算厚道，与德戡之母和氏私通，便担起了抚养教育其子的责任。小小年纪便屠戮猪狗禽畜，司马德戡显然天生是个狠角儿，成年后进入隋朝官场，"俊辩多奸计"，如鱼得水，迅速蹿升，先当侍官，左右逢源，渐渐升至大都督、鹰扬郎将、正议大夫等要职，大业三年（607），成为执掌骁果军的虎贲中郎将。宇文智及在宇文氏三兄弟中排行第二，"智及幼顽凶，好与人群斗，所共游处，皆不逞之徒，相聚斗鸡，习放鹰狗"（《隋书》）。这样两个狠角儿的合流，图谋"帝王之业"，隋炀帝命运之危急，是显而易见的。

司马德戡统率的"骁果军"，是隋文帝亲自创建的一支隋朝皇家御林军，士兵配置的都是汗血马，装备骑枪和马刀，身穿血色明光铠甲，头戴赤金豹头盔，左臂上刺有血鹰标记。作为这样一支凛凛铁骑的最高统帅，司马德戡在炀帝心中的显赫地位，可想而知。然而，有时候，最坚固的铜墙铁壁，最易从内部攻破；最可靠的柱石之臣，最易在危急时刻背叛。古今中外，概莫能外。

大业十二年（616），隋炀帝第三次驾幸江都（今江苏扬州），虎贲中郎将司马德戡统率着万余名骁果军将士，浩浩荡荡随行护驾，屯住江都东城，把这里变成了炀帝一座坚如磐石的临时行宫。那时候，北方农民起义如火燎原，烈焰腾空，由著名草根英雄李密统率的瓦岗军所向披靡，兵锋直逼东都洛阳，觊觎都城大兴城（长安）。炀帝面对遍地烽火，惶惶然不知所措，在江都宫中苟且偷安，无意西归。可是，骁果军将士家眷都在西方，他们思家心切，怨声载道。为了稳定军心，炀帝断然下令，以江都寡妇和未嫁女子强配给骁果军兵卒，企图以美色拴牢众人心，可惜收效甚微，兵卒逃亡不断，哗变苗头渐渐显露出来。

转眼到了大业十四年（618）三月，春风杨柳，万物勃发，司马德戡与骚动不安的麾下密谋，定于三月里那个月圆之夜，结伴西逃。这时候，他们还没有诛杀炀帝的念头。宇文智及闻讯大喜，他慷慨激昂地说："乘此机会起大事，正是帝王之业！"——真是一语提醒梦中人！司马德戡与宇文智及于是决定"谋大事"，开帝业，并商定由宇文智及的兄长、右屯卫将军宇文化及为首领。据说，宇文化及听闻此事，脸色骤变，冷汗直流，惶遽无措，最后只得听从了众人的安排。

至此，事情急转直下——骁果军发动兵变，夜半闯入内宫，面对血淋淋的刀剑，杀气腾腾的军卒，炀帝问："今夜之变，何人主谋？"司马德戡回答："普天同怨，何止一人？"炀帝默然无语。他十二岁的爱子赵王杨杲，在旁号啕大哭，被当场斩杀，血溅帝衣。白刃在前，逼近颈项，炀帝大呼："天子之死，何用刀剑？取鸩酒来！"被一口拒绝。炀帝只得亲自解下颈上练巾，交给行刑军卒。可怜威风凛凛不可一世的隋炀帝，当场被缢杀。随后，炀帝侄子秦王杨浩被推上前台，做了短暂而悲惨的傀儡皇帝。

事情至此，并没有结束。政变大功告成，阴谋家弹冠相庆，宇文化及出任丞相，司马德戡被封为温国公，食邑三千户，加光禄大夫；宇文智及被任命为左仆射。一干兵变功臣，统统加官晋爵。可是转眼之间，犹如鬣狗疯狂撕扯猎物一般，宇文化及与司马德戡，就开始了血腥的争夺——司马德戡密谋诛杀宇文化及，自立为王，事泄，被缢杀。望着司马德戡横在眼前的尸体，宇文化及自知周遭虎狼遍地，自己必败无疑，不禁仰天大吼："人生故当死，岂不一日为帝乎？"于是鸩杀傀儡皇帝杨浩，兀自登基称帝，国号许，建元天寿。——总算过了一把皇帝瘾。

这位天寿皇帝宇文化及，和他麾下的小朝廷，先是遭到唐高祖李渊堂弟李神通率领的唐军痛殴，又遭到窦建德率领的瓦岗军痛击，接连败北，最后落入了窦建德之手，窦建德列举了宇文化及的种种罪行，把他和他的两个儿子宇文承基、宇文承趾，统统砍头……

三

隋炀帝之死，留下了千年嗟叹。他的死，不但牵连了一大批江湖枭雄纷纷毙命，也牵连了许敬宗父子的命运。老许被戮丧命，小许也差点儿命赴黄泉。

原来，炀帝毙命之后，杀红了眼的宇文化及手里那把带血的屠刀，指向了所有隋朝臣僚。内史侍郎虞世基与给事中许善心先后被杀，但他们临刑之际的感受，却天地迥异。据兵变亲历者、时任隋朝内史舍人的封德彝

描述:"世基被诛,世南匍匐而请代;善心之死,敬宗蹈舞以求生。"(《旧唐书·许敬宗传》)虞世基眼见性命不保,其弟虞世南"匍匐而请代",趴在地上号啕不止,要替哥哥去死。虞世南是初唐著名的宫体诗人,他的这份兄弟情义,至今令人不胜感佩。而许善心被杀之时,其子许敬宗"蹈舞以求生",危急关头,不顾老爹性命,只顾向凶手磕头作揖,哀号求生,请求放自己一条活命。

这位封德彝先生,是历史上有名的"圆滑先生",先在隋朝任职,是隋炀帝的亲信,又在唐初李渊、李世民、李建成父子之间起波弄浪,阳奉阴违,把父子三人拨弄得溜溜转。封德彝生前深受太宗李世民礼遇,并数次向太宗进献效忠之策,可是一转身,他又暗中依附太子李建成,高祖李渊曾打算废黜李建成,改立太宗,因封德彝力谏而止。这些宫廷秘事,直到老封死了多年之后,太宗方才得知真相。这样一个人的话,未必很靠谱,然而,那时正当隋亡之时,封德彝所述毕竟是亲眼所见,不好随意编造吧。

就是这样一个带有前朝浓重血腥的许敬宗,后来参加了瓦岗军,做了瓦岗军后期领袖李密的记室,也就是高级参谋吧——"善心为宇文化及所杀,敬宗哀请得不死,去依李密为记室。"(《新唐书·奸臣·许敬宗传》)

唐朝建立,许敬宗居然成了"香饽饽","太宗闻其名,召补秦府学士"(《旧唐书》),到了贞观年间,更是官运亨通,先任著作郎,兼修国史,迁中书舍人,直至官至给事中、黄门侍郎、礼部尚书、太子右庶子等要职。

虽然官越做越大,威势煊赫,但许敬宗的为人,却历来为人所诟病。他的特点,据欧阳修总结,大致有四:一是贪婪,好财纳贿;二是浮薄,不修廉耻;三是奸诈,毁人不倦;四是歪笔,篡改史实。

许敬宗的贪婪,至于拿自己的女儿做筹码盈利。任礼部尚书时,这位位高权重的朝廷大僚,为了贪图聘金,将自己的女儿嫁给蛮族酋长冯盎之子,被人检举劾奏,降职为郑州刺史。对于这件事,欧阳修的记载是:"敬宗饕沓,遂以女嫁蛮首冯盎子,多所私聘。有司劾举,下除郑州刺史。"(《新唐书》)

而敬宗的浮薄,颇有几分喜剧色彩。他的府邸,金碧辉煌,自不在话下。他独出心裁建造了数座相连的高楼,在高楼之间架设走廊,令成群的美女姬妾袅娜其上，往来嬉戏奔逐，纵酒奏乐，嬉笑声惊动了远山近水，当然也惊动了儿子许昂。对老爹欲死欲仙的奢靡生活，许昂垂涎三尺；对老爹圈养的美女，更是哈喇子流得八丈长。敬宗对一个婢女爱得要死，把她纳为继室，也就是小老婆，赐姓虞，百般宠爱。然而，也许是老许年老体衰，不能满足小虞的性需求吧，小虞竟然和小许勾搭上了，两个人咿呀恩爱，好不销魂也。老许侦知此事，大动肝火，将小虞乱棍赶出府邸，把儿子贬斥到岭南；直到很久之后，才上奏皇帝，把小许放了回来。

许彦伯是许昂的儿子，敬宗的孙子，颇有文名，经常帮助晚年的敬宗"整理国故"，深受爷爷倚重。有一天，敬宗对儿子许昂说："我儿子不如你儿子。"许昂答道："他父亲不如我父亲。"

嘿嘿，父子对答如此，可堪玩味也哉！

四

许敬宗在唐高宗武则天时期，炙手可热，究其原因，一来他文名很大，著述颇丰，二来他诡诈奸险，使出浑身解数帮助武则天剪除异己，为她当上皇后制造舆论。

永徽五年（654），唐高宗李治打算废黜王皇后，册封武则天为后。应该说，这是武则天登上女皇宝座的关键一步。她为此绞尽脑汁，浴血奋战了许多年。围绕着皇后废立问题，宫中展开了惊心动魄的斗争。国舅爷、太尉长孙无忌，宰相褚遂良等顾命老臣们组成反对党，与武则天激烈较量；中书舍人李义府、卫尉卿许敬宗、御史大夫崔义玄、中丞袁公瑜等人，沆瀣一气，借机邀功，争当武则天的心腹与鹰犬。

面对元老重臣们的反对之声，高宗开始犹豫不决。正当此时，开国功臣李勣悄悄对高宗说，皇后废立是陛下您的家事呀，何必征求外人的意见呢！话虽轻巧，其实是对高宗废后之意的鼎力支持。许敬宗则在朝堂上大放厥词："田舍子剩获十斛麦，尚欲更故妇。天子富有四海，立一后，谓之不可，何哉？"（《新唐书》）他说："种田的农夫多收了十石麦子，还想换个老婆，何况陛下贵为天子呢？"

此言一出，天下为之哄笑。高宗废后之意遂决。武则天终于在这一年的十一月一日，登上了皇后宝座。这一年，她芳龄三十二岁。

如果说，这些是当时残酷的宫廷斗争使然，许敬宗卖身投靠武后，也许是不得不如此，然而，他身为国史，肩负记载传承历史之重任，私藏祸心，任意篡改，就有些罪不容诛的味道了。因为，他的篡改，戕害的不仅仅是哪个历史人物，而是污染了犹如滚滚大河的中国历史。

对于自己"兼修国史"，许敬宗颇为自得，他说："仕宦不为著作，无以成门户。"如果他以《史记》著者太史公司马迁、《汉书》著者班固、《三国志》著者陈寿等史学先辈为参照，客观记述，秉笔直书，也许会成为一代良史。然而，由于他强烈的自成门户意识，与狡诈的政治投机心理，塞私货，著歪论，为初唐史册留下了斑斑污迹。

初，《高祖、太宗实录》，敬播所撰，信而详。及敬宗身为国史，窜改不平，专出己私。始虞世基与善心同遭贼害，封德彝常曰："昔吾见世基死，世南匍匐请代；善心死，敬宗蹈舞求生。"世为口实，敬宗衔愤。至立《德彝传》，盛诬以恶。

以上是《新唐书·奸臣·许敬宗传》之记述。宋代文豪欧阳修撰写《新唐书》，把许敬宗列入《奸臣传》，其唾弃之义昭然。欧阳修在这里提到的敬播先生，乃蒲州河东（今山西永济）人，贞观初年进士，梁国公房玄龄说他有良史之才，是像《三国志》作者陈寿一样卓越的历史学家。贞观初年进士及第之后，敬播奉诏入秘书省，协助著名学者颜师古、孔颖达修撰《隋史》，后迁著作郎，兼修国史，编撰《高祖实录》《太宗实录》。按照欧阳修的记述，起初的唐朝典籍，如《高祖实录》《太宗实录》等，均由敬播所撰，"信而详"。可是许敬宗接手之后，立刻就变了味道，"窜改不平，专出己私"，或者按照一己之私意，或者按照皇帝之授意，对敬播先生的翔实史录进行篡改，"敬播所修者，颇多详直，敬宗又辄以己爱憎曲事删之，论者尤之"（《旧唐书》）。

许敬宗这么干，可谓害莫大焉。其一，我们如今看到的《高祖实录》

等典籍，把高祖李渊弄得面貌灰沓沓，似乎胸无大谋，没有李世民，根本就不可能成大事，显然并非历史真相。如此无能之唐高祖，怎么可能纵横乱世，建立大唐王朝？其二，史载，唐太宗李世民曾经修改起居注，篡改高祖事迹，竭力贬损父皇李渊的历史作用与历史地位，挖空心思为自己涂脂抹粉，树碑立传。太宗这些上不得台面的下作伎俩，大概都是通过许敬宗的手来完成的吧？——这一点，既是笔者顺藤摸瓜的浅陋推测，也应该是符合历史事实的吧？

至于许敬宗为封德彝所立的《德彝传》，因为"敬宗衔愤"，必然"盛诬以恶"，致使后人很难辨识。即如本文开篇所谈封德彝之种种不堪情状，是否属于史实，只有天晓得了。

唐高宗咸亨初年（670），八十一岁的许敬宗退休，同年辞世。高宗为之举哀，命令百官到其府上吊唁，册封开府仪同三司、扬州大都督，陪葬昭陵，可谓哀荣备至。然而，在朝廷评定他的谥号时，太常博士袁思古说："敬宗位以才升，历居清级，然弃长子于荒徼，嫁少女于夷落。闻《诗》学《礼》，事绝于趋庭；纳采问名，唯闻于黩货。白圭斯玷，有累清尘，易名之典，须凭实行。按谥法'名与实爽曰缪'，请谥曰缪。"（《旧唐书》）

只是，许敬宗的孙子、太子舍人许彦伯不胜其耻，上书高宗"告御状"。高宗于是下诏中书省，敕令再议，"更谥曰恭"。

然而，无论如何修改，其"缪"之谥号，却到处流传起来了。是啊！为了醋海风波，他把儿子发配到荒僻之地；为了些许金钱，他把女儿远嫁蛮邦；为了飞黄腾达，他不惜昧着良心篡改历史——这样的一个男人，也实在是谬矣哉！

（2012 年 7 月 28 日）

有眼不识"帝女花"

一

自从拙著《孤鹜已远》出版发行后,我听到了不少溢美之词,譬如知识渊博啦,才华横溢啦,哈!这些个美妙的汉字组成的语句,听上去的确很美妙,很舒服,咀嚼这些语句,人就像早年间躺在生产队里的棉花垛上一样,白云飘飘,忽忽悠悠,悠哉美哉!

就这样忽忽悠悠里,冬天走了,春天也快走了,夏天忽然就来了。忽然有一天,心血来潮,照照镜子,颇为顾影自怜起来:喔,这个其貌不扬一身轻尘的家伙,闹了半天,也就是咱哥们儿了?可惜,天庭也不饱满,地阁也不方圆呀……

又忽然,翻开引以为自豪的"巨著",从最后一篇"寻觅灵魂栖息地"读起,范成大与杨万里,南宋两大诗人,相互说说笑笑,冲我迤逦而来……

范成大(1126—1193),字致能,祖籍江苏苏州,晚年归居苏州石湖草堂,号石湖居士,南宋著名诗人,与陆游、杨万里、尤袤齐名,号称"中兴四大家"。

范成大的父亲范雩,早年由苏州迁居昆山(今苏州昆山市),宣和六年(1124)登进士第,随后来到京城汴梁,官至秘书郎。两年后,"靖康之变"爆发,金人南侵,徽宗、钦宗被掳往遥远的北国，中原沦陷，北宋灭亡。大厦崩摧，何以官为？范雩只好带着一家老小，随着逃亡的人群南下，回到了故乡昆山。

范成大的少年时代在昆山度过，十二岁读经史，十四岁能文章。河边青草，颤动着朦胧的向往；天外飞鸿，牵远了渺茫的愁思。他读《庄子》《楚辞》《史记》，庄周的水天一色，屈原的泪水涟涟，司马迁的悲郁慷慨，沁润着他的心灵；华丽高蹈魅力无边的唐诗，成了他的"精神伴侣"，李白、岑参、杜牧、李益，这些能文能武的才子，陪伴他度过了许多寂寞时光。而那些传统的儒家经典，即所谓"圣人之书"《论语》《孟子》等，却被他弃置一旁了。"靖康之变"极大地改变了天下格局，也强烈地改变了读书人的价值观念。国人念念不忘的孔孟之道，之乎者也，仁义礼智信，在金人的刀枪剑戟面前，显得如此苍白无力。一个悲哀的时代，造成了传统儒学的没落。

昆山古称娄邑，娄为星名，以地有娄江，上应娄宿而得名，地处长三角太湖平原，湖港密布，民风淳雅。然而，在范成大的记忆里，那里的冬天寒冷透骨，"旋融檐滴冻琅玕，风力如刀刮面寒。雪阵搅空风却软，天公知我倚阑干"。这首《雪后苦寒》对寒冷的描绘，真切，凛冽。苦寒之中，他只有沉溺书海，心灵方能卓然高翔。可是，茫茫世界，天高地迥，却没有一方安静的读书之地。

这一天，他在城外荒径上徘徊流连，忽听得荐严寺里钟声嘤鸣，如云间梵音，悠然旷远。这美妙的钟声，令范成大倏忽间像漆黑的午夜里听见了梦中的汽笛之声。他快步来到荐严寺，求见住持禅师，请求借光读书。面如月轮的住持禅师满心欣悦，当即答允，并派了一个僧人，帮他把书籍挑到寺里，腾出一间空屋给他。

这间小屋，是范成大平生第一间"书房"。墙边地炉里燃烧着木柴，热气氤氲；屋外一片银装素裹，平日里香烟袅袅的香炉、香鼎、香缸，以及楼阁殿宇，披了一层皑皑雪被，寒光耀人眼目。

第二天，禅师在放生池边小阁里备下素宴，邀成大浅酌。几杯淡酒落肚，

山光飘忽,水色空溟。禅师指花论酒,读陋石,品美人,牵机而动,玄远空妙。小阁旁边立着一株古松,森郁肃穆,寂静如眠,时见乌鸦起落。禅师随口吟道:"乌鸦撩乱舞黄云,楼上飞花已唾人。"成大续道:"说与江梅须早计,冯夷无赖初争春。"这首"合璧诗",成大命名曰《初雪》。禅师道:"雪花由一片两片,到千片万片,乃大雪之兆,将'初'字改作'欲'字,更妙,冯夷是河神,预示大水将至啊!"成大闻言,举杯相敬,说道:"一字之师,终生铭记。"

荐严寺全称"荐严资福禅寺",俗称东寺,坐落在昆山城内,成了范成大生命里的"诺亚方舟"。他在这里刻苦读书,转眼就是十载。钟声伴着岁月流逝,情思随着寒暑荡漾。佛家清净之地,书生灵魂之乡。尘世远了,尘嚣杳如黄鹤;灵魂静了,悲喜归于云翳。心如明镜,纤尘不飞,微澜不起,是为全景。一箪饭,一瓢饮,一卷书。经史百家,佛经典籍,品读再三,饮甘露,嚼金玉,如梦如幻,似非而是。书籍浩如烟海,人生白驹过隙。"十年磨一剑,霜刃未曾试。今日把示君,谁有不平事?"唐朝诗人贾岛的诗句,总是缭绕着一股幽绝的孤独剑气,但范成大很喜欢。他在等待着展示"霜刃"的历史时刻。

读书之余,他与诗友乐备、马先觉、项寅宾等人结成诗社,苦中作乐,互相唱和。他的《中秋卧病呈同社》,无疑是艰辛岁月的真实写照:"卧病窘诗料,坐贫羞酒钱。琼楼与金阙,想像屋角边。"的确,卧病在床,何来诗兴?囊空如洗,哪有酒钱?然而,病恹恹的诗人,不仅没有一丝悲伤,还在荒凉的屋角边缘,看到了金碧辉煌的琼楼与金阙,心底浮漾起"胜游若登仙"的惬意!而他描述荐严寺读书生涯的《宿东寺二首》,更是写得神采飞扬——

淡天如水雾如尘,残雪和霜冻瓦鳞;
织女无言千古恨,素娥有意十分春。

一声黄鹄夜深归,栖雀惊鸣触殿扉;
北斗半垂楼阁外,风幡浑欲上云飞。

| 下卷　煮字疗饥 |

二

以上内容，是拙著《孤鹜已远》对早期范成大的记述，至于杨万里，则是另一番风景。且看——

> 杨万里为人正直，个性耿介。宋孝宗说他"直不中律"，宋光宗称他"也有性气"。对两任皇帝的批评，他颇不以为然，作诗调侃说："禹曰也有性气，舜云直不中律。自有二圣玉音，不用千秋史笔。"这就是坚定不移的人生信念，对自己坚定，对自己人生信仰的坚定。具备如此人生信仰的人，海不枯，石不烂，他也不会改变。杨万里一生，视仕宦俸禄如敝屣，威武不能屈其志，富贵不能淫其色，哪怕一无所有，哪怕颠簸一生，也不肯低下高贵的头颅！在京为官时，他就做好了随时丢官的准备，预先将返家路费备好，锁之箱底。他告诫家人，不许随意添买物什，免得回乡时行李累赘。这样一个百倍警觉、时时自励的性情诗人，思绪纵横四海，经天纬地，足以令那些贪墨之徒、蝇营狗苟之辈，永远匍匐脚下！

然而，若说杨万里整天牛气哄哄，不可一世，也就大错了。愚憨之人，自有其可爱之处。有一次，他在官衙跟人吹牛，说晋朝有个于宝好生了得，写了一本《搜神记》，神奇得像顽石开出了艳丽的菊花。一个下属忍无可忍，说道："那是干宝，不是于宝。"众人闻言，面面相觑。

干宝乃晋代文学家，其《晋纪》二十卷，时称良史，广受推崇；灵异神怪小说集《搜神记》，更对后世文学艺术产生了深远影响。这样一个大名鼎鼎的人物，杨万里居然不甚明了，难怪人们要付之一哂了。等搞明白真相，他不但不生气，还乐呵呵地说："你是咱的一字之师啊！"

还有一次，杨万里作为朝廷钦差大员，来到一个地方视察工作。地方官员卖力地溜须拍马，到当地一家最豪华的"五星级酒店"设宴款待，并

请来几位千娇百媚的美眉,歌舞佐酒,只见一位明眸皓齿的美眉轻启朱唇,泠泠然开口唱道:"万里云帆何日到——"岂料,那莺啼燕啭的歌声还在满屋缭绕,地方官员的脸色就由红转绿了。这句歌词里正嵌着"万里"二字,那年月,直呼尊长姓名,就跟骂人差不多了。众人面面相觑,场面万分尴尬。只见杨万里轻咳一声,微笑着款款答道:"喔,万里俺是昨天到的啊!"在众人的哄笑声里,一切不快都烟消云散了……

三

后来,随着科举登第,进入官场,范成大不久被朝廷派到了古城徽州,出任司户参军,不过是个毛头小官而已。然而,天才总是天才,官衙里的些微小事,哪里在话下呀!闲暇时节,他就跑到城外连绵嶙峋的南山上,采摘一种神秘兮兮的"帝女花",据说此花芬芳馥郁,秋天采下来,晾干,可以泡茶,也可以入药。

那是一个美好的秋天,年轻的范成大初入官场,四周都是陌生的面孔,徽州虽是古城,毕竟不是故乡啊!与他亲近者,除了书本,就是大自然的无限风光了;而这一朵凄迷冷艳的帝女花,无疑寄托了他孤鸿一样的心迹……

秋天一到,范成大便骑着毛驴,走出城来,顺着蜿蜒幽径,逶迤进入南山,攀上山巅,颤巍巍采摘帝女花。秋光如玉,晴空碧丽,鸟语花香,驴鸣禽嘶。忙碌一番,他与童仆一起坐在树下,浏览无际秋光,感悟无涯人生。临来徽州之前,他曾到父母墓前辞别。他告诉安息在天国里的双亲大人,自己一不图升官,二不要发财,只想成就一番事业。然而,官场如山,步履蹒跚,要干成点事业,谈何容易!历史上许多盖世英才,如项羽、韩非、吴起、韩信、李广、贾谊,等等,个个才如江海,命运却很糟糕,后人除了在史书上偶尔看见他们的名字,其他一切,早已消融于史海微澜里了。是非成败,转头皆空啊!

下卷　煮字疗饥

　　阅读至此，我的脑海里灵光一闪：嗯，这一朵妖娆妩媚的"帝女花"，究竟是什么花呢？——写作之初，研究浩如烟海的各种资料时，根本就没有注意到这个细节，也忽略了这朵花的存在。后来撰写《〈孤鹜已远〉修订记》的时候，也没有注意到这朵在偏僻之地盛开的小花！

　　我的一个习惯是：对于心存疑惑的东西，一定要仔细研磨，追究，务必要搞明白。须知，连你自己都不明白的事情，读者怎么会读明白呢？以自己的昏昏，怎么能让别人昭昭呢？

　　于是，上网搜集资料——

　　帝女花，是菊花的别名，菊花亦称"醉西施""赛杨妃"，灿烂如霞，芬芳馥郁，秋季采下晾干，来年泡茶啜饮，既消暑解渴，又益阳提神。李时珍在《本草纲目》中写道："其苗可蔬，叶可啜，花可饵，根实可药，囊之可枕，酿之可饮，自本至末，罔不有功。"

　　一读之下，顿时冷汗淋漓，似乎从云空里跌落下来，喂呀呀，先生你如此无知，连菊花别称帝女花都不晓得，还整天牛气哄哄找不到北呢！

　　也许，咱不爱花朵，只爱书本，对花没有研究，也不懂养花常识。呵呵，这又是为自己的无知寻找的一个颇为冠冕堂皇的理由嘛。

　　唉！翻开书本，浩如烟海，自己能懂的，还不够一朵浪花，充其量，也就一滴、两滴、三滴，而已。再也不要头昏脑涨，自我膨胀，自不量力了。帝女花，真可入药呢，能治好俺的自大妄想症。

（2008年4月14日）

人性的，太人性的……

一

《燕赵晚报》与《绵阳日报》联合制作的大型口述实录性报道《汶川记忆——百名亲历者讲述鲜为人知的人性故事》，今天已经推出第九期了。可以说，这是一部直面惊天灾难与淋漓鲜血的血泪交流的大文章，是一部凝聚着灾区人民悲惨遭遇与痛苦心路的深度报道，也是一部张扬人性升华与人性净化的汶川壮歌。在记者平实而深情的笔下，展示的是灾难的惨烈、灾民的苦难、人性在灾难面前迸发出来的可歌可泣的神圣与光辉。

他们（她们），大夫、司机、中学生、市民、志愿者……所有这些人，都是芸芸众生，名不见经传，形象也不伟岸，事迹也并不惊天动地，但他们在惊心动魄的灾难面前，都经历了极其惨烈的心灵撞击与灵魂搏斗，他们都在灾难面前，发自本能地投入到了悲壮的抗震救灾当中，用自己的双手、自己的血肉之躯，为灾民撑起了一片小小的蓝天。而他们的自身经历、他们的心灵感受、他们的灵魂升华、他们的人生感悟，更值得我们这些站在后方的人们所关注，更值得将来的后代所关注……

因为，从一定意义上说，一部灾难史，是血肉横飞、天崩地裂的写真，更是无边无际的心灵的记录与历史的积淀。不了解灾区人民心灵的骚动，你就不可能真正了解，这场灾难是如何的深重，如何的难以用语言来形容。

二

《汶川记忆》报道小组，由《燕赵晚报》与《绵阳日报》联合组成。在晚报报道组飞赴绵阳之前的送行酒会上，石家庄日报社社长王贵海为大家慷慨地举酒壮行，告诫大家说，这次报道，是为灾难留下鲜活记忆，为灾区留下心灵历史，为历史留下心灵壮歌。带队的晚报副总编赵速中代表大家庄严宣誓，一定要不辱使命，圆满完成任务！……

参加完送行酒会，我与王海刚副总编，一起前往石家庄机场，为报道组送行。也许是喝了酒的缘故，也许是同事要前往灾区，路途恐有坎坷的缘故，无论如何吧，我自己心底，也有了些悲壮，握别的时候，只说了两个字——"保重！"

前天，编委会研究抗震救灾报道先进名单，因为自哀悼日开始，在抗震救灾最惨烈的那些日子里，我一直在值夜班，大家推举我当先进，我说，推赵总吧，他们在前方很辛苦，很不容易。

据说，导致北川县城二次封城的原因，是灾区有瘟疫的苗头了。在报道组进入灾区的时候，全国各家媒体基本上都结束了抗震救灾报道的高潮，大部分撤出来了，我们迎着退潮上去，也是需要勇气的。

三

这是一部人性化的大型报道。

汶川的山川河流，在这次超强大地震中，强烈地扭曲、翻滚、颠踬，而灾区老百姓的心灵，会发生怎样的鲜血淋漓的地动山摇啊！

我们关注灾区，更要关注灾区人民，关注灾区人民心灵的怆痛与伤痕——

一个妇科大夫，地震来临时刚把产妇的腹腔打开，强震中把产妇转移出来继续手术，为此她长久地内疚不已，自责自己为什么地震当时不把手术做完，让患者久受煎熬……一个自营诊所的骨科大夫，在地震中用硬纸

壳作夹板,为伤者治疗,他无能为力地看着那些埋在废墟下的人呼救,而无法救他们出来,他看着断肢残臂满地都是,每救一个人,他的心痛就多一分……一个女中学生,在废墟里与同学互相鼓励,同学的鲜血一滴一滴滴在她的手上,生命垂危的同学告诉她再也不能为父母尽孝了,同学说完就死了,她被救了,见到了母亲号啕大哭,发誓说今后再也不惹母亲生气伤心了……一个医院的救护车司机,一下子被埋在废墟里,又被地力神奇地拱出地面,他惊讶地看着满街的鲜血,听着满街的呼号,感到了一片巨大的恐怖,可是他顾不得恐怖,赶紧开着车去救人,等着为他收尸的爹娘和老婆一看见他的出现,顿时目瞪口呆,他说,地震之前打了好几次辞职报告,因为太累了,现在他发誓一辈子开救护车,一辈子无条件为患者服务。一场大地震,一场大灾难,震出了惨烈,震出了血泪,震出了呼天抢地,震出了悲哀欲绝……同时,也震出了人间本能的真善美……

这些人,地震之初,都曾经在瞬间产生了极大的恐惧,都有逃生的冲动,也都本能地逃生了,然而,恐怖过后,他们一转身,就把本能的恐怖抛到了九霄云外,立刻投身到了救助他人的行列里,他们悲伤的眼泪,是为自己的灾难而流洒,更是为同胞的苦难流洒,为自己的无能为力救助他人而流洒。

他们,一个个都是普通人,没有什么豪言壮语,没有什么闪光的靓丽的装扮,可是,事实证明,他们也是真正的英雄,是大写的顶天立地的人!

四

每天晚上,签发这个专版之前,总是很投入地读一遍,心中无限感慨,眼前会升起一座座平凡的高山。

昨夜,一个同事指着版面说,我每读一遍,就想流泪。

我相信,这是真话。

古语说,感人心者,莫先乎情。

这是一组你不得不看的报道,因为,这是人性的,太人性的……

(2008 年 7 月 10 日)

安得《汉书》能下酒

一

昨天下午,办公室来了一位不速之客,五短身材,圆头滑脑,一进门,他就指着茶几上的一部《汉书》开玩笑说:"嗯,老兄把这本书放在这里,准备下酒啊?"

我笑了:"嗯,好创意,左手拿着一部《汉书》,右手端着一杯啤酒,该是多酷啊!"

这位老兄一边踱步,一边上下左右环顾,撇着嘴说:"怪不得人家都说你这里到处都是书,横躺竖卧的,肯定是为了装点门面吧?"

我严肃地看看他,摇着头说:"兄弟,你也太土老帽了!如今,谁还用书来装点门面呢?现在人家装点门面,都是用汽车、洋房、古玩,你难道连这点儿时尚都不懂啊?"

一时间,他竟然哑口无言了。

二

这部新版简体字《汉书》,东汉史学家班固著,浙江古籍出版社2000年版,一卷本,定价49.80元,是几年前与范晔著《后汉书》一起买的;《后汉书》也是新版简体字,一卷本,定价40.90元,也是浙江古籍出版社出版的。

《汉书》，又称《前汉书》，是中国第一部纪传体断代史，是继《史记》之后又一部重要史书，记述了从汉高祖刘邦元年（前206），至新朝王莽地皇四年（23），共二百三十年之史事，共一百二十卷，八十万字。《后汉书》又称《续汉书》，是一部记载东汉历史的纪传体史书，记述了从汉光武帝刘秀建武元年（25），至汉献帝建安二十五年（220），共一百九十五年之史事，全书八十卷，九十万字。两部汉书，不但名列"二十四史"，还名列"前四史"，堪称古代史学两部扛鼎之作。

记得当年买了五卷本司马迁著《史记》，文白对照本，国际文化出版公司1992年6月出版，定价100元，如痴如醉读了半年，写了一组读后感《〈史记〉随想录》。三卷本陈寿著《三国志》，湖南师范大学出版社1991年8月出版，定价50元，读得却很糙，只是零星翻过。司马光的巨著《资治通鉴》文白对照本，上、中、下三大卷，改革出版社1991年10月出版，定价235元，也是很粗略地翻了一些对自己有用的篇章。两卷本的《中国皇帝全传》，山东教育出版社1991年出版，定价85元，当年很投入地读了一遍，还零星做了一些读书笔记，一边读一边拟了一些题目，可惜后来没有成篇。一卷本的《中国皇后全传》，山东教育出版社1993年8月出版，定价66元。尽管满篇巾帼裙钗，这本书却没有细读，其原因大约是读皇帝时，顺带了解了一些皇后故事，因此就不必费工夫再磨叽了。此外，吉林文史出版社推出的帝王系列传记《唐帝列传》《明帝列传》《清帝列传》，每个皇帝一本，有些内容实在单薄的亡国之君，便两人合传。这三套帝王列传，统统买来，摆列出来，琳琅满目，真是令人赏心悦目啊！当然，对这三套大书，我没有全部地读，一是没时间，二是没必要，有选择、有重点地来读，用着哪本读哪本，即可。这种实用主义读书法，也实在不值得提倡呢。

历史如海洋，烟波浩渺；历史著述亦如海洋，波翻浪涌。有历史学家说，中国史书，最优秀者当推《史记》《汉书》《后汉书》《三国志》，即所谓"前四史"，我看还应该加上《资治通鉴》。

《史记》行文，波澜壮阔，浩流千变，读之感到了天地之逼狭；《汉书》行文简洁，语言纯净，儒雅敦厚，颇为显示班固先生的儒家学者之风范，可惜因为墨守成规，其见解未免囿于儒家学说；《后汉书》虽然略逊，然文采飞扬，叙事生动，依然使竹帛生辉，其中的一篇《范滂传》，更是苏轼、黄庭坚经常吟诵的华美诗篇；陈寿当年撰著《三国志》，据称资料匮乏，其中《吴书》《蜀书》较为单薄，但《魏书》还是相当的精彩，其对曹操的描述，极其精准、传神；最通俗的是《资治通鉴》，现代人阅读，基本可以不用翻译，其中的议论，深刻，通俗，人性，可圈可点。

闲暇翻读《资治通鉴》，再看看北宋年间司马光在王安石变法过程中的顽固保守之行为，令我十分惊讶：如此伟大的历史学家，其政治作为为什么如此顽固不化呢？

班固、范晔的命运，就更令人唏嘘了。

《汉书》著者班固，字孟坚，扶风安陵人（今陕西咸阳），史学家班彪之子，外交家班超、史学家班昭之兄，自幼聪敏，"九岁能属文"，诗赋成诵，成年后博览群书，穷究"九流百家之言"，铸就斑斓文采。经过二十余年辛勤耕耘，《汉书》初成，横绝历史之晴空也。如此大才，先是跟随大将军窦宪北征匈奴，并为之作《封燕然山铭》，名震一时，岂料后来窦宪密谋叛乱，被汉和帝刘肇赐死，班固因此蒙冤入狱，汉和帝听闻班固被捕，急忙下令放人，可是晚了，这位赫赫有名的史学家已经被卑鄙的洛阳令种兢乘机杀害，享年六十一岁。和帝大怒，叱责种兢公报私仇，并将害死班固的狱吏处死抵罪。唉，班固之冤死，至今令人思之泪目……

范晔，字蔚宗，顺阳（今河南淅川县）人，南朝宋史学家，出身士族家庭，由于是庶出，地位并不高，据传，母亲如厕而生范晔，落地时额头被砖磕破，小名"砖儿"。元熙二年（420），刘裕代晋称帝，建立刘宋王朝，范晔应招出仕，担任彭城王刘义康麾下的冠军将军；元嘉九年（432），因得罪恩公刘义康，被贬为宣城太守，于任内撰写《后汉书》。元嘉二十二年（445），因参与刘义康谋反，被宋文帝刘义隆下令诛杀，时年四十八岁。唉，一介书生，纵然文采弥天，一旦掺和政坛乱局，涉及谋反大罪，那就只有死路一条了。范晔临死，叹息说："可惜！满腹经纶，葬身此地。"

不过，杀手虽残忍，历史却有情。班固之《汉书》、范晔之《后汉书》，历来受到史家推重，与《史记》《三国志》并称"前四史"，两位杰出的历史学家，因此而不朽了！

三

　　这两天，蹉跎岁月，徘徊彷徨，就做了两件事：一是看奥运，二是打麻将。

　　看奥运，论成败，几度风雨，几度兴衰。成功登顶者狂喜，坠落深渊者落泪；正是狂喜与落泪的二重奏，才铸成了奥运激动人心的时刻。

　　杜丽哭了，朱启南哭了，谁说运动场上的眼泪不是壮美的呢？

　　中国男子体操队大胜！教练员哭了，运动员也哭了，谁说运动场上的眼泪不是醉人的美酒呢？

　　而打麻将，则似乎是一种"堕落行为"，至少谈不上高尚，其实未必。

　　作为一项运动，麻将也是可以娱乐身心的。我的"麻将观"，与输赢无关。你要做到：眼中有麻将，心中无输赢，所谓不为输赢所羁绊，而已。

　　我打麻将的特点有两个：一是无知者无畏，因为不懂技巧，因此也就不管三七二十一，什么牌都敢打；二是无输赢观念，不管输赢，照打不误，什么牌都敢出，呵呵，娱乐而已嘛，何必太在意。

　　君不见，麻将桌上，千姿百态：骂牌者有之，赌咒者有之，黑脸者有之，斤斤计较者有之，胡搅蛮缠赖账者也有之，这也是观察世界的一个窗口啊！

（2008年8月12日）

下卷 煮字疗饥

哽咽的眼泪浮动了群山
——关于女作家梅洁的随想

一

我与梅洁大姐,其实算不上很熟悉。扳着手指头计算一下,前后也就见过两次面,因此也不便写一个"我的朋友梅洁"之类题目。

第一次见到她是去年初秋。天高气爽时节,我应邀参加了河北省作家协会散文艺委会组织的散文家灵寿风光"绿色环保采风团"。我向来认为,自己头上从来没有"作家"之封号,舞文弄墨写文章,只是"票友"而已。偶尔为文,只是觉得胸中浪涛汹涌,犹如地火运行,不及时找个"喷火口",肯定就要火山爆发稀里哗啦了!——我寻找的"喷火口",就是写文章,而且一定要色彩强烈,如烈酒,如浓茶,如土地,如奔涌不息之江水。

那天临出发之前,我赶到了省作协王力平副主席的办公室。他是我大学同学,话语不多,却句句如针,直奔要害。我给他送书来,吹牛说,请主席读读俺的巨著,他笑笑说,嗯,开本挺大,也挺厚,可以叫巨著啦!

我们俩正在呵呵笑,只见一位中年女士推门进来了。她脸形像个熟透的苹果,白亮的眼镜片后边,是一双热情真挚的眼睛。而她圆乎乎的脸上不时闪过的那一脉小姑娘的羞涩,更使五官如画笔之下的风景,生动活泼可爱煞了!

她与王主席喁喁交谈,那一口莺啼燕啭的吴侬软语,就像大夏天里的冰激凌味道。哦,她应该是南方女子,似乎也很难用"美丽"这样的字眼

形容她，但她身上神态里流露出来的韵味，却如深山里的清泉，淡远，悠长，含蓄。

我与她对望了一眼，只是点了点头，没有说话。在陌生人之间，话语有时候愈少未必愈好，然而，太多了恐怕也不是什么好事情。互相点头之间，既是尊重，也是交流；尤其文人之间，也是一种文气的相通。因此我说，第一次见面，我们彼此印象应该还不错。

等坐上了开往灵寿县的中巴，梅洁大姐作为省作协散文艺委会主任，此次活动的召集人，自然成了大家眼里的明星，在介绍我的时候，她一脸的惊讶：啊呀，刚才在王主席屋里的就是你呀？

我说，大姐，我那会儿还不认识您，真不好意思！

她笑了，谢谢你来光临我们的采风活动，你是报人，很忙哟。

后来我才知道了，她是湖北十堰郧阳人，著作颇丰，已出版《一只苹果的忧伤》《爱的履历》《生存的悖论》《大江北去》等专著十余部，是闻名河北乃至全国的女作家。

二

第一次读梅洁大姐的作品，是在一家报纸副刊上。题目已经忘记了，只记得她仿佛在一列轰隆隆的列车上，伴着逝去的爱人的灵魂北归，她一路喃喃自语，泪水哽咽地倾诉着对爱人的思念。她是如此的一往情深，如此的哀痛彻骨，如此的孤独无依……

这是一篇我很少感到被震动的文章。这是一篇从心底里流出来的血泪文章。

我对散文，十足的外行。我的取舍标准，其实很简单，就是看自己阅读时，是否被感动了。记得当年读某名家的散文，评论家说如何如何的好，我翻来覆去读了半天，觉得不过是一堆雕琢的假花而已。因为感情过于虚假苍白，不得不用一些华丽但无用的辞藻来装饰。——请读读叶圣陶先生关于五卅惨案的《五月三十日急雨中》吧，那是怎样的霹雳之声；请读读巴金先生《随想录》中的灵魂的呼号吧，那是怎样的彻骨哀伤；请读读法兰西文豪维克多·雨果的巨著《悲惨世界》吧，那是怎样的海洋一般汹涌的忧思与弥漫天地的悲悯情怀……

那天偶然读了梅洁大姐的文章，是被震动了一小下下的。也许，从艺术角度讲，那篇文章并非杰作；但所谓杰作，如果不能打动读者，还有什么意思吗？写文章，毕竟不是为了放在玻璃橱窗里展览的。

在灵寿县的绮丽风光里，我与梅洁大姐短暂的接触，既感到了她作为作家的才情，也感到了她作为女性的细腻与……羞涩。真的，一个年过花甲的知性女子，脸上那不时地一闪而过的小姑娘的羞涩，犹如一蓬毕毕剥剥的青春火焰啊，是如此有趣，如此美丽！

从灵寿回来之后，我第二次见到梅洁大姐，是在俏江南酒家的柏林雅间，文联与媒体的数位朋友相聚，我是那天唯一的男性，看着周围一张张花朵一样美丽的脸，感到了万分的荣幸。我当面向她提到了那篇震动过我的文章，并由衷地表达了我的敬意。——这也是我的一个习惯。对于别人的优点，你一定不要吝啬自己的赞美。我们中国人，流行窝里斗，流行拍马屁，只是盯着别人的缺点与错误，不肯实事求是地肯定别人，这是多么深刻的劣根性啊！须知，你肯定了别人，根本不说明你的水平低，其实恰恰相反呢！

梅洁大姐听了我的话，似乎有些羞涩，她开始表扬新闻界，表扬我，说做新闻其实不容易，说你作为老总也很不容易呢。

那天，我送给所有美女两本我的书，自然得到了一番赞扬，我也得到了梅洁大姐的巨著《一只苹果的忧伤》。她说，我的新著《大江北去》出版了，回头送给你。

后来，她去了南方，是签售她的《大江北去》；再后来，她举家迁往了北京，因此我们也就失去了再见面的机会。那天，见到程雪莉女士，她说，梅洁大姐给你留了一本书在我这里。哦，这就是签名本的《大江北去》，写的是举世瞩目的南水北调工程。

抚着这本书，看着封面上蔚蓝色的天空与苍茫混沌的大江水，心底静水不流。扉页上，是她神采飞扬的题字与签名。在《后记》里，她道出了写作的艰难历程。那是3月18日的清晨，她与妹妹转了两次车，赶到了

赵州柏林寺——

　　说不清我为什么一进万佛楼便泪雨滂沱，所有的悲苦、伤心、绝望、无依都在神圣庄严的圣殿泪流成河，我像一个无家可归的孩子找到了可以尽情诉说的父亲母亲，在这座关爱呵护灵魂的圣殿，法会进行了一个小时，不管不顾的眼泪流了一个小时。我想，慈悲的佛看到了我的受难……

　　从柏林寺归来的当晚十点，疼痛了五十多天的头颅骤然间痊愈如初。巨大的惊喜之后，我感受了一种神圣的拯救……自此，我便开始了艰辛的写作。

三

　　我毫不怀疑这段话的真实性。柏林寺，那个世内绿树繁花，世外佛音经天的清净之地，其一袭浓荫，便可以包容了万类万物之心神。吾辈俗人，不谙天意，不解地语，然而，那在天地之间飘洒的无处不在之佛音，还是耳闻之而为心音，心闻之而为安然的……

　　我自己也曾经在惶惑时刻，数次来到柏林寺，寻求一种渺然天意。那天坐在霏霏佛光里，近观花，远闻佛，仰望天日，俯察自身，兀自笑了：近天命之年也，依然困而惑之，岂不可笑乎？——佛曰：观乎察乎，恍兮惚兮，哭之笑之，悲喜因缘，万物概莫能外，况知天命之稚龄乎？

　　那天，独自来到了裕华路上一家活鱼烧烤店。鱼儿鱼儿呀，切莫怪我。吾乃饕餮之徒，饥餐渴饮，上帝之命也！

　　但依旧心有不忍，故不肯点那道烤鱼，只来了一碟青椒，一碟白豆腐，两瓶啤酒。浅饮之时，忽然听得何处佛音缭绕？——隐隐的，飘飘的，轻轻的，如千般呷呀，似万点悲喜，在安抚忙碌骚动之灵魂。

　　站起身来，四处瞭望，望不见天涯，也望不见心灵皈依处。坐下细听，依稀闻见佛祖呢喃，安然静然淡然……佛祖在心，四处盈沸，八方逸香，你所寻找者，所为何来呢？——于是，安静进餐，所有烦恼，渐行渐远了……

且听梅洁大姐之心音——

　　每晚都有梵音从天宇传来:"动作瞻视,安定徐为。做事仓促,败悔在后。为之不谛,亡其功夫。"受其明诲,我的心一天天安静下来。一但安静下来,我就能听到遥远、清澈的汉水在我心中静静地流淌……

　　在结稿的日子,我点燃一炷香,默默地含泪感恩……

四

泪水,是脆弱的象征吗?

——未必!因为,有时候,脆弱的眼泪,是可以浮动群山的……

(2008年4月24日)

一篇采访记与一本回忆录

一

昨天上午,来到收发室取报纸。

一堆报纸之外,忽然发现了一个厚厚的档案袋,里边是一封信,两本台历,一本书。信是本社退休保卫科长何先生写的。他是受人之托送我一本书,为此写了一段说明,讲述缘由。

这本书的书名是:《冀南硝烟——八年抗战亲历记》。这个委托他给我送书的人,就是著名的抗日老英雄刘英同志。

刘英,1925年农历十一月出生,河北藁城市人。1938年7月参加八路军,1940年入党,历任宣传队长、连指导员、营长等职。1944年被评为战斗英雄,1947年羊山战役身负重伤,离职休养。1951年到枣强县工作,历任区委书记、县委宣传部长等职。1957年调石家庄工作,1958年到黄壁庄水库工作,1985年于省水利厅工程局离休。

以上内容,摘自刘英的资料介绍。然而,使他声名远播的,却是一本书——《平原枪声》。这部由李晓明、韩安庆先生创作的抗日战争小说,塑造了一个家喻户晓的战斗英雄马英,而刘英老英雄,正是马英的人物原型。这部小说在二十世纪六七十年代很出名，同名电视剧的热播，更是令抗日英雄马英家喻户晓。

《冀南硝烟》一书，是刘英记述自己抗战岁月的亲历记，扉页上的献词是："谨以此书告慰在冀南抗战中为国捐躯的战友们。"全书分为八章：第一章《少年赴战场》，第二章《午夜除内奸》，第三章《拂晓遭遇战》，第四章《虎穴擒叛徒》，第五章《军民鱼水情》，第六章《开辟新局面》，第七章《聚歼日伪顽》，第八章《编辑后记：夕阳下，青山青》。

我和本报记者刘军节女士合写的刘英老英雄采访记——《夕阳下，青山青》，就收在本书最后一部分。文后边的记载是：原载《石家庄日报》1995年10月6日第6版。

我对这篇文章，略有记忆，但记不清都写了些什么。如今屈指算来，已经十五年了！摘录如下——

> 简朴的居室，素洁的沙发。刘英老人就坐在沙发上，向我们缓慢而清晰地讲述当年的抗日故事。虽是七十高龄的人了，依然耳不聋，眼不花，脸膛红红，如夕阳般的辉煌。
>
> 眼前沉静的老人虽是英雄迟暮，毕竟曾经在抗日烽火中叱咤风云。作家李晓明、韩安庆的长篇小说《平原枪声》中的主人翁马英，就是根据刘英的战斗经历写的。他的事迹，至今在枣强一带广为流传。忆起当年的战斗生涯，刘英老人百感奔临，他曾经机智勇敢，为革命剪除叛徒；他曾经妙计迭出，端掉鬼子的炮楼；他曾经浴血苦战，掩护上级领导脱险……虽是岁月流逝，那昨日的枪声已远逝，但青山依旧，夕阳几度，怎能掩住英雄的光辉？……
>
> 在老人起居室的墙上，挂着老战友李晓明书赠的条幅："不嫌老圃秋容淡，最喜黄花伴绿篱。"天高云淡，黄花绿篱——这幅秋日里的风景，道尽了沧桑之感，人生之悟。由绚烂归于平淡，是人生的奋斗过程，也是人生追求的归宿。只有在平淡中体味生之意蕴、生之辉煌，才会体悟到那份儿崇高与无憾……

告别刘英老人,走到辽阔的蓝天之下。抬眼远眺,西天边上,那青山的影子隐隐起伏,画出优美的曲线来。

二

十五年前的那次采访,应该是个秋天。我与军节应邀到了老英雄的家里。

他的家里,与我在文中的记述一样。很简朴,甚至有些简陋。老英雄是我的老乡,心里备感亲切。他端坐在旧式沙发上,缓慢地讲述当年。他圆脸膛,圆眼睛,就连鼻头也是圆溜溜的。他是个健康圆润的老人……

在《冀南硝烟》的扉页上,再一次见到了老英雄的形象。他坐在电脑桌前,左手拿着一沓书稿,虽然八十多岁了,依然精神矍铄,目光安详,神态祥和。

何先生说,刘老对你们当年的报道非常感激,经常念叨起来。这话令我感到诚惶诚恐。当年他们浴血奋战消灭日本鬼子,我们只不过是摇着一管秃笔,写了一篇蹩脚文章而已。这也是职业所在,何谈感激!然而,无论如何吧,老英雄的谦逊与厚道,却跃然纸上。对于帮助过自己的人,哪怕微末如草芥,他也会念念不忘呢。而我自己,不是在很多时候,就渐渐淡忘了别人对自己曾经的帮助与呵护么?——想来真是惭愧!

《平原枪声》的作者李晓明先生,是刘英的老领导与老战友,抗战时期任中共枣北县委书记,中华人民共和国成立后曾任武汉市委宣传部副部长、湖北省文化局局长、中宣部文化艺术局长等职。他的《平原枪声》,可以说教育了一代人。

为《冀南硝烟》一书作序的张士英,也是一个老战士,1945年参加革命,曾任中共衡水地委副书记、衡水地区行署专员等职。他在序言中说:"少小即怀报国志,毕生几曾敢息肩。这是刘英同志一生的真实写照。当年驰骋疆场,奋勇杀敌是他的光荣,如今平淡如水,默默奉献同样是他的光荣……人生苦短,时光永恒。每个人的历史都是由自己一言一行写就的。是碌碌无为,虚度光阴,还是堂堂正正做人,清清白白做事,做一个无愧于自己，无愧于时代的人？不妨照照刘英同志这面镜子，读读刘英同志这本书。"

刘英老英雄在后记中说——

  出版这本书，并非为我歌功颂德，更非树碑立传，而是想告诉我的后代及广大青少年，革命胜利来之不易，是无数革命先烈、志士仁人前仆后继，用鲜血和生命换来的，要倍加珍惜今天的幸福生活，用辛勤的汗水建设我们伟大的祖国。同时，我作为战争的幸存者，告慰那些在血与火的战争中牺牲了的战友们，让后人记住长眠于九泉之下的英名。

（2009年12月12日）

一次非同寻常的灵魂之旅
——《孤鹜已远》自序

这几乎是一本自说自话的书。

这些年,因为读了许多诗,许多史,淤积心头,垒垒成丘,存乎胸间,仿佛有一种渺渺的压迫之感。这足以证明,著者不是个能够腹内行船、气吞山河的人。为减轻这种没来由的心灵负累,著者开始自说自话,写了这些非驴非马的文章。非史论,非诗论,集历史、传说、诗情画意,与心灵波澜于一炉。关于"竹林七贤"那篇《广陵散曲,动地悲歌》在某刊发表时,才华横溢的女编辑名之曰"人文随笔",倒迹近其真髓。

本书写作过程中,著者的情绪,时而滔滔若奔,时而涓涓若溪。中国历史太浩渺了,如长江黄河之水,滚滚而逝;著名历史人物太众多了,如太空繁星与江海游鱼,鳞次栉比。在时光的无尽长河里,著者不过是一尾小虾,拼命追寻历史老人的足迹,只看见了一鳞半爪。余生也晚,却可以拽着一根根荡漾在历史天空里的诗丝,感受先辈们的慷慨悲歌,酸甜苦辣,爱恨情愁,真是奇妙之至也!

著者不是历史学家,书中涉及的史实与史识,未必十分契合史学之成规;著者也不是文艺学家,书中论及的一些文人与文事,未必十分契合传统之定论。好在本书主旨,既非探讨历史之流变,也非评论文学之长短。与其说是探讨与评论什么,毋宁说是在体验历史人物的生命律动与激情燃烧,与先贤圣哲们进行心灵之对话,灵魂之交流。对著者而言,这是一次非同寻常的灵魂之旅。时而如蹈深渊,时而如临幽境——深渊与幽境,炼狱与天堂,恶浊的浪涛与艳异的琼花,时常在著者眼前,幻化闪烁……

每当这时候,就有一个古怪念头,萦绕在心头:世人皆曰知音难觅,在人海行走,如沙漠行舟,孤独寂寞,著者为什么在古代文人的丛林里,却找到了许多的知音呢?——犹如午夜的汽笛之声,似断似续,若烟若霞,是古人的灵魂超越时空,飞升至今日扰攘之世界,还是著者灵海晦暝变幻,堕入了古人之缥缈幽境?

本书虽是自说自话,如山泉出岫,随意涌流,写作过程中,却需要读懂文学,读懂历史,参考大量的文学与历史资料。正史、外传、奇闻、逸事,交织于历史烟雨之中,经常令人懵懂迷离,头绪纷乱。史家的著述,专家的论说,学者的点评,闲人的乱弹,网友的纷争……著者参考的各种资料,实在太多太多,根本不可能一一列举,只能在此遥鞠一躬,一并致谢了。

不过有一点,绝对属于著者自己,那就是:无论是追寻每个人之踪迹,描述每个人之情状,品评每个人之学说,著者的心灵,肯定会与之一起跳动,与之一起经历悲欢离合,体味人生的酸甜苦辣,喜怒哀乐。著者笔下的古人,是有血有肉、鲜灵生动的。他们犹如著者的朋友,在历史的时空里,或慷慨激昂,或气喘吁吁,或忧郁沉重,"快乐着他们的快乐,悲伤着他们的悲伤",对著者而言,这是前所未有的奇妙体验。

写作过程,如沥沥秋雨,时断时续。有过彷徨,有过怀疑,有过动摇。工作忙碌了,身体疲惫了,或者灵感麻木了,心头便浮漾起放弃的念头,喃喃自问:自己凝神聚力写这些,究竟有何意义呢?在这个纷乱的时代,杞人忧天,得到的,往往是世人的一缕哂笑。每思及此,便长长地叹一口气,点燃一支烟,望着袅袅烟圈,把自己放逐到失望的缭绕烟雾里。然而,第二天,清风一吹,云开雾散,灵魂归巢,灵感降临,又继续开始了跋涉之旅,其间的苦涩与慰藉,郁闷与缥缈,孤寂与喧腾,追求与挣扎,又何足为外人道哉!

著者根本不敢奢望通过这本书,走入大众的心灵。在如今的时代,谁再有这样的奢望,简直就有些不知天高地厚了。不过,一个人与大众,渺小与伟大,最狭窄与最广阔,才构成了一个完整绚烂的心灵世界。哲人们说,比陆地广阔的是海洋,比海洋广阔的是天空,比天空广阔的是宇宙,能吞

吐宇宙的，则是人的心灵。此书犹如月之阴晴圆缺，再现了一个个古之人物心灵深处涌动的激情与无奈的伤口，虽渺无踪迹，却历历在目，勾勒成一幅幅波澜起伏的"心电图"。古今无数颗鲜活的心灵，交织变幻，纵横驰骋，穿越时空，在宇宙间跳跃奔腾，汇成了历史的浩浩长河，抒写了一部跨越古今、亘古不灭、充塞天地之间的"心灵史"。

从某种意义上说，"心灵史"既属于心理范畴，也属于历史范畴。教育学家说，其实历史是很脆弱的东西，任历史学家庄严叙述，任时尚文人百般戏说，令人眼花缭乱，真假难辨。著者也想说，其实人的心灵也是很脆弱的东西，任情感之野马纵横驰奔，任纷乱之世事左撕右扯，至于花草摧折，至于灵神委顿，至于蹈海跳楼割腕抹脖子而无悔也。——吁！您知道吗，钢铁，其实就是这样炼成的。

读者朋友，您读了这本书，就是对著者的最高奖赏了。我为在这个浮躁的时代里，还有您这样的读者，耐心读了这样一本陈旧而费力不讨好的书，而由衷地向您鞠躬致敬！

（2007年2月14日）

浓妆艳抹数千载,再添一笔又若何?

——《我为峰》自序

那天午夜,似乎是南柯一梦初醒,尚在恍惚怔忪之间,只见一轮大而圆的月亮孤悬空中,凛冽的月光照耀天地。我沿着月光的弧线,恍然走出屋来,立刻被斑斑驳驳的光晕笼罩了。眼前的世界,朦胧缥缈,幽邃迷离,山崖入云,古木倚天。时而阴风怒号,鬼影幢幢;时而金戈铁马,鲜血淋漓;时而阴晴四合,天地翻覆。这是怎样的一个神秘莫测的世界啊!我沿着脚下一条崎岖凸凹犹如赤练蛇一般的幽径,试探着挪动脚步,懵懂向前,嘭!只听一声沉闷的巨响,天灵盖似乎被一支来自远古的阴沉木撞碎了。忍着浸骨痛楚,抬眼一望,眼前矗立着一株耸入云霄的参天古木,顶天立地,枝叶如铁,不知在世间屹立了几多世纪?环顾四周,但见古木戳天,兀立寰宇,林涛四溢,回声千古……

老实说,这就是我开始写作《我为峰——世界八大古代政治家之心灵史记》的内心感触。那些古代政治家,譬如中国的秦始皇、曹孟德、武则天、成吉思汗,外国的亚历山大、恺撒、彼得大帝、拿破仑,等等,堪称是人类历史上的山峰式人物。在属于自己的时代里,他们叱咤风云,移山填海,改天换地,建立了可歌可泣之奇功,开创了千古不朽之伟业。这样一群顶天立地名垂古今的英雄人物,哪里是吾等俗人可以攀追的啊!你企图用一本薄薄的书,追溯他们百转千回的历史踪迹,描绘他们波澜壮阔的心灵世界,简直是一个不可能完成的任务。我开始为自己当初的"雄心壮志"后悔了。

面对着浩如烟海的历史资料，究竟如何梳理思路，把握笔触，犹如老虎吃天，无处下口。正史，野史，戏说，传奇，令人眼花缭乱，不辨南北，恍惚之间，不知今夕是何年？就像一位幼稚的厨师面对着一大堆烹饪食材，却不晓得怎样才能捯饬出一桌美味佳肴。迷失于青史烟云，迷失于资料荒山，迷失于千百年来的嘈杂晓哓。一个基本的情形是，但凡伟大的历史人物，各种历史记载可谓浩瀚无边，汗牛充栋，摘编、剪裁、炒作这些资料，最后会弄成麦秸垛一般的"资料堆积"，毫无新意，毫无意义。要使你的写作具备哪怕一点点新意，就必须跳出这个无数人重复了无数遍的"资料怪圈"，融入富有个性特色的元素。所谓"个性特色"，并非八卦历史，胡编乱造，而是要注入属于作者个人的历史观照与人生体验。具体来说，就是要实现"三个融合"——历史融合，资料融合，心灵融合。所谓"历史融合"，就是符合历史发展之规律，使自己的笔触与历史波澜相吻合，不能逆历史潮流而动；所谓"资料融合"，就是要注重历史细节，每一个历史事件的叙述，都要有依据，有出处，不能随意编造，这是忠于史实的基本要求；所谓"心灵融合"，就是从最基本的人性出发，实现古人与今人的灵魂穿越，以作者之心灵律动感知古人之心灵律动，以今人之喜怒哀乐诠释古人之喜怒哀乐，一言以蔽之，就是要写出一部颇具私密性、独特性、普遍性的古代政治家之心灵史记。从人性的角度，从心灵史的角度，来解读那些神秘莫测的古代大师，虽属管窥蠡测，毕竟还算另辟蹊径，这也就成了本书不同于任何此类作品的一大特色。

　　要沿着人性之光波，迤逦前行，抵达今人与古人心灵融合之化境，采摘几束滴露摇翠的心灵鲜花，真是谈何容易！许多年来，人们都在感叹：历史，不过是个任人打扮的小姑娘。说到底，无论古今中外，所有的历史记载，基本都属于这个被人肆意打扮的小姑娘，至于可爱与否，只有天晓得。那些历史学家先生们笔下演绎的历史，无不充满着强烈的演义色彩。从这个意义上说，那些历史学家的史识与见识，就决定了他与他的历史记述之优劣。中国史学著作之"前四史"，即司马迁《史记》、班固《汉书》、范晔《后汉书》、陈寿《三国志》，清泠如月，高悬史海之云空，标识着四位作者的昆仑之才。毫无疑问，中国古代史学有着令人嗟叹的优良传统，春秋时期赵国太史令董狐先生不惧斧钺，不畏权贵，不虚美，不掩恶，秉笔直书，被誉为"董狐笔"，"祸首燧人氏，厉阶董狐笔"（杜甫），"在齐太史简，在晋董狐笔"（文天祥）。可惜，随着历史前进的步伐，后来的历史学家们似乎愈来愈蜕化，渐渐地拜倒在帝王与权贵脚下，溢美之词杂沓横陈，谀媚之语甚嚣尘上，脊梁骨似乎普遍地缺钙；至于那些混淆是非颠倒黑白的伪历史学家，就只能付之一哂了。

  一部浩浩青史，千百年来历经千百次梳妆打扮，其实早已非当初青枝绿叶的村姑模样了。浓妆艳抹数千载，再添一笔又若何？——这就是我爹着胆子，举着羸弱的手臂，抖索着写作此书的动力之所在。尽管，这一笔不过是画蛇添足，犹如稚子涂鸦，凌乱苍黄，毕竟还流溢着一些稚气与天真。经历了无数个难熬的夜晚，翻越了无数个嶙峋的山崖，穿越了无数个幽冥变幻的时光隧道，作者与那些历史巨人们朝夕相处将近一年时间，与他们歌哭嬉笑，相依相伴，就像一株无名小草依偎在一座座林木蓊郁的高山之下，那种仰望之幸福、灵神之翱翔、心海之翻腾，实在不足为外人道也。似乎是好多回，烦躁得云遮雾绕，疲惫得海枯石烂，真想甩手放弃，转身跑开。然而，在身后隐隐约约呼啸的，不是历史的熏风，却是先贤的呼唤。作为一个作者，你根本没有理由，来拒绝那些历史大师们雷霆一般的声声叮咛。时光永在流逝，心海永在沸腾，今日暮色斜阳，明天日照辉煌，你怎么会晓得，天上究竟哪片云彩会下雨呢？除了低头耕耘，你还会做什么，还能做什么呢？于是，随着日出而作，日落而息，终于咬牙完成了这部菲薄的书稿。至于质量若何，那就不是作者可以妄自夸口的了。

（2013 年 5 月 9 日）

仿佛听闻了史册里传来的殷殷叮咛之声
——《历史的忠告·史海殷鉴录》自序

一

写作这本书的机缘，来自于河北大学出版社邓一鸣师弟送给我的一本书：清代学者尹会一编纂的"三鉴"：《君鉴录·臣鉴录·士鉴录》。这本书本来是"四鉴"，还有一卷《女鉴录》，编者考虑到内容"封建糟粕较为突出"，删除了。

尹会一（1691—1748），字元孚，号健余，清代学者，河北博野人，雍正进士，历任吏部主事、扬州知府、河南巡抚、江苏学政等职，平生尚实行而薄空言，重身心而轻文字。为官之余，著述不辍，后人汇其所著为《尹健余先生全集》。据编纂者介绍，尹先生这部书，以朱熹《资治通鉴纲目》为基础，但并非简单重复，而是独具鲜明特色：一是对材料作了有针对性的选取组合，并分别标上概括各篇主旨的标题；二是对每个单独成篇的文字作了较为中肯的有启发意义的按语，全书为人们重点提供了中国历代"君""臣""士"在修身、齐家、治国、平天下诸方面的可资借鉴的正面经验与反面教训。

该书《君鉴录》分为四部分：立政类、用人类、纳谏类、儆戒类。"立政类"截取了汉高祖刘邦、汉文帝刘恒、汉昭帝刘弗陵、汉光武帝刘秀、汉明帝刘庄、汉和帝刘肇、唐高祖李渊、唐太宗李世民、唐高宗李治、唐玄宗李隆基、唐德宗李适、后唐明宗李嗣源等君王的"仁政故事"。该卷由两个"汉唐故事"开篇：一是汉高祖刘邦率十万大军攻入咸阳，招来父老豪杰，约法三章："杀人者死，伤人及盗抵罪，余悉除去。"百姓闻之欢欣。二是唐高祖李渊率军攻克长安，与民约法十二条，"悉除隋苛禁"。尹先生评论说："三代以后，统尊汉唐。观其开国之初，先除苛禁，约法三章与约法十二条，后先相望，民悦解悬，享祚之永有以也。"

捧读该书，内心颇感惴惴。如此"以史为鉴"，形如"贴标签"，未免轻飘飘简单化了些。譬如"立政类"第一篇命题"汉高祖刘邦等以仁爱得天下"，很大程度上就是个"伪命题"：著称于世的秦末楚汉战争，刘邦与项羽龙争虎斗浴血奋战达四载之久，哪里是一句刘邦"仁爱"就可以"得"天下啊！读过太史公《史记》的人大约都晓得，在与项羽争夺天下的过程中，刘邦的那副"政治流氓"嘴脸，还是很鲜明生动的嘛！——我因此有所感矣！无论是"知人论世"，还是"知人论史"，窥其一斑，不及其余，简单化地贴标签，并不是一个好办法。这种只言片语组合而成的"语录体史鉴"，或闪光耀亮，或湮灭黯淡，不过是一"斑"而已。所谓"历史科学为现实服务"，并不宜按照意识形态色彩之浓淡来皴染历史，排列组合历史人物与历史事件。因为，不了解历史事件的来龙去脉，弄清历史人物的兴衰本源，把握朝代兴替的客观规律，怎么可能达到"以史为鉴"之目的呢？

二

关于"历史镜鉴"，有一句名言是："水能载舟，亦能覆舟。"语出《荀子·哀公》。孔子告诫鲁哀公："丘闻之，君者，舟也；庶人者，水也。水则载舟，水则覆舟，君以此思危，则危将焉而不至矣！"初唐宰相魏徵《谏太宗十思疏》引用了这句话："怨不在大，可畏惟人；载舟覆舟，所宜深慎。"两位古代大哲留下的语录，遂使"载舟覆舟"之说成为后世久传不衰的经典之论。

所谓"镜鉴"，一曰"镜"，二曰"鉴"。"镜"，镜子也。"鉴"，其基本含义，一为古代用铜制成的镜子；二为仔细看，观察，审视，引申

为品鉴、鉴别、鉴赏、借鉴，等等，意指人们通过对客观世界的直观认识，进而达到理性认知与鉴别之目的。以其见闻，融其睿智，感悟世事，洞鉴历史。所谓"鉴"，不是简单地走马观花认识世界，而是一个由浅入深、由感性到理性的认知过程；即从"我见了，我看了"到"我想了，我明白了"的过程。这里的所谓"明白"，至少要有几点感想，受到几点启发，总结出几条经验与教训——唯其鉴之，方可知之，也才能有所借鉴，有所收获。

由此可见，"历史镜鉴"之要，在于窥全豹，探真知，以古鉴今，继往开来。

孔夫子提出"载舟覆舟"之论，可谓高屋建瓴；魏徵撮其要害，并以此警诫唐太宗，堪称耳提面命；而唐太宗不以为忤，视其为"镜"，经常拿来洞照自己，不失为古之明君也。这些古代先贤眼里的历史与现实，无疑是立体的，多面的，姿彩纷呈的。因为，只有全面的观察，深刻的总结，触及灵魂的领悟，才能得出符合历史规律之结论，总结出警示世人之经典。任何盲人摸象、以偏概全，或只见树木、不见森林，或一叶障目、不见泰山，都是难以窥知历史本相，得出令人信服的真知与结论的。北宋著名史学家司马光耗尽毕生心血，"叙国家之盛衰，著生民之休戚"，总结过往历代王朝治国之经验教训，编纂《资治通鉴》，全书浩浩二百九十四卷，三百多万字，宋神宗赵顼认为此书"鉴于往事，有资于治道"，由此而命名，堪称古今镜鉴集大成之巨著。镜鉴之事，可谓大矣！

三

按照我的理解，要知"一般"，必窥"全豹"；换言之，没有"全豹"，何来"一般"？我这里说的"一般"，并非"窥一斑而知全豹"之"一斑"。此"一般"非彼"一斑"也。古人"管中窥豹"，见到"一斑"，便跳跃欢呼：偶见到豹子啦！然而，那究竟是"一斑"，而非"全豹"也。我们不妨由"一斑"上升到"一般"，实现一次"由表及里"的飞跃。所谓"全豹"，即是事物的本来面目，或者是一个人之本相；所谓"一般"，则是指对事物进行综合分析之后，得出的一般性结论。在得窥"全豹"的基础上，才能谈到"一般",达到"以史为鉴"之目的。

所谓"史鉴","史"与"鉴"并列,"史实"与"镜鉴"相得益彰,犹如鸟之双翼,缺一不可。史实乃镜鉴之基础,镜鉴乃史实之总结。因此,本书的写作,我给自己定了三个标准,即"三性":史料性、思想性、可读性。三者融会贯通,方能触类旁通,启迪人生。一本史鉴类图书,倘若没有丰富的史实做基础,就会成为无源之水,无本之木;没有深刻的思想做先导,就会成为无滋无味的白开水;而没有引人遐思的可读性做羽翼,也会像孔夫子当年指出的那样:"言之无文,行而不远。"

如果说,这个寻觅"一般"之路,并不一般的话,那么,整个"窥豹"过程,则更加辛苦。因为缺乏系统的历史知识学习与积淀,要做到汇百川之细流,以知古而鉴今,可谓难矣哉。我给自己定下两个基调,一曰"穿越历史",二曰"穿越人性"。所谓"穿越历史",就是通过一个历史人物"管窥"他的时代,弄清围绕着他而展开的那一段历史的波谲云诡,风雷激荡。所谓"穿越人性",即是对古今人性之"历览"。人无分今古,不论南北,其言其行,均具备基本的"人性",闪烁着人性之美与丑。

要实现"两个穿越",《二十五史》与《资治通鉴》是必读的,其他野史与传说,也要尽量搜求寓目,尤其那些栩栩如生的历史细节,正是人性肆意飞扬之处,不经意间忽略过去,就等于放弃了一段精彩,殊为可惜。唐代史学家刘知几在《史通》中说:"大抵偏记小录之书,皆记即日当时之事,求诸国史,最为实录。"刘知几所说的"小录之书",就是那些"稗官野史",虽然不免荒诞之处,却最为鲜活生动,最易"由小见大"。总之,在寻寻觅觅的"窥豹"过程中,品味人性之美,鉴别人性之恶,这种心灵体验,真是令人一咏而三叹息也!

譬如,商王朝的缔造者商汤子履先生,就颇具仁爱之心,他看见郊野四面都张着罗网,以捕捉禽兽,就很生气,说这是要把禽兽断子绝孙吗?当场下令"去其三面",为禽兽们打开了"逃生之门",并祝祷说:你们呀,想往左的往左,想往右的往右,寻找你们的生路去吧!人们颂扬说:"汤德至矣,及禽兽。"此言此行,既是德音,更是人性。古来成大事者,无德不立,没有人性,绝难成功。因为,天下人心之所向,是连上帝也改

变不了的神力呀!

再如,五代宰相冯道先生,身处那样一个癫狂动乱时代,鲜血汹涌淫九州,城头变幻大王旗,他居然玩得溜溜转,一生高官厚禄,逢迎拍马,历事四朝十帝,这样一个政坛"老油条",却以厚道处事,危难时刻,总是力所能及保护老百姓。契丹人占领中原,他大拍契丹太宗耶律德光马屁,却借此保全了中原百姓,避免了惨绝人寰的大屠杀,受到时人称颂,却遭到欧阳修、司马光等大佬严厉抨击,欧阳修说他是"无廉耻者",司马光骂他是"奸臣之尤"。冯道就像一面历史多棱镜,是耶非耶,难以论定;毋宁说,在他身上飘荡着复杂的人性,美与丑,善与恶,黑与白,交织融合,丝丝缕缕,难以厘清。

四

尽管写作过程历尽艰辛,而追踪先贤足迹,领略古人风采,其实是一件很幸福的事。每当岑寂时刻,静思凝神,浮想联翩,仿佛听闻了史册里传来的殷殷叮咛之声……

商汤发动"鸣条之战",消灭暴君夏桀,视民如伤,励精图治,告诫百官:"人视水见形,视民知治不。"他说,你到水边照一照,就能看清楚自己的嘴脸;你到老百姓中间听一听,就能知道自己为政究竟如何了。不要整天夸夸其谈吹牛皮,要深入民间看得失。不得不说,商汤的这些英明论断,至今仍有着强烈的现实意义。

箕子先生看见商纣王用象牙筷子吃饭,忧心忡忡,叹息不已:"彼为象箸,必为玉杯;为玉杯,则必思远方珍怪之物而御之矣。舆马宫室之渐自此始,不可振也。"他说,纣王现在制作象牙筷子,将来必定制作玉杯,还一定想把远方的稀世珍宝占为己有,车马宫室的奢侈豪华,也必将从这里开始,国家振兴无望了!箕子见微知著,预见了纣王的可悲下场,其强悍逻辑,至今滴沥有声。

周厉王姬胡面对批评,强力"弭谤",弄得天下万马齐喑,道路以目,召公告诫他:"防民之口,甚于防川。川壅而溃,伤人必多,民亦如之。"

是故为川者决之使导,为民者宣之使言。"召公说,人有口便要说话,而"口之宣言也,善败于是乎兴",当政者哪里好哪里坏,都能从万众之口中省察出来的。召公之言,堪称振聋发聩。

郑国丞相子产先生,面对"毁乡校"之喧嚣,坚决主张"留乡校",听民声,他说:"夫人朝夕退而游焉,以议执政之善否。其所善者,吾则行之;其所恶者,吾则改之。是吾师也,若之何毁之?"他主张把"乡校议论"当作"良师"与"良药",认真听取,以检验执政之得失,纠正失误与错误,凡是老百姓喜欢的,就继续贯彻执行;凡是老百姓憎恶的,就坚决加以改正。他警告说:听听百姓议论,从中找出执政者的毛病,及时加以改正,有吗不好呢?干吗非要弄到天怒人怨、无药可救的地步呢?应当说,子产先生的"群众路线"观点,实在是郑国之福啊!

汉武帝刘彻号称雄才大略,一生大有作为,晚年却昏聩不堪,弊政迭出,导致惨烈的"巫蛊之祸",后来悔悟,颁布了一道《轮台罪己诏》,把自己痛骂一顿:"朕即位以来,所为狂悖,使天下愁苦,不可追悔。自今事有伤百姓,靡费天下者,悉罢之!"他说,我从前愚昧,被那些巫婆神汉欺骗,干了不少蠢事,"天下岂有仙人,尽妖妄耳!"汉武帝这种反躬自省、痛责自己的做法,可谓稀世之音,尽管两千年过去,依然言犹在耳。

大家或许知道,第一个提出"以人为本"这一观点的人,却是古代政治家管仲,他在《管子·霸言》中指出:"夫霸王之所始也,以人为本。本理则国固,本乱则国危。"管仲倡导"民本思想",辅佐齐桓公小白开创霸业,他说:"仓廪实而知礼节,衣食足而知荣辱,上服度则六亲固。"家底殷实了才能讲究礼节,肚子吃饱了才能追求荣辱,国君的作为合乎"法度"了,江山才会稳固。他告诫小白:"下令如流水之源,令顺民心。"国君下达的政令,就像流水之源,只有顺应天下百姓的意愿,才能源远流长,其为政的出发点与落脚点,就是——老百姓喜欢与否!

初唐名相魏徵,直言极谏,其忠悃之心,苍天可鉴,先上《谏太宗十思疏》,以"载舟覆舟"之论,告诫太宗居安思危;再上《十渐不克终疏》,列举太宗"十大罪状",警诫他说:"有善始者实繁,能克终者盖寡。"作为执政者,须时刻心怀怵惕,"傲不可长,欲不可纵,乐不可极,志不

可满"。因为，"祸福无门，唯人所召。人无衅焉，妖不妄作"。正所谓："天作孽，尤可恕；人作孽，不可活。"太宗皇帝被如此叱责，一不急，二不恼，还甘之如饴，"手诏嘉美，优纳之"。君臣同心，其利断金，上下联动，共襄盛举，"贞观之治"之盛业，永载史册矣。难怪魏徵死后，太宗非常悲伤，感叹说："以铜为鉴，可以正衣冠；以人为鉴，可以知得失；以史为鉴，可以知兴替。朕常保此三镜，以防己过。今魏徵殂逝，遂亡一镜矣！"他把魏徵比作一面镜子，说自己经常拿这面镜子照一照，来镜鉴为政之得失，如今魏徵死了，这面宝贵的镜子消失了，惜哉痛哉！……

书尽千百言，难拟古人心；举首向明月，尘世传福音。冀望亲爱的读者读罢本书，能有所获益；对疏漏错谬之处，不吝批评指正。

2017 年 9 月 20 日于隐庐

人间万事付沉吟

——跋《孤鹜秋水辞》

一

今天清晨，终于把几卷乱草一般的"顺口溜"整理完毕，抬眼远望，只见一片白花花的阳光，哗然照临尘寰，不禁冷然一笑：哦！今天是个好日子，适宜赋诗，适宜唱歌，适宜郊游，也适宜呼朋唤友……阳光灿烂的时光，当然适宜做一切美好的事情啦！于是，关闭电脑，转身下楼，来到大街上，走近长安公园之未名湖，望着渺渺湖波，真想扯开嗓子像毛驴一样吼儿吼儿叫唤几声，可是嘴巴张了几张，却没能发出声音来……倏然，一股浸凉的晨风骤起于青萍之末，席卷而来，呼呼有声，瞬间把平静的湖水搅得縠纹凌乱，湖岸边那万千柳枝也像美女的长发一样斜飘起来——我被这突如其来的美景惊呆了，举起手机，啪啪啪！拍下这美妙瞬间，并随风哼了一首顺口溜：

晨风驭白龙，隐约浮洪波。
柳丝飒然舞，湖光为之歌。
犹如谪仙骑青猿，横绝蜀道惊魂魄。
又似老杜登高峡，古木潇潇长天落。
湖水清且涟，浊世风吹尘。
聊寄清泠意，碧绿唱婀娜！

应当说，这首小诗的产生过程，与那条潜游于长安公园未名湖底的小白龙一样，飘然而至，时隐时现，看似触手可及，却是邈远无极；至于谪仙李白攀登蜀道赋就《蜀道难》，诗圣杜甫登临夔州白帝城之高台吟诵《登高》，不过是一瞬间浮现在眼前的古典画面罢了。我的许多诗作，就是这么不请自到莫名而生的。

老实说，我不是诗人。我宁肯称自己为"学人"。因为这些年一直在学习呀，学政治，学经济，学哲学，学历史，当然，更重要的是学做人。人生世间，做人是门大学问。这些年来，常常惊讶于许多"大师"的蒙人有术。做人与蒙人，一字之差，谬之千里也。常见的情形是，"大师"无论走到哪里，总是能自然地摆出一副"学富十车"的大佬派头，动辄背诵一段唐诗宋词元曲，谈论几句唐宗、宋祖、刘备、曹操、朱元璋。写到这里，忽然想起了南朝大诗人谢灵运，这位仁兄的傲视天下，可谓冠绝古今。他对才子们说，天下的才华啊只有十斗，大才子曹植拥有八斗，我自己留一斗，剩下那一斗，你们大家去分吧！估计听完他这番话，那些器宇轩昂的才子们一定会气得鼻歪眼斜，不便当场发作，嘴角却会悄悄冒出一个字来：呸！

谢灵运的嘚瑟与悲剧，那是被史家记录在案的。沈约《宋书》："灵运少好学，博览群书，文章之美，江左莫逮。"江左，江东之谓也，泛指江南。魏禧《目录杂说》云："江东称江左，江西称江右，自江北论之，江东在左，江西在右耳。"如此才华盖世的一代诗宗，最后却被宋文帝刘义隆下令"弃市"，就是在闹市处死。他的死因，是有人打小报告说他"谋反"，其罪证是一首"反诗"："韩亡子房奋，秦帝鲁连耻。本自江海人，忠义感君子。"一介书生，不过驰骋才华，游戏人间，发几句高级牢骚，谋个屁反呀！只是谢大诗人恃才傲物，纵酒使性，肆意遨游，得罪人太多了，最后沦落到墙倒众人推，文帝顺水推舟杀之罢了。所以，人生在世，无论为人，还是为文，低调，谦逊，学人之长，补己之短，总是不错的。

当然，我把自己的诗称为"顺口溜"，却并非尽为谦虚，而是一种自我界定。在人们的意象里，"顺口溜"似乎就是下里巴人，唾沫星子乱飞，驴叫马嘶老鸭鸣，其实并非如此。在我看来，所谓"顺口溜"，就是一种近乎天籁、不染俗尘的大雅之音。它来自天然，发乎自然，聚于丹田，经过亿万斯年的燃烧与沸腾，沉埋与发酵，一瞬间喷涌而出，凝结成几句呼呼啦啦的大白话，所谓"大俗大雅"，此之谓乎？

我这么说，只是对"顺口溜"一词的自我诠释，并非自吹自擂。我自己的那些诗，之所以称为"顺口溜"，实在是因为没有经过像铁匠锻造犁锄那样的千锤百炼，也没有经过像唐代诗人贾岛先生那样的推与敲，"拈断数茎须"，"一吟双泪流"。我只是顺势而走，顺气而吟，顺口而歌，顺手而写。如此"四顺"，铸成一"溜"，犹如骤雨倾泻而下，犹如老鸭远翔屋顶，犹如炎热的夏天吃了一支滋滋冒冷气的冰棍儿，顺口一溜，天高地迥，心旷神怡，岂不快哉！

顺口而"溜"，翩然若老鸭之飞翔，嘎嘎铮鸣，郁郁独行，自娱娱人，"溜"之而下，至于浩荡成筐，成册，便有了这几卷《孤鹜秋水辞》，也算小有收获吧。

唐人作诗推与敲，吟断数茎白髭毛。
李白杜甫逞霸道，至今诗坛树大蠹。
后学纵弄山与水，不及唐韵酒一瓢。
从此只吟顺口溜，哼呀一声无烦恼。

二

虽然，从来不敢僭称为"诗人"，毕竟作了这么多的诗，也参加了几个诗歌组织，在诗歌的丛林里与各路诗界大腕厮混，作为诗歌的"同路人"，还是有必要回顾一下以往的。

我的"诗路"，起自乡野。当年在乡下，栉风沐雨，历经了艰辛，见惯了苦难，对那些流行的所谓"田园诗"，嗤之以鼻。在某些诗人看来，农民伯伯在田间劳作，犹如在碧绿的诗行里徜徉，诗情荡漾啊，美妙无比啊，其实完全是胡扯！农民劳作的艰难，风霜的摧残，生活的催逼，是如山一样沉重啊！

记得在我的老家，小孩子长到十三岁，即可参加生产队的集体劳动，我在本村读初中的时候，就开始像同龄小伙伴们一样下地干活了。那时乡下学校不放暑假、年假，而是放麦假、秋假，就是让我们回家帮着父母收秋种麦。因为自幼身体羸弱，干活总是没力气，且经常流鼻血，娘常常为此发愁，担心我将来怎么活呀！我的叔叔大名韩白人，一直担任生产队长，负责安排队里的生产事务，我中学毕业后，就让我当了生产队的饲养员。那可是队里的"上层阶级"，不用每天风吹雨淋下地干活啦！我就在队里的牲口圈饲养棚里，开始写作我最初的文集——《农村散记》。那应该是一部杂著，记述村里的人与事，嘈杂而缭乱，不分题材，不论体裁，诗歌、散文、小说，等等，反正啥都有，装订成册，大约有七八卷之多，卷帙浩繁啊！可惜的是，这些最初的大作，后来弄丢了，或者就是自己处理了。记得二十世纪九十年代初搬家，我处理过一批当年的"文物"，包括大学时代的诗集、日记等等，统统付之一炬了。这部《农村散记》，是否毁于这次"焚书之火"，不得而知。总而言之，是永远消失了，于今想来，真是锥心刺骨，万分可惜呀！

一般地说，弄文字的人，常常"悔其少作"；其实，正是这些"少作"的青枝绿叶，鲜嫩欲滴，是后来的作品所缺少的。那部《散记》虽然失踪了，但那时候的心灵体验，却依稀还在。在繁重的劳作之余，胸中的苦闷、压抑，像汹涌的浪涛一样，冲击着一颗年幼稚嫩的心灵。我不知道那应该叫什么，反正是奔腾咆哮，难以抑制，只记得有时浑身像着了火，有时像掉进了冰窟窿，浑身燥热难忍，坐立不安，那是青春的骚动啊，那是人生的磨砺啊，那是无可言说的哀愁啊！

在经历了无数次排山倒海翻腾咆哮的煎熬之后，百般无奈的我，只得握笔作文，以倾泻心底的苦闷，发泄身体的膨胀。那部文集里的那些像柴火燃烧一样的文字，大约就是这个样子吧。记得其中有一篇奇文，题曰《韩氏自传》，似乎是写自己"从小到大"所经历的"苦难人生"，喂哟！小朋友，口气冲天哪！……

时光犹如车轮转，转眼就到了1977年，我参加了高考制度改革之后的第一届高考，幸运中榜，于1978年3月，进入河北大学中文系读书，从此成了名声甚为响亮的"七七级"。记得临到学校报到之前的那个夜晚,寒风呼啸,圆月朗照,我徘徊在村西刚盖起来的新房院子里,心波浩渺,激情奔涌,挥笔写了一篇长诗,歌颂党中央的英明决策,记得那是一首很长很长的朗诵诗,我一边写,一边朗诵,兀自热泪涌流,直把自己感动得一塌糊涂。那肯定是满腔真情的流露,而且是一泻千里的奔腾澎湃,那肯定是一首感人肺腑的好诗,可惜后来找不见踪影了。唉,可惜呀!

大学时代,犹如一只井底之蛙跃出万丈枯井,来到了古城保定,眼前千般恍惚,心底万感涌流,无由表达,于是,我就开始悄悄作诗。我们班同学以理论研究著称,文学评论、美学理论、《诗经》《楚辞》,以及古文字、古诗词研究,犹如凤凰展翅,熠熠生辉,而我天生对各种理论很疏离,只是投身书海,昏天黑地苦读世界名著,世界上最著名的那些诗人,拜伦、雪莱、普希金、莱蒙托夫、歌德、海涅,等等,统统囫囵吞枣读了个遍,私下里,悄悄写一些无病呻吟的"诗歌",并煞有介事装订成册,自作序与跋,几年下来,居然积累了一摞,大约有十卷之多吧。这些,后来都毁于那场"焚书之火"了,只残留了一部分,与石景辉同学合出了一本诗歌集《红船与白夜》。这是那个时代留下的唯一诗歌纪念了。

有一次,与大学同学王力平聊天,他是河北省作家协会副主席,论世论文,一向高屋建瓴,他说,当年你那些诗稿整理一下,印出来,说不定还能火起来呢!我说,王主席啊,你咋不早说啊?如今再说这个,不是成心让人闹心吗?

大学毕业,我做了一名鹦鹉学舌的记者,也就把诗歌抛在了九霄云外。开始当记者的时候,也是牛气冲天啊!声称绝不做没出息的"应声虫",要做激浊扬清的"啄木鸟",要铁肩担道义,为人民鼓与呼!有一次与朋友通电话,居然把那些小心翼翼生怕树叶掉下来砸碎头颅的老同志称为"老朽",被一位老者听见,引起轩然大波,受到领导严厉批评,真是活该!

如今自己也已步入"老朽"之行列,再检视那时候的言行,也只能呵呵一声了。人吧,谁还没有年轻的时候?年轻人不知天高地厚,难免胆大包天,口出狂言,那是连上帝也能原谅的缺点嘛!——而诗歌,不也正是年轻的产物么!因为,心底荡漾着诗情的人,是永远不会老的。

"老朽事件"，天低云暗，四顾徘徊，茫然无边……从此开始，我又翻出了当年的诗册，开始磨磨叽叽作诗了。

三

我的古诗词生涯，是从拙著《孤鹜已远》开始的。那是2006年了。我已经做了许多年新闻工作，心里有些厌倦了。可是，工作之余，你总要做点儿事吧，总要把大量的无聊时间消磨尽吧？打牌喝酒，唱歌交友，东奔西走，之后呢？作为一个曾经瞅着父老乡亲流泪流汗在温饱线上挣扎，看着父母呕心沥血历尽艰辛为儿女操劳，自己有幸鲤鱼跃龙门迈入大学的读书人，你总该对乡亲、对父母有所报答，对所学的那些知识、所读过的那些书本，有所回馈吧？可是，除了一堆乱七八糟一文不值的新闻作品，两手空空，啥也没有啊！尽管早些年出过一部文集《家园里的流浪》，那是一本散文、杂文、小说合集，不过是一簇簇野草，稚嫩得很啊！正是在这种"有所做"的观念驱使下，我开始了《孤鹜已远》的写作。这部书有一个副题："与古典诗人的灵魂对话"。这是一次艰难的心灵跋涉。我与四十二位中国最伟大的古典诗人，做了一次彻底的透彻肺腑的灵魂对话。我从西汉时代的司马相如与扬雄写起，一直写到南宋的范成大与杨万里，他们的人生经历、喜怒哀乐，以及作品特点，一一呈现在我的眼前，融进了这部书的每一行文字之中。我与他们同甘共苦，同歌同舞，同患难共命运。一年多的写作过程，也是一次深入阅读学习的过程。对这些中国古代诗人的作品，我一一做了全面的研读，捕捉那些诗句中闪烁着的人性之光，与诗人心绪的起伏动荡。

正是这次畅快淋漓、锥心刺骨的阅读，使我对中国古代诗人的心灵与作品，有了一层刻肌刻骨的体察。譬如，曹植在《赠白马王彪》中涌流出来的大才弥天与悲愤无助，兀地令人泪流不止；而陶渊明的饮酒，那根本不是"饮"，而是"倾"，酒缸酒壶酒杯，争先恐后跳将起来，叮呤咣啷直往他的嘴里"倾倒"美酒，如此喝酒，堪称古今奇观也；而山水大师谢灵运的诗篇，则往往是"半篇美文"，前半篇抒写风景，绮丽壮美，毓秀灵动，而结尾往往归结为绵邈之禅理，本自冲淡的诗作里，自然飘荡着一片禅说与玄思。他的诗往往由山水游历写起，风景异媚，溪壑岩暝，犬牙交错，却由渺无踪迹的玄思结束，使整篇殊胜风景画图置于微奥的冥想之中，溅溅山水，溅出的却是一片片佛理禅意的吉光碎羽……

在咀嚼古典诗人们传世之作的同时，我也开始哼呀一些古诗词，类似"乐府""古风"吧。乐府诗始于秦代，盛于两汉，那是有乐谱的歌咏，到了唐代，乐谱失传，其形式沿袭下来，成为一种没有严格格律、易于讽咏的诗歌体裁。古风，顾名思义，也是一种古诗歌体裁，不拘形式，婉转腾挪，飘行如风。我哼唧的这些古体诗词，先是发在博客上，后来发在微博上，再后来微博、微信、头条同时发，每过一段时间，我就像当年在老家收割杂草一样，把它们归拢到一起，统称为"微诗纪"，一来作为总结，二来作为留念。

这时候，已经有朋友催促我整理出版，我开始并无意于此。因为，如今诗人撒豆成兵，诗集浩如烟海，读者却没几个，咱干吗还要给已经很招人烦的诗坛再添一堆乱草呢？"微诗纪"大约发了近四十期，已有不少朋友建议出本诗集，藁城青年诗人刘振罗自告奋勇，要为我整理诗稿，我当然没有理由反对。经过他的辛勤努力，整理出了初稿，我在此基础上，做了较大调整与修改，最后才有了这部诗词集。

在这个过程中，我也听到了一些朋友的说法，就是有些作品不讲究格律，或曰"不入律"，有些可惜了。坦率地说，我对此并不在意。回想一下，我的"不入律"，原因大约有二：其一，因为说一口藁城普通话，对四声把握不够精确，这就限制了对格律的运用。其二，因为平生不喜受羁绊，正像一支流行歌曲唱的那样，"原谅我一生不羁放纵爱自由"，所谓格律，犹如"手铐脚镣"一般，束缚文字抟转与心灵飞舞，说"诗必格律"，无异于画地为牢嘛。唐末进士王定保在《唐摭言》中记录了唐太宗一则逸闻，说他有一天悄悄去视察御史府，看到新科进士鱼贯而出，得意地说："天下英雄，入吾彀中矣！"窃以为，格律仿佛一道弥天之"彀"，罩住了古今无数才子，无论他们如何驰骋天才，也似乎难以逾越其桎梏。吾辈不入彀，且作神灵舞，天地任遨游，感受大孤独！"不入律"，乘古风，不是很好

吗？因此，我的每一篇文字，从来不标"N律"。古风而已。一阵古风吹，一片鲜花开，自由而庄严，多彩而绚丽，追求一种自由挥洒极致之美也！

那天，偶然与一位诗词专家论诗。他是一位严谨的格律论者，诗作颇丰，可惜没几句打动人的有灵性有活气儿的句子。他说，无格律，何必诗？我说，谬也！如今诗家，多乎哉？不多也，车载斗量而已矣。综观之，大约分为两种情形：诗人与诗匠。诗人追随灵感赋诗，诗匠按照平仄填空。如今万民皆诗，惜乎诗人少而诗匠多，更有一些匠人以为自己熟悉格律，便如掌握了"宇宙真理"一般，并以按律填词而傲视天下，嘚瑟不已，岂不可乐哉！您说说看，李白的《将进酒》《蜀道难》《梦游天姥吟留别》等等，入的是什么"律"？

这次对话，到此结束了。因为，两人已经把天聊死了。其实，格不格，律莫律，本身就是个伪问题，不必为此纠缠不清嘛。至于如何作诗，入律与否，还是悉听尊便为好。入律自有其优雅之神态，不入律自有其飞翔之神韵。这其实只是个人的喜好与选择不同罢了。如此而已，岂有他哉！

> 赋诗休说平仄艰，感情真挚即天然。
> 丹田一吐化彩虹，灵犀翩飞作鸣泉。
> 大碗豪饮即为诗，纵马驰骋早成篇。
> 不拘古调奏大雅，天地为我助慨然！

2017 年 4 月 24 日改定于孤鹜斋

下卷　煮字疗饥

我看见了沸腾的生命吱吱发芽
——《深渊与彩虹》自序

一

当我在键盘上敲下最后一个句号,不由得轻轻叹了一口气,一阵无端的感慨,像一阵浊浪涌上了心头。

我这里用"浊浪"二字,来描述自己的感慨,不过是极言其复杂性。水之清浊,原本味道殊异,"沧浪之水清兮,可以濯我缨;沧浪之水浊兮,可以濯我足"。这两句出自《孺子歌》的春秋战国时代的民谣,流播天下,传诵千载,如孤鹤之飞,缥缈飘逸,清水可以"濯缨",浊水可以"濯足","濯缨"与"濯足",洗涤彩带与冲洗脚丫子,那感觉自然有着天壤之别也。然而,写完了这本书,似乎截取了一个人一生中的一段激情燃烧的岁月,在我的感觉里,一时间却很难分出清与浊了。

也许,人生本来就是复杂的,所谓"激情",自然是流水浩荡,泥沙俱下,难以分出清与浊呢。

本书传主徐馨儿,其早期生涯,可以用"悲惨"两字来概括。她出生于冀南平原上的一个普通农家,自幼即不受母亲待见,十六岁辍学,随后按照母亲的旨意,莫名其妙嫁给了一个自己一点儿也不喜欢的男人,造成了后来婚姻生活的极大不幸,在生下一子之后被迫漂泊他乡,寻求自己的人生之路,虽然后来她被婆家人寻回,阴差阳错成了一名光荣的人民教师,终究还是难以熬过艰难的婚姻生活,再一次离家出走,在外乡苦苦挣扎,

几年后因为念子心切,贸然返乡,受到了极其残暴的酷刑折磨,只得逃离,就此永远离开了那个"伤心之地"……

当我跟踪着冀南平原上这个辍学少女歪歪扭扭的足迹,走过最初那段艰辛岁月的时候,心里一直很疑惑:我要如何来描述她的这一段人生?可以说,开始动笔的时候,这个疑惑一直浮现在心头。我就在一片疑惑之云的笼罩下,沿着农家日子的袅袅烟尘,开始了一次生命的体验之旅。嗯嗯。对!这次写作历程,就是一次不折不扣的生命体验之旅。她与她的男人第一次见面,她结婚之后被丈夫拉着"旅行结婚"逛了一趟大名县城,她第一次离家出走,闯荡世界,与来自天涯海角的一群漂泊者,共同体验这个残酷世界上的那条残酷的生存竞争之"丛林法则"……

著名歌手齐秦在一首歌中唱道:"外面的世界很精彩,外边的世界很无奈。"他的苍凉悲怆的声音,曾经风靡了一个时代。人们从故乡的小天地,走向广阔的大世界,那步履通常是异常艰难的,其间的艰难险阻,狂风骤雨,在我们的心底里,都留下了深深的烙印。正因此,当我追踪着徐馨儿的足迹,逃离荒僻小村庄,闯荡郑州老坟岗的时候,我想到了自己第一次走向世界的经历。那是1975年夏天,我还是个高中生,在语文老师李金耀的推荐下,第一次去藁城县文化馆学习写作,县城里的一栋栋楼房,像山一样压上心头;县城里的一条条街道,像飘带一样晃得你头晕目眩;城里人的一双双不屑的眼睛,像锥子一样刺得你仿佛芒刺在背。那时我感触最深的,就是我们这些来自农村的土孩子,仿佛不过是这座县城脚下的一坨灰乎乎的泥巴,一粒轻飘飘的灰尘,谁也不把你放在眼里,甚至人家都懒得正眼瞧你一眼,在这里,你就是名副其实的"漂泊者""多余人"……

因为有着这样的漂泊经历,我因此对徐馨儿被迫逃离家园,独自闯荡世界的悲情故事,就有了一份刻骨铭心的感同身受。当她浑身一文不名,饥肠辘辘到处求职的时候,遭遇了各种难以想象的现实危机,四处拒绝,到处碰壁,那自然是家常便饭,更要命的是,人贩子差点儿把她卖掉,强奸犯差点儿把她强暴,等等,如此遭遇,堪称悲惨也!一个经历了如此险恶人生的女子,该怎样来面对这个世界呢?沉沦者有之,你既然一蹶不振,就只能被茫茫大水淹没,直至永远消失;悲怨者有之,尽管你呼天抢地大声哀号，可是这个世界是不听弱者的悲愤倾诉的，你也许就此成为一个怨妇，成为一个渐渐被世界唾弃的人；堕落者有之，尤其是一个女孩子，假如再有几分姿色，一朝陷入靠脸蛋屁股蛋吃饭的泥沼里，那就只好在灯红酒绿的色情场所出没，卖笑兼卖身……

当然，面对人生危局，也会有搏击奋进者，不气馁，不妥协，打掉牙往肚子里咽，擦干眼泪再出发，百折不挠去奋斗！——徐馨儿，就是这样一个不屈不挠的奋进者，这也是随着笔触的深入，我对她生发出来的一份理解与尊敬。

因为，作为一个以人性之光来洞照人生的作者，你无法不对一个女子在绝望之中爆发出来的奋斗精神，对她羸弱的生命绽放出来的光华，表达一份感佩。

二

其实，我是认识徐馨儿的，并且还很熟悉。不过，我必须诚实地说，那时候我对她，并不是特别看重的。

那是2012年秋天吧，我和一个朋友相约到广安大街上一家"王府茶庄"品茗，刚落座不久，就进来了一个个子不高、神采翩然的女子。她是朋友的朋友。因为她的公司就在附近银泰大厦13楼，我们就此认识了，只是彼此简单地打了声招呼，岂料第二天，我就接到了她的一则短信，对我进行了一番热烈歌颂，我一看之下，顿时感觉脸上滋滋燃烧，心底也有些嘀咕：我们才刚认识，就发来这么一堆溢美之词，实在是有点儿那个呀！

我的这个感觉，当然算不得多么愉快多么明丽，但从此倒是交往起来了。她是做女子励志培训行业的。我后来到她公司看了看，到处都是她的美丽动人的大照片。此后，我对她和她的公司，力所能及帮了一点儿忙。但仅此而已。她却对此铭记于心，宣称我是她的"恩人"。这个"恩人"之说，显然太过啦。在我看来，在这个世界上，每个人其实都不容易，如果你有能力帮人，请一定尽力帮忙；如果你没有能力帮人家，切记不要害人家。因为，助人者，天自助之；坑人者，天不饶之。所以，无论何时何地，

无论何人何事，一定要记得：多做好事，多做善事，不做坏事，不做坑人的事。这是我这些年来做人的基本原则。如今回忆起来，当初我对徐馨儿的帮助，不外乎是因为两点：其一，那是我能力所及的，无非就是推广宣传吧，这对一个资深媒体人来说，当然不算多么难；其二，我觉得她身体比较羸弱，做点儿事实在不容易，能帮一把，就帮她一把吧！

后来，她要搞一次讲座，我就请了著名博友清风、淡然涵凝两位美女加才女前去参加，听完之后再写一篇文章，也是意在弘扬一下她身上的正能量。两人都力所能及进行了传播，清风在博客中图文并茂地予以了报道，涵凝以"女人的幸福，掌控在自己手里"为题写了一篇长文，刊发在《云浮日报》上。

还有一次，她的公司要搞一次大型讲座，想借用某单位的一个大型会议中心，这个中心的主管，是我的一个兄弟，也许是各有各的难处吧，最后结果不甚理想，我就给这个兄弟打了一个严厉的电话，说了几句不恰当的话。据说，这个兄弟为了我这几句话，惶恐了好几天，说一定要给我解释清楚，最后我们俩，还有他的领导，一起吃了一顿饭，此事才算了结。在此我要说，这件事，我做的是不恰当的。人家公务在身，当然有自己的难处，你又何必强人所难呢？

唉，人生许多事，到了时过境迁之后，你才会发现留下了一些遗憾。好在，我今天在写这篇序文的时候，还有机会向这个兄弟说一声：抱歉了！

三

令我受到震动的，是在听她讲了自己的经历之后。正如本文开头所说，她的经历，可以用两个字来概括：悲惨。

如果说，十六岁辍学对一个女孩子来说，算不得多么不幸的话，那她接下来的早婚，以及由于性生活的严重不和谐导致频频发生的惨烈家暴，当然已是很不幸了，她后来的被迫出逃，被抓回来后，再次出逃，后来自投罗网回来看孩子——这一连串的人生变故，可以说浸透了血泪，尤其最后丈夫把她吊在房梁上毒打，已经是遭受酷刑了！

当我看到那一节的时候,眼里是含着泪水的。老实说,我根本没想到,她早年竟然遭遇了这么一连串悲惨的事;令我震动的是,即使在如此惨痛的打击之下,她居然没有崩溃,没有倒下,而是在挫折中奋起,一步一个脚印,做出了一份关于女人的美丽事业。一个在深渊里拼命挣扎,在沸水里浸泡扑腾,在血泪交流中煎熬的可怜女子,经过百折不挠,艰难搏斗,自立自强,打拼出了一份属于自己的绚丽天空。这样的一个人,必然有其不同于常人之处,必然有其独特的生命经历所带来的一束异乎寻常的火焰!

我多次揣想,她冲出她婚后的家,走向外面的大世界,该是经历了怎样的心灵折磨与灵魂煎熬?一颗不安的骚动的沸腾的灵魂,时时都在燃烧,无论白天黑夜,无论天涯海角;在这颗不安的骚动的沸腾的灵魂深处,当然有烈火在熊熊燃烧,有梦想在虎狼一样追逐,有悲伤像刀剑一样厉光闪耀,有活泼泼的生命在吱吱发芽,格格拔节,嘎嘎生长……我似乎听闻了一颗灵魂的剧烈呼号,见到了跋涉途中一簇簇蒺藜一样的尖刺,体会到了一种匪夷所思的亢奋……对!那种感觉,就是亢奋!

尼采是西方最著名的哲学家之一,他有一本书,叫作《人性的,太人性的》,我对这本书没做过深入研究,却非常喜欢这本书的书名。没有人性,何来美丽?没有人性,何来灿烂?没有人性,何来世界?在书中,尼采一方面肯定人性中那些至善至美的东西,希望挖掘人的潜力,使人类变得更加美轮美奂;另一方面,他又对人性中那些致命的弱点和缺陷,进行了尖刻的嘲讽与调侃。尼采寄希望于"自由精灵",这本书的副题就是:"一本献给自由精灵的书"。按照尼采先生的解释,"自由精灵"是一种"已经决定性地经历了一场大解脱"的面向未来的精灵类型,据说,"它以前是一种格外受到束缚的精灵,似乎永远被束缚在某个角落与柱子上",突然而至的一场大解脱,"像地震一般降临到那些受到如此束缚的人们头上,年轻的心灵一下子受到震颤,扯断了束缚,解脱出来"。

尼采先生意象中的这场"大解脱",与俄国作家阿·托尔斯泰在《苦难的历程》第二部《一九一八年》题记中说的有些"异曲同工",托尔斯泰先生说,知识分子要完成一次脱胎换骨,需要"在清水里泡三次,在血

水里浴三次，在碱水里煮三次"。他说的虽然是沙俄时代的知识分子，却似乎具有某种普遍的广义性。尼采与托尔斯泰先后谈到了人类精神的"大解脱"，是不是耸人听闻，不得而知；然而，一个人要想做成一点儿事，必须经过一番艰苦的磨炼，是没有疑问的，所谓"艰难困苦，玉汝于成"嘛！正如一支流行歌曲《真心英雄》唱的那样："不经历风雨怎么见彩虹，没有人能随随便便成功。"是的，没有人能随随便便成功。

其实呢，尼采先生的所谓"自由精灵"，就像他在《查拉斯图拉如是说》里塑造的那位高蹈云端的"超人"一样，不过是他脑海里的幻影罢了。这位德意志狂人公然宣称"上帝死了"，然后由一位最能体现生命意志的"超人"出来，对一切传统道德文化进行重估，用新的世界观、人生观构建新的价值体系。

其实，在这个世界上，那位能够超越万物之上的"超人"，当然是不存在的。按照我的理解，所谓"超人"，不过是那些刻苦自励、勇于奋斗的人，是那些坚韧不拔、永不放弃的人，是那些纵然置身于万丈深渊的血与火之中，也要努力昂起头来，拨开四周咕嘟咕嘟的沸水，发出生命的耀眼光华的人！

四

因此我说，这本书，是一本体验苦难、体验惨烈、体验亢奋的人性之书。因此，我给这本书定了一个副题：《非虚构人文读本：一个女人的灵魂成长史》。所谓"非虚构"，当然是指传主的大体经历；所谓"人文读本"，就是说，这是一本体察人性、感受人性、弘扬人性的书。

这本书的写作，我也做了一次前所未有的尝试，那就是把真实性与文学性做了深度的交融，使每一个故事、每一个段落、每一个文字，都是鲜活的、生动的、沸腾的、燃烧的，处处闪耀着生命之火。她每一步所到之处，必定是一个活泼泼的生活场景，周围每一个人物、每一幢建筑、每一个细节，都是活跃的、灵动的、独具风采的、熠熠生辉的，甚至是错落纠结的。这就需要，把她的每一段经历都要"活化"起来，即使不能"点石成金"，也要努力做到"点石生辉",从而用自己的文字,铸造一条既能穿越往昔故事,也要通往读者心灵的"时空隧道",使之相映成趣,相得益彰,在似与不似之间,体味一种独特的畅快淋漓的阅读之快感。

我曾经告诉徐馨儿,这本书里写的,是你,也不是你。这就是似与不似,真实与虚幻交融之必然产物。这也是一种现实与梦幻纷纭前来杂沓横陈的新的写法吧。若按照真实的人生事迹,自然主义地写来,不是流水账,也会是一本毫无趣味的读物。在如今啊,那些充满趣味充满激情的读物,读者尚且寥寥,何况那些半死不活、半阴半阳、半男半女、不伦不类的读物呢?

当然,作为一名作者,你只能朝着自己的既定目标去努力,至于是否达到了理想的境界,那就需要读者诸君的品评了。

那天,在微信与一位师妹聊天,我把写书这件小事悄悄告诉了她,并叮嘱她不要扩散。因为,在一项工程还没完工的时候,不值得大惊小怪嘛。何况,在这浮躁的时代里,你还埋头写这么一本破书,这是一件多么没劲多么无聊的事啊!

可是,这位小师妹却大力表扬了我,说如今能安下心来写一本书,也不容易哈!我说当然当然,如今是能人当大官,或者挣大钱,像我这种半吊子家伙,不官不民不商,嘛也不会干,就只好这么老老实实坐在电脑前,忍受着这个现代化工具的百般折磨了!

好了,到此打住。是为自序。

(2016年6月4日)

打捞记忆深处的史海英华

——《史海撷英录》自序

一

写下这个题目,感觉了片刻踌躇:所谓古代星辰,何止万千,你打捞得过来吗？不过,请注意前边还有一个限制词:记忆深处。谁的记忆深处呢？当然是作者自己的;之所以称为"打捞",是经过这么多年的风雨淘洗,记忆之弦上既有亮闪闪的珠贝,也有模糊闪烁的光影,不经过一番打捞,断难凸显出其中的旖旎神采。恍然回顾这么多年的读书生涯,自己读过的那些中国古代经典,可谓车载斗量,回忆起来,经常出现两种情形:其一,耳熟能详,新鲜如昨,仿佛青枝绿叶之玉树,时常浮现眼前;这些篇什,从前大都因缘际会,曾经抄之录之,读之诵之,大有铭心刻骨之功效。其二,似曾相识,杳如黄鹤,貌似很熟悉,其实很陌生;这些篇章,当年大都是蜻蜓点水,一知半解,水过地皮湿漉漉,可惜转瞬即逝,竟渐渐湮灭于时光隧道里了。

譬如,楚国三闾大夫屈原的作品,我记忆最深的不是其名篇《离骚》,而是一篇不甚知名的《涉江》,因为,在小学时代,我就曾抄录过这首诗:"余幼好此奇服兮,年既老而不衰。带长铗之陆离兮,冠切云之崔嵬,被明月兮佩宝璐,世溷浊而莫余知兮,吾方高驰而不顾。"晚年的屈原,历经狂风暴雨,依然痴心不改,穿了一身"奇装异服",手握一柄长剑,昂首行于世间,引吭高歌,奇辞丽句,堪称余音绕梁矣！大二那年暑假,曾经在故乡的燥热里抄录三国大才子曹植的《赠白马王彪》,兀自热泪涌流,神魂动荡:"谒帝承明庐,逝将归旧疆。清晨发皇邑,日夕过首阳。伊洛广且深,欲济川无梁。泛舟越洪涛,怨彼东路长。"那时候,曹植兄弟饱受皇兄曹丕摧折,任城王曹彰被毒杀,曹植与白马王曹彪一起抑郁地离京归国,又被逼令分开独行,临别之际,不禁热泪长流,那渺渺余波,至今回旋在记忆深处。南北朝时期无神论者范缜的《神灭论》,"文革"期间大行其道,作为一个中学生,我曾生吞活剥将此文抄录下来,反复念诵。这篇振聋发聩的檄文,在当时就引起了一场大辩论,范缜批驳竟陵王萧子良关于人生的富贵与贫穷在乎天命报应的一段话,更是精辟传神:"人之生譬如一树花,同发一枝,俱开一蒂,随风而堕,自有拂帘幌坠于茵席之上,自有关篱墙落于溷粪之侧。坠茵席者,殿下是也。落粪溷者,下官是也。贵贱虽复殊途,因果竟在何处?"——随着寒暑交替,时光流逝,诵读这些耳熟能详的名篇,追踪作者的身世历程,真是别有一番滋味在心头。

与此相反的是,也有一些很有名的古典作品,似乎很熟悉,却是一知半解,甚至一片模糊。譬如,东汉哲学家王充的《论衡》在当年的"批林批孔"运动中大出风头,其中的《问孔》《刺孟》两篇更被当作刺向孔孟之道的两把利剑,老王也被戴上了一顶"反儒斗士"的桂冠,可是,他究竟是个什么人、《论衡》究竟是本什么书,却尽付阙如。东汉史学家班固为大将军窦宪撰写的那篇《封燕然山铭》,气吞山河,名震中外,可是班固因此而丧命的悲惨结局,人们就不甚了然了。读书人大约都知道一个成语"洛阳纸贵",可是对造成这一奇观的西晋才子左思发奋撰著《三都赋》,并到处寻找推手赖以成名的桥段,就知之甚少了;至少,我自己是这样子。

此外,汉武帝的情诗,贾谊、司马相如、扬雄、蔡邕、祢衡等人的赋作,以及傅玄的《傅子》、张华的《鹪鹩赋》、刘知几的《史通》、葛洪的《抱朴子》等,均为古代名篇,熠熠生辉,自己虽然偶有涉猎,却只是走马观花,一闪而过,始终不曾深入诵读,也乘着此次行文之机,做了一番深入研习。同时,对中国文化史上的一些重大事件,譬如西河学派之兴衰,稷下学宫之辉煌,石渠阁与白虎观所负载的西汉与东汉年间儒学的发展与变迁,以东观与《东观汉记》为标识的东汉史学的兴盛与衰微,西晋年间发掘的"汲

冢竹书"造成的"隔世掐架"之史海奇观，以及北魏太武帝诛杀史官、北齐《魏书》爆出"秽史事件"、北宋爆发"乌台诗案"等，均予以关注，并希望通过一己之视角，略加管窥与解读。尽管，这种管窥属于"管中窥豹"，只窥得了"一斑"，并未得到"全豹"；解读也属于肤浅的皮毛之论，登不得大雅之堂。然而，毕竟是读之诵之，品读之余，由文生义，由表及里，务求"合辙押韵"，小有收获吧。

二

其实，这不过是一部读书笔记，或曰闲读随笔，不具备高大上的叙述特点与思维体系，随意、率真、浅显、碎片化，是显而易见的。著者撰写本书的宗旨，就是沿着文字的脉络（读文），追寻作者之踪迹（读人），探究其间的波谲云诡之迷雾（读史）。闲读之余，咀嚼耳熟能详者，品味似曾相识者，探寻幽微深邃者，管窥时代之风云，省察历史之变幻，进而达到"三合一"之境：人与文合一、史与书合一、古与今合一。尽管难以抵达这一既定目标，毕竟曾经为此而努力，也就稍感安慰了。

近代大学者王国维在《人间词话》中提出了著名的"读书三境界"，并用三句宋词予以诠释："昨夜西风凋碧树，独上高楼，望尽天涯路"（晏殊：《蝶恋花》）；"衣带渐宽终不悔，为伊消得人憔悴"（柳永：《蝶恋花》）；"众里寻他千百度，蓦然回首，那人却在灯火阑珊处"（辛弃疾：《青玉案》）。第一境界是"独立"，独立高楼，望断天涯；第二境界是"坚守"，为伊坚守，九死未悔；第三境界是"偶得"，蓦然回首，恍见佳人在眼前矣。

王先生乃国学大师，吾辈难以望其项背，然而毕竟读书有年，小有所感，总结一下，可以用三个词概括：神性，人性，况味。所谓"神性"，并非神秘兮兮，故弄玄虚，而是读者与作者及书中主人翁，三者相谐而动，心神共翔，正如杜甫所云："文章有神交有道。"这其实是一种强烈的"代入感"，读者欲化身书中，扮演一个神往倾慕角色。但凡很投入地阅读过的人，大约都会产生这种下意识的心灵体验吧？读《红楼梦》者，哪个男子不想做大观园里美女环绕的贾宝玉，读《水浒传》者，哪个不想做景阳冈上抡老拳打死吊睛白额大虫的武二郎？

所谓"人性"，就是透过渺渺文字，读出其中的人性之光，感受到作者与主人翁心中的喜怒哀乐，"万物有本性，况复人性灵"（元稹：《思归乐》）。譬如，汉武帝刘彻以雄才大略、铁血残忍闻名青史，他施行"罢黜百家，独尊儒术"，搞得天下万马齐喑；他驱遣卫青、霍去病痛击匈奴，马踏蒙古高原，"封狼居胥"，赢得霍霍威名；他首开"立子杀母"之先河，立少子刘弗陵为太子，赐死其母钩弋夫人，吓得后宫嫔妃花容失色。然而，就是这样一个满脸杀气弥漫的大汉皇帝，居然作了一首缠绵悱恻的《李夫人歌》："是邪？非邪？立而望之。偏何姗姗其来迟！"这分明是一个陷入热恋的男子，在急切地呼唤心上人，与《诗经·邶风·静女》中那个"爱而不见，搔首踟蹰"的乡野小子，有何两样啊？

东汉大学者扬雄埋头写作《法言》《太玄》，他曾经的同事王莽建立新莽王朝，他却不肯攀附，有人讽刺说，你扬雄自比孔孟，著作数十余万言，却一贫如洗，才华学问不能换来金钱，要它何用啊？扬雄于是写了《解嘲》一文，反唇相讥，"今子乃以鸱枭而笑凤皇，执蝘蜓而嘲龟龙，不亦病乎！子徒笑我玄之尚白，吾亦笑子病甚，不遭臾跗、扁鹊，悲夫！"他说，猫头鹰讥笑凤凰，蜥蜴嘲笑龟龙，分明是有病嘛！先生您笑我著书立说，搞得自己一贫如洗，我却笑您病入膏肓，却没有遇上臾跗、扁鹊那样的大德神医，岂不是太可悲了吗？——扬雄的回击，睿智、犀利、幽默，你甚至能透过纸页，听见他略带嘎古的讪笑之声。

西晋名臣傅玄作了一篇《口铭》，告诫众生"情莫多妄，口莫多言"，凡事不要起妄念，更不要多嘴多舌，因为，"病从口入，祸从口出"。这篇毫不起眼的短文，却浸润着作者的斑斑血泪。他作为朝官，因为两次大嘴逞强，带来了不测之祸，先是主管朝廷谏官时，与同事皇甫陶在朝堂吵架，被斥为"妄自尊大，目无圣上"，遭到撤职查办；后来出任司隶校尉，在弘训太后羊徽瑜的丧礼上因故吵闹，被弹劾"大不敬"，再次撤职，逐出朝堂，从此一蹶不振，当他发出"祸从口出"的感叹时，正是自己人生的晦暗时光。

无论是汉武帝等待李夫人时的"是耶非耶"，搔首踟蹰，还是扬雄对

嘲笑者的反唇相讥,傅玄检点人生悔悟"祸从口出",都有人性之光闪烁其间。在心爱的女人面前,威风凛凛的皇帝与乡野小子同样手足无措;面对奚落与嘲弄,大学者与老百姓同样难以忍受,予以回击;至于多嘴惹祸,那更是朝堂与乡野间比比皆是的人世常态啊!人嘛,智愚有别,尊卑不同,境遇各异,人性却终究同归于一;无论古今,无论中外。读书品人性,美妙在其中!

三

说罢了"神性"与"人性",再说"况味"。所谓"况味",字面意思是指境况与情味,"西风昨夜入庭梧,况味今年似旧事"(朱翌:《次韵书事》)。读书之况味,只有咂摸再三,才能约略得之,从风平浪静中读出波澜,从岁月静好中读出峥嵘,从每一段文字的背后,读出几丝色彩迥异之韵味。就读史而言,尤其如此,其间的世事吊诡,幽冥变幻,常常令人头晕目眩,不辨南北。

譬如,班固的《封燕然山铭》,产生于永元元年(89)爆发的一场歼灭北匈奴的战争,其令人讶异之处有二:其一,大将军窦宪挂帅出征,却是缘于老妹窦太后的"绯闻风暴"。窦太后年轻守寡,与都乡侯刘畅"好"上了,窦宪害怕刘畅夺走自己的权势,派人刺杀了他,窦太后勃然震怒,下令拘捕哥哥,窦宪害怕老妹"大义灭亲",请求率兵出征,戴罪立功,于是,北伐战争爆发了。其二,窦宪凯旋,威震朝堂,横行天下,至于逼凌皇帝,被汉和帝与大宦官郑众联手诛灭,班固因为曾经为逆贼窦宪"吹喇叭抬轿子",受到株连,死于非命。一篇铭文,使作者名扬天下,也令他命归黄泉。唉,青史之悲,夫复何言?

再如,大学者蔡邕之死,同样令人悲咽无语。作恶多端的大军阀董卓被干儿子吕布刺杀后,蔡邕因为曾经蒙受董卓一再提拔,在执掌大权的司徒王允面前流露出对董卓的同情,岂料王允勃然变色,下令将其逮捕,尽管蔡邕请求"黥首刖足",以续成汉史,却被严词拒绝,最后死于狱中。蔡邕同情董卓,不过是对他的提拔重用心怀几分感恩罢了,这么一点人性的流露，却招来了灭顶之灾，哀哉！

我们再看看两位古代史官的命运，更感觉迷离莫测。北魏史官崔浩，本为太武帝拓跋焘宠臣，屡立功勋，后来奉太武帝之命撰修国史，因为直书拓跋氏在崛起过程中的丑恶行径，并刻石立碑，天下传扬，受到拓跋贵族的连番围攻，拓跋焘脸色一变，下令处死，可怜崔浩，遭到残酷虐杀，遗恨千古。北齐史学家魏收公然宣称："何物小子，敢共魏收作色，举之则使上天，按之当使入地。"他说，哼！你算个什么东西，敢跟老魏作对？老子一支铁笔，能把你举上天堂，也能把你踏入地狱！他主修的《魏书》出笼，因为公器私用，肆意褒贬，弄得议论沸腾，被骂为"秽史"，北齐文宣帝高洋下令他与一百多名投诉者当堂对质，尽管老魏被怼得张口结舌，可高洋看重他的文采，只令其继续修改，岂料转身却脸色骤变，下令严惩"闹事者"，很多人受到鞭笞，两个带头起事的朝官，尚书左丞卢斐、临漳县令李庶，先被处以髡刑，而后逮捕入狱，瘐死狱中。唉，天理呀……

正是：春花秋月老梧桐，历史有情也无情；咂摸再三滋味殊，管它东风与西风！

（2019年7月10日）

晚霞里逝水一般漂流的惆怅与忧郁
——关于中篇小说《都市的忧郁》的闲话

一

《都市的忧郁》是一部旧作，写于2003年，后来收入我的中篇小说集《清明前后》。

《清明前后》是我的第一部中篇小说集，中国言实出版社2005年10月出版，收入写于不同时期的中篇小说九部。《都市的忧郁》是我仅有的一部直接描写新闻界的小说。因为身在其中，许多的际遇，许多的感慨，许多的世事，是不便于付诸笔端的。不为了别的，怕人们对号入座也！

刚写下这么几句话，忽然想到了最近一件啼笑皆非的事情。在我从前的博文中，有一篇是写故乡往事的。我回忆了自己小学时代的一些糗事，其中也不可避免地谈到了一些别的孩子的糗事。这篇文章，被故乡一家书社网站转载了。

忽然有一天，我接到了大哥的电话，很严厉地批评我瞎写，我说咋啦？他没好气地说，还能咋啦？你写人家从小如何如何，惹麻烦啦。人家冲我发火，还不赶紧删除！

我慌得连夜删除博客里的这篇文章，并想尽办法找到了那家网站的负责人，请人家务必删除。故乡人呵呵笑着，说，沾！

文字之祸，由此可见。吾辈码字之人，能不慎乎！

二

因了心存戚戚然，这些年来，我的笔一直游离于新闻界之外。即使偶有涉及，往往也是曲笔，描写一个朦胧的侧影而已。闲暇时节，也曾浏览过国内一些关于新闻界的文艺作品（不是那种浩浩荡荡的新闻作品集），有的肤浅得很，水流过了，连地皮都不湿；有的胡编乱造，荒唐不怎么着调；有的故作高深，弄得跟侦探小说似的。在许多文艺作品里，新闻记者往往手眼通天，无法无天，真乃"无冕之王"也！……

其实，事实并非如此。

2003年的春夏之交，我离开了工作了许多年的编采岗位，开始了新的工作。其间的酸甜苦辣，是难以表述的。似乎一条游鱼，忽然间离开了浩渺的海水；似乎一只飞鸟，忽然间离开了无际的天空；似乎一列火车，忽然间离开了平行的轨道……

哦，这就是人生应该具备的五彩斑斓的色彩吧！

离开编辑部，搬到新闻大厦1706房间。

那是一个傍晚。从来人声鼎沸的新闻大厦，忽然间阒然无声了；楼外的大马路上，各色车辆在静静地奔流；遥远的西天底下，起伏着山峦的柔和曲线……

哦，屋里暗下来了。那时还没有办公桌椅，只有一台孤零零的电脑，呆呆地站在桌上。白色的墙壁，呈弧形展开，一格一格的天花板，整齐地在头顶排列着……咔嗒一声，关上木门，屋外的风雨，从此便与我无涉了！

静寂。孤独。无语……许久，许久……忽然，一丝，几丝，麻麻乱乱的流光，在眼前飘荡起来，纠结起来，呜呜咽咽起来……你仔细审视，什么都没有，一切如微尘轻扬；稍不留神，那恍恍惚惚的一片片，似云翳，如江流，像梦影，依然在眼前舞蹈着，扬厉着，啸叫着……

好多天里，我搞不明白，这究竟是什么。

直到三个月之后，我才明白了，它的名字叫作——忧郁。

三

　　一个人的忧郁，只是一己悲伤之黯然宣泄；那么，一个单位的忧郁呢，一个城市的忧郁呢，一个国家的忧郁呢？

　　我是个俗人，不能免俗，不想表达一个单位的所谓忧郁；我不是高屋建瓴的人，没有足够的才华，去表达一个国家的忧郁；但是，我是一个庸俗的市民，可以表达一下下一个城市的忧郁。

　　我们赖以生存的这座城市，这些年的变化，有目共睹。我们当然有理由为此欢欣鼓舞。然而，长在这座城市肌体上的各色病灶，譬如，肿瘤、溃疡，虽然鲜艳如桃花，朵朵盛开，却是触目惊心，令人恐惧……

　　那位当年提出把河北省会石家庄建成"四最大都市"的程维高，早就被中纪委严查了；他的那位手眼通天闻名遐迩的秘书李真，早已被执行了死刑。——唉唉！这些发生在我们眼前的冷酷世事，令人久久地难以相信，难以喘息。

　　那位当年一夜之间爆炸了五座居民楼的靳如超，早就被枪毙了，但那些在爆炸声中屈死的冤魂，却依然是亲人们长久长久的痛……

　　当年举世震惊的"3·16"爆炸惨案，就发生在作者家附近。那一声惊天动地的爆炸，只是炸醒了作者，他并没有因此出门查看。等到第二天早晨一出门，立刻惊得傻掉了！

　　哦！这就是这座城市历史上的一些"痛处"。虽然，很多人并不觉得痛。

四

　　于是，我写了一个人的忧郁。

　　于是，我顺便写了一个城市的一些表象的东西。

　　只是，我不知道为什么。

　　小说虽然是作者写的，经历却并非是作者的。需要声明的是：本篇纯属虚构，如有雷同，纯属巧合。

小说主人翁宋健男先生，是一家报社的要闻部主任。要闻部主任每天需要面对的，是最敏感的党政领导，所谓"上层建筑领域"也。其中的苦辣酸甜，真是一言难尽。你就是倾尽黄河之水，也难以写尽他心底淤积的感慨。作者没有办法弄来黄河之水，因此只有不写了。

　　然而，宋健男先生的那双小眼睛，还是贼亮贼亮的。该看的，他看了；不该看的，他也看了。当然，他看到的，只是一个城市的表象；因此，这部小说，注定是肤浅的。

（2009 年 9 月 25 日）

闲 话 小 北

——序夜语风荷《与梦同住》

一

　　按照计划，今天早晨，要把夜语风荷君的"命题作文"写出来。她的书画名家专访集，就要付梓了。她令我写几句话，不要太正，不要太端。这就是她唯一的要求。

　　凌晨从床上爬起来，打开电脑，简单浏览了一下凤凰新闻与新浪新闻，到时评博客圈与警民博客圈看了两眼，然后直奔"风荷访名家"文库，打算仔细阅读一遍，看看文章的着力点究竟放在哪里。这个"文库"，就是她的书画名家访问记集锦，发过来供我学习参考的。可是，点开一看，屏幕上一片幽蓝，需要输入密码，才能打开那些文字呢。

　　恍然间想起来了，风荷是告诉了我密码的，可是我忘了。此刻打电话给她，搅人清梦，颇不厚道。算了，改日再说吧。

　　夜语风荷，俗姓杜，雅称"小北"，是一个性情特异、举止乖张的美女兼才女。雍雅娇憨，堪比杨贵妃，只是不似贵妃那样喜啖荔枝；清雅绝尘，赛过李清照，只是不似清照那样凄凄惨惨戚戚。她张着一双忽闪忽闪的大眼睛，很清纯很无辜地张望着这个嘈杂世界。淡看世事，闲观流水。一片讶异之色，犹如秋天的红叶，带着一丝丝凉风，不时地从明眸深处掠过。你很难判断，对于无边无垠喧嚣世事之变幻，她是真的浑然不懂，还是心如明镜，超尘拔俗，不怀一丝芥蒂？

二

与这样一个女子相识,似乎应该很旖旎,很委婉;可是,恰恰相反,我与之相识相交,却是很简单。

那似乎是一个初秋的夜晚,与几个朋友在育才街上的一家餐馆相聚。张济海先生做东,王俭廷先生、李禾先生在座。济海先生是军旅书法家,其书法作品,不囿于所谓传统,时而如莽汉,虬髯戟张,时而如仕女,温雅端庄;俭廷先生的诗与画,犹如两支并茂修竹,在风里摇曳,各自妍丽;李禾先生的字与画,那也是凌空翔舞之双燕,独逞异彩。

在几位先生之间,还端然坐了一位女子。脸颊如月轮,眼帘却时常悄然垂下,嘴角也时常闪烁一抹冷笑。她坐在那里,似有似无,左顾右盼,慵懒妩媚不屑之态,如山岳现形。她送了我一本打印文稿,名曰《荷,如此亲近》。题字时,她自称"学生",称我为"老师"。我唬得连连摆手,岂敢岂敢!——在诗稿的自序中,她说:"在那些快乐或不快乐的日子里,我曾经以这样的姿势走过:它们是风中几缕湿漉漉的发丝,它们是月下数颗朴素的眼泪,是新买的白裙子,是腕上的水晶链,或者仅仅是一枚草叶,一粒糖果,一朵迷失在视野尽头的流云……"

读了这几句话,心里着实讶异了一回。原来,这个看似对一切不屑不在乎不经意的小女子,内心深处竟也是这般细腻与柔软啊!

这本打印文稿,后来变成了她的散文集《月光照进朝北的窗》。她给我的题词是:"月光寻常,不寻常的,是我们迎接月光的那扇窗,朝北。"——窗户朝北,明确拒绝了那一缕缕白花花的阳光;那凛然月光绕过千里万里,照进窗来,却已经是百般委婉万般曲折了。这样的一个谜一样的意象,究竟意味着什么,恐怕只有那一片寒冽的清辉,才能透彻地明白。

三

在人世间,你在芸芸众生之中,因为各种机缘吧,会认识很多很多人,

但真正交往起来成为朋友的,其实很少。尤其是像我这样的疏懒平庸之辈,整天忙于芝麻绿豆琐事,把许多宝贵的机缘都错过了。遗憾呀!

但对于风荷,却在不经意间,淡淡地交往起来了。并且,这种交往,却是匪夷所思,异于常情的。似与不似之间,有与没有之际,眼前却是飘过了一片一片,往昔的斑斓云影。

那是一个雨天的上午吧。搞不清因为什么。其实也不必因为什么。她开车从桥西跑到桥东。那是一辆很小开了很久的乳白色破车。我声称要请她吃饭。她说去哪里?我说随便走吧。——于是,她开着车,走啊,绕啊,几乎走遍了全世界。那雨丝,淋漓地在飘着;那行人,恍恍地在跑着;那世界,忽悠忽悠在晃着。这个世界,这般熟悉,又这般陌生!……忽然,我大喊一声:停车!

在一条小路上,有一家小店,干净,整洁。一只猪蹄,两碗臊子面,两瓶啤酒。如此而已。那天,我写了一篇博文,记述这次雨中的饕餮之旅,只是没有写名字。

那是一个初夏的上午吧,我忽然烦躁起来,街上的马路弓起了脊背,天上的云影变作了老鸦,于是,乘车直奔省城西郊的龙泉寺。司机自然是风荷,她无言地驾着车,车子颠颠簸簸出了市区。车里回荡着蒙古族歌手布仁巴雅尔的《父亲的草原母亲的河》,那是一首关于父亲母亲的一往情深的歌曲。

在布仁巴雅尔的粗犷的歌声里,她谈起了她的罗曼史,那是真正的血淋淋的浪漫,那是不着边际匪夷所思不靠谱不着调的人生历程。当然,旁人无从置喙。我除了哦哦几声,再无话了。

那时候,我在河北省公安厅旗下的警民博客圈开博。我的一些朋友,就跟着我的足迹,到那里安营扎寨,建立自己的网络家园。风荷是其中之一。她到来的时候,先以"小北"之名亮相,写了几篇水淋淋的文章,流溢着几丝丝泪水。我当时看了,还留了言,但不晓得就是她。后来慢慢地知道了,她的文章可惜就很少了……忽然有一天,她写了一篇奇文——《萧是萧含的萧,含是萧含的含》。这篇文章,是迄今为止,关于萧含的最为鞭辟入里、抽筋拔骨的一篇。我一读之下,大呼快哉;二读之下,大喊住手!——如此敲骨吸髓,把俺的缺点毛病暴露在光天化日之下,这还了得!这篇奇文,我如今收藏在文档深处,作为纪念吧。

我在这里喋喋不休地述说这些往事,丝毫不想乘机自我标榜,表明俺跟一位才女曾经多么多么的那啥;也丝毫不想拽着她的名人尾巴,让自己冉冉升上九霄云空。——我只是在想,她命我为她的书画名家专访写些不着调的文字,我愿意从心灵出发、从人性出发、从不着调出发,来解读一个才女,抑或是一个女性艺术家的灵魂世界与艺术世界。

窃以为,人生有了许多的不靠谱不着调,才有了许多的丰富多彩的浪漫世界,才有了许多的富有魅力的文艺作品。一个人,时时靠谱,步步着调,循规蹈矩,走路一板一眼,说话字正腔圆,写字撇捺庄严,办事不紧不慢,革命永远向前,当然难能可贵,当然可喜可贺,当然值得学习,当然应该歌颂!——然而,这样的"正确先生",要想做成一件事,尤其要想成为一个真正的艺术家,亦难矣哉!

四

我在这个凉飕飕的黎明,独自面对着一台电脑嘚嘚了半天,似乎还没有说到她的书画名家专访。因为今天没有读到专访正文,少了很多发言权,实在遗憾。

不过,她如何采访、如何写作,我却是心知肚明的。她是那种做事情一竿子插到底的人。因为,不插到底,她就不晓得如何来界定自己的感知。她不是天才,而是那种体验性作家。天才靠灵性写作,她靠真功夫写作。光凭几幅书画,几篇文章,几次谈话,她是写不来文章的。

为了采访那些书画名家,她常常从一座城市奔波到另一座城市,登堂入室,追逐着人家的踪迹,考察着人家的人生,体验着人家的酸甜苦辣。正因为如此,她的访问记,就有了血淋淋的真实,墨滋滋的扎实,水晶晶的眼泪。——她那是直逼灵魂的跟踪式采访,也是直逼现实的解剖刀式的写作。这样的采访,肯定是艰难的,充满了曲折;也肯定是快乐的,因为,她近距离地窥见了一颗颗灵动的、飞扬的灵魂。

人生总有孤独时

写文章这件事，无论如何采访，最后落到纸上才算数。那就需要呕心沥血去写作。据说，汉字是世界上最艰涩的文字，文字的排列组合，千变万化，千奇百怪，千波万折，看上去眼花缭乱，其实万变不离其宗——人性的，最人性的。只有人性化的写作，才能写出人类面临的共同困惑，才能写出人类追求的最高境界，才能写出人类文学最为华美的篇章。这样的写作，肯定是痛苦的，因为，直面人生是需要勇气的；直面一颗颗跳动飞扬的艺术家的灵魂，需要更大的勇气。一咏三叹，一字千钧，如登高山，如临深渊，一页纸，千行泪，一句话，泪双流，这些写作过程中的感触，肯定很深，很深。

然而，这样的写作过程，谁言不是快乐的呢？——在文字的天地里，难道有什么比探寻人性之中的真善美更惬意吗？有什么比歌颂人类魂魄之中的咆哮才华更珍贵吗？有什么比研究艺术灵感如何抟转如何爆发如何化为艺术珍品更令人心旷神怡吗？

行文至此，我已无话。诸位如果喜欢，就请阅读风荷的书画名家专访吧。这本书，马上就要出版了！

（2010年10月19日）

滹沱苍凉育英才

——读李英才文集《踪影在线》

一

那天,我与几个朋友正在太平河畔的林荫里徜徉,忽然接到了李英才兄的电话。他的热情而浑厚的嗓音,带着几分滹沱河的泥土香味,也荡漾着几丝嘶嘶啦啦磨砂音。我听了半天才搞明白了。他是命我为他即将付梓的文集《踪影在线》作序。闻听此言,感到几分惶恐。我说,愿意为老兄的大作写篇文字,算是读后感吧,作序是不行的,一是水平有限,文笔滞涩,哪敢在乡亲们面前卖弄?二是认识肤浅,了解不深,如何命笔?

忽忽过了几天,李兄的电话,接二连三地打过来,依然重复着他的指令。我经过一番纠结,忐忑,辗转,最后一咬牙,一跺脚,恭敬不如从命吧。于是,在一个晴朗的上午,我赶赴故乡藁城市,来到英才兄家里。等在那里的,是一桌美食,和几位藁城文坛精英。著名学者、书法家董五顺老师,《藁城报》总编辑李文凯,青年书法家刘振罗、路永兵,女诗人染香等。董老师是当地政坛文坛两栖明星,文集《山上有水》《唐诗韵编》闻名遐迩,其书法犹如莽汉在前,虬髯戟张,恣肆汪洋。

那是一顿温馨而热烈的午餐。英才老兄的热烈诚恳,五顺老师的睿智幽默,几位兄弟姐妹暖透心肠的热情洋溢,如寥落夜空里的星辰,至今闪烁在我的心头。

就在这次轻松愉快的餐会上,青年书法家路永兵赠我两本关于故乡的

资料，一本《藁城县志》，一本《藁城乡土地理》。官修县志我早就读过，这本乡土地理还是第一次见到。这是清末学人林翰儒编纂的。翰儒字耀东，藁城马庄村人，他的字里行间，闪耀着一腔炽热的乡情——"大哉吾邑之版图，肥哉吾邑之土壤，庶哉吾邑之人民，富哉吾邑之天产，诚燕赵天府之区域也……"

当然，那天最重要的收获，是拿到了英才兄大著《踪影在线》的打印文本。

二

李英才是藁城市表灵村人，1963年高中毕业，1965年入党，1975年开始担任表灵村党支部书记，直至1999年年底退休。二十年风风雨雨，春夏秋冬，阴晴圆缺，村干部们换了一茬又一茬，他却风雨不动安如山……

我第一次见到李英才，是前年夏天，地点是藁城天台寺。那是一个酷暑桑拿天。天地之间，燥热横飞。一个规模宏大的书画展在那里举行。艺术家们挥汗如雨，赋诗作画。我赶到的时候，已经接近中午。董五顺老师拉着我说，介绍你认识一个高人。只见这位高人，年过花甲，腰板硬朗，神气扬扬，满脸故事，眼皮稍显松弛，却是满眼睿智；俄而抬眼，目光霍霍似乎横扫世界，开口说话，嗓门空阔似乎号令千军——这就是李英才给我的第一印象。

天台寺位于藁城市清流村一里处，创建于唐朝贞观年间，距今一千四百余年，建筑宏伟，殿堂巍峨，大雄宝殿、观音殿、弥勒殿、地藏殿、钟鼓楼、方丈楼、念佛堂、法堂等，巍然矗立晴空之下，内有唐代宝鳌、十八罗汉、弥勒佛像等文物。由于历史原因，天台寺几经兴衰，几度冷落，民国年间毁于一旦。九十年代落实党的宗教政策，当地信众发愿重修天台寺，古刹重光，此其时也。这次书画展，就是古刹重光的一个侧影。

那次相见，可称邂逅，留在心底的，是他既热情豪爽，又真挚细腻的影子。此后不久，承蒙他再三邀请，我第一次踏进了他在县城的家，受到了他和夫人的热情款待。

与英才兄相识几载，影像互叠，萍踪隐现，感触良多。他作为一个普通的农村党支部书记，是中国体制里最末端的一环，也是最艰难、最不起眼、最容易被忽视、被世人睥睨的一介官员。然而，一个基本的规律是：越是基层的，就越是重要的，越是不可缺少的。千里之行，始于足下；万丈高楼，起于垒土。中国目前的问题，发展是硬道理；然而，从根本上说，中国的问题，是农村问题、农业问题，是亿万农民的问题。农民身上那些落后的灰暗的东西，或曰"小农意识"，的确需要不断地扫除。可是，在这个世界上，在农民群体身上闪烁荡漾着的朴实、厚道、热情、真诚之因子，肯定是最多最多的啊！

几十年来，李英才作为一个在中国最底层摸爬滚打的"村官"，肯定有着他的自豪与烦恼，奋斗与忧伤，辉煌与黯淡。其实，这些心底的矛盾与纠结，哪个人都是逃不脱的。他面对的世界，是如此独特：如何发展经济，带领乡亲们走上富裕之路，可谓重任如山；同时，一大堆家长里短、鸡零狗碎、芝麻绿豆之琐事，又时时缠绕着他。俗话说，宁管一个军，不管一个村。几十年间，他运筹帷幄，把村里的大事小事玩得溜转，可谓高人也！与此同时，他胸襟开阔，遨游天下，进京城，下海南，奔欧洲，一双沾满滹沱河沙粒的大脚丫子，走遍了全球。京城里的高官和艺术名家，对他青眼有加，待之如友；内蒙古大草原深处的红男绿女，他因缘结交，情意深长……

三

此刻，纵然思绪万里长，如丝如缕如汪洋，也要回到眼前的书桌上，回到英才兄的书稿上。

他的书稿，在我的眼前，已经闪耀了些许日子。我这里说"闪耀"，并非溢美之词，而是自己心底的一种感触。我一字一句地读了两遍。对每篇文章的题目、文辞、结构、文脉流转、情绪起伏，都进行了仔细推敲，并做了一些只有自己明白的标记。我喜欢通过体察一个作者的心绪流转与情感变幻，与之进行对话与沟通，进而做出较为准确客观人性的判断。

老实说，读第一遍的时候，我有些失望，觉得粗糙，水平不高。然而，几天之后，读第二遍的时候，我忽然感到了文辞之中闪烁出来的那些电光

磷火，碎银如磷如月光……

其一曰：文糙意顺，情感涌动，似乎在不经意间，便捕捉到了浓烈的真情。

这里的所谓"糙"，是指一重作文境界，取话糙理不糙之意也。《三儿他娘》写的是他的一个邻居老太，开篇就说："我上次回老家，见老邻居三儿他娘，坐在她家大门洞，与几个老娘们儿聊天。她像门前的老槐树，硬朗结实，嘻嘻哈哈，看见我便笑着招呼，我马上凑过去拉呱。"这个知足常乐的老太太，年轻时是个美人坯子，一辈子助人为乐，受到村里人由衷的赞扬。然而，今年清明节作者回乡，却听到了老人去世的消息，"三儿他娘走了，我似乎看见她仍然坐在她家大门洞，穿着掩襟灰布衫，头发雪白铮亮，挽着小纂儿，打着手势，在给人们聊着什么，我似乎看见她站在门前老槐树下，用手打着遮檐，眯着眼，看她的女儿从婆家回来的身影……"文章结尾，作者不禁发问："三儿他娘，我还想和你聊天，你在那边可好吗？"写到这里，他的眼睛，一定湿润了吧？可惜的是，这么美好的一个老太太，却在文章里没有留下自己的名字。

《卖沙翁》里的卖沙老汉"旱天雷"，看起来粗鄙肮脏，生活艰难困顿，却有一颗金子般的心，为玉树地震灾区捐款，出手就是1000元，每年还拿出8000元血汗钱资助两个女孩子读高中；《见崔萍》里的崔萍是个京城部队高官，见了前来拜访的乡亲情真意切，甚至细心地领着作者去上厕所。这个上厕所的细节，如此生动传神；《北京老姐》里的京城老姐是个高级法官，廉洁耿直，一丝不苟，一见面就开讲毛主席的"两个务必"，她家里的一条严格家规是：全家老小必须称呼保姆为阿姨，开饭时，阿姨必须吃头一口，阿姨不到，谁也不许动筷子……

其二曰：文简意厚，景随人走，在不事雕琢的句子里，风景与人物传神互动。

这里的所谓"简"，乃简练凝练之意也，能做到简中见深，简中见细，难能可贵。请看《内蒙纪行》里李主任的夫人王瑞英的出场：作者来到主任家，在门外呐喊一声李主任在家吗？——"一个女人忙不迭地迎出来，她看上去三四十岁，穿一身红色毛衣，留着卷发，精美的发型蓬蓬松松护着纤巧的脖颈，苗条细杆瓜子脸，细皮嫩肉，目光炯炯。好漂亮哇！"此处的细腻描绘，历历如在眼前，一个"哇"字，一声惊叹，一个惊见天人目瞪口呆的场景，跃然纸上了。

而对于风景的描绘，则流露着作者自己也许还没有意识到的文学天赋。《黄河边打鱼》里对黄河岸边风情做了一番无边无际，甚至是不着边际的描写——

> 坐在黄河边，更是野风扑面痛快而舒坦，你看这茫茫河套，如此空旷与寂寞，视野开阔无垠，好像步入荒凉而漫无人烟的大沙漠。你抬头看蓝天，云卷心舒，神秘莫测，身处河套而不燥，心神悠闲而自得。这里没有山间谷壑，激流澎湃，没有涛声雷鸣，更没有大的漩涡与险滩。黄河从遥远的西方天际，平稳的、缓缓的像一匹被驯服的烈马，由东而西无声地穿过，又像一条巨蟒，慢慢爬行在无边的肥田沃野……

谁说这不是诗呢？并且，很美、很真、很传神。

其三曰：鸡零狗碎，皇天后土，在稍显粗拙的叙述里，彰显着或浓烈或淡漠的人间冷暖。

这里的"鸡零狗碎"，特指中国乡村那些鸡飞狗跳、芝麻绿豆之琐事。地头边角庄基地、计划生育提留款等，哪一件都能愁死村干部。因了在农村的长期浸淫，作者的字里行间，吹拂着浓烈的乡土之风。而这一点，正是许多文章高手诗人作家梦寐以求而不可得的。那种犹如出自天籁醇厚透骨的乡土气息，令你笑，令你哭，令你匪夷所思不得要领找不到北……

《夜半惊魂》里，那间恐怖的破屋子，似乎是中国乡村弥漫的封建迷信文化的一个缩影。作者在漆黑的夜里住到那间传说中鬼哭狼嚎的屋子里，也真的在半夜里听见了鬼哭狼嚎，吓得魂飞魄散——而最后，却是一只大老鼠在半夜弄鬼。就是这一只肥硕的大老鼠啊，曾经把一个村子搞得神魂颠倒，谈之色变，喜耶悲耶？唉，悲与喜，由天吧！

《年根儿杂记》里，作者劳累一天，半夜回到家钻进被窝，忽然被一声尖厉的女人号叫声惊醒："杀人啦！英才哥——"他惊跳出来，却见惨

白的路灯下，站着一个像鬼一样的女人，披头散发，浑身尘土，在街上嘶声哭喊。费劲巴力折腾半天，却是两口子半夜打架，女人来找"英才哥"出气。他把女人送回家，劝解半天，无奈女人胡搅蛮缠，他灵机一动，乘女人不注意，自家两只手啪啪啪拍得山响，算是痛揍了那个男人，才算平息了一场家庭动乱。

《共进午餐》里，作者描写狗娃子一家不讲卫生，肮脏不堪。那是个夏天的中午，午餐时刻，他从狗娃子家大门洞前走过，那里摆着一张小地桌，桌上放着炒菜和馒头，鸡猫狗兔一起上，猛吃猛喝，搞得一塌糊涂，狗娃子和孩子们过来，撵走动物，然后一起共进午餐，狗娃子讲啦："不嫌脏不嫌净，吃了没有病。"

《登门拜访》里，为了解决村里一年一度的"提留款"收缴难问题，干部们决定拿钉子户"大气火"开刀。一天傍晚，村里的两位"最高领袖"——村支书与村主任，提着丰盛的酒菜，来到脾气像霹雳的"大气火"家，摆开酒菜，请君入座，把个粗鲁莽汉弄得晕头转向，全家人齐上阵，陪着两大"村官"痛饮，第二天，600元提留款一分不少交齐，全村的提留款问题迎刃而解。中国老百姓最怕敬啊，你敬他一尺，他肯定要还你一丈。如今，国家早已明令取消了征收提留款，但农村的基本矛盾依然存在。

…………

当然，英才兄文章的不足之处，也是显而易见的。囿于作者的文学知识与写作技巧吧，某些篇章，在立意、结构、语言等方面，还存在着一些差距，这需要在今后的写作过程中进一步完善提高。有些篇章，运用了大量民间俚语，这是值得肯定的，但有的过于生僻，令人费解，如何引用，尚需商榷。然而，无论如何，作为一个文化水平不高的农村老支书，闲暇时间呕心沥血写作，记述自己平生的所见、所闻、所思、所感，实在不是一件容易的事，可以说，字字写来皆是血，一笔一画总关情。这部文集，是他日夜辛勤耕耘的丰硕成果，是他的心血与汗水的结晶。如今，文集出版，实在是吾乡一件可喜可贺的文坛盛事呢。英才兄，请接受我衷心的祝贺！

就此打住，不算序，读后杂感也。

（2012年5月27日）

下卷 煮字疗饥

唯求字字蕴真情

——读提恩畅诗集《竹吟集》

今晨,提恩畅小友把他的诗集《竹吟集》电子版发我,说计划本周日召开作品点评会,邀我参加,并写一段发言,他还特别强调:无论长短。我说:这个是必须的!

老实说,得到这个消息,我感到无比欣悦,开心。当年在博客时代,提恩畅同学作为燕赵时评博客圈的一个小朋友,既是大家喜欢的才子,也是大家的开心果。每次活动,每次集会,只要他来了,大家总是热烈鼓掌。感慨于他这些年"舞文弄墨"的不容易,我对他的作品,总是格外关注。他的细腻而真挚的文字,既有月华之清凌,也有鸟羽之轻灵,还有霞光之温馨。因为,这些文字,不卖弄,不矫饰,总是发自真情,蕴含性灵,畅达性情。正如他自己在《七绝·诗贵真情》所说:"轩轾焉分伯与仲,唯求字字蕴真情。"

第一,先说真情。《周易》说:"修辞立其诚。"这是《周易·乾卦·文言》记述孔夫子的话,"子曰:君子进德修业。忠信所以进德也;修辞立其诚,所以居业也。"其实,无论是修业、修辞,还是赋诗,都离不开一个"诚"字。说真话,抒真情,历来是作诗的不二法门。唐代诗人白居易说:"感人心者,莫先乎情。"世上流行着太多装腔作势的假话,也流行着太多扭捏作态的诗文。装腔作势的假话,尽管令人厌恶,却可以得到某些现实利益;扭捏作态的诗文,尽管令人不太舒适,却也可以暂时赢得一团虚名。虚名尽管如烟似雾,缺少热情与阳光,毕竟还可以博得一点点微末名利。世态如此,

不必奇怪，不必苛责，唯有做好自己，便足矣。

且看小提的真情之作《七律·无题》：

孤灯茕影苦吟哦，廿载风霜甚处说。
寻章摘句诗稿厚，锤词炼语墨痕多。
草成佳韵心尤喜，偶作拙阕志未磨。
何日借我陶令笔，轻吟一曲对天歌。

这首无题，细腻真切地刻画出了一个弄文字的人的心路历程。他遍览先贤佳作，寻章摘句苦吟哦，千锤百炼墨痕多，一旦草成一阕，难免窃喜，觉得自己才华冲天，志气浩荡；可是转念一想，不过是寻常文字，缺盐少醋，缺胳膊短腿，很不像样子嘛。哎哎老天爷！何时能借我一支陶渊明先生的大笔，来轻吟一曲天籁之歌啊！——瞧瞧！小提对一颗诗心的把握与描摹，何其精微，精微得简直叫人心疼呢。

我们再看看他的两首《七绝》：

一任天光眼底收，几多心绪寄兰舟。
纤纤梦缆犹堪断，缕缕清风暗遣愁。

多情自古笑人痴，渺渺心弦恨笔迟。
检点孤身常自叹，幽咽澎湃有谁知。

短短八句，湛湛情深，似有难言之苦回荡其间焉。因为身体欠佳，我们许多人对小提总是格外关爱，但相识这么多年，我从来没见过他对此发过怨言，也没见过他的文字对此有所呈示，对人生、对生活有所抱怨。其实，在我眼里，他还是个孩子，或曰文学青年，他在生活中遭遇的诸多困难，我们不难想象。在这个世界上，许多人在无病呻吟，悲哀叹息，颓废绝望，甚至破罐子破摔。这样灰色的人，我们见过不少；这样灰色的文字，我们也是司空见惯，甚至已经见怪不怪了。然而，小提的文字，总是运用自己的功法，将磨难的痕迹，隐隐消磨于平淡的生活里；将悲忧的情绪，轻轻消融于远天青烟里；将悲伤与忧愁，悄悄抛弃在诗意的河流里。我不得不说，即使他有忧伤、苦闷，甚至绝望的时刻，也已经通过自己的坚强毅力与睿智思绪，将这些消灭于无形，甚至转化成了人生的正能量。从这个意义上说，我要对小提童鞋表达一份发自心底的敬意！

第二，再说性灵。说起所谓"性灵"，感觉总有些高人高论，将"性灵"二字神秘化，弄得云山雾罩，神秘玄虚，不知所云。其实，性灵也者，不过就是人的悟性，所谓万字唯一悟，千山入眼来。"性灵"作为一种诗歌创作和评论的主张，源自于清代诗评家袁枚，其性灵说与神韵说、格调说、肌理说，并称为清代前期四大诗歌理论中的一派。实际上，它是对明代公安派"独抒性灵，不拘格套"（袁宏道：《叙小修诗》）诗歌理论的继承与发展。我在这里不咬字嚼舌了。说到底，所谓"性灵"，就是强调作者抒发真性情，表达真感情，并且，这种真感情，是随着诗行的婉转、诗情的流转，而自然流露出来。既不是梗着脖子呐喊，也不是掐着嗓子嘶吼，更不是拖长调，拽花腔，弄一堆笑眯眯的塑料花，来蒙唬读者。

且看他的《七律·吊西楚霸王》：

长剑乌骓气宇昂，神威勇冠镇八方。
沉舟破釜除嬴氏，立马横刀称霸王。
亚父临终怀楚恨，虞姬逢难赴情殇。
兴亡功过浪淘尽，耳畔乌江犹断肠。

长剑，乌骓，西楚霸王的形象，跃然纸上，他立马横刀，虽然掀翻了大秦王朝，却伤害了自己一生最爱的两个人：一个是敬爱的亚父范增，一个是亲爱的爱妃虞姬，尽管千古兴亡已被大浪淘尽，但是，还是令后来的凭吊者——我们的小提童鞋，像断肠一样伤心难过。至此，一片历史烟云，一怀真挚情感，尽收笔端矣！

我们再看一首他最长的律诗——《七古·诗酒梦歌》：

常伴书香结灯语，才思续连柳下曲。
展卷提笔意在胸，文如瀑布词如雨。
激情似火炽焰腾，上穷霄汉接玉宇。
引吭高歌发长调，笔势连绵思若缕。
清酒一杯助余兴，诗情即刻杯中行。
不知诗借酒气壮，抑或酒涤诗眼明。
渐趋狂烈出豪语，誓言坐地可摘星。
概不细敲与琢磨，肆意狂扬皆为情。
起落醉醒含韵章，咏物寄怀自徜徉。
文心似锦需雕琢，才气宜养不宜彰。
笔底生花系妙法，凝思布曲酿芬芳。
此生唯余文墨志，一诗一酒一梦长。

这首七古，犹如清风浩荡，沛然作雨，淋漓而下，让人有一种似曾相识之感，有点儿像初唐诗人卢照邻《长安古意》的味道："长安大道连狭斜，青牛白马七香车。玉辇纵横过主第，金鞭络绎向侯家……"——当然，我这么说，可能有人会说有"捧杀"之嫌，其实非也。这样的古意长调，没有充盈的才华、充沛的激情、娴熟的文字把握功力，是很难成篇的。这首诗，共十二行，四行一韵，腾挪闪转，无拘无束，收放自如，堪称此集之佳篇。灯下读书，文思连绵，激情似火，引吭高歌——此为第一阕之主调也；清酒一杯，借酒气壮，渐趋狂烈，坐地摘星——此为第二阕之主调也；寄怀徜徉，宜养才气，笔底生花，一酒一梦——此为第三阕之主调也。从夜读，到小酌，到激情燃烧，才气狂烈，笔底生花，诗酒人生，层层递进，句句紧逼，环环相扣，可谓诗界至味矣。正如他自己在《五绝·问诗自答》所说："诗自性灵间，情思莫等闲。遥观云共月，问遍水和山。"

第三，说说性情。诗之性情乃是诗人本性的自然流露。钟嵘《诗品·总论》："气之动物，物之感人，故摇荡性情，形诸舞咏。"清代学者顾炎武《日知录》云："诗主性情，不贵奇巧。"——概乎而言之，所谓"性情"，就是抒发本我，笔端生华，发扬本真，不慕浮华。

展读他的《古风·临屏观诗友韵句抒怀》，略窥其芳华：

> 最喜诗笺好萦怀，四时山水胸中来。
> 红尘荡舟结幽梦，欸乃一声韵花开。
> 有情随处觅雅性，无意岂可造境来。
> 人生贵在恒一志，纵使蹉跎亦未改。
> 愿将香墨换白发，徜徉诗海乐不衰。
> 设若有幸得闲暇，且效陶令弄菊栽。

在小提的笔下，所谓作诗，无非就是让四时山水，从胸中涌出来；在红尘里荡舟，开出一帘幽梦之韵，结出一朵朵莲花。诗意究竟来自哪里？这一直是个不大不小的难题。自造诗意，难免失意；乔装诗意，难免疏离；借用他人诗意，难免拾人牙慧之讥，那该咋办呢？小提给出了自己的答案——"有情随处觅雅性，无意岂可造境来。"是啊！跻身所谓诗人之列，首先要具备一腔真性情，轻灵翼动，随风而飞翔，随雨而飘落，随高山峻岭而嗟叹自然，随艰难时世而感慨万千，一句话，只要你心中有情愫，有爱怜，有惊诧，有慨叹，纵是无意也有意，纵是无言也有诗。陆游说："汝果欲学诗，工夫在诗外。"这个"诗外"，不光是千锤百炼的文字功底，千变万化的诗歌技艺，还有通千窍、涵万壑的汪洋情愫。这一点，对一个诗人而言，尤其重要。

《西江月·独吟》："独坐长吟寂寞，清辉遍洒身孤。残笺常废丽词疏，文脉难寻甚苦。怎奈罹患痴志，总疑笔下流珠。花开花落感时书，情愫如泉倾吐。"——独坐寂寞，清辉身孤，眼前残笺废纸，文脉难寻甚苦，何其难也！然而，既然罹患"诗痴"，只有千里万里追寻，总会赢得"情愫如泉倾吐"；

《卜算子·寄怀》："寂寞月如钩，人影凄凄瘦。长日匆匆似水流，旧梦频回首。亥夜对残灯，块垒尝甘酒。检点诗囊愧句多，唯剩情无朽。"——寂寞如钩，人影消瘦，好可怜呀，然而，独对残灯，旧梦回首，检点诗囊，却剩得一片汪洋——"情无休"！只要有情，山也喧腾，花也烂漫，人间

· 311 ·

更美好，当然也就能写出更加绚丽的诗篇啦。

当然，人生的感慨，诗意的涌出，总在一瞬间；并且，那感慨与诗意，有时候还是没头没脑，不可理喻，不可解释。且看《七绝·禅》：

尘世诸因总论缘，大观法相百十千。
洞明难易凭觉悟，道尽禅机不是禅。

道尽禅机，却发现这劳什子根本不是禅。其意韵，其意味，如何诠释？如何解读？那就心领神会，随他去吧！再看《七绝·圆缺》：

阴阳本是寻常事，休论残圆待几时。
完璧尚忧云翳损，银钩何患入清词。

这几句感慨，是关于世相，还是身世？抑或是自身某些不完善之处的暗喻？——是；也不是。不必拘泥。不必诠释。只要与读者之心相呼应，与读者之感相契合，遑论其他哉？

小提在《后记》中说："本书分三部分——邀月、踏歌、逐梦。'邀月'部分的诗格律多，古风偏少；'踏歌'部分的词婉约有迹，豪放无踪；'逐梦'部分的现代诗以情为经，以境为纬，力求营造清新爽朗的诗风。一百余首作品以时间为序，大概勾勒出了我2010年至2016年的习诗过程，寒来暑往，锤词炼句间的酸甜苦辣，不足为外人道。"

好吧！既然小提说"不足为外人道"，我已经啰嗦了这么多，就此打住吧！

（2019年3月13日）

下卷　煮字疗饥

飒飒清风扑面来

——品读《清风絮语》

一

大约数月之前吧，在一个饭局上邂逅了文友清风（万文丽），她告诉我，准备出一本散文集，请我写一篇文字。她说，你是最了解我的呀！我说，那是必须的！

我与清风交往，始于博客时代。那是一个风生水起的沸腾时代，无论网上网下，仿佛一切都在滋滋燃烧。所谓"博客"，又称"网络日志"，是以网络为载体、以自己的文字为经纬、以呼朋唤友为形式的一个综合性网络平台。随后出现的"博客圈"，则是把星散在网络上的博友们集中起来，形成一个有组织的网络团体。博客圈的出现与运行，后来被称为博客时代的一个黄金繁荣时期。正是在那个莺歌燕舞的黄金时代，燕赵时评博客圈应运而生。

那是2009年8月10日，伴着沥沥秋雨，燕赵时评博客圈应运而生了！这是一个结合了《燕赵晚报》时评版块的蓬勃发展，融合了网上网下无数读者希冀与梦想的虚拟组织。圈子里既有圈主，也有副圈主、顾问、总监等，其实最忙碌的，还是各位管理员。每日里，数千名博友高擎彩笔，写作锦绣文章，蜂拥入圈，管理员们轮流值班，诸篇审读、加精、点评，整天忙得不亦乐乎；须知，他们都是业余操练，没有任何报酬的。那时候，燕赵时评博客圈独辟蹊径，搞了三项引领时代风潮的创举：其一，编辑"博客

杂志",名曰《燕赵美文》,将圈中精华博文搜集起来,加以点评,做成电子杂志,便于读者点击阅读。其二,组织"美女采访团",由圈中美女博友分头出击,采访各界精英,然后汇集成书,可惜后来出书计划夭折了。其三,组织"文化大篷车",负载着几十名精英博友,浩浩荡荡前往探访各地文化古迹,譬如邢台历史古村英谈村、藁城故事村耿村、灵寿中山国遗址、正定开元寺等。

  此刻,许多熟悉的亲切的脸孔,星辰一样从我的眼前倏忽闪过,久违了的朋友啊,你们可好?——曾记否,在那些过往的岁月里,从波澜起伏的博界风云,到平淡如斯的人际交往,从吆五喝六的痛快淋漓,到婉转曲折的心路历程,从匆匆穿越的尘世过客,到情深意长的契心之交,总之吧,你们大家,给了我许多的鼓励、许多的支持、许多的情谊。在阴霾漫天的日子,你们的笑脸像阳光,驱散了我头顶的乌云;在灰心丧气的时刻,你们的温暖像激流,激励着我继续前进……

  依稀记得,我们的管理员,最初都是从网上筛选出来的。因为大家素昧平生,网名又是虚拟的,一切无从考察,只能根据博文水平来海选了。清风是我们第一批遴选出来的管理员。她的文才,轻灵,知性,温润,虽略显单薄,已经难能可贵了。她后来被评为"金牌管理员",并加入"美女采访团",成为博客圈最活跃的人物之一。

  恍惚记得,那年春节前,省会几大博客圈举行博友联欢会,她与兰百合一起登台走猫步,那袅娜舞步、如花笑靥,如此仙灵生动,秀色可餐。作为"美女采访团"成员,她受命采访了当时平反出狱不久的新华社记者师学军。师先生是新华社河北分社副社长,博名"大地旅人",2002年蒙冤入狱,2009年4月被宣告无罪,引起很大反响,清风采访这样一个引人瞩目的热点人物,可谓压力山大。她写道:"读了大地旅人的文字,我的心中总是涌现一种感悟:人生有如三道茶——一苦、二甜、三淡。我知道,面对这么厚重的一个人,我的解读还很肤浅。不过,如果由于我的介绍,能有更多的朋友去阅读那些在苦难中产生的文字,我会感到欣慰。因为我相信,阅读那些文字是有益的,会得到一种不一样的阅读体验。"

  如今,恍然回首,随着岁月的流逝,人世的沧桑,博客已经褪尽当初的热烈与喧腾，博客圈也早已进了网络历史博物馆，微博、微信、抖音、快手等，风行一时。技术创新无止境，各领风骚三五年。然而，亘古不变的，却是人性与人情。当年的博友，虽然星散江湖，却热心依然；难免随波逐流，却也不时掀起一朵朵生活的浪花。

譬如，清风的散文集——《清风絮语》，就像一条色彩鲜艳的江湖锦鲤，已经腾跃出水，露出了绮丽本色。

二

俗话说，文如其人。欲论其文，必知其人。不知其人而论其文，犹如隔山吹笛，音韵飘忽；隔靴搔痒，其痒难耐。所以，在谈论清风的大作之前，不妨先说一说她这个人。她生于大兴安岭北段呼伦贝尔大草原上的根河市，那漫天飘飞的冰雪，既熔铸了她的莹洁精魂，也冶炼了她的娇小体格。第一次见到她时，我很怀疑这个娇小的冰雪聪明的女子，居然来自冰天雪地的北国；我觉得她应该是来自江南的温婉美眉。我的怀疑，被她一口否定。随着时光流逝，其刚毅之色，渐渐展露。做事周密而有节，为人热情而有度，言辞简洁而明快。开心一笑，仿佛北国寒梅在枝头簌簌摇曳；偶尔一怒，那挢转怒气也像浸染了冰窟之寒意，无声却力道十足。

关于自己的家乡，她在《故乡的秋》一文中描述说："我的家乡依山傍水，每到夏天，山峦叠翠，万顷林海一片浩渺，绿波荡漾，郁郁葱葱，河水蜿蜒清冽，天蓝云淡，景色壮美、静谧、清新。"她对故乡夏天的回忆，是四周连绵起伏的碧波林海中，生长着各种天然绿色的山珍、野果，"有北国红豆、都柿（蓝莓）、臭李子、山丁子、高粱果（东方草莓）、羊奶子（蓝靛果）、水葡萄、蘑菇、山木耳等，也生长着各种野菜和珍贵的药材，四季都奔跑着各种飞禽走兽，兴安岭的森林中有太多的宝，秋天就是收获的季节"。

追想浩渺前尘，感慨一二；赏读清风美文，鲜花缤纷。元好问《论诗绝句》云："心画心声总失真，文章宁复见为人。"黄遵宪《杂感》云："我手写我口，古岂能拘牵。"她的坚守，她的努力，一如她的家乡大兴安岭

之冰雪，晶莹闪烁，令人感佩；岁月如长河，流走了滔滔逝水，淘洗了滚滚沙砾，却留下了五彩斑斓的珠贝。且让我们看看她笔下的山与水——

身为女子，她颇感自豪，《做女人真好》云："女人的一生是如花的一生，如花的娇艳，如花的时光，如花的芬芳。二十岁的少女如娇艳的桃花，充满着青春的朝气；三十岁的少妇如娇美的玫瑰，释放出迷人的芬芳；四十岁的主妇如国色天香的牡丹，显现着优雅端庄的成熟气息；五十岁的女人如风韵犹存的九月菊花，流溢着清新恬淡的娴雅风度；六十岁的女性如傲雪的红梅，渗透着淡淡的清香。女人如花的一生，给万木萧索的严冬以生机，给如火如荼的炎夏以绚丽。"

在最美的季节里，邂逅一场美好，那该多么惬意！那才是《最美的遇见》：

少女时代因为喜欢宋朝诗人林逋的那首《山园小梅》，喜欢他"疏影横斜水清浅，暗香浮动月黄昏"的诗句，所以喜欢上了梅。后来，随着生活阅历的增厚，梅的疏影和暗香让我心动，梅的傲骨品质更让我向往。在梅兰竹菊"四君子"中，为有梅花迎寒而绽，傲霜斗雪，这大概是梅所以位居"四君子"之首的缘故吧。我祖居北方。万里北国，千里冰封，却很少能见到梅的影子，更没有梅园可游。如今，在初春的公园里偶遇一两株梅树，会感到新奇和珍贵，便在梅前久久地徘徊，赏梅花，嗅梅香，品梅韵，体味王安石笔下"墙角数枝梅，凌寒独自开；遥知不是雪，为有暗香来"的意境。我对于梅的喜爱，虽然没有林逋以梅为妻那样的深情，那样的执着，却也是相看总不够，曾咏出过"晨风吹旷野，一束暗香来；粉梅枝头俏，悠然竟自开"的心得。

遇见梅，品赏美，首先要有一双发现美的眼睛。如果说，发现自然之美需要悉心观察，那么，发现朋友之美，则需要以心观心，用心体察。她在《织锦文情溢芳菲》一文中，用自己的慧心发掘文友芳菲之美："她内在的高贵，不仅体现在文字中，生活中的她更是如此。如今她婆婆身患重病不能自理，芳菲姐便把全部的时间和精力都投入到照顾婆婆中,每天都很辛苦,而她曾亲口对我说:'这样的日子对我来说,依然很幸福。'我想,任何人听了她的这句话都会被打动,她传递给周围的是一种美德和贤良,她把负重的生活编织成温馨的日子,这也源于她的博爱和高贵心态。"

对于才女们来说,日常品读诗词,的确是一件胜过无数名牌的优雅"外套"。《与诗词相伴的日子》一文,抒写的是她的独特感受:"品读着诗词,那一岸晓风,一弯残月,一叶扁舟,细雨孤鸿都把我带入唯美的意境。品读着诗词,感受着诗词文化的精妙,感悟着它的文字之美,韵律之美,体会着它的诗情画意。每一首诗,每一阕词,都是高度的凝练,都是一篇精美的文章。在与诗词相伴的日子里,心灵得到了滋润,身心得到了愉悦,仿佛连自己的生活也诗意起来。"

在烟波弥漫的易水湖畔,作者则体验了一番别样风景:"我游走在山水之间,且行且止。时而俯瞰湖面,那湖面没有波澜,看不到浪花拍击石岸卷起千堆雪的壮观景象,但见清澈的湖水一股一股地轻轻地向岸边涌来,温柔地亲吻着水岸,那样的恬静悠然。时而眼观山峰,这些山峰千姿百态,峰峦叠嶂,造型奇特,体现了大自然的鬼斧神工;时而立在栈道上,聆听鸟鸣、山涧的流水声,呼吸清爽的空气,感受微风拂面,感觉自己仿佛置身于人间仙境一般,体会着天人合一的意境。"(《易水湖游记》)

自古道:读文易,读人难,透过文字读懂一个人,则是至妙境界。在《以生命之光弘扬历史》一文中,清风对藁城文坛泰斗董五顺先生及其作品作了解读:"赏读董老先生的《山上有水》,感觉文风淳朴简约,行文自然流畅。有的温和含蓄,以小见大;有的寓意深刻,让人深思;有的富有哲理,让人颐养心智;有的回荡着浓郁的生活气息和乡土气息。那篇《捡石成像》,把捡回的一块普通石头,从垃圾变成宝贝,又从宝贝再变成垃圾,描写的鲜活而具有生命的灵性,充满着戏剧性的变化,读后令人感觉意犹未尽,遐思无限。在董老的文章中,我既读出了梁实秋先生的平易,又读出了林语堂博士的幽默……"

人们常说,心中有真爱,笔下才有真情。清风写母亲,虽然远隔千里,一想到她老人家,就温暖洋溢,"感觉温馨,感到踏实,感到幸福";她

写父亲,说老爹"更如一条清澈的河流,时而欢畅,时而温润,为我的童年、少年的生活增添了很多情趣,留下了很多美好的记忆"。难能可贵的是,她还饱蘸笔墨,写了自己的公婆,"公公读书很广泛,报纸、杂志、书籍,无不涉猎。至于写作,公公与婆婆则是比翼双飞,婆婆写的多是优美的散文,公公写的多是杂文、小品,这些作品风趣、幽默,既富有哲理,又引人深思"。令人啧啧称奇的,则是《哥哥赵工》一文:

> 我有个哥哥叫赵工,确切地说,是我先生的哥哥,在我的家乡称为"大伯哥"。
> 大伯哥名字就叫赵工,他这个名字经常被误会,曾有人问他,是不是工程师的工?他郑重地解释:是工人的工。我的公婆是知识分子,"文革"时被称作"臭老九",活得很憋屈。大伯哥出生后,正是工人阶级领导一切的时代,取名为工,是想借助工人的力量,沾一沾领导阶级的光……

自古为文者,对亲人一往情深,不足为奇;对婆家人赞扬有加,令人称羡;而对一个虚拟组织——博客圈的念念不忘,则充分表明了清风当年对这个圈子的用情之深厚。她在《真情溢满园》中写道:"与时评圈相伴成长两年来,我已经与它结下了深厚的情谊,它是我生活中一种美丽的牵挂,一种惦念,它是我心灵的绿洲,知识的港湾。这里有古韵深厚的文字,有感动无声的美文,不论是生活感怀,人生慨叹,时评辣笔,还是谈天说地,雅韵诗文,都是冰雪中盛开的仙葩,散发出迷人的芳香。品读这些美文,或笔墨涵韵,或月华如水,或清新典雅,或风趣幽默,或辛辣讽刺,或意蕴深刻……这些文字,有的让人心生温暖,有的让人心生敬意,有的让人心灵共鸣。这里是一处人与人和谐交流、学习、展示的美好平台,是一处互相支持、互相鼓励的温馨家园。在这里,我结识了一个个才华横溢、文采飞扬的博友。网络是虚拟的,但博友给予的情谊是真诚的,纯洁的。很多博友给予了我温暖、友谊、鼓励,这些点点滴滴,将是我永恒不变的记忆,我相信,当我满头银发回首人生的时候,这种温暖和情怀,仍能像清雅的水仙一样，浅香盈面，沁人心脾。"

在燕赵时评博客圈成立一周年的时候，清风写下了《燕赵时评博客圈，为你的生日祝福》一文：

  时评博客圈，今天是你一周岁的生日，大家都在为你祝福，为你庆贺，为你骄傲！作为伴着你一起成长的我，更是感到由衷的喜悦！当你刚刚诞生之际，我就很幸运地走近了你，立即被你的文化气质、积极向上的精神、和谐的氛围所吸引，你便逐渐成为我心灵的家园、精神的家园！
  时评博客圈，你虽然年龄幼小，但你仿佛是一位博学的讲师，每天吐旧纳新。通过你的传授，使我吸取了丰富的营养，这些营养有的像溪流涓涓，有的像海浪汹涌，有的像雨后的鲜花，有的像明净无瑕的水晶……
  时评博客圈，今天是你的生日，我深深地向你祝福：祝你永远是网络世界里最亮丽的一道风景！

老实说，读着这些温润语句，我的眼睛微微泛潮。因为，我想起了那些短暂而沸腾的日子，想起了那些睿智而温暖的博友。人们说，往事如烟；其实，往事未必如烟；往事，尽在虚无缥缈间……

在斑斓往事的画廊里，还有一位精灵一样的主角，那就是——北国的雪。《雪落有痕》一文说："用心去感觉，雪儿像轻柔的小手，滑入如水的心境，一颗心不经意间柔软起来。我就这样在雪花飘舞中慢慢地行走着，感觉自己也融入了雪花之中，心也随着雪花一起飘飞，飞向那遥远冰雪的家乡，飞向亲人的身边，飞向儿时与雪相伴的欢乐岁月……"

我仿佛看见，在漫天飘雪之中，走来一个北国纤丽女子，一边赏雪，一边沉吟："飘舞的雪花，如一首纯净的诗，一支纯美的歌，一幅绝美的画，散发着久久缭绕的馨香，沁润着我的灵魂。曾经的浮躁，都被雪花轻轻拂去了。在雪中，心情变得宁静、恬淡、悠然……"

哦！雪飘千里，留下了一部《清风絮语》，供万千读者欣赏。词曰：

晨起读清风，仿佛闻晨钟。
风雪弥漫处，恍见兴安岭。
良善织锦绣，温馨化彩虹。
博客当年事，博海腾蛟龙。
群星聚沧海，浩渺扬九重；
星光耀寰宇，热血几沸腾。
清风时浩荡，妙笔书玲珑。
大著今成箧，华章铸峥嵘。
热情正如火，预祝大成功！

（2019年7月18日）

后 记

煮字元来不疗饥

一

整理完这部文集，兀自心中一声叹息，仿佛一支野花在凉风吹拂之下，从枝头冉冉飘落了；脑海里浮现出来的，却是元代诗人黄庚的诗句："耽书自笑已成癖，煮字元来不疗饥。"

黄庚，字星甫，宋末元初人，生卒年不详，祖籍浙江天台，自号"天台山人"，早年投身科举，蹭蹬无所成，后来对科举制度深恶痛绝，他说："国以诗文立科目，非世道之幸；士以诗文应科目，又岂人心之幸矣。"（《月屋漫稿自序》）论及作诗由来，他感慨尤深："自科目不行，始得脱屣场屋，放浪湖海，凡平生豪放之气，尽发而为诗文。"他挣脱了科场羁绊，悠游江湖，以游幕与教馆谋生，闲暇时节与友人放浪湖海，诗酒唱和，晚年自编诗集《月屋漫稿》，年八十余而卒。其《书怀》曰：

> 平生湖海气，老去叹飘蓬。
> 知命难求富，安贫不送穷。
> 江空思捉月，天阔欲行风。
> 俗眼从渠白，无人识此翁。

这样一位奇崛慢世的大宋遗民，"江空思捉月，天阔欲行风"，在

山水林泉之间吟几首悲凉慷慨的诗句,却时常忧劳生计艰难,发出了"煮字元来不疗饥"之叹,洞穿了古今才子们那点儿可怜的自尊。所谓"煮字",可堪玩味。"煮豆燃萁",语出建安大才子曹植《七步诗》,喻骨肉相残;"焚琴煮鹤",语出北宋百衲居士蔡绦《西清诗话》,喻大煞风景。这两个经典比喻,因其精妙绝伦而流传古今,却也无出"煮"之本意。而"煮字"之"煮",则是研磨,把玩,精雕细刻之意,与唐代诗人贾岛与韩愈的"推敲"段子,庶几相近。古往今来,无数才子沉溺诗酒之中,点灯熬油,煮字熬粥,挥动如椽巨笔,赋就华彩辞章,生活却难以为继,甚至食不果腹,衣不蔽体。翻开文学史,这样的例子比比皆是,不胜枚举。诗仙李白才华弥天,高唱"天生我材必有用,千金散尽还复来",也难免漂泊、疾病、获罪、流放之悲苦;诗圣杜甫立志"致君尧舜上,再使风俗淳",却一生穷愁潦倒,饱尝冻馁饥寒,最后客死在由长沙开往岳阳的一条小船上。

　　黄庚的"煮字元来不疗饥"之句,堪称千古浩叹,道尽了古今才子们以天下国家为己任,慷慨悲歌,自身命运却穷窘不堪,饱受饥寒折磨之艰难。尽管如此,他们却痴心不改,高歌不辍,正如楚国大诗人屈原在《离骚》中所宣示:"亦余心之所善兮,虽九死而犹未悔。"

二

　　回忆起来,我的"煮字"生涯,始于小学时代。1966年,正是"文革"爆发那一年,我开始在故乡藁城县南孟公社西凝仁村小学读书。那时候,除了语文、算术两门课,还有一门"作文",是我最喜欢的。因为我的作文一直不错,每每被老师当作范文,在课堂上抑扬顿挫地大声诵读。这情形,对一个乡下穷小子而言,当然是莫大的鼓舞,那心底的得意,直如猫尾巴一般翘起来晃呀晃。

　　我的班主任兼语文老师,先后有两个,一个是兰芝堂姐,一个是增山堂哥。兰芝堂姐是大伯的小女儿,个子不高,齐耳短发,圆嘟嘟的脸上,闪着一抹故作威严的慈爱。她嗓门很高,嗓音洪亮,每当她大声诵读

后 记

我的作文时,我就害羞地低下头,闪眼觑一下四周,瞧见同学们眼巴巴的羡慕神色,不免暗自窃笑。兰芝堂姐把我从一年级送到五年级,交到增山堂哥手里。增山堂哥是二伯的小儿子,像个笑眯眯的哲学家,嗓音柔和,绵里藏针,说话总是慢条斯理,意味深长,一旦生气,那脸便红得像猪肝,很是吓人。记得有一次,他领着同学们参加第九生产队的忆苦思甜大会。这是那个年代的一道"奇特风景"。全队社员一边同吃忆苦饭,一边纷纷登台发言,批判万恶的旧社会,歌颂幸福的新生活,感恩伟大领袖毛主席。那所谓的"忆苦饭",就是用大铁锅蒸出来的几箩筐"糠饼子",像一堆堆黑漆漆的"驴粪蛋儿",其成分是谷糠、菜叶、杂粮,揉以树叶、杂草等,吃到嘴里,一股怪味儿直冲脑门儿,令人胃底直泛酸水。增山堂哥要求大家写一篇记叙文,描写吃忆苦饭的情形,我绞尽脑汁呕心沥血折腾半天,勉强凑成一篇,岂料受到堂哥大肆表扬。我写道:"我拿起一只黑乎乎的驴粪蛋儿,一口咬下月牙般的一大块。"这个"月牙般的一大块",受到堂哥激赏,说是"神来之笔,栩栩如生",从此成为我小学时代的作文"经典"。其实如今看来,不过是一个小学生转词罢了。唉,岁月啊……

后来,我进入了我们当地的"最高学府"——南孟中学,并在语文老师李金耀推荐下,来到藁城县文化馆,跟着县里的著名作家于路奇老师学习写作。对于老师,我在《墓草青未青》一文中作了记述——

> 于路奇老师生得很黑,一点儿也不像文化人,一副老农民形象。头发短短的,时常飞着土星星;衣着跟乡下村头的农民伯伯没什么两样,说起话来,那嗓音则犹如鸭鸣(老师,请原谅我如此不恭、如此真实地描述你)。

当我写这篇《墓草青未青》的时候,已经是二十世纪九十年代中期了。经过大学时代囫囵吞枣生吞活剥的苦读,我开始进入社会,做了一名记者。那些年,工作之余,还写了一些情感迸溅的性情文字,感恩父母,怀念亲友,慨叹人生。那时候,老觉得心底激流荡漾,汹涌澎湃,

可就是不晓得如何表达，憋闷得跺脚嘶吼，几欲纵身跃下层楼呢！总是幻想着从嘴里扑棱飞出一只白鹤，拍翅飞向蓝天，击破万里云空……于是便乘着白鹤的翅膀，握笔作文，倾吐堵在胸口的郁闷之气。这篇怀念于路奇老师的《墓草青未青》，发表在当时本市一家青年刊物上，受到不少朋友喜欢，于是我就在那家刊物开了一个专栏，每期刊发两篇散文。那一时期的文字，稚嫩，清新，凌乱，激情洋溢，却也有几分"为赋新词强说愁"的矫情。

对故乡的追思，对往事的回忆，对亲人的挚爱，这些人类之通感，也是我那时文字的一个主旋律。如今翻阅旧稿，对父母、哥嫂、弟妹，都留下了一些清泠篇什，每每读来，往往情难自已，欲零还住。记得《哥哥》一文写成后，我把弟弟妹妹两家请来吃饭，大家传阅文稿，一个个读得热泪盈眶。老实说，这篇文章，文字并不优美，文采也不绚烂，但那份发自心底的兄弟情谊，却是醇厚如山的。多年后（2014年9月）大哥因病辞世，一家人悲痛欲绝，我已写不出当初的文字了，只是把每日陪伴大哥所写的杂诗收集起来，组成了《诗祭大哥》，以为永久的纪念。

三

回望尘世，日月沧桑。时光如流水，许多人与事，似乎只是转瞬之间，便缥缈无踪了。然而，历史的车轮不停地转动，总是留下了深深的辙迹。随着历史进入新纪元，科技飞速发展，世界进入了网络时代。在网络风暴席卷之下，我不但有了自己的博客，还创建了"燕赵时评博客圈"。应该说，那是一个激情飞扬、波涛汹涌的时代。

回想自己的博客生涯，是从"警民博客圈"开始的。那是河北公安网旗下的一个博友家园。2007年5月，我应圈主贾永华之邀，到那里安家落户，写下了平生第一篇博文《静谧之祈祷》，羡慕古人如鸿鹄之高翔，慨叹今人如乱流之群蚁——

看着天地间喧嚣的滚滚红尘，我对中国古人的幽邃惬意之

| 后 记 |

神往，可谓销魂蚀骨。昔日庄周先生游于濠梁之上，闻鹤鸣声声；魏文帝曹丕送别故友，作号啕驴鸣；阮籍凭吊古战场，见白骨累累，喟然浩叹；嵇康浪迹山野，手挥五弦，目送归鸿；陶渊明溯流而上，进入桃花源，"不知有汉，无论魏晋"；陈子昂登临幽州台，"前不见古人，后不见来者"，横绝天地的孤独，令他"怆然而涕下"……

可是，信息爆炸时代的我们，却永远失去了心灵的家园。我们究竟到哪里去寻找庄周之濠梁、阮籍之古战场、陶渊明之桃花源、陈子昂之幽州台呢？——当年，陈子昂为了天地间那份遮天蔽日的大寂寞，而嗟叹恸哭；而今，我们为了那份上下求索而不可见的人世安静，为了那份万里追寻而不可得的人生幽境，而泪雨滔滔！

于今看来，这份慨叹，未免过于书生气了。时代的进步，总是一件好事情，尽管伴着农耕文明的渐渐消散，伴着许多美好的惬意的事情的渐渐消亡。历史的每一点进步，总是有其代价的。厚古薄今，或厚今薄古，都不是一个理性的姿态。毋宁说，这篇博文是对尘世间那些浑浊污秽、蝇营狗苟的一种无力的抗议而已。

在那个并不遥远的博客时代，我随着日升月落，写下了大批博文，在警民博客圈，在新浪博客，一篇篇横陈罗列着，至今历历在目。虽然博客时代的繁华转瞬即逝，但那时候的热烈、喧腾与激情澎湃，却是铭记心间的。当初写博客的时候，是把它当作自己的心灵日记，顺乎天地与性情，记下了生活中的点点滴滴，与岁月里的丝丝缕缕，一只键盘，一只鼠标，一脉真情，偶有心动，或情有所钟，便开机、上网，噼噼啪啪，敲出了一篇篇随心所欲的文字，或骋怀呼号，峻如烈风；或幽情荡漾，细若游丝；或古迹斑斓，畅游史海；或孤鹜远飏，横绝天际……

当我写下这一串形容词，兀自感觉到了几分惭愧。其实，当年的博客写作，就是一锅粥一样的凌乱文字，一垛柴火一样的肆恣烈焰，一江浊流一样的人生杂陈。因为不是为了要在报纸杂志发表，也不是为

了要打动哪个人的铁石心肠，更不是为了树立自己的光辉形象，正所谓：无功利，不作秀；无追求，不雕琢；无拘束，不矫情……这些至今横陈在网海深处的博文，我从来没把它们当作能登上大雅之堂的"正经文章"，也从来没想过把这些凌乱杂沓文字打捞出来，收入文集中。然而，随着时易世变，这些文字中呈现的那种原汁原味的生活记录，无所顾忌的情感抒发，扑面而来，令人目眩神迷。有一次，与邓一鸣师弟论及这种诡异之感，我们的共识是：这些文字随心写来，出自天然，一尘不染，没有任何功利色彩，反而具备了那种正经文章难以企及的性情之美，肆意飞扬之美。

在2009年8月22日的一篇博文《当四周阒然无声的时候》，我谈到了写作博文的感受——

当四周阒然无声的时候，人也就沉溺在一片岑寂里了。令我百思不得其解的是，博客作为一种文体，如此波涛汹涌，像一片片支支棱棱的野花，几年之间呼啦啦开遍了天涯，无论如何，也是一种不可小觑的重要社会现象了。

这时候，写博客，就成了许多人的必然选择。我想，有时候，事情可能就是如此简单。

天暗下来了，夜影，开始在天地间晃动。四周开始响起一些喧声。空气咝咝响了，汽车鸣喇叭了，人们开始说话了，世界，依然活着，我自己，依然活着……

四

如果说，博客曾经像一只小舟，在时代的潮水中随意荡漾了一瞬，而历史的烟云风涛，却一直在古今时光里涌流着，动荡着，席卷着尘世间的一切。

说不清从什么时候开始，我喜欢在闲暇时节，跳进历史的洪流里畅游了。这里用"畅游"二字，有些道貌岸然呢。其实，我对历史，素

| 后 记 |

无研究，只是喜欢翻阅史书，在史册的夹缝里，窥见了几许历史风景而已。中国的史籍，汗牛充栋，排山倒海，巍峨如高山，奔涌如大河，每每站在历史的河岸边，便感觉头晕目眩，不辨南北。中国传统的历史典籍之"正史"，即"二十四史"。皇皇史册，色彩斑斓，垒砌起来，足以撑天接地，脉绪万代，凝聚传承着一个民族万古不朽之精神。

所谓"正史"之说，始见于《隋书·经籍志》："世有著述，皆拟班、马，以为正史。"此处之"班马"，指《史记》著者司马迁、《汉书》著者班固。这两位史学巨擘，开辟了中国"正史"之先河，《史记》《汉书》《后汉书》与《三国志》，组成了备受后世史家推崇的"前四史"，无论翻开哪一部、哪一页，都是珠玉横陈，那史实、那人物、那精神，在纸页上鲜活地跳跃着，直扑你的眼帘；司马迁、班固、范晔、陈寿，四位古代史学之昆仑，犹如四座高峰，至今无人能够比肩，更遑论超越了。

我读历史，只是零星的，随性的，兴之所至，泛而读之，一如在高山脚下戏耍的一介顽童，至于究竟读懂了多少，尝到了什么滋味，得到了什么收获，也就实在难说了。因为，面对浩如烟海的史册，峻拔接天的历史巨人，波谲云诡的历史事件，自己除了懵懂、浩叹、仰望，实在难以置评。假如能够沿着一丝历史之波流，追踪一个历史事件与一个历史人物，弄清其间的千头万绪与千变万化，也就谢天谢地了。记得第一次认真梳理历史烟云，是在写作《孤鹜已远》的时候，那是一次与中国历代古典诗人的灵魂对话。我希望自己的写作与以往有所不同。在我的印象里，我们的文学史堆砌的是文学事件与文学作品，只见文学不见人，在赏读文学的同时，却往往忽略了人性；而我们的历史著述，也是只见朝代更迭与历史巨变，却看不见人性的辉光与波流。如何将两者交融起来，把诗人放在他所经历的历史事件中，体味其喜怒哀乐，咏叹其命运起伏，则是一个大课题。要做到这一点，就需要拨开缭绕在诗人周围的历史烟云，把握诗人的命运动荡，厘清时代的风雨变幻，这对我这样一个半吊子"历史票友"而言，实在是难乎其难也。

这样的煎熬，同样出现在《我为峰》的写作过程中。这是关于中外帝王心灵历程的一部书。我希望我笔下的帝王先生们，既是伟人，也

是凡人，既挥手指航向，也大口啖酒肉，既君临天下，也饮食男女——总之，他就是一个活生生的饮尽人间烟火、具备七情六欲的大写的人。至于是否达到了既定目标，那就只有天晓得了。

在构筑这两部还算稍具规模的文本时，许多剩余的边角史料，就像海滩上的珠贝一样，熠熠生辉，其灼灼光华，令人惊异。我拿来这些边角史料，写作了一些文史随笔，名之曰"夜读咀华"，在晚报副刊连载过一部分，构成了本书中一个古旧而冲淡的"角色"……

这篇后记，写得有点儿长了，就此打住。以下，是向诸位致谢——
感谢藁城青年诗人刘振罗兄弟，他将作者散落在网上的诗文一篇篇搜罗起来，整理成篇，为本书出版奠定了基础；感谢河北省作家协会副主席刘江滨先生，批阅全书并倾心作序，说了许多鼓励我的话，既有真知灼见，也有友情闪耀；感谢花山文艺出版社社长张采鑫先生，在百忙中审阅书稿；感谢本书责任编辑林艳辉先生，兢兢业业，耐心热情，为本书问世付出了大量心血；感谢美编陈淼女士，耐心细致、不厌其烦地一遍遍增删文稿，设计版面，付出了大量劳动；感谢本书责任校对李伟先生，凝神聚力，纠错校正，一丝不苟。在此，一并向诸位鞠躬致敬：谢谢啦！

韩联社

2020年4月22日